HM.

Heinz G. Konsalik
Die Gutachterin

Roman

Heinz G. Konsalik: Die Gutachterin
Lizenzausgabe für die Naumann & Göbel Verlagsgesellschaft mbH
in der VEMAG Verlags- und Medien Aktiengesellschaft, Köln

Gesamtherstellung: Naumann & Göbel Verlagsgesellschaft mbH
Printed in Germany

ISBN 3-625-20906-3

Heinz G. Konsalik

Die Gutachterin

Roman

Die Schmerzen hatten ihre Macht verloren, sie entfernten sich, waren nur noch ein drohend flüsternder Chor im Hintergrund, wollten sich nun wieder herandrängen, doch sie rissen sie nicht mehr in den Abgrund, glichen dunklen Wellen, die sie nicht mehr zu erreichen vermochten.

Ein einziges Mal öffnete sie die Augen. Sie sah die grauen Linien der Zementblöcke, in den Fugen bröckelnder Kalk und oben die helleren, schweren Linien der Zementträger. Sie sah viele vom Alter schwarzbraune Holzkisten, die sich die Wand hochtürmten, und die Pfosten des alten Bauernbetts, auf dem er sie gefesselt hatte – und sah sich selbst, ihre nackte, blutbesudelte Haut, das weiße, gespannte, wie bei einer Puppe verdrehte Knie und dahinter die schwarze, schwere Bohlentür, die er zuvor verriegelt hatte, und das Licht, das durch eine Luke herein sickerte, und wieder ihr Blut, so viel Blut …

Und sah ihn.

Das Gesicht.

Sein Gesicht.

Sein Haar war nicht hell wie zuvor, dunkelfeucht und verdrückt war es, dunkel von Schweiß. Schweiß sammelte sich unter seinen Augen, an der Höhlung der Wangen – und sein Blick war wie ein Blitzen hinter blauem Glas.

»Ja, schau nur … schau doch …«

Sie bekam kaum Luft, das rechte Auge brannte, es war dick und bläulich verschwollen, und sie hatte Mühe, den Lidspalt geöffnet zu halten.

»Ja – schau …« Die Worte waren ein keuchendes Flüstern, wie durch Sandpapier herausgepreßt. »Ja, schau, schau … Du hast's gehabt … Sag's doch. Du hast gehabt, was du wolltest … Denn das wollt ihr, das wollt ihr alle.«

Ehe er sie auf die Matratze warf, hatte er sie ins Gesicht geschlagen, viermal, auf den Mund und an den Hals, zweimal gegen die Augen. Die rötlichen, schmierigen Schleier verschwanden, die ihren Blick trübten, ihr linkes Auge war wieder ganz geschlossen. Aber ihr rechtes sah … dieses schreckliche Gesicht …

Er hatte sie geschlagen, ehe er all die Dinge mit ihr machte, er hatte gebrüllt dabei, er hatte gesagt, sie würde das nie verstehen, aber es müsse sein, sie würde auch nie verstehen, was sie selbst wolle, dazu sei sie zu blöd und zu jung, aber es sei gut so und es müsse sein, er müsse es tun, und dann hatte er sie wieder geschlagen.

»Ja, ich muß!« hatte er geschrien. »Verstehst du, ich treib' das raus aus dir! So, jaaa – und noch mal! … es muß raus …! Ich, ich, ich …« Ein schrilles, japsendes »Ich, ich, ich …«

Da hatte sie schon gedacht, es sei alles zu Ende. Aber er hatte einen Stock geholt und ihn zwischen die Beine geschoben. Und das waren die schlimmsten Schmerzen.

»Püppchen, Ruhe! Du willst das … Ihr wollt das alle – alle, alle, mein Püppchen. Ruhe, na, komm schon, komm doch – das tut dir doch gut.«

Der Schmerz hatte sie beinahe zerrissen. Sie hörte den Schrei, einen langen, gellenden Schrei, und es wurde ihr klar, daß sie selbst es war, die so schrie.

Er aber hatte gelacht.

»Was denn – verdammt! Willst wohl nicht mehr?«

Sie öffnete noch einmal die Augen. Sie hörte seinen Atem, ganz laut jetzt, ein ekelhaftes, scharfes, schreckliches Zischen, das aus seinem Brustkorb kam. Er hatte sich wieder über sie gekniet, wie zuvor, als er diese furchtbaren Sachen getan hatte, aber nun hielt er keinen Stock, es war etwas anderes – es war ein Stein, ein grauer Zementblock, und seine Hände umklammerten ihn hoch über seinem Kopf. Sie wußte, was es bedeutete und was kommen würde, und sie war froh darum, ja, plötzlich sehnte sie das graue, schwere, kantige Rechteck herbei, es würde ein Ende sein, endlich ein Ende – und doch schrie sie noch: »Nein!« Und wieder und wieder: »Nein, nein! – Nein!!«

§

Es war sein Lächeln – sie hatte sich nie im Auto mitnehmen lassen, wenn sie in die Disco nach Breitenbach oder in den Sportclub nach Bad Orb ging. Er saß in einem blauen Fiesta und strahlte. Es war das Lächeln.

»He, wo willst du denn hin? Nach Orb? Da brauchst du doch nicht auf den Bus zu warten. Der kommt ja doch erst in 'ner Stunde.«

Das stimmte nicht. Ockermanns Bus, der Lengbrunn mit Bad Orb verband und dann weiter bis Wächtersbach fuhr, kam alle dreißig Minuten – stand ja auch hier auf dem Fahrplan unter Glas in lauter kleingedruckten, schwer zu lesenden Zahlenreihen: 15.00/15.30/16.00 ... Ab neunzehn Uhr war dann Sense, auch das wußte Evi, dann fuhr das dämliche Ding nur noch alle zwei Stunden, und um elf kam der letzte. Sie war einmal ganz schön reingesegelt, als sie nach Breitenbach ins ›Alhambra‹ wollte und sich dabei beinahe die Füße in den Leib gestanden hatte, aber jetzt ging's im Dreißig-Minuten-Takt, und der blöde Bus war ihr gerade vor der Nase davongedampft. Die Aldi-Reklame auf der anderen Straßenseite anzuglotzen war ja nun auch nicht gerade witzig, und außerdem war ihr wie Doris und allen anderen längst klar: Nie zu fremden Typen ins Auto. Ist zu gefährlich ...

»Also, wie ist das? Gib schon deine Tasche. Wo geht's denn hin? Sportverein?«

»Nein, Aerobic«, sagte sie.

»Aerobic? Ja super ...«

Er war nicht allzu groß, schlank und trotz seiner einfachen Klamotten, den Jeans, dem gelben Sweatshirt, aus dessen rundem Rand ein blauweiß karierter Hemdkragen hervorsah, wirkte er irgendwie – na ja, einfach ansprechend, sympathisch. Es war sein nettes Lächeln, es war das Gesicht mit dem weichen, kindlichen Mund. Er hatte weizenblond-braungesprenkeltes Haar, ziemlich dichte, dunkle Augenbrauen und darunter diese blauen Augen, die sie so richtig hilfsbereit und warmherzig ansahen. Er war ein Typ, der jedem Mädchen gefallen hätte, wirkte irgendwie vertraut, so wie einer aus ihrer Clique.

Seine weißen Zähne lächelten unentwegt.

Doch sie hielt ihre Tasche noch immer. Sie hatte gesehen, daß der blaue Fiesta, den er fuhr, ein Frankfurter Nummernschild aufwies.

»Kommst du aus Frankfurt?«

»Ich?« lachte er. »Ich komm' von überall her. Aber ich war gerade bei einer Tante in Bad Orb. Mir gefällt's hier im Spessart.«

Es war wirklich nur das Lächeln, das sie einsteigen ließ ...

Nun war alles geschehen, und Ludwig Ladowskys Gesicht glich dem Gesicht eines Sterbenden: ein Schädel, der nur noch aus Höhlungen zu bestehen schien, die Augen eingefallen, die Wangen tief eingezogen, die Zähne zu einer geifernden, erschöpften Grimasse entblößt, Schweiß überall, auf der zerfurchten Stirn, am Hals ...

Ladowsky war am Ende seiner Kräfte, jedes Quentchen Energie war gewichen, ausgepumpt, ausgelaufen, streikende Nervenbahnen, erschlaffte Muskeln, schlaffer als ein nasser Sack, zu fern, zu furchtbar, zu fremd war die Welt, in der er sich aufgehalten hatte, eine Gespenster-Galaxie – aber jetzt war die Mission beendet, und nun mußte er, der Astronaut, sich von ihr lösen, auch wenn es den letzten Funken Kraft kostete, die Rückkehr war seine Aufgabe, nichts anderes als Rückkehr, dazu aber mußte er wieder denken können, die eisige Leere mit Plänen füllen.

Schaff sie weg.

Wieso eigentlich? Sie finden sie ja doch.

Schaff sie hier weg!

Das kann ich nicht, sagte es in ihm, geht nicht mehr. Und das wäre auch gegen den Plan. Und außerdem – was sein mußte, mußte sein. Und das arme kleine Schwein von Püppchen-Hure hat sowieso nichts davon. Die merkt nichts mehr, die gibt's nicht mehr.

Er sollte besser beten: Oh, meine kleine Heilige. Siehst du, du bist jetzt dort, wo alles leicht ist.

Aber er betete nicht, obwohl er wußte, daß es notwendig war. Das letztemal, da konnte er es, das letzte Püppchen war ja noch ein Kind gewesen. Diesmal fehlten ihm die Worte. Und das war der einzige Grund, warum er plötzlich Panik spürte.

Gott!

Oh, gib mir deine Worte ...

Gott gab sie ihm nicht.

Sein Magen krampfte sich zusammen.

Er hatte zu lange auf den Zementblock gestarrt und auf das, was sich darunter verbarg. Die Knie wollten nicht mehr. Ludwig Ladowsky sackte zusammen, setzte sich auf den Rand des Bettes, auf dem sie lag. Es war ihm auch egal, daß die Matratze naß von Blut war. Er hatte keine Beine mehr, nur noch flüssige, heiße Wassersäulen waren das; er stöhnte, dann legte er den Kopf in seine beiden verschmierten Hände und blieb lange, sehr lange so sitzen.

Mission beendet. Nicht nur dem Püppchen, allen hatte er es gezeigt. Das Wichtigste aber blieb jetzt die Landung. Eine problemlose Landung, versteht sich. Eine Landung, zu der man nachher sagen konnte: Tiptopp. Super, mein Junge! Einfach Spitze ...

Und das Blut? Die Klamotten? Auch kein Problem. Daran hast du doch gedacht. Im Wagen liegt dein Arbeitszeug, das ziehst du an, die alten Klamotten wirst du in den Bach werfen oder, noch besser, verbrennen. Moment ... eins nach dem anderen. Schritt um Schritt. Die Spanngurte, mit der du die heilige Hure hier ans Bett gefesselt hast? Auch ins Wasser ... Bleibt der Stein. Den sollen die sich ansehen. Werden ihren Spaß dran haben. – Du könntest auch die ganze Bude abfackeln? Geht nicht ... Die kämen sofort, die würden den Rauch von der Straße aus sehen – und außerdem, das Püppchen verbrennen? Nein, es bleibt ja noch etwas.

Ludwig Ladowsky schob die rechte Hand in die Tasche, die noch immer blutverklebte rechte Hand. Er holte es heraus, hielt es in der Hand, sah es an – und lächelte, es war beinahe das alte Lächeln, entspannt, fast verklärt: Das Kreuz ist ja auch so hübsch, zwar nur aus Plastik, aber viel hübscher als das Holzkreuz vom letztenmal. Der Heiland darauf hat ein bißchen Blut auf den silbernen Leib abbekommen, so was ist gefährlich! Abreiben ... Er nahm sein Taschentuch, wickelte es um die Finger und rieb das Kreuz am Matratzenbezug sauber, faßte es erneut an und legte es dem toten Püppchen zwischen die Brüste.

Endlich – getan!

Er ging.

Auf der kleinen Lichtung vor dem verfallenen Wildfutterschuppen am Wald wartete der Fiesta. Die Lichtstrahlen der untergehenden Sonne lagen darauf; es sah so schön, so friedlich aus, und der Fiesta wirkte richtig elegant – wie auf einem Werbefoto.

Was er jetzt brauchte, war Wasser, viel, viel Wasser.

Aber das gab's, ja, gleich dort hinter dem Hügel am Bach ...

»Fahr bis Moscia«, hatte Richard Saynfeldt gesagt. »Immer am See lang. Vor Moscia gibt's ein kleines Seerestaurant. Dort kriegst du die Regatta prima mit.«

Isabella hatte genickt. Sie hatte auch den Feldstecher entgegengenommen, den er ihr reichte, damit sie ja seine verdammte Regatta in allen aufregenden Einzelheiten beobachten konnte; sie setzte jenes Lächeln auf, das der Krieger erwartet, der in die Schlacht zieht, dann hatte sie Richard Saynfeldt, dem Champion, und seinen guten Kumpels vom Segelclub Ronco noch einmal zugewinkt, während die Krieger ihre Segel setzten. Wie auf ein Stichwort hin war Wind aufgekommen: Nordwind, vom Gotthard her über die Magadino-Ebene wehend füllte er die Segel, drängte das Rudel der Schiffe hinaus auf den Lago, hinüber zum Startplatz, in der Mitte die ›Nixe 3‹, grüner Rumpf, grüner Spinnaker und Richards Stolz, wie auch nicht, ein Boot vom Feinsten, in Dänemark gebaut, doch im Grunde nichts als eine Badewanne aus Leichtmetall mit einem spitzigen Silberstahlstachel von Mast.

Isabella nahm nur einmal das Fernglas an die Augen.

Sie fand weder grünen Rumpf noch grünes Segel, also ging sie auf die Piazza zurück, setzte sich auf die Terrasse des ›Helvetia‹ und bestellte sich beim Kellner einen Cappuccino.

Ihr Blick fiel auf den freien Stuhl an ihrer Seite.

Eine Zeitung lag darauf. Jemand hatte sie liegen lassen, die Seiten umgeschlagen, der Text war deutsch. Isabella nahm sie hoch: Die *Frankfurter Rundschau.*

Es war die erste Zeitung, die Isabella in der Hand hielt, seit sie mit Richard vor drei Tagen in Ascona angekommen war. Die alte Jugendstilvilla, die sie oben am Monte bewohnten, gehörte Richards Onkel, dem pensionierten Bundesrichter Professor Dr. Hans Saynfeldt. Doch der Professor fuhr seit Jahren nicht mehr in den Tessin, so daß die Familie sie nach Belieben benutzen konnte. Sie verfügte weder über einen Fernseher noch über Radio, auch das Telefon war abgeschaltet. Richard fand das einfach ideal: »Keiner will was von dir. Von keinem brauchst du was zu wissen. Hier lebst du wie in einer Oase oder auf einer Südseeinsel.«

Außerdem hatte er ja sein Handy.

Als sie mit einem Seufzer ihren Cappuccino austrank, fiel ihr Blick erneut auf die Zeitung. Die Seite vier war aufgeschlagen, und die Aufmachermeldung trug so alarmierend schwarze Balken, daß sie ihr förmlich entgegensprangen:

DER KREUZ-MÖRDER MELDET SICH ZURÜCK. – NEUE FURCHTBARE UNTAT DES TRIEBTÄTERS AN EINER SECHZEHNJÄHRIGEN.

In der Textmitte waren zwei Fotos abgedruckt. Das eine zeigte ein junges Mädchen, das andere einen jungen Mann, den ein Kriminalbeamter am Arm hielt.

Isabella starrte die beiden Fotos an und spürte jäh den bitteren Geschmack der Erinnerung: Der Kreuz-Mörder? Sie kannte dieses Gesicht …

»Trümmerbrüche über die gesamte Schädeldecke mit tiefgehenden Cortex-Verletzungen als Folge. Auf der linken Schädelseite Knochenrisse und Ausschieferungen bis zum Jochbein. Angesichts der massiven Zerstörung des Gehirngewebes entfällt die Notwendigkeit einer differenzierten Darstellung. Der Tod muß sofort eingetreten sein …

Die übrigen Verletzungen, Gewebe- und Organschädigungen sind im vorangehenden Zeitraum erfolgt. Im wesentlichen handelt es sich – eine Einzeldarstellung wird anschließend gegeben – um folgende Schädigungen: ein großes Hämatom an der fünften unteren Rippe, drei kleinere im rechten Schulterbereich, wohl von Faustschlägen herrührend. Im Gesicht …«

Dr. Heiner Gottlieb diktierte.

Weitbrecht, sein Assistent, hatte die Leiche ins Kühlfach zurückgeschoben und war dabei, den massiven Sektionstisch zu säubern und die Instrumente wegzuräumen, Gottlieb wiederum hing in seinem schäbigen Stahlrohrsessel, hatte die Beine auf dem Schreibtisch und den Kassettenrecorder am Mund – ein untersetzter Mann mit einem runden Gesicht, kahlrasiertem Schädel und wachen Späheraugen, Gerichtsmediziner, anerkannter Anatom und trotz seines düsteren Berufes mit einem unbändig sonnigen Temperament ausgestattet. Es hatte ihn in drei Ehen hineingetrieben, die allesamt in Scheidungen endeten. Gottliebs Frauen konnten seine ebenso detailbesessenen wie aufgekratzten Sektionsschilderungen nicht ertragen. Na gut, dann war er halt mit seinem Beruf verheiratet, mit den Stunden hier unten im stillen, einsamen, formalinduftenden Anatomiekeller des Gerichtsmedizinischen Instituts, mit den stummen, ihm ausgelieferten Objekten in den Kühlboxen, den Präparaten, dem Skalpell.

»Am Genital wurde eine fünfmarkstückgroße Schwellung mit fasrigen Ausrissen an der rechten inneren Schamlippe festgestellt, vermutlich von dem kantigen Holzstück herrührend, das am Tatort sichergestellt werden konnte. Der Gebärmutterhals ...«

Heiner Gottlieb schaltete sein Gerät ab und beugte sich zur Schreibtischkante, um sich eine neue Zigarette zu holen. Sie konnten ihm ja bringen, was sie wollten, Selbstmörder, Katastrophenopfer, Opfer von Arbeits- oder Verkehrsunfällen, Verbrannte, Ermordete, Erhängte, Ertrunkene, Zerstückelte – aber dieses Mädchen? Sechzehn! Was für ein Glück in dieser Zeit der Verrückten, daß du keine Kinder hast und schon gar keine Tochter ...

Der Kreuz-Mörder? dachte Isabella. Ausgerechnet.

Wenn sie ihr Fachgebiet, die Psychologie, berührten, fanden Kriminalberichte Isabellas Interesse.

Wie war nur der Name? Irgend etwas Polnisches – ja, richtig, Ladowsky, Ludwig Ladowsky ... Ziemlich jung. Vor drei Jahren, als Ladowsky mit dem Mord an einer Dreizehnjährigen erneut die Debatte um Triebtäterschaft und Sexualverbrecher angeheizt hatte, da war er noch nicht einmal volljährig. DAS MONSTER MIT DEM ENGELSGESICHT hatten die Zeitungen geschrieben, und irgendwie stimmte das auch, wenn man unter Monster einen Täter verstehen wollte, dessen Motive und Handlungen von normalen Menschen nicht mehr nachvollzogen werden können.

Den Fall des Kreuz-Mörders hatte Isabella Reinhard damals ziemlich genau durchgeackert, schon deshalb, weil er eine geradezu klassische Täter-Biographie aufwies: eine zerrüttete Familie, der Vater verdrückt sich, worauf die Mutter Alkoholikern wird und sich mit einer vehementen, an Inzest grenzenden Liebe dem einzigen Sohn zuwendet. Dazu der prügelnde Stiefvater. Der Junge wird ein verschrobener, verweichlichter Einzelgänger, den keiner so richtig ernst nimmt und der es dann doch irgendwie schafft, bei einer Nahtransportfirma als Berufsfahrer angenommen zu werden – ja, es war so ziemlich alles vorhanden gewesen, was sich an explosivem psychischem Material ansammeln konnte.

Entsprechend furchtbar war die Tat: Ladowsky hatte ein junges Mädchen, ein halbes Kind, deren Eltern er beruflich kannte, vergewaltigt, gewürgt und dann mit einer Plastiktüte erstickt.

Isa entsann sich deshalb so genau, weil der Fall Ladowsky sie dazu brachte, Ernst Hauschild, ihren alten Lehrer, in einem Artikel in *Psychologie heute* anzugreifen. Der Artikel machte Furore. Hauschild war daraufhin so sauer gewesen, daß er sie von nun an schnitt, wo immer er sie traf. Als auch noch die *Allgemeine Juristen-Zeitung* Isas Beitrag nachdruckte, wurde es noch schlimmer, aber es kam auch zu einer ganzen Reihe von Gutachterangeboten, und die kamen stets von derselben Seite: von Rechtsanwälten und Strafverteidigern. Verständlich, denn im Gegensatz zu Hauschild, der bei Triebtätern eine Art unveränderbare Charakterstruktur voraussetzte, eine Art Mechanik, die stets neue Verbrechen erzwingen würde, war Isabella bei ihrer Position geblieben, daß derart schwerwiegende Abweichungen von allen gesellschaftlichen Normen erziehungs- und milieubedingte Wurzeln besitzen müßten und daher auch therapierbar seien.

Nun aber…?

Nun hatte der Kreuz-Mörder wieder gemordet und damit auch noch Hauschilds These erhärtet.

Isabella zwang sich, den Artikel zu überfliegen.

Sie studierte noch einmal Ladowskys Gesicht und ließ sich Zeit dazu. Hübsch und harmlos. Was gab es sonst noch zu sagen? Nicht nur ›Kreuz-Mörder‹, auch ›der Killer mit dem Engelsgesicht‹ war den Journalisten damals eingefallen … Wer konnte ahnen, was sich hinter einer solchen Stirn verbarg? Wer würde annehmen, daß ein junger Mann wie er ein halbes Kind mit beiden Händen zu erwürgen versuchte, es erstickte, um der Leiche dann auch noch ein Kreuz auf die Brust zu legen?

»Sie hatte so geschrien. Ich konnte nicht anders. Ich mußte doch …«, hatte der Kreuz-Mörder erklärt.

Nun ›mußte‹ er zum zweitenmal.

Das neue Opfer, wieder ein Mädchen, war sechzehn, sehr hübsch, die Lippen noch fragend und kindlich, auch die großen, hellen Augen schienen voll Hoffnung und Vertrauen auf den Betrachter gerichtet.

»Alle in der Schule liebten sie«, stand unter der Aufnahme. »Evi Fellgrub gehörte zu den beliebtesten und auch begabtesten Schülerinnen der Theodor-Heuss-Schule in Bad Orb.«

Isabella schloß die Augen. Sie versuchte, sich das alles vorzustellen. Doch wie?

Sie winkte dem Kellner.

§

»Doktor …«

»Was ist denn?«

»Da drüben, der Wagen … Können Sie nicht mal herkommen?«

Weitbrecht zeigte seine vom ewigen Rauchen verfärbten Pferdezähne. »Da steht so ein komisches Auto.«

»Wo?«

»Am Eingang B.«

Der Eingang B bestand aus einer Zementrampe, die die Leichenwagen benutzten, wenn sie in das Souterrain des Gebäudes rollten, um ihre Last im Aufnahmeraum abzuliefern.

Dr. Heiner Gottlieb stöhnte, nahm die Füße vom Schreibtisch, stemmte sich hoch und ging durch den großen Sektionsraum. Sein Assistent Weitbrecht folgte ihm. Etwa in Brusthöhe gaben zwei große Souterrainfenster den Blick in den Hof frei. Der Hof war weit und mit grauen Zementplatten belegt. Auf der Westseite, direkt neben dem Rampeneingang, parkte ein dunkelbrauner BMW der Luxusklasse. Am Steuer saß eine Frau und rauchte.

»Na und?« sagte Dr. Heiner Gottlieb.

»Na und? Da war vorhin ein Mann dabei. Die waren zu zweit. Wirklich, Doktor ... Der Typ schien ein ziemlich schräger Vogel. Und dann stieg der Typ aus und lief zur Rampe ... Außerdem, sehen Sie doch mal auf das Schild unter der Windschutzscheibe.«

Gottlieb sah ein Schild, doch er hatte seine Lesebrille auf. »Was ist das für ein Schild?«

»PRESSE steht da.«

Gottlieb schwieg. Das ›Na und‹ wollte er nicht wieder bringen, und Weitbrecht war ja nun wirklich das Gegenteil eines Hysterikers. Der braune BMW gefiel ihm auch nicht. Presse? – Verdammt noch mal ...

»Verstehen Sie denn nicht, Herr Doktor? Die wollen was. Und was die wollen, ist klar.«

»Na, was denn?«

Weitbrecht zerrte an einer seiner grauen, dünnen Locken. »Das Mädchen, Doktor, das Mädchen natürlich ... Der Kreuz-Mörder ... Das läuft doch jetzt seit Tagen. Fernsehen, Zeitungen, jedes billige Hausfrauenblättchen, alle sind voll damit. Und wir haben das Opfer hier im Keller.«

»Weitbrecht, Sie sind ja verrückt.«

»Ich?«

»Was soll denn die Presse hier?«

»Das werden wir sehen.«

»Na, dann kommen Sie.«

Die schwere, stählerne Gleittür zum Aufnahmeraum verriegelte sich elektronisch, wenn einer der Leichentransporter das Gebäude verließ. Die Fenster waren sämtlich geschlossen, die ganze Anatomie war klimatisiert. Wer immer auf normalem Weg hier herunterkommen wollte, mußte oben am Pförtner vorbei, sich ausweisen und wurde dann telefonisch angekündigt. Die Tür hinunter in die Tiefen des Gebäudes konnte außer denen, die Schlüssel besaßen wie er und Weitbrecht, nur der Pförtner mit Hilfe eines Knopfdrucks öffnen. Ein ziemlich hoffnungsloser Fall also für jemand, der eindringen wollte.

Nein, Dr. Heiner Gottlieb konnte sich nicht mit Weitbrechts Theorie anfreunden. Sie gingen den Gang entlang, ihre Schritte waren lautlos, der Fußboden war mit schwarzem Gummi belegt. Weiter rechts, neben der Medikamentenkammer, führte ein zweiter, breiter Flur im rechten Winkel ab und endete vor einer Zementwand. Die ganze rechte Seite dieses Ganges wiederum wurde von vielen schimmernden Stahlvierecken eingenommen: den Kühlfächern.

Sie hatten die Ecke erreicht und blieben wie angewurzelt stehen.

An der Decke brannte ein Neonleuchtraster und warf sein kaltes, blaues Licht auf funkelnden Stahl. Am Boden, vor den beiden Kammern der dritten Reihe, kniete ein Mann. Er trug einen orangefarbenen, leichten Baumwollpulli, dunkelblaue Jeans und Adidas-Joggingschuhe. Neben ihm auf dem Boden stand eine der Ledertaschen, wie Fotografen sie benutzen. Er hielt eine Kamera in der linken Hand, die rechte lag auf dem Griff eines der langen, in den Beton eingelassenen Rollfächer, die die Toten bargen. Es gab vierundzwanzig solcher Fächer. Acht davon waren leer.

Weitbrecht schluckte. Er blieb stumm.

»Morgen«, sagte Gottlieb.

Der Mann fuhr herum. Er hatte ein fast dreieckiges Gesicht, trug eine dieser ovalen, modischen Nickelbrillen und wirkte mit seinem fliehenden, schwachen Kinn und den vorstehenden Zähnen wie ein aufgeschrecktes Frettchen.

»Könnten Sie mir freundlicherweise sagen, was das soll?«

»Entschuldigung ...«

»Wie bitte? Entschuldigung?« sagte Gottlieb. »Vielleicht verraten Sie mir mal, was ich entschuldigen soll! Was suchen Sie hier, verdammt noch mal? Sind Sie verrückt geworden?«

Der Mann starrte sie aus seinen fahlblassen Augen an. Er hatte fast keine Wimpern, und die Augenlider wirkten gerötet. Jetzt zog er die Unterlippe ein, um nach Worten zu suchen.

»Ich – äh ...«

»Was – ich? Stehen Sie auf, verdammt.«

Er stand auf. Die Windjacke schlotterte um einen mageren Oberkörper, sein Adamsapfel zuckte, und die Schultern hatte er nach vorne gekrümmt. Wirkt irgendwie krank, dachte Gottlieb, und das ist er auch, muß er sein – im Kopf zumindest ...

»Wie sind Sie hier reingekommen?«

»Die Tür stand doch offen.«

»Stimmt nicht. Die riegelt automatisch ab.«

»Das Fenster zum Heizungskeller«, sagte Weitbrecht neben ihm.

Er konnte recht haben. Am unteren Teil der Rampe gab es ein Fenster, das in den großen Raum führte, der die Klimatechnik der Anatomie beherbergte. Dort befand sich nicht nur die Heizung, dort standen auch die Kühlaggregate.

»Stimmt das? – Muß ja stimmen. Sie sind durchs Fenster geklettert, nicht wahr?«

Der Mann in der blauen Windjacke hatte die Frettchenzähne nun in die Unterlippe gegraben und starrte sie an; er starrte auch noch, als Dr. Gottlieb einen Schritt auf ihn zu machte und ihm mit einem raschen, entschlossenen Griff die Kamera aus der Hand riß.

»Hören Sie, das können Sie doch nicht bringen!«

»Ach nein? Sie finden, das kann ich nicht? Ich kann noch was ganz anderes. Ich kann die Polizei holen und Sie festnehmen lassen. Und das werde ich auch tun.«

»Um es hinterher zu bereuen. Sie behindern mich in meiner Berufsausübung. Das hier ist schließlich ein Fall von öffentlichem Interesse.«

»Was für ein Fall?«

»Das wissen Sie doch genau.« Er stand jetzt aufrecht da und suchte so etwas wie Entschlossenheit in sein Gesicht zu bringen. »Wir können Sie fertigmachen. Ich werde das der Redaktion melden.«

»Welcher Redaktion?«

Er schwieg.

»Ich habe Sie etwas gefragt. Welcher Redaktion?«

Gottlieb öffnete den Kamerarückdeckel, riß den Film heraus und steckte ihn samt seinem herunterhängenden Ende in die Hosentasche.

»Was fällt Ihnen ein?« Die Stimme des Mannes wurde schrill. »Ich arbeite hier für die Presse ... Hören Sie, für die Presse! Ich gehe genauso meinem Job nach wie Sie. Ich habe ... ich habe einen ...«

»Wissen Sie, was Sie haben?« sagte Gottlieb. »Einen Knall haben Sie. Oder Sie sind pervers, Sie Leichenfotografierer. Und noch was: Sie kommen jetzt mit mir. – Weitbrecht ...!«

Weitbrecht packte den Reporter am Arm, Gottlieb lief voraus, riß die Tür zum Obduktionsraum auf, ging zum Telefon und wählte die Nummer der Polizei ...

Am Freitag abend war der Anruf aus Wächtersbach gekommen: Ein Waldarbeiter hatte die Rauchfahne gesehen, die von dem brennenden Fiesta am Bachgrund stammte, und war auch noch auf das Opfer gestoßen, denn daß die Tür des Wildfutterschuppens offenstand, fand er verdächtig. Die halbe Nacht waren sie mit der Spurensicherung beschäftigt. Die Tat mußte nur kurze Zeit zuvor geschehen sein – so wenigstens stand es im Obduktionsbericht, den sie ihm zugetickert hatten.

Berling war bedient. Es reichte.

Seit er am Samstag mit seinen Leuten den Fiesta halb angekokelt und bis zu den Radnaben im Schlamm steckend an einem Bachgrund besichtigt hatte, gab es nur noch Ärger. Und was hatten sie sich den Arsch aufgerissen: drei Tage auf Tätersuche durch den Spessart, rings um den Schuppen, wo gleich hinter einem flachen Hügel der Bach floß, an dem der Mörder den Wagen verlassen haben mußte.

Er hatte beim Präsidenten Verstärkung angefordert, und aus Wiesbaden wurde ihm auch eine Hundertschaft Bereitschaftspolizei zugesagt – was kam, waren zwei Züge Grenzschutzbeamte und dazu vom LKA vier Mann Verstärkung.

Auch ein Hubschrauber war zur Fahndung abkommandiert worden. Der knatterte über die Baumwipfel, während es unten Hundegekläff gab, Walkie-talkie-Gequassel, Kommandos und Beamtenketten, die Äste niederbrachen und das Laub aufwühlten. Den ganzen verdammten Wald um die Futterstelle im Schragen 14 hatten sie durchgekämmt und die umliegenden Wälder dazu. Rehe hatten sie gesehen, auch zwei, drei Keiler, Unmengen Vögel hatten sie aufgescheucht – und das war's dann …

Der Fiesta trug die Nummer F-WM 0132 und war geklaut, doch handelte es sich um den Wagen des Täters. Die Mutter des Opfers hatte die kleine Haarspange, die sie an der rechten Gleitschiene des Beifahrersitzes entdeckten, als ihrer Tochter gehörend identifiziert; ein rührend kleines, blaues Plastikding mit drei winzigen Negerköpfen daran. Am Sitz hatten sie auch noch Pulloverfusseln gefunden und einen zweiten Treffer gelandet: Die Fasern waren von rosa und apfelgrüner Farbe und wiesen exakt die gleiche chemische Zusammensetzung auf wie die Sporttrikots des Aerobicballetts ›Crazy Spessart Kids‹ aus Bad Orb.

Jetzt aber …?

»Mensch, Mensch, Mensch …« Der dicke Konnarz stand vor seinem Schreibtisch und betrachtete zum drittenmal die Leichenfotos. In der anderen Hand hielt er eines seiner geliebten Croissants und verstreute damit wie üblich Krümel über Boden und Schreibtisch. Bei Erich Konnarz waren es entweder Schokoriegel oder Croissants, irgend etwas mußte er ständig mampfen. Er war der Älteste der Kriminalbereitschaft Marktheim, ließ es zu, daß Dodo, die Sekretärin, oder seine Kollegen ihn ›Dicker‹ oder ›Birne‹ nannten, und hätte also als die typische, hängengebliebene Kripo-Lusche durchgehen können – wüßte nicht jeder, Berling miteingeschlossen, daß es keiner im Kommissariat an Routine und Erfahrung mit ihm aufnehmen konnte.

»Laß deine fettigen Pfoten von den Fotos, Erich. Verzieh dich.«

Konnarz ließ den Umschlag wieder auf Berlings Schreibtisch fallen. Zwei Bilder rutschten heraus. Berling vermied es, sie anzusehen. Sie waren furchtbar.

»Wenn ich den kriege …«, hörte er ›Birne‹ sagen.

»Ist ja gut, Erich.«

»Und wie geht's weiter?«

Ja, wie? – Berling lehnte sich im Sessel zurück und schloß die Augen. Kennst du doch alles: der Schwung am Anfang, das Gefühl, das Ding hier, das reißt du durch. Und was für ein Ding …! ›Großfahndung nach dem Kreuz-Mörder‹ lauteten die Schlagzeilen von der Nordsee bis zu den Alpen, und beim Frühstück oder am Telefon zählte seine Frau auf, wie oft sie den Namen ›Kriminalkommissar Berling aus Marktheim‹ in den Zeitungen gefunden hatte. Dazu Rudel von Reportern und TV-Leuten, selbst am frühen Morgen hatte er zwei aus seinem Vorgarten gescheucht. Dies alles … doch dann kommt plötzlich Sand ins Getriebe, dann erinnerst du dich wieder an die alte Erfahrung, daß das, was fulminant anläuft, noch lange nicht gut auszugehen braucht …

»Das Schärfste an allem«, sagte Konnarz und rieb sich den Mund trocken, »das Schärfste ist das Ding mit diesem Dr. Gottlieb.«

»Was für ein Dr. Gottlieb?« fragte Berling geistesabwesend.

»Na, was für einer wohl? Wer hat denn mit ihm telefoniert? Du doch, Tommi. Der Gerichtsarzt, der den Fotografen im Leichenkeller fand.«

»Das Schwein hat jetzt 'ne Strafanzeige.« Berling sah auf: »Erich, tu mir um Himmels willen den Gefallen und laß die Bilder in Ruhe. Und putz dir deine Hände ab und werf das verdammte Bäckerpapier hier in meinen Papierkorb. Und mach nicht noch mehr Brösel … Und vor allem – zieh Leine.«

Konnarz drehte sich beleidigt um und wackelte mit seinen Schaukelhüften zur Tür.

Doch die Fotos lagen noch immer in ihren braunen Umschlägen vor seinen Augen. Es waren zwei Umschläge: ein Stapel von Tatortaufnahmen und die Privatfotografien des Opfers.

In den ersten Umschlag hatte er nur einen kurzen Blick geworfen. »Es gibt nichts, an das dich dieser Job nicht gewöhnen wird«, war einmal Berlings Spruch gewesen. Das war lange her. Und an solche Fotos würde er sich niemals gewöhnen. Wie auch?

Und dann der zweite Umschlag. Fotografien aus Evis Jugendzeit. Evi mit der Schultüte, die Kleine auf einem Pony, der lachende Mann daneben war wohl der verstorbene Vater, schließlich Evi mit ihren Freundinnen vom Aerobic-Club in Bad Orb. Vor drei Wochen hatte jemand die Fotos aufgenommen – und da war sie nun, die Evi mit der Traumfigur … Und die hatte sie auch, der hauteng anliegende grüne Latexanzug bewies es. Das Foto jedoch, das unter all den anderen Berling am schwersten erträglich fand, war eine Porträtaufnahme. Sie zeigte Evi mit leicht nach links geneigtem

Kopf, die Lider niedergeschlagen, wie in Gedanken, den Mund zu einer lächelnden Frage geöffnet.

Wieso, Herrgott noch mal, muß sie auch noch derart deiner eigenen Tochter gleichen…?

Er rollte seinen Stuhl hinüber zum Fenster, bog zwei Gummibaumblätter zurück und starrte hinunter auf den Markt. Die Bauern aus der Umgebung hatten Kartoffeln und Äpfel herangekarrt, Marktfrauen warteten hinter ihren Gemüseständen auf Kunden, Eier gab's, Wurstwaren, Käse und Ökoprodukte und buckliges Pflaster gab es und Fachwerkhäuser – und darüber einen Himmel, der sich langsam diesig zuzog …

Der Kreuz-Mörder?

Er dachte an das Kreuz in seinem Plastikbeutel in der Asservatenkammer, an dieses winzige, blutbeschmierte Ding, das er vor drei Tagen der toten Evi Fellgruber von der Brust genommen hatte …

Es gab noch ein Kreuz: das erste. Man hatte es bei der Leiche einer erdrosselten Dreizehnjährigen gefunden, nördlich von Hannover in einem Waldstück nahe der Autobahn. Damals, vor drei Jahren, hatte es dem Täter, einem jungen Lkw-Fahrer, den Namen ›Kreuz-Mörder‹ eingebracht. Der Mann hieß Ludwig Ladowsky. Ladowsky war zum Zeitpunkt der Tat gerade siebzehn, wurde vom Jugendstrafrichter wegen Totschlags zu vier Jahren verurteilt und nach zwei Jahren wegen guter Führung wieder freigelassen.

Berling hatte nicht nur das Täterformblatt im Computer, er hatte das ganze Material, das ihm die Kripo Hannover zugetickert hatte, immer wieder durchgelesen.

Dieser Ladowsky verfügte zwar über das klassische Sexualtäterprofil, aber war er es auch dieses Mal? Oder handelte es sich um einen Nachahmungstäter?

Berling war sich da nicht so sicher, und genau das war sein Problem.

Eines jedenfalls stand fest: Du hast nur dann eine Chance, das Schwein festzunehmen, wenn du es heute oder morgen findest. Bei dem Medienrummel nehmen sie dir den Fall ab, dann gibt's eine SoKo, eine Sonderkommission, und du wirst mit deinen drei Hanseln hier auf das reduziert, was du schließlich auch bist: das kleine Licht aus der Provinz.

Die Tür ging auf, und da stand auch schon Dodo, die Sekretärin, in der ganzen Pracht ihrer frisch gefönten blonden Locken.

»Der Herbertsheimer ist schon wieder am Telefon«, sagte sie wichtig. »Der vom LKA.«

»Der kann mich mal.« Leute wie diesen Polizeirat Herbertsheimer vom Landeskriminalamt waren gerade das, was Berling brauchte.

»Tommi!«

»Wirklich, Dodo! Er kann mich.«

»Sei doch vernünftig.«

Zeigte sie ihre Zähne, dann war Berling klar, daß er schieflag. Aber verdammt noch mal: Drei Fernschreiben hatte er am Samstag dem Leiter der Schutzpolizei bei der Regierungsdirektion und gleich zwei weitere dem LKA zusenden müssen, um überhaupt eine Antwort auf seine Bitte um Verstärkung zu bekommen. Jetzt aber, jetzt trommelten Presse und Fernsehen, und nun konnte ein Typ wie Herbertsheimer nicht genug kriegen.

Er griff zum Telefon und drückte den Knopf.

»Berling?«

»Ja.«

»Was heißt hier ja? – Sind Sie's?«

»Ich bin's. Um was geht's?« Den ›Polizeirat‹ sparte er sich.

»Das fragen Sie im Ernst? Hören Sie mir mal zu, Berling: Sie haben mir meine Leute zurückgesandt und sich denen gegenüber auch, das jedenfalls wurde mir berichtet, alles andere als kooperativ gezeigt. Glauben Sie, Sie könnten beim Präsidenten Punkte sammeln, wenn Sie als Einzelkämpfer auftreten? Wir brauchen Ergebnisse. Der Präsident verlangt baldigen Zugriff. Wir stehen unter einem gewaltigen Öffentlichkeitsdruck.«

»Jawohl«, sagte Berling.

»Und wie sehen Sie das? In welchem Zeitraum?«

»Einen Zeitraum sehen, Herr Oberrat?« Er betonte die beiden Silben des Titels aufreizend langsam.

»Aber Sie müssen doch ein Konzept haben, Herrgott noch mal? – Na gut, warten Sie ab, bis meine Leute kommen. Ich schick' sie Ihnen wieder. Und überlegen Sie sich inzwischen was. Überlegen Sie schnell und genau, Berling. Das ist der einzige Tip, den ich Ihnen geben kann ...«

Thomas Berling legte den Hörer zurück und ließ die rechte Hand ziemlich lange darauf liegen. Arschloch, dachte er. Der Gedanke an die Wichtigtuer aus Wiesbaden verdüsterte seine Stimmung noch mehr.

Er stand auf, griff nach dem Schulterhalfter mit der Dienstwaffe, schnallte es um und schrie ins Nebenzimmer: »Dodo! Ist der Wagen aufgetankt? – Wir fahren!«

Auf dem Podium gab es nur Männer. Vor ihnen stand die Reihe der Pokale. Sie glitzerte im Scheinwerferlicht des ›Borromeo‹.

Auch die vorderen beiden Stuhlreihen waren mit Männern besetzt. Ihre Köpfe waren nichts als schwarze Schattenrisse ... Irgendein dicker, weißhaariger Tessiner hielt sich am Mikrofon fest und schwang eine Rede. Die Segler klatschten frenetisch, Richard, mittendrin, wedelte mit den Armen, ganz so, als könne er jedes Wort Tessiner Dialekt verstehen.

»*Dio mio,* das dauert! Das kenn' ich.«

Tina Rossi rief es in Isabellas Ohr und drückte dabei schwesterlich ihren Arm. Ihr Mann Toni lieferte Tina derartige Feste und Vereinshöhepunkte am laufenden Band.

Isabella nickte erschöpft.

»Da sind sie nun mal wie die Kinder, *come i figli.*«

Tina und Toni bildeten gemeinsam Richards Stützpunkt in Ascona. Waren Steuern zu bezahlen, die ›Phönix‹ zu überholen, gab's Ärger mit dem Haus – die Rossis brachten es in Ordnung. Und Toni verdiente ganz gut dabei. Isabella mochte die beiden, sie hatte alles gemocht, ihr Lachen, die endlosen Essen, den Wein, die ganze Tessiner ›alegria‹ oder wie immer man es nennen wollte – heute ging es ihr auf die Nerven, einschließlich Tinas mütterlichem Getue.

Toni war ein ›Supertyp‹ – einer von vielen, Richard hatte sie über die ganze Welt verstreut: Männerfreundschaften, Supertypen, die ihm dann zu Weihnachten Bildpostkarten oder Faxe schickten, sie saßen in Kenia oder in Burma, er hatte Freunde auf den Bahamas wie in Südamerika. »Ich kann's nun mal mit Männern«, verkündete er, wenn sie in Isabellas Wohnung gemeinsam Videos von Segeltörns und Jeepsafaris betrachteten. »Ich find's ja auch gut. Ist das eine Sünde?«

Am Anfang hatte es ihr imponiert. Ein Macho? Wieso nicht! Vermutlich war er das auch im Gericht, galt auch dort als Draufgänger, eisern, messerscharf, brillant und gnadenlos ... Und dann, war er bei Ermittlungen oder stand er im Gerichtssaal, war's vorbei mit den Männerfreundschaften ...

Doch heute ... Hinter ihren Schläfen breitete sich ein feiner, schabender Schmerz aus. Tina prostete ihr lächelnd zu.

Sie griff nach ihrem *boccalino* mit Merlot, der Wein schmeckte diesmal rauh und bitter.

Und wieder eine Beifallssalve!

Der große Restaurantgarten mit seinen Steintischen und Rebenpergolas schien ihr wie ein Gefängnis. Sie beneidete Tina, eine Tina Rossi nahm den ganzen Was-sind-wir-doch-für-Supertypen-Aufmarsch überhaupt nicht zur Kenntnis, ihre Welt war geordnet, für sie waren Männer Kinder und konnten sich somit alles leisten – zumindest beinahe alles.

Tina setzte ihre goldene, mit Straßsplittern besetzte Brille auf die Nase, beäugte mit ihren großen, dunklen Augen das Podium, nahm die Brille ab, klappte sie wieder zusammen und schüttelte den Kopf.

»Ach, Isa! Ich bin schon froh, daß Ricardo mit dir in die Villa kommt ... Was macht denn seine Frau? Will er sich scheiden lassen? Ich hab' sie nur dreimal hier gesehen, *non mi piaceva per niente*, so komisch, so kalt – ja, in der Villa war's jedesmal richtig kalt, wenn sie da war ...«

Bloß nicht dieses Thema! dachte Isabella und trank aus lauter Verzweiflung nun doch den ganzen Rest Merlot aus. In Frankfurt war es ihr gelungen, eine Art Schutzzone um sich zu ziehen – um sich und um alles, was mit Richards Ehe zusammenhing. Das Thema war mit einem Tabu behaftet. Ihre Frankfurter Freunde hielten sich daran.

»Wieso sollte ich mir nicht einen verheirateten Staatsanwalt leisten?« Sie hatte es nicht nur forsch verkündet, sie redete es sich auch selbst ein, denn schließlich wußte jeder, daß die Saynfeldt-Ehe ein einziges Desaster war – sie selbst aber pfiff im dunklen Wald und tat ganz so, als ginge sie das alles nichts an ... Außerdem: War sie nicht psychologisch ausgebildete Psychiaterin? Gehörte es nicht zu ihrem Beruf, anderen Paaren wieder auf die Schiene zu helfen? Na also ... Für die Umwelt war Isa in diesem Punkt unantastbar geworden. Die Isa weiß schließlich, was sie tut ...

Ja, von wegen!

Jetzt zum Beispiel, jetzt, in dieser von Qualm und Gelächter, Schnaps- und Essensgeruch durchzogenen heilen Tessiner Welt, vor den Augen einer kleinen Tessiner Mutti, wußte sie nicht weiter.

»Isa! Ich bin froh für Richard, daß er dich hat, glaub mir.«

Auch das noch, dachte Isa.

»Eigentlich solltet ihr Kinder haben, findest du nicht? Ich meine, wenn sich Karla schon nicht scheiden lassen will ...«

Hör auf, um Himmels willen! Sie wollte das auch sagen, doch da lag soviel Freundschaft, soviel Zutrauen und Verstehenwollen in diesen Augen, daß sie schwieg.

»Meinst du nicht?«

»Was?«

»Daß ein Kind …«

Isa schluckte. Ihr Hals war eng geworden. Sie schüttelte wild den Kopf.

»Aber ich kenne viele Männer, die …«

»Tina, bitte, ein andermal, ja?«

»Hab' ich zuviel gesagt?«

»Nein, nein.«

Ein tiefschwarzer, wie in Öl schwimmender Freundinnenblick. Die langen Puppenwimpern … Jetzt war Tina auch noch besorgt, zu weit gegangen zu sein …

»Na, ihr beiden?« Eine schwere Hand legte sich auf ihre Schulter.

Isa beobachtete Tina, wie sie den Kopf in den Nacken legte und verklärt den Blick über Richard Saynfeldts weiße Seglerhosen, den dunkelblauen Seglerblazer, das weiß-blau gestreifte Hemd zu dem braungebrannten Gesicht mit den dichten, wirren, graublonden Locken hochwandern ließ.

»Hast du gewonnen, Ricardo?«

Richard Saynfeldt hatte zwar schmale Lippen, aber auch damit brachte er ein unbezwingbares Lächeln zustande: »Und ob! Ich bin der vierzehnte Sieger.«

»Oh, Ricardo …«.

Ja – o Ricardo! dachte Isa und fragte: »Richard, wie lange geht das hier denn noch?«

»Na, die Ansprachen haben wir hinter uns. Und jetzt, jetzt kommt die Preisverteilung und dann der gemütliche Teil des Abends.«

»Das schaff' ich nicht.«

»Was schaffst du nicht?«

»Ich hab' so verdammte Kopfschmerzen, Richard«, dramatisierte sie.

Seine Brauen wurden flach, und auf der Nasenwurzel stand die berühmte kleine Falte, die sie so gut kannte. »Na hör mal, Isa, das ist doch heute …« Er unterbrach sich und warf einen wissenden Verschwörerblick auf Tina Rossi. Du würdest sowas durchstehen, lautete das Signal. »Nun wart mal, bis die anderen ihre Pötte und ich meine Medaille kriege. Dauert ja keine Ewigkeit.«

Er sprach noch immer nachsichtig und verstehend, er lächelte auch noch immer – aber die Stimmlage hatte gewechselt, so klang wohl die Stimme des Anklägers: »Wenn du mit deinen Kopfschmerzen tatsächlich nicht fertig wirst, na dann – dann brechen wir halt ab.«

Und damit ging er.

Noch ein wenig aufrechter als zuvor ...

Er stank – aber er lebte.

Zuerst war es das Motorengedröhn der Mannschaftstransporter gewesen, dann Stimmen, dann das Brechen und Knacken der Äste, als sie in langen Reihen den Wald durchsuchten, das Bellen der Hunde und schließlich das Knattern der Hubschrauber.

Vor diesen dämlichen Dingern hatte Ladowsky keine Angst. Die fanden ihn nie. Das Schlimmste waren die Hunde. Und vor ihnen hatte er sich noch tiefer in die Höhle gedrückt, so als könne er sich wie ein Maulwurf in die feuchte, modernde Erde graben.

Die Höhle hatte vielleicht einer Fuchsfamilie gehört, oder sie war einfach so entstanden. Regengüsse zum Beispiel, Wasser, das die Erde weggespült hatte. Es war verdammt naß da drin und nachts schrecklich kalt, die Haut juckte, und der Lehm verklebte seine Haare.

Aber trotzdem war er dankbar; die Höhle war ein Fingerzeig, die Höhle umschloß ihn, sie würde ihn schützen ... Es gab Regenwürmer darin, Spinnen, es gab alles mögliche ekelhafte Viehzeug, und soviel er auch davon zerquetschte, immer kam irgendein neues Krabbeltier aus irgendeiner Ecke oder irgendeinem Loch hervorgekrochen. Aber auch das gehörte dazu, er würde gerettet werden, Gott wollte das so, denn er,

Ludwig Ladowsky, hatte schließlich vollbracht, was zu vollbringen war. So wie der kleine Mann, wie das Silberpüppchen am Kreuz. – Genau so …

Die Hunde allerdings hätten ihn geschnappt, da war er sicher, Polizeihunde riechen alles. Sie wären in die Höhle eingedrungen, hätten ihn angefletscht, gebissen oder hinausgetrieben wie irgendeinen armen Fuchs oder ein Wiesel.

Doch das hatten sie nicht. Dazu waren sie zu weit entfernt. Die Hunde rannten weiter oben über die beiden Hügel. Hier runter war kein einziger gekommen. Hier gab's zu viele stachlige Brombeerranken. Auch das mußte so sein. Auch das war gewollt – von Gott.

Er durfte, er würde weiterleben … Er hatte Wurzeln gekaut, irgendwelches Grünzeug, das nicht zu bitter war und das man runterschlucken konnte. Dann endlich, am zweiten Tag, war es wieder ruhig geworden im Wald.

Er hatte sich gesäubert, so gut er konnte. Aber überall im Gesicht, an Armen und Beinen bildeten sich rote Pusteln. Sie brannten. Und Hunger hatte er auch. Er war fertig, kaputt, ausgehöhlt wie ein Kürbis, er fühlte, wie die Kraft sich auflöste, davonrann wie der Schnee, den die Sonne zu Wasser verwandelt. Und er brauchte doch Kraft. Er brauchte etwas zu essen. Er mußte weg.

An das Mädchen dachte er nicht mehr. Schon gar nicht an das tote Mädchen.

Das war getan.

Er mußte etwas zwischen die Zähne bekommen …

Treppen, Treppen, Treppen.

Richard Saynfeldt hatte den Porsche auf dem Parkplatz in Ascona stehen lassen. »Bewegung ist, was wir jetzt brauchen!« Und so bewegten sie sich, durch die engen Gassen, stiegen die schmalen, steilen Treppen hoch zum Monte Verita, zur Villa.

Isabella ging hinter ihm. Die Luft tat gut. Jasminduft trug sie heran, und als Dreingabe zum Silbermond standen schwarze Zypressen Spalier, und weiße Häuser tauchten auf, deren Konturen silbern schimmerten. Warf sie einen Blick zurück, so sah man den See, gleichfalls silbern; schön, sehr schön sogar, und auch vertraut. Nur daß sie mit der ganzen Romantik nichts anfangen konnte.

Sie waren oben angelangt.

Richard schloß auf.

Doch bevor er die schwere Haustüre aufschob, überlegte er es sich, drehte sich um, wurde vor all dem Mondlicht zum schwarzen, mächtigen Schatten, nur die Augen wirkten hell, und die Hände, die sich nun auf ihre Schultern senkten, waren schwer wie Gewichte. Starke Fingerspitzen gruben sich in ihr Fleisch, wanderten den Rücken entlang, zogen sie an sich, bis sie seine Rippen spürte und die Beckenknochen, und dann das andere, das anschwoll, hart wurde und sich jäh an ihren Bauch drückte.

Sie stemmte die rechte Hand gegen seine Brust. »Komm … Laß … Was soll das?«

»Was?« Er lachte. »Gute Frage. Die beste der Welt.«

Sein Atem streifte ihr Gesicht, Whiskyatem, seine Lippen berührten ihr Haar, sie versuchte sich zu wehren, er ließ nicht los; die berühmten Richard-Saynfeldt-Muskeln, die er mit soviel Hingabe trainierte, erlaubten keinen Widerstand, sie fühlte sich hochgehoben, hörte wieder sein Lachen, er, der vierzehnte Regattasieger, trug sie über die Schwelle – wie damals vor drei Jahren, als sie zum erstenmal die Villa besucht hatten, weil das so romantisch war, sein Mädchen über die Schwelle zu tragen, und auch der Mond schien damals – als ob man die Bilder der Erinnerung paßgerecht auf die Realität zurechtrücken könnte, als sei in den drei Jahren, die dazwischenlagen, nichts, überhaupt nichts geschehen …

Isa schlug nach ihm. Dieses Mal erwischte sie ihn an der rechten Wange – so hart, daß ihr alle Knöchel weh taten und es ihm den Kopf zurückwarf.

Aber er lachte, es mußte so sein wie damals ...! Er lachte und riß sie hoch, hatte die Tür geöffnet, taumelte mit ihr durch die hellen Mondlichtstreifen, die durch die großen Fenster in die Halle gefiltert wurden, lief mit ihr auf den Armen zur Schlafzimmertür, auch hier Mondlicht, die Leintücher schneeweiß. Er ließ sie fallen, warf sich auf sie, sie versuchte sich zu wehren, doch er lächelte, nein, strahlte sie an, mit weißen Mondzähnen, die auf sie wirkten wie ein Wolfsgebiß, murmelte besänftigend »aber, aber ...« und »komm, komm, komm ...«, wie zu einem unartigen Kind, drehte ihr dabei die Ellbogen so nach außen, daß sie auf stöhnte, hatte plötzlich beide Schenkel gespreizt, umklammerte ihren Oberkörper mit den Knien wie ein Reiter, saß über ihr, noch immer in diesem lächerlichen Blazer, machte sich noch nicht einmal die Mühe, ihn auszuziehen, nein, griff zum Hosenbund, zog den Reißverschluß nach unten und zeigte ihr stolz seine Erektion.

»Sieh mal! Das ist das beste Mittel gegen Kopfschmerzen, Liebling ... Sieh mal ...«

Er hatte seinen Penis liebevoll mit der rechten Hand umfaßt, und sie lag da und starrte, dachte, das gibt's doch nicht, fühlte ihre eigene Ohnmacht und gleichzeitig die Wärme, die in ihr auf stieg. Nein, das nicht ...

Doch da war der drängende Druck an ihrem Mund, und sie spürte, wie es heiß in ihre Lenden schoß und ihren Körper durchflutete und wie sich unwillkürlich ihre Lippen öffneten ...

Als es vorüber war, all die stoßenden, wilden Bewegungen, als sie schweißüberdeckt nebeneinander lagen, jeder für sich und jeder stumm mit seiner Zigarette beschäftigt, schien alles Leben aus ihr gewichen. Für jeden Gedanken, für jedes Gefühl war sie zu schwach, sie war nicht einmal zu Widerwillen oder Zorn fähig.

Sie sah nur auf den kleinen, roten Glutpunkt und das bißchen Zigarettenrauch und die weißen Mondrechtecke an der Wand.

»Ich liebe dich«, hörte sie ihn flüstern.

Sie schluckte. Und hatte Durst.

»Ich liebe dich sehr, mein Kleines.«

Natürlich, was sonst: mein Kleines …

Sein Hand tastete sich zu ihr herüber und knetete ihre linke Brust. Sie rollte sich aus dem Bett und lief zum Bad. Das Wasser peitschte ihre Haut, warm, kalt und wieder warm. Sie kauerte sich auf dem Rand der Duschkabine nieder, ließ sich überfluten und wußte nur eines: Nie wieder! – Ihr Gesicht hielt sie in beiden Händen, und während das Wasser durch ihr Haar und über ihren Körper flutete, stand sie plötzlich in den beiden leeren Räumen in der Korneliusstraße, im Frühherbst vor drei Jahren, sie war gerade dabei, mit Peter Aman ihre Gemeinschaftspraxis einzurichten. Außer Peters Computer und den beiden Schreibtischhockern gab es noch nichts im Raum. Und da hupte es. Zusammen waren sie ans Fenster getreten, und Peter hatte zuerst seinen runden, kahlgeschorenen Kopf hinausgestreckt.

Unten stand ein schwarzer Porsche. Aus dem Fahrerfenster schob sich Richards Gesicht. Nun stieg er aus.

»Der?« Peter Aman starrte aus seinen runden, klugen, wachsamen Augen hinunter.

Sie hatte nur genickt.

»Aber wieso eigentlich, um Himmels willen? Muß das sein?«

Ja – wieso eigentlich, um Himmels willen …?

Als sie wieder das Schlafzimmer betrat, in ihr Handtuch gewickelt, schlief Richard, den Mund leicht geöffnet, auf der Seite liegend, ein Leintuch über den Hüften. Sie betrachtete ihn lange. Die braune Haut, die Muskeln – Richard, das Prachtstück.

Nein, dachte sie und schlüpfte ins Bett: Es muß nicht sein.

Er hatte ihn gesehen, als er sich aus dem Wald löste, die Senke durchquerte und dann im Schatten der Apfelbäume sich dem Haus näherte. Eine Zeitlang hatte er sich hinter der Fliederhecke versteckt, um die Situation zu klären, und da stand er, ein hagerer Mann, einen Strohhut auf dem Kopf. Irgend etwas räumte er auf, marschierte zweimal durch den Hof, ließ das Wasser laufen und hielt die Hände darunter. Sein Gesicht war nicht zu erkennen, dazu war es bereits zu dunkel.

Er hatte gewartet und gegen das rauhe Brennen in der Speiseröhre angekämpft und gegen den Knoten, der sich in seinem Magen bildete. Er hatte lange gewartet, aber das machte ihm schon nichts mehr aus. Schwach, wie er war, kostete es ihn Mühe, die Augen offenzuhalten und nicht auf der Stelle einzupennen. Und es war kühl geworden.

Schließlich war das Backsteinhaus des Gärtners nur noch ein Schatten mit zwei hellgoldenen Vierecken. Im rechten flimmerte bläuliches Licht. Das war die Glotze. Na, wenn er die angeschaltet hatte, sah er nicht in den Hof, und er konnte sich weiter vorwagen.

Vorsichtig hatte er sich durch die Büsche gezwängt und auf das Geheul eines Hundes gewartet. Nur ein paar Hühner schienen unruhig, kein Hund, es gab nur noch ihn und sein pochendes Herz und diese verdammten Fenster dort drüben – und dann in der Ecke, gleich neben dem Garagenanbau, einen großen schwarzen Plastikkübel.

Ein Container! Mach keinen Blödsinn jetzt … Aber er hielt es nicht durch, konnte nicht anders, lief hin, zog den Deckel hoch; es stank verfault, egal, er griff hinein, seine Hände tasteten sich durch feuchtes Papier, irgend etwas Glitschiges, er zog die Hand zurück, es stank, Schweinerei – aber hier, er fühlte es mit den Fingerspitzen, ehe es ihm klar wurde: Bananen! Und sie schienen heil.

Daneben, was war das? Eine Büchse. Halb offen. Aber die Sardinen darin rochen noch frisch. Und hier ein Stück Brot. Und dies eine Plastiktüte …!

Er drückte seine Beute in die Tüte, ließ vorsichtig den Deckel zurückgleiten und lauschte wieder. Nichts war zu hören. Nur das Fernsehgemurmel drüben im Haus.

Auf Zehenspitzen lief er über den Hof bis zu einer Mauer, an der Brombeerbüsche wuchsen. Aus der Mauer schob sich eine Art Dach: Zwei Pfosten trugen gewelltes Eternit. Darunter Maschendraht, so verrostet, daß er sofort brach, als er daran zog.

Schnell schlüpfte er hinein. Es roch nach Hühnermist. Egal. Er hielt die Bananen in der Hand, seine Bananen, die Sardinendose, das Brot ... Tränen traten in seine Augen, als er hinunterschlang, was er gefunden hatte.

Später, die Lichter drüben am Haus waren ausgegangen und die Luft war kühler geworden, fand Ladowsky dann die Feile: ein kantiger, langer, harter, verrosteter Stab, halb verborgen im pulvrigen Boden unter ihm. Er fühlte, daß er wieder denken konnte und daß die Kraft zurückkam.

Der Schuppen dort? Die Tür ... Er stand auf und schlich hinüber. Die Tür hatte ein Schloß. Das Gute war: Vom Haus konnte man ihn nicht sehen. Und so stand er nun und feilte; das feine, schabende Metallgeräusch begleitete seine Gedanken.

NUTTENPÜPPCHEN, dachte er, MEIN ARMES, KLEINES NUTTENPÜPPCHEN ... DU WOLLTEST ES SO ... UND ES WAR DOCH SCHÖN FÜR DICH, ODER ...? ES WAR DOCH SCHÖN ...

AUSSERDEM: ES MUSSTE SEIN ... ICH HAB' ES IHNEN ALLEN WIEDER GEZEIGT ... SCHON DESHALB MUSSTE DAS SEIN ...

Es war nicht das erstemal, daß Richard sie auf diese Weise – Alkoholröte im Gesicht, angeschwollene Adern an den Schläfen und unwiderstehlicher Siegerblick in den Augen – ja, wie nennt man so etwas – ›genommen‹ hatte.

Aber wenn sie es sich ins Bewußtsein rief, nackt neben ihm ausgestreckt, den Blick auf die vergilbten Vorhänge gerichtet, die wie Gespensterflügel im Ausschnitt des Gartenfensters hin und her wehten, wurde ihr mit widerwilliger Faszination bewußt, daß sie es manchmal durchaus genossen hatte ... Wieder sah sie ihn vor sich, wie er, irgendeinen lächerlichen Plastikbeutel mit einer lächerlichen Champagnerflasche in der Hand, die Treppen zu ihrer Wohnung hochstürmte. Sitzungspause, klar doch, oder eine ganz besonders wichtige Konferenz im Justizministerium, oder der Wagen mußte ja unbedingt zur Reparatur – ein Stück Zeit jedenfalls hatte er herausgebrochen aus dem täglichen Streßkarussell, nur für sie beide, versteht sich, mit der Hilfe von Lügen, komplizierten und geflüsterten Telefonanrufen oder auch einfach mit Brachialgewalt, und da war er dann, der Herr Oberstaatsanwalt am Landesgericht, der LG-Mensch in der ganzen Pracht seiner Nadelstreifen und seiner Silberkrawatte, ließ den Champagnerpfropfen knallen, was natürlich besonders sündhaft-aggressiv wirkte, drängte sie zum Bett und brachte es dabei noch fertig, ihr das Zeug in den Mund zu schütten und mit der anderen Hand die Blusenknöpfe aufzureißen. Und dann ...? Ja, was dann? Dann ›ging die Post ab‹, wie er es nannte.

Richard Saynfeldt, der Unwiderstehliche ...

Und sie?

Hatte sie es wirklich genossen?

Sie hatten abgehoben, das ja, sie hatte es zugelassen, sie hatte einfach mitgespielt, und vielleicht war es auch ein Spiel gewesen, das sie sich selbst entrückte.

Aber diesmal ...

Diesmal war alles anders. Und sie hatte sich nicht gewehrt.

Er stöhnte neben ihr, öffnete die Augen und sagte: »Du rauchst ja noch?«

Sie nickte. Wieso, verdammt noch mal, sollte sie nicht rauchen?

Er sah sie noch immer an. Der berühmte Messermund des Anklägers war schlaff, nein weich geworden, die Augen waren rötlich unterlaufen, geplatzte Äderchen, Spuren seiner tollen Sturmfahrt auf dem See – oder des Grappas, des Whiskys, des Merlot, was immer die Kameraden vom Club da in sich hineingeschüttet hatten – oder Spuren dessen, das er ›Liebe‹ nannte.

»Was ist denn mit dir?«

Er nahm ihr die Zigarette aus der Hand, sog daran und starrte zur Decke.

Sie schwieg.

»Komm, irgendwas ist doch?«

Sie sah den Rauchschwaden zu, die quer durchs Zimmer zu der Kommode strichen, auf der unter einem verstaubten Glassturz eine alte Schlaguhr aus der Sammlung von Onkel Hans schlummerte.

Seine Hand kam zu ihr, strich wieder über ihre linke Brust, wanderte den Rippenbogen entlang zum Bauch und wollte sich einen Platz zwischen ihren Schenkeln suchen. Sie nahm sie am Gelenk und schob sie weg, zurück aufs Bett.

Er stützte sich auf den Ellbogen. Seine Augen waren forschend, der Mund wieder schmal und die dunklen Brauen gerade: das Ermittler-, das Staatsanwaltgesicht.

»Das Übliche, was?«

»Was ist das denn, das Übliche?« fragte sie.

Er ließ sich aufs Bett zurückfallen und rauchte weiter. »Abschiedsschmerz vom Tessin. Das Ende eines kleinen, herzigen Egotrips ...«

»Du redest Quatsch. Und du weißt es.«

»Und morgen, wie gehabt, läuft die Mühle. Meinst du, mir macht das Spaß?«

Seine Hand streifte wieder ihre Haut.

Sie ließ sie dort, wo sie war, auf ihrem Beckenknochen. Fremd erschien sie ihr, so tot wie ein Stück Holz.

»Isa, jetzt guck nicht so tragisch in die Gegend. Was soll 'n das? In drei Wochen sind wir wieder hier. Ist schon alles arrangiert ... gar kein Problem ... Und weißt du wie? Karla muß bald mal wieder nach Hamburg. Die haben in ihrer Pharmaklitsche so eine Vorstandssitzung, und ihr Vater besteht darauf, daß sie dabei ist. Bei dem Haufen von Überstunden, die ich vor mir herschiebe, kann ich mir freinehmen. Und soll ich dir noch was sagen – Karla …«

»Hör auf mit deiner Karla.«

Sie wollte nichts von Karla hören. Sie war kein Thema mehr. Es hatte Zeiten gegeben, da hatten sie sich stundenlang darüber unterhalten. Sie waren vorüber … Es war ein Problem, das so uralt war wie banal. Isabella hatte es damit überspielt, daß sie sich sagte: Na und? Eine zweite Ehepleite in deinem Leben darf es sowieso nicht geben, also – was ist angebrachter für die Seele und die Hormone einer Sechsunddreißigjährigen als die Rolle der Gelegenheitsgeliebten? Vor allem, wenn die andere Rolle noch besetzt ist mit einem gutaussehenden, intelligenten (›brillanten‹, sagen sogar viele) Mann wie Richard Saynfeldt?

Die Rechnung war nie aufgegangen. Wie die meisten Rechnungen dieser Art.

Und Karla …?

Isabella hatte Richards Frau zum ersten und einzigen Mal erlebt, als sie wie unter einem Zwang zu einer Gemäldevernissage lief, zu der auch Karla eingeladen war.

Und sie hatte genau ihrer Vorstellung entsprochen, mit den Brillanten im Ohr, dem Schmuck am Hals und dem Leidensgesicht mit den herabhängenden Mundwinkeln. Sie war gleich wieder gegangen, mit einem Gefühl des Mitleids im Herzen. Die Frau tat ihr leid. Sie erkämpfte sich mit dem unerbittlichen Selbstmartyrium der Fitneß- und Sonnenstudios ihre Anerkennung im Juristenklan der Saynfeldts und bestand gleichzeitig darauf, an den Namen Saynfeldt noch ihren Mädchennamen anzuhängen, Karla Saynfeldt Röder – denn die Röders, nicht wahr, kannte man schließlich gleichfalls, wenn auch nur in Hamburg …

Isa hockte sich hin, umschlang ihre Knie mit beiden Armen und zog sie an sich, als fröstle sie …

Als Isa am nächsten Tag erwachte, war es kurz nach zehn. In der Halle standen die Koffer; Richard hatte ihren ebenfalls gepackt. Er saß in der Küche, trank Kaffee und lächelte ihr entgegen.

»Na?« Beifallheischend deutete er auf die volle Kaffeekanne und auf den Korb mit frischen Croissants. Er hatte nicht nur den Porsche geholt, er hatte auch gleich noch Croissants und frische Brötchen mitgebracht.

Sie fühlte sich außerstande, seinem erwartungsvollen Blick zu begegnen, senkte nur den Kopf und trank heißen Kaffee. Schulterzuckend widmete er sich wieder der Zeitung, die vor ihm auf dem Tisch lag. Er mußte sie ihr aus der Tasche genommen haben. Es war die Frankfurter Rundschau von gestern.

»Hast du das gelesen?«

»Was denn?«

»Na was? Die Sache mit deinem Kreuz-Mörder.«

»Wieso ...? Was heißt denn ›mein‹ Kreuz-Mörder?«

»Na, wenn nicht deiner, dann vielleicht meiner. Das passierte alles im Spessart. Da könnte das Frankfurter LG zuständig werden, meine Liebe ... Was schaust du mich so an? Mit dem Fall hast du doch jede Menge Publicity gemacht.«

»Publicity«, wiederholte sie wütend. »Laß mich mit so einem Unsinn in Frieden. Ich kann dir nur eines sagen, Richard: Diesmal war das letztemal. Hierher, in dieses Haus komme ich nie wieder.«

»Was ...? Aber wieso denn?« Er schien ehrlich verblüfft.

»Richard, weißt du, was wir brauchen?«

Er sah sie an.

»Eine Pause«, sagte sie. »Eine ziemlich große. Eine Pause, in der du dir überlegen kannst, ob es richtig ist, mich wie eine Bahnhofsnutte zu behandeln.«

6

Es war zwölf Uhr zehn und der Himmel noch ziemlich grau, doch der Regen wollte nicht herunterkommen, die Wolkendecke blieb hoch, und über dem Wald lag ein wäßriger Glanz.

Konnarz steuerte den BMW; seinem Wagen folgte Tim Rister im Passat. Er hatte das Datensichtgerät an Bord.

Berling betrachtete seine Fingernägel. Sein Gespräch mit Herbertsheimer lag nun genau vierzig Minuten zurück. Die Aussicht, Ladowsky heute noch auf eigene Faust zu schnappen, schätzte er gering ein – falls der Mörder überhaupt Ladowsky war. Gerade daran hatte er noch immer seine Zweifel.

»Wie ist das, hast du nicht Hunger?«

»Ich?«

»Klar hast du«, bestand Konnarz. »Ich kenn' dich doch. Bist ständig am Pfefferminzbonbons kauen. Wenn du das machst, hast du immer Hunger.«

Es war die Strategie des Dicken, anderen Hunger einzureden, damit er selbst ans Futter kam.

»Hör mal, Tom, das Handschuhfach – mach mal auf.« Klar, das Handschuhfach. Berling öffnete. Richtig, da lag die Plastikschachtel mit den geliebten Salamibrötchen. Der Kreuz-Mörder? dachte er wieder, und in diesem Augenblick sprach Konnarz das Wort wie auf ein Stichwort hin aus: »Kreuz-Mörder«, sagte er, »wenn ich das schon höre … Glaubst du, daß Ladowsky es war? Glaubst du das wirklich?«

Was glaubte er …? Es gab keine Glaubensfragen, aber ein kleines Kreuz gab es, und er sah es wieder: den silbern schimmernden, mit einem feinen, rötlichen Hauch von Blut überzogenen Plastik-Christus, der nun in der Asservatenkammer ruhte.

Es hatte ein zweites Kreuz gegeben. Und sie hatten ihm ein Foto davon mit all den anderen Unterlagen zugefaxt. Auch dieses zweite Kreuz hatten sie auf der Brust eines jungen Mädchens gefunden – keiner Sechzehn-, einer Dreizehnjährigen ...

»Ladowsky vorne, Ladowsky hinten, die schmieren den doch durch die Zeitungen, als sei er Boris Becker. Viel zu einfach machen sich die Schreiberlinge das. Warum sollte es ausgerechnet dieses Schwein sein? Es laufen noch genügend andere von der Sorte herum.«

Berling nickte.

Die Straße zog sich über eine flache Hanggruppe. Rechts und links wuchs Wald.

Er kaute auf dem Zahnstocher herum, den er sich in den Mund schob, wenn ihn die Lust nach einem Zigarillo überkam. Der Dicke neben ihm war ein alter Hase. Und auch er hatte das Wort ›Nachahmungstäter‹ als erstes auf sein Thesenpapier geschrieben. Aber was sollte das schon? Ein Mädchen war entführt, unter unsäglichen Umständen gefoltert und vergewaltigt worden, ehe ihm ein Zementblock Schädel und Gesicht zertrümmerte. Ob der Täter nun Müller, Maier oder Ladowsky hieß – er mußte, er würde ihn finden!

Die Straße führte über eine flache Kuppe. Er erkannte die Landschaft wieder: Dahinter begann eine S-Kurve, und die endete in einer flachen Geländemulde ...

Dies war der Hügel. Und da kam die S-Kurve.

Konnarz hob den Arm: »Dort?«

Berling nickte. Ja, dort ... Beim Kilometerstein 34 führte eine kleine, asphaltierte Stichstraße Richtung Osten, dem welligen Hügelgelände zu, das sich dann zu einem kleinen Bach senkte, an dessen Ufer der Killer mit dem Fiesta so dämlich in den Schlamm geraten war, daß er ihn nicht mehr herausgebracht hatte. Nachdem der Wagen festsaß, mußte er versucht haben, ihn anzuzünden. Aber auch das ging schief. Vielleicht war er dabei gestört worden, oder er hatte die Nerven verloren – jedenfalls war nur ein Teil der Sitze verkokelt.

»Fahr weiter, Erich.«

Konnarz warf ihm einen Blick zu: »Ja wohin denn?«

»Sag' ich dir schon ...«

Es sah aus wie zuvor, ein welliges Waldgelände. Sie blieben auf der Landstraße, die nach Wächtersbach führte. In der Ferne erhob sich steil wie ein Finger eine weiße Dampfwolke über einem Zementwerk. Weiter rechts sah man einen hellen Streifen im Dunst. Das mußte bereits Wächtersbach sein.

»Gib mir mal die Karte, Erich.«

Konnarz blieb weiter stumm. Berling schob den Zahnstocher in den linken Mundwinkel und warf einen kurzen Blick auf die Straßenführung.

»Kann nicht weit sein. Jedenfalls, bei der nächsten Abzweigung biegen wir dann nach rechts.«

»Wohin?« fragte der Dicke zum zweitenmal.

»Da liegt so ein Sanatorium, Erich. Vielleicht fünf Kilometer über die Kreisstraße dorthin, nicht weiter.«

»Schloß Roßberg?«

»Genau.«

»Wie kommst du denn auf Roßberg, um Himmels willen? Da fahren doch Paraplegiker oder Spastiker im Rollstuhl rum.«

Berling nickte und schwieg. Er dachte wieder an Ladowsky: Ludwig Ladowsky mit dem ordentlichen Wasserscheitel und dem freundlichen Jungengesicht, den alle, die ihn kannten, als hilfsbereit, unauffällig und liebenswert beschrieben hatten – selbst die Eltern der dreizehnjährigen Irmi. Die hatten ihn gekannt. Als sie bauten, hatte er ihnen das Material im Lieferwagen herangekarrt, zum Nulltarif, versteht sich. »Er machte immer einen so lieben Eindruck« – ja, ehe er ihre Tochter vergewaltigte, sie erwürgte und schließlich mit einer Plastiktüte erstickte …

Irmi Meyser wurde ein Kreuz auf die Brust gelegt. Das erste.

Vielleicht sollte er die Nachahmungsidee streichen.

Vielleicht war es wirklich Ladowsky …

Sie hatten die Kreuzung erreicht und nahmen die kleine, gewundene Straße nach Norden.

Der Dicke blieb beharrlich: »Wieso ausgerechnet Roßberg? Früher war das mal ein schickes Kurhaus, aber jetzt ist es eine Landesanstalt. Und weißt du, was das heißt? Erbsensuppe und Beamte.«

Berling nickte. Was sollte er auch antworten? Daß er sich an jede Möglichkeit klammerte, daß Ideen und Theorien sich am Ende doch meist in Luft auflösten, aber daß es ohne sie nun mal nicht ging? Das zum Beispiel hätte er sagen können. Er verspürte keine Lust dazu.

»Verdammt noch mal, ich hab' Kohldampf. Jetzt gibt mir schon mein Brot.«

Berling tat es und sah den Kaubewegungen von Konnarz' Hamstertaschen zu, während der den Wagen geschickt und flüssig durch die engen Kurven steuerte. Dazu brachte er es bei der ganzen Kauerei noch fertig, verständliche Sätze abzusondern: »Meinst du, er spielt dort oben den spastischen Bubi?«

»Ich meine gar nichts.«

»Der hockt irgendwo im Wald, Tommi, der hockt in seinem Loch und wartet, bis die Hubschrauber und die Polizeiköter zurückkommen, und in der Zwischenzeit macht er sich in die Hosen vor Angst.«

»Was immer er macht, er braucht was zu essen. Müßte gerade dir klar sein, Erich!«

Konnarz streckte ihm prompt die Hälfte des Brötchens hin.

Berling schüttelte den Kopf.

»Auf die Höfe kann er ja nicht, Dicker. Die holen doch sofort den Knüppel. Sein Gesicht kennt jeder. Das weiß er … Und noch viel mehr gilt das für Wächtersbach und all die anderen Kaffs drumrum. Er kann nirgends hin.«

»Außer nach Roßberg natürlich.« Konnarz rieb sich mit dem Handrücken über den Mund.

»Vielleicht. Vom Tatort sind das zwei, drei Stunden zu Fuß. Vielleicht kennt er die Gegend. Bauern gibt's hier wenig. Aber in einem Laden wie Roßberg, ob jetzt Schickimicki-

Sanatorium oder Landesanstalt, gibt's zu essen. Jede Menge …«

»Und du meinst natürlich, Spastiker, die schreien nicht um Hilfe? Die können gar nicht. Und fernsehen tun sie auch nicht …«

»Ich meine gar nichts«, wiederholte Berling müde.

Ja, mit den Theorien war's immer das gleiche: Zunächst ein Impuls, wie ein kleiner Stromstoß – aber der floß nicht lange, und dann wurde die Sache flau …

Am Sonntag hatte sie Evi nicht einmal auf den Friedhof bringen dürfen, nein, Evi lag in diesem schrecklichen Keller in einer Schublade aus Stahl, wie irgendein Gegenstand, den man einfach wegpackt, weil er kaputt ist. Sie würde ihre Tochter erst Ende der Woche zurückbekommen.

Zurück zu was?

Eichensarg, Erde, Blumen – der Pfarrer, Deckel zu, Erde drauf, das war alles, was von sechzehn Jahren blieb. Evi hatte doch noch gar nicht gelebt …

Irma Fellgrub saß im Sessel am Fenster. Sie hatte die Jalousien herabgelassen, um nichts von der Welt dort draußen zu sehen, vor allem aber, um keine Menschen sehen zu müssen.

Der Mann im Leichenkeller war freundlich gewesen, der hatte ein Herz, er hatte ihr es auch erspart, noch einmal ihre Tochter betrachten zu müssen. Er hatte sie gebeten, die Narbe am rechten Knie zu identifizieren, die Evi sich damals nach der Konfirmation beim Sturz von ihrem neuen Fahrrad geholt hatte. Den Keller hatte Irma gerade noch geschafft, doch weinen konnte sie längst nicht mehr, was brachte das schon, das ewige Weinen. Ihr Bruder hatte sie nach Hause nach Lengbrunn zurückgefahren, und Liese, die Schwägerin, hatte sie geküßt und in den Arm genommen und ihr gesagt, sie solle doch bei ihnen bleiben. »Was willst du um Himmels willen in dem Haus, Irma, so ganz allein? Nun komm doch, sei vernünftig ...«

Aber sie war nicht vernünftig.

Sie hatte Cola gekauft für die Mädchen, die aus der Schule zu ihr kamen, und für die anderen vom Aerobic-Club in Orb. Und dann war das halbe Dorf gekommen und all ihre Freunde und Freundinnen. Und sie hatten Blumen gebracht, jeder einen Strauß, so viele Blumen, die mußte sie doch ins Wasser stellen. Sie hatte sie alle verteilt, im Wohnzimmer, in Evis Zimmer, im Korridor, sie wußte gar nicht mehr wohin damit, und nun sah die ganze Wohnung aus wie eine Gärtnerei oder eine Blumenhandlung oder ein Blumenmeer. Schön sah es aus. Evi hatte Blumen so gemocht. Aber was nützten sie ihr jetzt?

»Frau Fellgrub, ich weiß, wie schmerzlich das alles für Sie sein muß. Kann ich Ihnen helfen?«

Das war Mittag gewesen. Eine Frau hatte da plötzlich in der Tür gestanden, auch sie mit einem Strauß, einem großen Bukett aus Rosen und Iris. »Und vor allem, wo Sie doch so allein sind ... Ist denn niemand bei Ihnen?«

Sie hatte sie nur angeschaut.

»Ihr Mann kann Ihnen in diesem Schmerz wohl nicht mehr zur Seite stehen – Er ist ja tot, Frau Fellgrub, wie ich erfahren habe.«

»Was geht Sie das an? Was wollen Sie?«

»Helfen«, hatte die Frau gesagt. »Nur helfen. Sehen Sie, wir dachten uns ...«

»Wer – wir?«

»Die Redaktion. Ich ... Wir nehmen alle teil an Ihrem Schmerz, Frau Fellgrub. Aber Sie brauchen doch auch jemand, der Ihnen ein wenig unter die Arme greift? Die Beerdigungskosten zum Beispiel, die könnten wir übernehmen, wenn Sie uns ein bißchen ...«

»Raus!« hatte sie gesagt.

Doch die Frau war nicht gegangen. Irma hörte sie weitersprechen. Sie fühlte sich so schwach, aber dennoch hatte sie es geschafft, sie durch den Korridor zur Tür zu drängen. Hastig hatte sie den Riegel vorgeschoben, und dann wollten die Knie nicht mehr, sie war die Tür hinabgerutscht, saß auf dem Fußabstreifer, hielt den Kopf in beiden Händen und konnte endlich wieder weinen …

Die Straße zog in einer Geraden einer Kuppe entgegen und bog dann scharf links ab. Konnarz stoppte den BMW. Sie hatten das Schild beide zur selben Zeit gesehen: SANATORIUM ROSSBERG.

Hier standen keine Kiefern, hier waren Buchen gepflanzt, rechts und links der Fahrstraße, die von der Kreisstraße den Hang hochführte.

Sie fuhren zirka fünf Minuten. Berling warf einen flüchtigen Blick auf die Borduhr: Von Marktheim bis hierher hatten sie noch nicht einmal eine Dreiviertelstunde gebraucht.

Konnarz deutete mit einer kurzen Kopfbewegung zu dem Parkplatz, der sich rechts der Straße öffnete. So groß wie ein Fußballfeld, und dennoch standen nicht mehr als ein halbes Dutzend Autos darauf. Der Platz war mit Schotter bestreut. Rechts daneben erhob sich ein Schild: ›Wir bitten die Besucher, sich im Pförtnerhaus anzumelden, bevor sie das Anstaltsgelände betreten.‹

»Na, den Hochbetrieb haben die wohl hinter sich …«

»Fahr weiter, Dicker!« sagte Berling.

Hier oben auf der Kuppe trat der Wald zurück. Die Straße führte genau auf ein in einem angenehmen gelbbraunen Ton gehaltenes breitgelagertes altes Gebäude zu. Auf dem Biedermeierdach saßen weißgestrichene Dachreiter. Auch die Fensterumrahmungen waren weiß. Rechts am Straßenrand, direkt hinter der niederen Mauer und dem Eingang mit den beiden Leuchten, stand das Pförtnerhaus. Die Läden daran waren geschlossen.

»Immer weiter, Dicker.«

Sie fuhren durch den hohen Torbogen, der sich in der Mitte des Baus öffnete, und erreichten einen breiten, gleichfalls von einer Mauer umschlossenen Hof. In ihm erhoben sich weitere Gebäude: Im rechten Winkel zur Haupthausachse waren es zweistöckige, moderne Bauten mit großen, von eloxierten Aluminiumrahmen eingefaßten Fenstern. Weiter unten, bereits am Ende, sah man den Küchenbau.

Berling nickte, und Konnarz stoppte den BMW.

Sie stiegen beide aus. Tim drehte mit dem Passat eine Kurve und stellte sich neben sie, die Schnauze wieder aufs Tor gerichtet, als müsse er sich einen möglichst schnellen und guten Abgang sichern.

»Und jetzt?« Auch er war ausgestiegen.

Genau – und jetzt?

Berlings Augen machten Bestandsaufnahme. An dem modernen Bau dort drüben gab es einen überdachten Haupteingang mit einem Messingschild, dessen Inschrift er auf diese Entfernung nicht zu lesen vermochte. Wahrscheinlich die Verwaltung. Zwei Rollstühle standen daneben.

Eine ganze Herde davon hatte sich vor dem Eingang des anderen Hauses versammelt. Das Erdgeschoß wies hohe Fenster auf. Sie befanden sich in Kippstellung, und aus den Öffnungen klang ein sonderbarer Tonbrei, eine Mischung aus hohen, piepsenden, aber auch dunkel-gutturalen, unfertigen und hilflosen Lauten, die ab und zu von Händeklatschen und den Kommandos einer Frauenstimme unterbrochen wurden.

»Na, dann gehen wir mal.«

Berling wollte gerade auf das Messinggold am Eingang zumarschieren, als sich die Tür öffnete. Eine Frau trat heraus. Ja, es war eine Frau, obwohl die weiten Männerhosen, der unförmige Pullover, vor allem aber das Format der Figur zunächst an einen Mann denken ließen. Sie mußte beinahe ein Meter neunzig groß sein, hatte das graue Haar glatt an den Kopf gebürstet und hinten zu einem Knoten zusammengebunden. Ihr Gesicht wirkte, das ließ sich trotz des Abstands erkennen, ziemlich energisch.

»He! – Wie kommen Sie hier herein? Wer sind Sie? Suchen Sie jemand? Was machen Sie hier im Hof?«

Auch die Stimme – energisch.

Sie setzten sich beide in Bewegung, gingen über die Zementplatten des Hofes und trafen sich so ziemlich in der Mitte. Berling stellte sich und Erich Konnarz vor, zeigte seine Marke und sagte: »Ich suche den Leiter der Anstalt.«

»Oh, Polizei? – Ich hätte es mir denken können ... Tut mir leid, Professor Scheuerleber ist im Moment nicht da. Ich bin Dr. Schönert, die kommissarische Leiterin. Vielleicht kann ich Ihnen behilflich sein?«

Sie hatte ein Lächeln, das Berling gefiel, knapp, ironisch, auf Distanz und doch nicht unsympathisch. Die ganze Frau gefiel ihm, und sah sie hundertmal so aus, als würde sie nach einem Tag mit Spastikern und Paraplegikern noch Gewichteheben trainieren, sie machte – nun, einen zuverlässigen Eindruck.

»Es tut mir leid, daß ich Sie störe, aber wissen Sie ...« Berling sagte, was zu sagen war.

Vom Küchenbau wehte Essensduft herüber. Nun verspürte auch er Hunger. Ihr Blick war noch immer auf ihn gerichtet. Sie hatte hellbraune, ins Grünliche spielende Augen.

»Dieser Mann, dieser ...«

»Ladowsky.«

»Ja nun, ist ja eigentlich egal, wie er heißt ... Sie vermuten, daß er sich hier um Roßberg herumtreibt oder womöglich irgendwo bei uns, in irgendeinem Raum oder auf dem Gelände steckt? Das wollten Sie doch sagen?«

»Ich vermute es nicht, Frau Dr. Schönert. Und was ich vermute, ist auch nicht so wichtig. Ich wollte nur eine eventuell bestehende Möglichkeit ausschließen. Es handelt sich, wie man's immer so schön in den Fernsehkrimis hört, um eine Routineaktion.«

»Ihr habt den Kerl, diesen Ladowsky – ihr habt ihn doch schon das ganze Wochenende gesucht. Nicht einmal am Sonntag hatte man Ruhe. Drei Stunden flogen uns ständig die

Hubschrauber um die Nase. Und dann war auch 'ne Streife bei uns.»

»Richtig, Frau Doktor ... Leider sind wir nun schon wieder hier.«

»Das seh' ich. Und genau das ist es, warum ich so stur bin: Wieso sind Sie zurückgekommen? Gibt's einen besonderen Hinweis?«

Berling sah hinüber zu der Rollstuhlherde. Ein großer, breitschultriger blonder junger Mann in einem weißen Anzug und in weißen Tennisschuhen trug einen Patienten aus dem Haus. Viel zu tragen hatte er nicht. Das Kind war eingekrümmt wie ein Bogen, nur der Kopf baumelte nach hinten, als habe man ihm das Genick gebrochen. Der linke Arm hing schlaff an der Seite herunter. Aber trotz des zurückgebogenen, zurückbaumelnden Kopfes stieß es vergnügte, lustige Schreie aus. Es sah aus wie ein halb verhungertes, krankes und dennoch fröhliches Äffchen.

Berling erläuterte seine Theorie, und sie erschien ihm dünner denn je.

»Das heißt also, daß er nach Ihrer Vorstellung auch irgendwo dort im Wald sitzen könnte und sehnsüchtig hier rüberschaut?«

»Das heißt noch gar nichts. Ich wollte mich nur erkundigen, ob irgend jemand von Ihrem Personal eine Beobachtung gemacht hat, die in diese Richtung deutet. Ich wollte auch wissen, wo zum Beispiel die Abfallkübel stehen und ob es möglich ist, in irgendeine Vorratskammer oder in das Innere des Gebäudes zu gelangen.«

»Na, das gefällt mir«, sagte sie trocken, verlor aber noch immer nicht ihr Lächeln.

Er sah auf seine Uhr: »Es ist jetzt zwölf Uhr dreißig. Sicher ist bei Ihnen bald Mittagspause. Wie viele Leute arbeiten hier?«

»Vierundvierzig. Aber in Schichten. Und so essen sie auch. Aber sie haben recht, die Vormittagsschicht sitzt um ein Uhr im Speisesaal. Mit denen könnten Sie reden.«

Der junge Mann drüben setzte sich in Bewegung und schob den Rollstuhl über den Hof, genau auf sie zu. Ja, er wollte wohl zum Eingang.

»Sie können ja bei ihm schon anfangen«, meinte sie.

Berling nickte und drehte sich um.

»Hans!« rief Frau Dr. Ellen Schönert, und der Mann kam näher. Der kleine Junge im Stuhl gab noch immer glucksende Laute von sich. Sein Alter war schwer zu schätzen, das Gesicht hatte etwas Vergreistes, die Haut spannte sich um seine Schädelknochen, der Mund hing schlaff, ein Speichelfaden rann ihm über die linke Kinnseite – und doch, diese Augen, sie wirkten aufmerksam, gespannt und ungemein wach; sie erinnerten Berling daran, daß er irgendwo einmal gelesen hatte, daß Paraplegiker überraschend hohe Intelligenzquotienten aufwiesen.

»Das ist Hans Terjan«, stellte Dr. Schönert vor. »Einer unserer Pfleger. – Hans, der Herr kommt von der Kripo und hätte einige Fragen.«

Sie gingen etwas zur Seite, damit der kranke Junge nicht mithören konnte.

Terjan riß geschockt die Augen auf. Er wirkte wie ein Fußballtrainer, dessen Mannschaft gerade ein Tor hinnehmen muß: »Dieser Killer, dieser Kreuz-Mensch, dieses Schwein? ... Und hier? Na, Mahlzeit ...! Haben Sie nicht was Schöneres auf Lager! – Aber wenn Sie schon fragen, lassen Sie mich mal überlegen. Da ist nämlich was ...«

»Ja? Und?«

Er gab nicht direkt Antwort – er brauchte eine Pause. Nachdenklich schob er die gespreizten Finger durch sein kurzgeschnittenes Haar, sah den Jungen im Rollstuhl an und fuhr dann plötzlich herum: »Die Gärtnerei.«

»Was für eine Gärtnerei?«

»Unsere natürlich. Sehen Sie, dort drüben ...«

Berling sah nur den Himmel, als er mit dem Blick der ausgestreckten Hand folgte, den Himmel und ein Stück Umfassungsmauer des Hofes.

»Weiter unten liegt die Gärtnerei. Und da gibt's so 'nen Schuppen. Kaufmann ...«

»Kaufmann?«

»Der Gärtner, Herr Kommissar. Der Kaufmann hat im Schuppen Steckzwiebel, Düngematerial und weiß der Teufel was noch alles aufbewahrt. Mich läßt er manchmal rein. Ich kann dort meine Honda reparieren und auch die Mopeds oder Motorräder von den anderen, falls mal eines ausfällt.«

»Ja?«

»Mit dem Schuppen war was ... Am Sonntag, da wollte Maria, sie arbeitet drüben in der Verwaltung ...«

»Sie ist meine Sekretärin und die Freundin von Hans«, ergänzte die Ärztin trocken.

»Na jedenfalls, die Maria, die hat so ein Spezialabkommen mit dem Gärtner, sie darf ihre Vespa ständig in den Schuppen stellen, hat sogar 'nen Schlüssel zum Vorhängeschloß, das dort hängt. Sie ist völlig verrückt mit dem Bock, hat ihn gerade neu gekauft, und ich hab' das Ding noch frisiert. Und nun mußte sie also am Sonntag nach Wächtersbach rüber, geht runter – und was ist? Sie findet kein Schloß am Schuppen. Das kam ihr schon komisch vor.«

Berling spuckte den ewigen Zahnstocher aus. Er hatte ihn durchgebissen.

»Und als sie reingeht, steht die Vespa zwar da, die hat ja auch 'n. Schloß – aber da liegen so komische Säcke auf dem Boden.«

»Was für komische Säcke?«

»Der Kaufmann lagert dort unten auch Säcke. Er hebt jeden auf. Na, und mindestens fünf davon lagen in einer Ecke aufgeschichtet, als habe sich jemand ein Bett gemacht. Und daneben Bananenschalen.«

Die Ärztin sah Berling an, auch der Dicke runzelte bedeutsam die Stirn.

»Noch was – 'ne ausgelutschte Konservenbüchse lag da. Sardinen ... Sah alles ganz so aus, als hätte es sich jemand die Nacht dort drin gemütlich gemacht. – Mannomann, und wenn Sie jetzt sagen, das könnte der Killer gewesen sein …«

Berling schwieg. Der Pfleger hatte schon wieder die Hand in den Haaren, er rieb verzweifelt an seinem Hinterkopf herum. Er wirkte verstört.

»Also«, sagte Berling schließlich. »Machen Sie sich mal keine Sorgen. So ein Typ ist feige. So einer schlägt nicht sofort zu.«

»Aber trotzdem – Mensch, wenn ich das der Maria erzähle … Und wir haben noch gedacht, der Kaufmann hätte mit Wetzlaff Krach gehabt, und der alte Wetzlaff hätte sich deshalb in den Schuppen zum Schlafen verzogen. Das haben wir uns ausgemalt und noch darüber gelacht.«

»Wetzlaff?«

»Das ist der Gehilfe des Gärtners«, erklärte Frau Dr. Ellen Schönert.

Berling ging zu der Umfassungsmauer.

Die flache Bergrundung, auf der das Sanatorium lag, war auf dieser Seite von Feldern und Obstwiesen umgeben. Jenseits der Senke schob sich der Wald hoch. Drei Reihen von Gewächshäusern nahmen den Südwesten des Hangs ein. Rechts, weiter unten, sah man den Backsteinbau des Gärtnerhauses. Nicht weit davon, fünfzig Meter vielleicht, erhob sich ein Stahlgerüst, das einen braunlackierten, großen, kugelförmigen Wasserbehälter trug.

Die untere Reihe der Gewächshäuser stieß an eine große Mauer, die wohl den Berg abstützte. An dieser Mauer führte in halber Höhe ein Querträger zu der Wasserreservoirkonstruktion; auf ihm verlief wohl auch die Leitung, aus der die Gewächshäuser versorgt wurden.

Berling betrachtete sich alles ziemlich lustlos. Er sah auf seine Uhr: Schon ein Uhr?

Säcke? dachte er. Bananenschalen? »Wann wurden hier zum letztenmal Bananen ausgegeben?«

»Sonntag.«

Das elektrisierte ihn.

»Kann ich vielleicht gleich jetzt mal mit Herrn Kaufmann sprechen? Gibt es so etwas wie eine Personalkantine? Da könnte ich dann auch mit den anderen Angestellten reden. Aber jetzt geh' ich erst mal zur Gärtnerei.«

»Tun Sie das.« Die Ärztin zeigte wieder ihr undeutbares Lächeln.

Der Anstaltsgärtner stand im Hof seines Hauses und war dabei, mit einer Drahtbürste den verrosteten Stahlrahmen eines Fensters zu säubern. Er mußte sie kommen sehen, alle drei, Berling voraus, aber er dachte nicht daran, seine Arbeit zu unterbrechen, und zeigte das deutlich. Erst als Berling sagte: »Guten Morgen, Herr Kaufmann«, nahm er den Kopf hoch. Er hatte blaue, sehr blaue Augen unter dem Strohhut und ziemlich viele Stoppeln am Kinn; während Berling sich nach seinem Gehilfen erkundigte, betrachtete er die Rostspuren an seiner Bürste.

»Wetzlaff? Wie kommt der Hans auf Wetzlaff? Wetzlaff würde doch nie im Schuppen schlafen … Außerdem ist er weg.«

»Herr Wetzlaff ist nicht hier?«

»Ne. Schon die halbe Woche nicht. Der ist am Donnerstag zu seiner Mutter nach Hanau gefahren. Die ist krank. Das ist doch Quatsch.«

»Aber Sie hatten den Schuppen immer abgeschlossen?«

»Natürlich habe ich das.«

»Auch jetzt?« »Klar.«

»Können wir mal nachsehen?«

»Aber sicher. Wieso nicht? Ist ja gleich dort drüben.«

Sie setzten sich in Bewegung. Der Schuppen war ziemlich groß, ein etwa zwölf Meter langes Rechteck, gleichfalls aus Backsteinen hochgemauert. Er hatte keine Fenster, besaß aber dicht unter der Dachkante schmale, rechteckige Öffnungen, durch die der Wind hereinstreichen konnte.

Berling sah über die Schulter zurück. Der Gärtner war bereits wieder am Rostbürsten.

An der vom Haus abgewandten Seite war die Tür des Schuppens angebracht. Von wegen abgeschlossen! – Kaufmann hatte die Tür in den letzten vierundzwanzig Stunden wohl nicht mehr benutzt, jedenfalls war an den beiden Schloßhalterungen kein Vorhängeschloß zu entdecken.

Es war eine Schiebetür.

Und sie stand einen etwa zwanzig Zentimeter breiten Spalt offen.

Erich Konnarz war vorausgegangen. Nun blieb er stehen und drehte sich ihm zu.

Berling sah, wie sich seine Hand unter die Lederjacke zur Pistole schob. Er fand es irgendwie übertrieben, tat es ihm aber trotzdem nach. Tim Rister war oben beim Sanatorium in seinem Wagen geblieben.

Sie gingen langsamer, vorsichtiger und leiser. Um den Schuppen zog sich rissiger, bröckelnder Betonboden. Eine schwache, undeutliche Sonne kam durch und zeichnete einen grauen, runden Schatten darauf – der Schatten des Wasserdepots.

Links zog sich die Stützmauer zum Hang, gleichfalls Beton. Hinter den Eisenstreben, die den Wasserbehälter trugen, verlief quer eine mit Brennesseln bewachsene Backsteinmauer. Dahinter sah man Obstbäume.

Der Dicke wartete, bis Berling herangekommen war. Sie befanden sich jetzt etwa zehn Meter von der Tür entfernt.

Konnarz flüsterte etwas, das er nicht hören konnte – wie sollte er auch, ein Taubenschwarm war drüben vom Gärtnerhaus gestartet und zog mit knatternden Flügeln dicht über ihre Köpfe hinweg eine Kurve in den Himmel.

Der Dicke sah hoch – und in dieser Sekunde geschah es. Es ging einfach zu schnell. Konnarz' massige Gestalt hatte Berling die Sicht zur Tür verdeckt, nichts sah er, nichts

Genaues zumindest, nichts als eine verwischte, schattenhafte Bewegung.

»Erich!« brüllte er.

Der hatte begriffen. Zu spät. Die Figur im braunen Overall dort hatte bereits zwei Drittel des Weges zu dem Gerüst des Wasserbehälters zurückgelegt.

»Halt!« brüllte Berling. »Halt! Polizei!«

Erich Konnarz begann zu rennen, seine Pistole hob sich. »Bleiben Sie stehen, oder ich schieße!«

Er blieb nicht stehen. Aber er warf einen Blick über die Schulter, und Berling erkannte das verschmierte Gesicht sofort: Ladowsky! – Verdammt noch mal, das war tatsächlich Ladowsky …!

Er war jetzt an der Leiter, die hinauf zu dem kreisförmigen eisernen Umlauf führte, von dem das Reservoir dort oben bedient werden konnte. Er kletterte, kletterte blitzschnell, hatte nicht viel zu klettern, sieben, acht Sprossen, und schon bildete er neben der Stahlkugel eine klare, schwarze Silhouette.

Erich hob den Arm und zielte.

»Stehenbleiben! Nicht rühren, Ladowsky, sonst …«

Es gab kein ›sonst‹. Auch jetzt ließ sich der Wahnsinnige von ihren Rufen nicht aufhalten, er rannte den Umlauf entlang, kletterte über das Geländer, hatte die Füße schon auf dem schweren Eisenträger, der die ganze Konstruktion mit der Stützmauer verband, hielt beide Arme ausgebreitet, um sein Gleichgewicht zu halten, so daß es einen Augenblick aussah, als wolle er einfach abfliegen, zuckte noch nicht einmal zusammen, als der erste Schuß peitschte und Konnarz erneut zielte, ging einfach weiter, einfach so, als wäre das seine tausendmal eingeübte Zirkusnummer, tänzelte seelenruhig auf einem fünfzehn Zentimeter breiten Eisenband unter Polizeibeschuß über einen Vier-Meter-Abgrund …

Nun visierte auch Berling, hatte ihn über Kimme und Korn. Ladowsky also …? Von wegen Nachahmungstäter. Der Junge dort oben, der Junge in dem dreckverfleckten Overall, der Junge mit dem harmlosen Kindergesicht – da hast du deinen Kreuz-Mörder!

Er schoß.

Er hatte auf Ladowskys Knie gezielt und schoß daneben. Die Kugel prallte auf dem Stahlträger auf, eine Handbreit hinter dem dreckverschmierten Absatz von Ladowskys rechtem Laufschuh. Er hatte zu tief gehalten, um sicherzugehen, daß er ihn nur am Bein erwischte. Ein toter Ladowsky brachte sie nicht weiter.

»Bleiben Sie stehen! – Machen Sie keinen Blödsinn!«

Nein, der blieb nicht stehen, er sprang ... Er war so nahe der Mauer, daß er springen konnte, hing nun für den Bruchteil eines Herzschlags mit nach hinten gedrehten Armen in der Luft und verschwand.

Die Gewächshäuser drüben! dachte Berling noch, und da war es auch schon, das ekelhafte Klirren und Knirschen eines berstenden Glasdachs.

»Scheiße!« brüllte Konnarz. »Jetzt müssen wir außen rum!«

Er hatte recht.

Berling blickte zur Leiter. »Ruf Rister an, Erich. Und lauf! Beim Gärtnerhaus muß es ja auch irgendeinen Eingang zu den Gewächshäusern geben.«

»Und du?«

Berling blickte zu dem Stahlträger hoch.

»Du bist ja verrückt.«

Sicher war er das. Aber er kletterte trotzdem hoch, diesem dämlichen, beschissenen Träger entgegen ...

Der Parkplatz war voll. Richard Saynfeldt hatte den Porsche ziemlich weit vom Raststätteneingang entfernt geparkt. Er ließ die Augen nicht von den drei Granitstufen, die zur Terrasse und zu den beiden geschwungenen Türen hochführten. Geranien wuchsen an den Fenstern, und in Schmiedeeisen war zu lesen: RASTHAUS ZUM SCHWEIZER KREUZ.

»Bist du noch da?« kam es aus dem Handy.

»Ja, natürlich.«

»Hast du überhaupt begriffen, was ich dir gesagt habe?«

»Begriffen schon – nur klar ist es mir nicht.«

Fünf Minuten, dachte er, fünf Minuten braucht Isa bestimmt für den Toilettenaufenthalt. Aber wenn Karla jetzt zu einer ihrer berühmten Grundsatzansprachen ansetzte …? Am liebsten hätte er das verdammte Handy aus dem Porsche geschmissen. Was für eine Schnapsidee, Karla anzurufen und seine Ankunft anzukündigen!

»Hör mal, Karla«, sagte er mühsam, »wenn du glaubst, schon im Ansatz von einer Negativbehauptung ausgehen zu müssen, kann ich keinen Sinn darin sehen, wieso wir jetzt eine Diskussion …«

»Negativbehauptung?« Ihre Stimme war nicht schrill wie in ähnlichen Situationen, sie war geradezu unheimlich ruhig: »Steck dir dein Advokatendeutsch an den Hut. Hier geht's nicht um ›Ansätze‹ oder ›Negativbehauptungen‹, sondern um schlichte Tatsachen – wie zum Beispiel die, daß du, statt dich mal um deine Familie und die Kinder zu kümmern, jeden freien Tag dazu nutzt, um mit deiner bescheuerten Psychologin in den Tessin abzuhauen.«

»Noch so eine Unterstellung! – Karla, ich muß schon bitten …«

Wieder schielte Richard hinüber zum Eingang. Lieber Gott, laß sie ewig dort bleiben. Bescheuerte Psychologin …? Er fühlte sich elend, überrumpelt, ungeschützt und irgendwie betrogen durch die unerwartete Direktheit dieses Angriffs. Aber ist ja deine Schuld. Wieso mußtest du Idiot sie anrufen?

»Daß Staatsanwälte Weltmeister im Lügen sind, ist bekannt. Schließlich haben sie mit nichts anderem zu tun als mit Lügen. Aber daß sie derartig dämlich lügen, hätte ich nun wirklich nicht …«

»Karla, ich weiß nicht, auf was du hinaus …«

»Auf gar nichts. Jetzt ist ganz einfach Schluß. Es ist zu Ende, Richard.«

»Was ist zu Ende, Karla?«

»Alles. Vor allem das, was du eine ›Ehe‹ nennst.«

Kein Schluchzen, kein Zittern in der Stimme, der Satz kam vollkommen ruhig und überlegt – dieser Satz, der kein Satz, sondern ein Hammer war!

»Und wie war das?« Die leise näselnde Hamburger Arroganz in ihrer Stimme wurde ihm unerträglich: »Ich ›unterstelle‹, daß du mit Isa unterwegs bist? Ist ja witzig …

Na gut, wenn wir schon dabei sind, unterstelle ich noch ein bißchen mehr, Richard: Der März zum Beispiel, erinnerst du dich, dreiundzwanzigster bis siebenundzwanzigster März, als du unbedingt nach Ascona fahren mußtest, um den Wassereinbruch im Haus von Onkel Hans in Ordnung zu bringen? Auch da mußte natürlich deine Psychologin dabeisein. So was geht ja nicht ohne Isa …!« Warum eigentlich? Hast du sie inzwischen zur Klempnerin ausbilden lassen? Und weiß dein Onkel, daß du ständig mit ihr in seinem Haus herumbumst? Letzten Oktober zum Beispiel …«

Er holte Luft. »Woher hast du das? Hast du dir einen Privatdetektiv besorgt?«

»Dazu braucht es keine Privatdetektive.«

Drüben am Restaurant war die Tür aufgegangen. Isa kam heraus. Der Porsche war offen, ein kühler Wind strich von den Bergen herüber – Richard Saynfeldt schwitzte trotzdem.

»Mir ist völlig egal, auf welche Weise du diese unglaublichen Behauptungen zusammenträgst, Karla.« Er hatte den Hörer jetzt ganz dicht am Mund: »Es reicht jedenfalls … Hörst du, mir reicht's wirklich!«

Er schaltete das Handy aus, stellte den Apparat gleich auf ›off‹, damit sie ihn nicht mehr anrufen konnte, und schob ihn in die Halterung zurück, ganz langsam und gemächlich: Karlas ›Schluß mit allem‹? – Diesmal meinte sie es wohl ernst …

Er lehnte den Kopf gegen die Nackenstütze und schloß die Augen: Schluß? … Schluß mit der Ehe, die Kinder würde sie dann zu den Eltern nach Hamburg mitnehmen – was heißt zu den Eltern, die Röders würden Karla sofort ein Apartment oder ein Haus zur Verfügung stellen, die hatten ja genug von solchem Krempel … Soweit war sie nun wirklich noch nie gegangen. Wenn er nach Hause kam, würde Maria, das Hausmädchen, ihn wie bei ihrem letzten Krach mit ihrem spanischen Tragödienblick empfangen und sagen: »Herr Doktor, la Señora ist gefahren zu Eltern nach Hamburg. Sie hat Brief gelassen …«

So war es schon dreimal gelaufen, doch vom allgemeinen Abräumen, vom Ende der Ehe war nie die Rede gewesen.

Und dann Isa?

Wie war das denn gestern abend? Verdammt ähnlich doch: »Was ich brauche, ist eine Pause.« ›Schluß‹ hatte sie zwar nicht gesagt, aber dieser Blick, als wolle sie ihn ermorden …

Nun, vielleicht war er bei Isa ein bißchen heftig rangegangen, der Whisky wahrscheinlich …

Und da war sie nun!

Sie kam zum Wagen, sichtlich erfrischt, die Lippen nachgezogen, in den dunklen Augen über den breiten Wangenknochen ein wachsamer Glanz: Isas Indianer-Prinzessinnen-Augen, Herrgott, was war er verrückt danach, seit damals, als er bereits in ihrer peruanischen Mutter eine exotische Spendern des totalen Glücks hatte sehen wollen – ja, da war sie, stand im Glanz dieses frischen Voralpenmorgens da, schlank, groß, in knappen Jeans mit rotem Gürtel, blaugrüner Bluse, das dunkle Haar zurückgebunden, stand vor dieser flatternden Folklorefahne mit dem weißen Kreuz und betrachtete ihn, als wäre er ein besonders bösartiges Insekt.

»Nun komm schon!«

Richard stieß den Schlag auf.

Sie stieg ein. Ein leichter Parfümhauch wehte von ihr herüber.

»Na?«

Sie sagte nichts.

Er ließ den Motor aufheulen, packte den Schalthebel, überzog den Rückwärtsgang derart, daß die Kiesel auf dem Platz prasselten, nun der erste, und ab wie eine Rakete, der Autobahn entgegen – ab und durch!

Wie eine Bahnhofsnutte …?

Schluß mit allem …?

Da soll einer die Weiber verstehen … Sie seien nun mal, so hatte es Onkel Hans, der Bundesrichter a. D. Prof. Dr. Saynfeldt, formuliert, Frauen seien nicht etwa Wesen von einem anderen Stern, sondern von einer völlig anderen, fernen Galaxie.

Was immer sie sein mochten, er kam auch ohne sie aus. Je mehr Richard das Tempo steigerte, das dunkle, stumme Profil Isas neben sich, je wilder der Fahrtwind um seine Ohren fauchte, desto heftiger steigerte sich diese Überzeugung, bis sie in einer Art heißem Triumph mündete: Von mir aus Extraterrestrische von fernen Galaxien – aber ein Leben ohne Mösen? Fremde Wesen, ja – und doch durchaus brauchbar … Bei der Arbeit wie im Bett. Jawohl: brauchbar! Du wirst sie benutzen, nahm er sich vor, so wie sie dich benutzen. Und plötzlich sah er sich – wie in einer dieser riesigen Ausstattungsrevuen, die er in Paris erlebt hatte – in der Mitte eines goldglühenden Rundhorizonts ganz allein im Zentrum der Bühne, umgeben von verführerisch ausgeleuchteten Frauengestalten: Weiber für eine Nacht, hinreißend – und zum Wegwerfen …

Ja, genau so … Und warum, verdammt noch mal, eigentlich nicht…?

Da war dieser einzige, schwebende, von allem abgehobene Zeitbruchteil, als Berling dort oben auf dem Träger stand und mit beiden Fäusten durch die Luft schlug, um sein verdammtes Gleichgewicht zu halten und nicht wie ein idiotischer Kartoffelsack runter auf den brennesselüberwachsenen Beton zu knallen.

Doch dann hatte er es geschafft, nicht so leichtfüßig und elegant vielleicht wie Ladowsky, auch nicht im Sprung, aber er hockte immerhin auf der breiten Mauerkrone, ein solides Betonding, gute achtzig Zentimeter breit, holte erst mal Luft und versuchte sein trommelndes Herz zu beruhigen und so etwas wie einen vernünftigen Gedanken in den Schädel zu zwingen.

Als er auf dem Eisenträger herumgezittert war, hatte er auch blöderweise die Heckler und Koch verloren. In seiner Panik war ihm die Pistole entglitten und zwischen den Brennesseln gelandet. Und jetzt, Kreuzteufel noch mal ...? Falls Ladowsky bewaffnet war, konnte der ihn hier oben abknallen wie einen angeketteten Kakadu auf der Stange.

Unter ihm die Glasdächer.

Und gleich im nächsten dieses gesplitterte, scharfgezackte Loch.

Berling rührte sich nicht. Ein einziger kurzer Blick, und die Situation war klar: Da war die Mauer, die den Hang mit den stufenförmig angeordneten Gewächshäusern vom Gärtnerhof trennte. Rechts von ihm, noch keine fünf Meter, gab es eine eiserne Sprossenleiter, die zu einer Batterie von Hähnen führte, die wohl die Wasserversorgung regelten. Direkt unter ihm aber ...

Nichts zu erkennen als Schatten.

Das Glas war von Kondenswasser beschlagen.

Weiß der Teufel, was dort unten wuchs. Was immer es war, dazwischen steckte der Mörder. Oder er hatte sich vielleicht abgesetzt, nahm irgendwo Deckung, die Kanone in der Hand, lachte sich einen Ast, zielte auf seinen Bauch ...

»Tom?« rief es irgendwo hinter ihm.

Erich. Der Dicke machte sich Sorgen. Er auch.

Berling gab keine Antwort. Er hatte eine Entdeckung gemacht, und die war ungeheuer erleichternd. Er beugte sich noch weiter vor, stützte sich ab, hob die Hand an die Stirn, um den Blick besser abzuschirmen, schaute wieder hin ... dort unten zwischen den schwarzen Schatten, gleich neben den gefächerten Blättern, diese helle Form, rund gebogen wie ein großer Löffel – ein Laufschuh war das, einer dieser Sneakers, und dazu gehörte ein Knöchel und ein Stück Bein ...

Der Killer.

Da unten lag er, lag zwischen den Pflanzen. Und so wie er lag, wie der Schuh abgewinkelt war, lag er auf dem Rücken. Er hatte sich verletzt. Na hoffentlich. Das war so ziemlich das Beste, was passieren konnte.

»Erich!« brüllte er. »Um die Mauer rum und hierher!«

Er lief zur Leiter, kletterte hinunter, suchte nach irgend etwas Praktisch-Handlichem, das einem Unbewaffneten gegen einen verrückten Mörder von Nutzen sein konnte, fand natürlich nichts – scheiß drauf, da war eine schmale Gewächshaustür, er riß sie auf: Glaswände. Glasdächer. Und über allem schwerer, feuchter Pflanzengeruch, und Blumen hier, weiter vorne Bohnen und mit Drähten verbundene Stangen, an denen sich Paprikapflänzchen hochrankten.

In der Mitte ein mit Brettern belegter Gang.

Er rührte sich nicht.

Das bißchen Licht, gebrochen von Feuchtigkeitsschleiern, ließ ihn an ein Aquarium denken. Berling spürte, wie ihm der Schweiß ausbrach, doch das war nicht wegen der feuchtigkeitsgesättigten, schweren Luft, Nervosität war das, oder noch etwas anderes ...

Angst.

Er riß einen der Metallstäbe heraus, die aus der Erde ragten. Nicht besonders schwer, das Ding, aber doch irgendwie beruhigend. Vorsichtig tastete er sich weiter, langsam, ganz langsam.

Nichts rührte sich.

Irgendwo summte ein Generator, doch das war weit, sehr weit weg.

Ladowsky – das rief er nicht, er dachte es: Ladowsky, du verdammtes Dreckschwein! Zeig dich …

Eines dieser elenden Bohlenbretter knackte unter seinen Sohlen.

Wieder blieb er stehen.

Nichts.

Vor ihm auf der rechten Seite versperrten zwei große Torfpacken die Sicht. Links wieder Pflanzen. Kein Paprika, dies waren Tomaten. Er schob den linken Arm vor und drückte das Blättergewirr zurück.

Da lag er.

Er ließ den Eisenstab fallen.

Ladowsky lag auf dem Rücken, den Kopf zur Seite, um sich blitzende, messerscharfe Glassplitter. Beide Hände hielt er um den linken Oberschenkel gepreßt – und er lag in einem See von Blut.

Sein Gesicht konnte er nicht erkennen, nur die schweißverklebten Haare. Bekleidet war er mit einem braunen Arbeitsanzug oder etwas, das mal ein brauner Arbeitsanzug gewesen war, der Stoff war von Glassplittern zerfetzt und starrte vor Dreck. Auch seine Joggingtreter waren mit Erde beschmiert.

Berling machte zwei, drei vorsichtige Schritte, kniete sich nieder und sah all das Blut, das zwischen Ladowskys Fingern hervorquoll; das Blut war das einzig Lebendige an ihm, ein unbezähmbarer Strom von Blut, der über Hände, Arme und an der Seite herab auf die Bretter lief und dort einen dunklen See gebildet hatte.

»Ladowsky!«

Er stöhnte, versuchte den Kopf zu drehen, aber er schaffte es irgendwie nicht.

Da hatte er ihn also, seinen Kreuz-Mörder, und wenn er sich nicht verdammt viel Mühe gab, würde er ihm durch die Lappen gehen, und er konnte ihn im Leichenwagen abliefern …

5

Thomas Berling kannte solche Gesichter.

Er wußte, was dies bedeutete: tief in die Höhlen eingesunkene Augäpfel mit zitternden Lidern, der Schweiß an Wange und Hals, die bläulich verfärbten Lippen, die weiße, graublaue Haut ... nein, er brauchte den Puls nicht zu suchen, er hatte ihn unter Daumen und Zeigefinger. Hastig stieß er Ladowskys Hände weg und schob zwei Finger in die klaffende Öffnung der Schenkelwunde, um zu versuchen, die Arterie mit den Fingerspitzen abzuklemmen.

Er hatte es zuerst mit seinem Gürtel probiert, er hatte ein flaches Stück Holz gefunden, mit dem sich der Gürtel festzurren ließ, aber das Blut, das verdammte Mörderblut wollte nicht aufhören zu fließen. Ladowsky hatte gebrüllt, nur ein einziges Mal, kurz und schrill wie ein abgestochenes Ferkel ...

»Halt die Schnauze! Halt bloß deine Schnauze!«

Berling wußte nicht, ob er es mitbekam. Dann hörte er nur noch ein Seufzen, und alles war ruhig. Ladowsky war ohnmächtig geworden.

Auch Berlings Daumen und Zeigefinger konnten nicht viel bewirken. Der Arteriendruck hatte nachgelassen, das Blut schien seine Kraft verloren zu haben.

Wieviel Blut besitzt ein Mensch?

Fünf bis sechs Liter, wußte Berling. Viel davon konnte nicht mehr in dem zitternden, kälter werdenden Körper kreisen. Dazu war der Blutsee zu unglaublich, so unglaublich wie alles andere: Seine schicken Kordhosen, sie waren von der roten Soße durchtränkt, dabei hatte er sie erst vor zwei Wochen gekauft, sie ändern lassen, und Erika hatte sie ihm dann noch nach Hause gebracht. Jetzt waren sie hinüber. Das Hemd ebenfalls. Und mit seinen Nerven stand es auch nicht mehr allzu gut. Wenn der dir jetzt abkratzt – Herrgott noch mal!

Doch Ladowsky lebte. So unwahrscheinlich es schien, er gab einen Ton von sich, leise, doch so klagend, daß Berling zusammenfuhr.

Er drückte den Daumen noch heftiger in die Wunde und blickte hoch. Der Mörder hatte den Kopf weit zurückgelegt. Seine Augen waren in dieser Sekunde nichts als weit geöffnete, grünliche, von einem milchigen Schleier bedeckte Pupillen. Doch er atmete. Er blutete kaum mehr – und lebte. Dazu dieser Blick.

Über die weißgraue Stirn liefen Schweißbäche, bahnten sich ihren Weg durch den Schmutz und das verkrustete Blut, das wohl von seinen Fingern stammte.

Und dann dieses Gesicht …

Für eine einzige, schreckliche Sekunde schob sich ein anderes Gesicht darüber, das Gesicht eines Mädchens, das Evi hieß und das nicht mehr zu erkennen war, weil ein Zementblock es in eine einzige Masse aus Fleisch und Knochensplittern verwandelt hatte. Das Gesicht dort jedoch war trotz allem das Gesicht eines sterbenden, hilflosen Jungen …

»Oh, Herrgott«, hörte er eine Stimme hinter sich. »So ein verdammter Scheiß! Was ist denn hier los?«

Erich Konnarz.

»Was Blöderes kannst du wohl nicht fragen? Ist Tim wenigstens da?«

»Ja.«

»Na, los schon, er soll gleich herkommen. Und du, lauf in die Gärtnerei und versuch von dort anzurufen. Hörst du, sag der Schönert, daß wir einen Schwerverletzten haben. Wir brauchen Klammern und Staubinden. Und wenn sie das haben, auch eine Infusion. Sag ihr, sie soll den Arzt holen und die Polizei und 'nen Hubschrauber bestellen. Ja Himmelarsch, bist du noch nicht weg? Bist du eigentlich blöd? Was ist denn mit dir los, hau ab, Mensch!«

Das tat er.

Thomas Berling aber blickte weiter auf die gezackten Wundränder, auf das Fleisch, das blasser und blasser wurde, und auf seinen Daumen. Das Blut floß nicht mehr. Vielleicht hatte Ladowsky gar keines mehr in den Adern …

Sie hatten ihn auf dem Bett festgeschnallt. Es blieb ihnen gar keine andere Wahl, denn kaum war Ludwig Ladowsky nach der Operation, einer stundenlangen Arbeit des Gefäßchirurgen, aus der Anästhesie erwacht, hatte er bei dem Versuch aufzustehen den Infusionsgalgen umgeworfen und war selbst zu Boden geknallt. Er hatte unverständliches Zeug geschrien, und zwei Pfleger des Gefängniskrankenhauses sowie der ihn bewachende Beamte waren nötig gewesen, um ihn wieder ins Bett zu bringen und ruhigzustellen.

Ruhig blieb er auch. Eisenpräparate, Vitamine, Mineralien und andere Aufaupräparate befanden sich in der Infusionsflüssigkeit, die durch seine Adern rann, aber vor allem hatten sie eine erhebliche Dosis von Sedativen hineingemischt, und das war wohl besser so. Ladowsky dämmerte weiter vor sich hin, wie seit dem Augenblick, als sie ihn aus dem Gewächshaus gezogen und auf eine Trage gelegt hatten, um ihn nach Roßberg in die Krankenstation zu bringen, wo ihm die erste Portion Blutplasma verabreicht wurde.

Er hatte unglaublich Glück gehabt: Eine Paraplegikeranstalt ist stets auf Notfälle eingerichtet, also gab es auf Roßberg gleich zwei Krankenschwestern, dazu war Frau Dr. Schönert, die stellvertretende Leiterin, nicht nur als Neurologin, sondern auch als Ärztin ausgebildet. Den Nottransport des Verletzten besorgte ein Hubschrauber der Bereitschaftspolizei …

Um die offizielle Verhaftung vorzunehmen, wollte der diensthabende Staatsanwalt an Bord und teilte das telefonisch mit. Aber soviel Platz gab es dann doch nicht in der Maschine, und so blieb dem Staatsanwalt nichts anderes übrig, als sich auf dem Hubschrauberlandeplatz die Beine in den Leib zu treten, bis die ›Puma‹ schließlich aufsetzte und die Trage mit Ladowsky herausgehievt wurde …

»Was glauben Sie, wann der Mann vernehmungsfähig sein wird?« fragte der Staatsanwalt den Notarzt, der den Verletzten begleitet hatte.

»Woher soll ich das wissen?«

»Ich denke, Sie sind Arzt.«

»O Gott!« Der Notarzt lief neben der Trage her.

»Aber Sie müssen doch 'ne ungefähre Ahnung haben, wie's mit dem Kerl steht?«

»Ahnung? Ahnung kann jeder haben. Was hilft denn schon Ahnung?«

Der Staatsanwalt hieß Oliver Gericke. Er war jung, nicht besonders talentiert, aber ungemein ehrgeizig und wie alle Staatsanwälte nicht gewillt, sich von irgend jemand schräg anreden zu lassen. Auch nicht von einem Notarzt. – Aber hier war offensichtlich nichts zu machen.

»Wissen Sie«, sagte Gericke, »das hier ist schon ein extrem wichtiger Fall.«

»Ach ja?« sagte der Doktor, sah ihn kurz an, schüttelte den Kopf und rannte weiter.

Der Staatsanwalt fuhr dem Krankenwagen hinterher zur Haftanstalt und ließ sich sofort beim Anstaltsleiter melden. Er fand einen bebrillten, dicklichen, graugesichtigen Mann mit schütterem Haupthaar hinter einem Schreibtisch vor, auf dem sich Aktenberge stapelten. Wie war der Name, der auf dem Schild an der Tür gestanden hatte? Oberamtmann Kanitz.

»Herr Kanitz, tut mir leid, wenn ich störe. Ich heiße Gericke, bin von der Staatsanwaltsbereitschaft in Frankfurt und bringe den Haftbefehl Ladowsky.«

Kanitz stand mühsam auf und zog den Gürtel enger, der seine ausgebeulte Jeans hielt. Gericke verkniff sich einen Kommentar, aber daß der Leiter hier darauf verzichtete, die Einlieferung eines derartig wichtigen Gefangenen persönlich zu überwachen, irritierte ihn schon.

»Kann ich mich setzen?«

»Aber ich bitte Sie.« Kanitz deutete auf den Besucherstuhl: Abgeschabtes Weidengeflecht, zierlich und leicht; sicher deshalb, vermutete Gericke, weil ein durchdrehender Gefangener damit kaum dem Chef den Schädel zertrümmern konnte.

Der Staatsanwalt schlug lässig die Beine übereinander. »Dieser Fall, Herr Kanitz, der hat schon ein besonderes Kaliber.«

Der Anstaltsleiter nickte erneut.

»Um klarzustellen, was ich damit meine – sehen Sie, auf dem Weg hierher nach Preungesheim erhielt ich nicht nur einen, sondern gleich zwei Anrufe. Beide kamen von meinem Chef, beziehungsweise von seinem Büro. Ich sage es nur, weil es symptomatisch für die Situation ist, Herr Kanitz. Wir werden unter Druck geraten, oder besser, der Fall hat uns bereits unter Druck gebracht.«

»Doch wohl eher die Presse, nicht wahr?« Kanitz erlaubte sich ein leises Lächeln.

»Natürlich, wer sonst? Es gibt nun mal solche und solche Fälle, und hier setzte der Generalstaatsanwalt auf Vorsicht: Ein Verrückter wie Ladowsky ist natürlich ein Fressen für alle Medien.«

»Ist er das?«

»Wie bitte?«

»Verrückt?«

Gericke bekam heiße Ohren. »Genau auf diese Frage wird es hinauslaufen, sicher. Aber im Moment«, sagte er scharf, »ist das kein Thema. Entscheidend für uns bleibt, daß wir uns in einem öffentlichen Umfeld bewegen, das auf jeden Fall verrückt spielt: Sexualmord, Triebtäter, Kindesentführer, Kindesmißbrauch, all die Prozesse, die dieses Jahr schon liefen, dieser ganze Internet-Mist, von Dutroux und den belgischen Skandalen will ich gar nicht anfangen – jedenfalls, seit den letzten Kindermorden haben die Medien ihr Thema gefunden. Und sie gehen dabei wirklich an die Grenzen.«

Wieder nickte Kanitz. Sein stilles, beobachtendes, abwägendes Zuwarten ging Gericke an die Nerven.

»Hören Sie, ich weiß, von was ich rede. Das können Sie mir glauben. Ich weiß es wirklich. Da gibt's die unwahrscheinlichsten Dinge ... Vor zwei Tagen zum Beispiel hat sich so ein Fotoreporter nicht entblödet, ins Gerichtsmedizinische Institut einzudringen. Und wissen Sie, was der wollte? Er fummelte an den Kühlfächern herum, wollte die Leiche des Mädchens fotografieren.«

»Wirklich?« Nun schien auch Kanitz beeindruckt. »Ist ja 'n Ding.«

»Und ob das ein Ding ist. Wir können uns also auf einiges gefaßt machen. Und deshalb möchte ich Ihnen gerne unsere Ansicht übermitteln: Ladowsky muß abgeschirmt werden. Und zwar strikt abgeschirmt. Kein Kontakt zur Presse. Keine Fernsehinterviewer. Teilen Sie Ihrer Pressestelle nur mit, was absolut unumgänglich ist – Gesundheitszustand des Häftlings etc., aber keine Interviews, keine Stellungnahmen, nicht mehr als das absolut Erforderliche. – Bitte betrachten Sie dies als Hinweis. Der Vollzug untersteht schließlich nicht uns.«

»Nein, das tut er nicht.«

»Aber die, Ermittlungen sind unsere Sache. Und hier sitzen wir schließlich im selben Boot, wenn Sie mir die Bemerkung erlauben. Und müssen uns alle gegen denselben Rummel schützen.«

»Ich denke, das heißt nicht Rummel, sondern Druck der Öffentlichkeit, Herr Staatsanwalt.«

»Nennen Sie es, wie Sie wollen«, sagte Gericke wütend und stand auf.

Alles war wie immer: die beiden Trauerweiden, Rotbuchenspalier, dann die helle Steinmauer der Schwimmbadumfassung. Darauf lag ein blauleuchtender Punkt.

Richard Saynfeldt stieg die Treppen hoch, die an Pavillon und Schwimmbad vorbei zum Haus führten. Die blankgewienerten Fenster spiegelten einen rosa Abendhimmel, in dem noch einige graue Wolken schwammen. Es war kurz nach siebzehn Uhr. Den Porsche hatte er nicht in die Garage gefahren, sondern gleich vor der Haustüre stehen lassen. Man konnte ja nicht wissen …

Ein paar Amseln flogen herum, und der blaue Punkt dort auf dem Travertin entpuppte sich als ein kleiner Plastiktraktor, das Lieblingsspielzeug seines vierjährigen Sohnes Nick.

Richard Saynfeldt ging weiter, ruhig und langsam, er lauschte dem Klacken seiner Absätze und hatte doch das Gefühl, innerlich auf Zehenspitzen zu gehen. Irgend etwas hatte sich geändert, irgend etwas strahlte das Haus aus, das ihm in höchstem Maß Mißbehagen einflößte: Die Fenster im Eßzimmer – zugezogen? Auch das ungewöhnlich. Na ja, Karla war weg, und die beiden Kinder hatte sie wohl mitgenommen. Hast du alles schon mal gehabt, déjà vu, also was soll's?

Er hatte den Schlüssel in der Hand, drückte dennoch auf die Klingel und vernahm das Summen hinter der schweren Teakholztüre. Das Schweigen wurde zu etwas, das man hören konnte.

Nur die Amseln kümmerten sich um nichts. Die schrien.

Er schloß auf.

Dienstag? Dienstag siebzehn Uhr? Zum Teufel, und Marias freier Tag war doch Mittwoch …? Er rief nicht nach dem Dienstmädchen, als er aufgeschlossen hatte, er räusperte sich nicht einmal wie sonst, er fühlte, sie war nicht da. Im Grunde war er nur müde, die Fahrt hatte ihn angestrengt – auch Isabella, ihr Verhalten vor allem, es war ja nicht gerade ergreifend lustig, wie sie da stundenlang stumm neben ihm im Wagen saß.

Was soll's!

Richard Saynfeldt stieg die geschwungene Treppe hoch, die zu den Schlafzimmern und zu seinem Arbeitszimmer führte. Die Luft hier erschien ihm stickig. Er riß die Balkontüre auf und ging zum Schreibtisch. Die Post lag ordentlich gestapelt im Eingangskorb. Er nahm den ersten Brief: das Angebot einer Ferienorganisation über eine Share Holding mit Domizil auf den Bahamas.

Und darunter schon ein Brief vom Finanzamt. Genau, was er brauchte …

Er ließ die Briefe liegen, wo sie waren, und spürte nun doch auf dem Weg zum Schlafzimmer ein leichtes Klopfen am Hals: *Es ist Schluß, Richard!*

Hier waren die Jalousien fast ganz herabgelassen. Nur der zarte Lichtraster der ein wenig geöffneten Lamellen zeichnete sich an der Wand ab.

Richard Saynfeldt schaltete die Beleuchtung ein: eine Reihe zitronengelber Glas- und Chromdreiecke im Artdéco-Stil, aufgesetzt auf eine blauseidene, von kanellierten Silberleisten eingefaßte Wandbespannung.

Damals vor drei Jahren, als Karla mit dem gemeinschaftlichen Schlafzimmer auch ›das andere‹, diese unwägbare, unbenennbare körperliche Vertrautheit aufgegeben hatte – (»Wie soll ich das aushalten, Richard, wenn du nachts ständig liest und mit deinen Zeitungen oder Büchern raschelst? Außerdem, Dr. Martin meint auch, daß ich meine Migräne nie los werde, solange ich mich nicht an eine geregelte Schlafzeit halten kann ...«) –, damals vor drei Jahren also, nachdem er auf diese einfache Weise von der Nähe ihres Atems, der Nähe ihres mageren Körpers mit all den antrainierten Sehnen und Muskeln befreit worden war, hatte sie sich mit Inbrunst auf die Neudekoration des Hauses gestürzt. Aus dem Schlafzimmer wurde eine Art bläulich und silbern schimmernder Artdéco-Schneewittchen-Sarg mit Chromtischchen und einer Designerschrankwand, die ihn mit all ihren facettierten Spiegeln jedesmal leicht frösteln ließ.

Nun stand er davor.

Die Ecke war so eingerichtet, daß er sein Spiegelbild gleich dreimal sehen konnte, worauf er im Augenblick wirklich keinen gesteigerten Wert legte – ramponiert, wie er aussah.

Er zog die erste Schiebetüre auf. Karlas Abendgarderobe: silber, schwarz und grau, die Farbkombination, die sie so liebte, und ziemlich vollständig, wie ihm schien. Also weiter: Departement Unterwäsche. Er ließ den Anblick wieder verschwinden. Hier – die Wintermäntel, und weiter oben, in zwei Fächern untergebracht, ihre wichtigsten Koffer.

Jetzt wurde es interessant.

Vor zwei Jahren, als ihm Karla mit der gleichen eiskalten Chirurgenschärfe verkündet hatte, sie werde ›für einige Zeit‹ zu ihren Eltern ziehen, hatte er sich in derselben Situation befunden: vor einer geöffneten Schranktür stehend, Kleider zählend. Lächerlich, doch wohl auch das einzige Indiz, das über die seelische Beschlußlage und die Echtheit einer Entscheidung Auskunft gab.

Nun, nach den Koffern zu urteilen, schien es Karla diesmal ernst zu meinen. Sie waren so ziemlich alle weg. – Und wieso? Der Blick auf den Restteil der Schrankwand zeigte, warum: weitgehende Leere.

Diesmal machte sich Richard Saynfeldt nicht mehr die Mühe, den Schrank zu schließen. Er drehte sich um und ließ die Schlafzimmertür hinter sich zuknallen. War schon ein Ding …! Was er jetzt brauchte, war ein Whisky.

Er war halb auf der Treppe, als er das Telefon am Kamin der Wohnhalle läuten hörte.

Natürlich ließ er sich Zeit, er ging nicht schneller, auch sein Atem war wieder ruhig, in ihm war eine Art heitere Leere: Karla …? Vielleicht ihre Mutter? Wir werden ja sehen …

Es war die Geschäftsstelle II der Staatsanwaltschaft und am Apparat Friedhelm Mahlzahn, der Leitende.

»Da sind Sie ja, Saynfeldt. Ich freue mich, Sie zu erwischen.«

»Da haben Sie auch Glück gehabt. Ich bin gerade zur Tür hereingekommen.«

Richard sparte sich das: »Na, was gibt's denn so umwerfend Wichtiges?« Mahlzahn, der leitende Oberstaatsanwalt, gehörte nicht zu den Hysterikern im Amt: Golfspieler, Pfeifenraucher, passionierter Kunstsammler noch dazu – weiß der Teufel, warum er sich eigentlich den Administrationsjob hatte anhängen lassen.

»Ach nein? Gerade vom Urlaub zurück? Dann tun Sie mir doppelt leid, Saynfeldt. Aber ich wollte Sie doch innerlich auf das vorbereiten, was Ihnen bevorsteht, wenn Sie morgen in den Laden kommen. Das Programm war übrigens nicht meine Idee, aber Sie wissen doch – der Alte nennt sowas ›Strategie‹. Er wollte das so …«

Der ›Alte‹, der ›General‹ – Generalstaatsanwalt Herbert Hasselbarth gehörte zu jener Sorte von Juristen, deren Credo darin bestand, jeden Vorgang und jedes Verfahren in wütend-penibler Kleinarbeit gegen alle möglichen Rückschläge und Schwierigkeiten abzusichern, und das schon deshalb, weil er jede Prozeßniederlage einer seiner Staatsanwälte als eine Art persönliche Beleidigung, ja als Angriff auf seine Position wertete. Mit seiner grauen, wirren Mähne, die Halbbrille ganz vorne auf der Nase und stets bereit, in eine seiner berüchtigten Suadas über Reformstau und verfehlte juristische Gesetzgebung auszubrechen, wenn nur irgendwo auf fünfzig Meter Entfernung ein Politiker oder Journalist auftauchte, war Hasselbarth eine einzige Katastrophe – und das Schlimmste an ihm: Er war dazu noch dumm.

Sie wußten es beide. Und zu ändern gab es nichts.

»Sie haben sicher von dem Fall Ladowsky gehört«, sagte Mahlzahn. »Jedes Blatt und Blättchen ist ja voll davon, jeder bekloppte Moderator quasselt darüber.«

»Ja.« Richard Saynfeldt war vorsichtig; er fühlte, wie seine Fingerspitzen sich erwärmten. Also doch, dachte er.

Da stand er nun in diesem leeren Raum in seinem leeren Haus – und alles, was ihn gerade belastet hatte, war wie weggewischt. Verdammt noch mal, wenn du diese Kiste kriegst … Aber hatte er nicht schon daran gedacht? Der Tatort? Für das, was im Spessart geschah, konnte das LG Frankfurt ohne weiteres die Zuständigkeit beanspruchen – wenn der ›General‹ dahinter stand. Und Ladowsky – Verfahren mit Täternamen, die mit ›L‹ beginnen, fallen in deinen Bereich. Mensch, wenn das hinhaut …

»Schauerlich, nicht wahr? Tut mir wirklich leid, Saynfeldt, aber Sie sind nun mal dran. Der General will das, und er legt Wert darauf, mit Ihnen gleich morgen vormittag darüber zu sprechen. Er bittet Sie, sich sofort mit ihm in Verbindung zu setzen, wenn Sie ins Büro kommen. Was liegt denn bei Ihnen morgen an?«

»Nicht viel. Um zehn Uhr dreißig eine Verhandlung. Und dann die Ermittlungen im Fall Lapp, Sie wissen doch, dieser angebliche Giftmord ... Aber ich gehe vorher zu ihm.«

»Bleibt Ihnen wohl nicht viel anderes übrig, mein Lieber.«

Nein, dachte Richard Saynfeldt – Dann: Bingo!

Und erst jetzt schoß die Frage in ihm hoch: »Aber entschuldigen Sie mal, Mahlzahn, haben sie ihn...?«

»Ja, sie haben ihn. Er wurde irgendwo im Spessart geschnappt. Weiß der Teufel, wie er sich da versteckt halten konnte. Na ja, der Spessart ... Jedenfalls wurde er in der Nähe eines Sanatoriums festgenommen. Er ist ziemlich verletzt.«

»Angeschossen?«

»Nein. Schnittwunden. Fiel in ein Gewächshaus.«

»Und wo steckt er jetzt?«

»Wo schon? In Preungesheim. Im Gefängnisspital. Gericke kam gerade zurück. Er ist noch nicht vernehmungsfähig, sagen sie dort, aber lange könne das nicht dauern. Jedenfalls – Sie wissen doch, wo beim Alten der Haken hängt.«

»Die Presse.«

»Was sonst?«

Richtig – was sonst ...

Nachdem Richard Saynfeldt aufgelegt hatte, wirkte sein Gesicht nicht nur entspannt, sondern auch nachdenklich: »Sie wissen doch, wo bei dem der Haken hängt?« Gut, aber es ist kein schlechter Haken. Auch nicht für dich, Junge, nein, gar nicht ...

Er ging zurück zum Entree und verließ das Haus. Die Türe ließ er nur zufallen und machte sich nicht die Mühe, sie abzuschließen. Doch dann, bereits unten an der Gartentür, blieb er doch stehen, drehte sich um und warf einen langen Blick zurück.

Da lag er nun, der Hort eines zerborstenen Glücks ...

War's tatsächlich soweit? Würde er bald von irgendeinem Hamburger Windei von Anwalt einen Brief bekommen, in dem Karla ihre Wut in irgendwelche juristische Floskeln hatte gießen lassen? Da lag es nun, das Haus, und eigentlich hatte er es nie geliebt. Klinker. Eine endlose Festung aus weißverfugten Backsteinen, das Dach schwarz, schieferglänzend, zwei läppisch-pompöse Säulen am Eingang, Blankenese-Architektur oder Pöseldorf, würde prima unter einen flachen, grauen, regenschweren Himmel passen, das hatte er von Anfang an gedacht und es ihr auch gesagt. Außerdem: Wer hatte schon den ganzen Schuppen bezahlt? Die Röders natürlich, der liebe Papi Jens.

Soll er sich den Kasten doch an den Hut stecken, dachte Richard Saynfeldt … Ziemlich nahe beim Gericht gab's eine hübsche kleine Wohnung, und die gehörte seiner Tante Luise und wurde von ihr genau zweimal im Jahr benutzt: im Frühjahr beim ersten Trabrennen und im Herbst zur Opernpremiere.

Er aber hatte den Schlüssel in der Tasche.

Richard Saynfeldt zog die Gartentüre zu, vorsichtig, fast zärtlich. Er blickte den Amseln nach, die über die Büsche flogen. Ihm war gleichfalls nach Pfeifen zumute – oder nach fliegen.

Abgehakt. Karla wie die Dame Isabella vermutlich. Zwei auf einen Streich. Man soll die Dinge des Lebens nehmen, wie sie kommen.

Zum Beispiel diesen Fall, Ladowsky, die ganz große Kiste. Lang genug hast du schließlich auf sie gewartet …

§

In Frankfurt wartete eine Menge Arbeit auf Isabella, und sie war froh darum.

Peter Aman, der Therapeut, mit dem sie die Praxis in der Korneliusstraße teilte, war nach Amerika geflogen zu einem dieser Selbsterfahrungskurse und hockte unerreichbar für sie irgendwo in der Wüste Neu-Mexikos. Seine wichtigsten

Klienten aber hatte er ihr, wie das vereinbart war, auf gebürdet. Es bedeutete für Isabella Arbeitstage ohne Ende.

Doch der quälende Streß, diese erschöpfende, ununterbrochene Beschäftigung mit fremden Schicksalen enthob sie der Notwendigkeit, über sich selbst nachzudenken. Kam sie abends nach Hause, fiel sie todmüde ins Bett, in der Mühle ihrer Praxis jedoch ertappte sie sich immer wieder, wie sie während ihrer Pausen in einer Art abwesenden Trance das Telefon anstarrte. Die Sitzung mit einem Klienten dauerte fünfzig Minuten. Richard wußte es. Wann immer es ihm möglich war, hatte er dann in der einundfünfzigsten Minute bei ihr angerufen …

»Liebe Frau Richter, machen Sie sich keine Sorgen, wir werden das schon schaffen«, sagte sie zu der neuen Patientin. »Aber einen unbekannten, schwierigen Weg zu gehen bedeutet auch, die Abgründe zu betrachten. Wir sollten uns das so vorstellen: Es ist wie ein gefährlicher Weg durchs Gebirge, und man geht ihn gemeinsam. Das Wichtigste dabei ist der Wille, sich gegenseitig zu helfen. Und Hilfe bedeutet in diesem Fall nichts zu verschweigen, Hilfe bedeutet hier totale Offenheit.«

Sie war eine Frau wie eine Festung, diese Elli Richter: Mächtige Schenkel, mächtige, fettgeschwollene Arme, der runde Kopf auf breitem Speckhals, die Augen wie schmale Schießscharten in das dicke Gesicht geschnitten – doch der Blick dahinter, ein Blick aus hellen, graublauen Pupillen, wirkte wie das verzweifelte Hilfesignal eines verstörten, verschüchterten Kindes.

Dies war die dritte Sitzung mit ihr. Bei den ersten beiden Besuchen war nicht viel mehr herausgekommen als hemmungsloses Schluchzen. Einer der Internisten, mit denen Isabella zusammenarbeitete, hatte sie ihr geschickt. Elli Richter litt unter Bulimie, krankhafter Eßgier, und was das bedeutete, war auf dem Foto ersichtlich, das sie gleich bei ihrem ersten Besuch aus der Handtasche herausgezerrt hatte: »Sehen Sie sich das an, Frau Doktor. Und sehen Sie genau hin.«

Gewiß, schlank war Elli Richter auch damals nicht gewesen, aber doch in keiner Weise mit dem Fettklotz von Frau vergleichbar, der nun vor ihr saß. Vor zwei Jahren hatte ihr Mann sie verlassen. Und es handelte sich um die klassische Ich-hol-mir-noch-ein-paar-Zigaretten-Flucht. Er hatte seine Autowerkstatt aufgeräumt, noch einmal angerufen und sich dann nie mehr gemeldet. Durch Zufall erfuhr Elli Richter, daß er irgendwo in Tschechien mit einer anderen zusammenlebte und für einen Autokonzern arbeitete.

»Ich habe doch alles für ihn getan, Frau Doktor. Und er hat sich doch immer auf mich verlassen ... Und das konnte er, glauben Sie, immer hat er gesagt: ›Was wäre ich denn ohne dich, Elli ...?‹ Selbst die Steuer, alles hab' ich für ihn gemacht, alles ...«

Und alles kontrolliert, dachte Isabella. Man brauchte kein therapeutisches Genie zu sein, um die Situation zu erkennen.

An diesem Morgen schien Elli Richter zum erstenmal ruhig und aufnahmefähig. Und so versuchte Isabella ihr einen ersten Einblick zu geben, vorsichtig noch, man durfte sie nicht überfordern mit der Erkenntnis, daß das, was sie als ›Fürsorge‹ empfunden hatte – dieses ewige ›Ich muß mich doch um alles kümmern‹ –, von ihrem Mann als Dominanz, ja als Herrschsucht ausgelegt worden war, und daß die eigene Angst, alles regeln und ordnen zu müssen, wiederum nur Folge der Furcht und der Unsicherheit war, die sie als Kind unter einer gleichfalls dominanten Mutter erlebt hatte. Es war das alte Lied, die alte Leier, das alte Spiel ...

»Was wir brauchen, Frau Richter, ist gewissermaßen ein neues Drehbuch. Das alte taugt nichts. Und wir können es nicht umschreiben. Das alte müssen wir wegwerfen, verbrennen – verstehen Sie das?«

Elli Richter sah sie nur an.

Ein neues Drehbuch, dachte Isabella – was du empfiehlst, ist genau das, was du selber brauchst.

Sie fühlte den Druck an den Schläfen zunehmen. Sie hörte ihre Stimme, die ihr plötzlich sonderbar kraftlos erschien. In ihrer Hilflosigkeit, bei dem Versuch, Trost bei sich selbst zu finden, hatte die Frau vor ihr alles an Essen hinuntergeschlungen, was sie erreichen konnte, ganz so, als könne sie sich damit für den Liebesentzug entschädigen. Ein klares kompensatorisches Verhalten …

Ihr Blick fiel auf die Uhr.

Die Sitzung würde noch zwanzig Minuten, bis elf Uhr fünfzig, andauern. Dann kam ein neuer Klient, kam das nächste verpfuschte Leben, das nächste Scheitern, die nächste Katastrophe.

Und in diesen zehn Minuten der Entspannung und Unterbrechung würde ihr vermutlich nichts anderes einfallen, als die Uhr auf ihrem Schreibtisch anzustarren; denn immer wenn der Zeiger von fünfzig auf sechzig rückte, hatte er angerufen …

Ihre Lippen sonderten weiter beruhigende Worte ab, suchten Beispiele, und die Sätze, die kamen, folgten dem eingefahrenen Geleise hundertmal wiederholter Ratschläge.

Ein neues Drehbuch?

Und wie recht du damit hast. Die Gewohnheit konditioniert dich doch wie die Wurst den Hund: eine Uhr, ein Telefon? Und wenn Richard tatsächlich anrufen sollte, würdest du vermutlich sofort auflegen. Das Kapitel Saynfeldt ist zu Ende, mach dir das klar. Und doch leidest du unter diesem lächerlichen inneren Zwang, immer wieder die Seiten durchzublättern … Hör auf damit, dachte sie. Laß es sein! Die nächste Pause gehört dir, geh raus, nimm deine zehn Minuten, setz dich in ein Café, schau dir die Autos oder die Menschen dort unten in der Korneliusstraße an, mach, was du willst – aber laß endlich dieses alberne Spiel.

Isabella hielt sich an ihr Therapierezept, sie nahm den Espresso unten beim Italiener, fühlte sich sogar wohl dabei, ließ sich so viel Zeit, daß sie zu spät in die Praxis zurückkehrte und etwas geschah, das sie sonst nie zuließ: vor dem vorwurfsvollen Gesicht eines Klienten eine Entschuldigung murmeln zu müssen ...

Um ein Uhr hatte sie es hinter sich.

Was Isabella dann unternahm, tat sie ohne jede rationale Überlegung. Sie fuhr in die Innenstadt, parkte den Wagen in einem Parkhaus am Roßmarkt und blieb vor einem der bonbonfarbenen, frisch restaurierten Häuser aus den Gründerjahren stehen. Im Erdgeschoß war die Reiseagentur untergebracht, bei der sie ihre Flüge zu buchen pflegte. Isabella zögerte keine Sekunde, sie stieß die gläserne Schwingtür auf. Der große Raum war ziemlich leer, obwohl die Saison doch bevorstand.

»Hallo! Guten Tag, Frau Doktor!«

Das junge, hübsche, blonde Mädchen hinter dem Tisch hieß Anni Seifert, wenn sie sich recht erinnerte. Sie war nicht nur nett, sie war auch clever und hatte ihr in den unmöglichsten Situationen schon Buchungen herausgefingert. Nun erhob sie sich. »Kann ich Ihnen helfen?«

»Und ob Sie das können, Anni. Ich bin urlaubsreif. Es geht einfach nicht weiter. Ich muß dringend weg.«

»Aber sicher. Natürlich. Was haben Sie sich denn vorgestellt, Frau Doktor?«

»Das ist es ja ... Ich meine, ich habe ...«

Isabella merkte, daß ihr nicht nur die Worte fehlten, daß sie auch noch leicht stotterte. Wann hatte sie so was zum letztenmal erlebt?

»Ja, Anni, um ehrlich zu sein, wenn ich das wüßte, wäre es mir wohler. Was ich will, ist nichts als Distanz, Abstand zu allem, irgendwohin, wo's warm ist, irgendein Ort, der weit weg und von möglichst viel Meer umgeben ist.«

Anni schien die Antwort vollkommen normal zu finden. Vielleicht war sie derartige Kunden gewöhnt.

»Nun, die Seychellen. Oder die Karibik? Auch auf Kuba haben wir ein neues Programm. Da gibt es jetzt sehr schöne, moderne Hotels.«

Karibik, Seychellen, Kuba …?

»Warum schauen wir nicht zusammen einige Prospekte an, Frau Doktor, damit Sie sich ein Bild machen können?«

»Genau, das tun wir. O ja – vielen Dank, Anni …«

§

Es gab drei Sonnen über ihm: In milchigem Nebel schwangen sie nach links, schwangen nach rechts. Ludwig Ladowsky kannte sie, sie waren mit Schlimmem, sie waren mit Schrecken und Schmerz, mit Gesichtern und Stimmen verbunden.

Er schloß die Augen, preßte die Lider aufeinander, wollte in seiner Kapsel bleiben – und wußte doch, daß er nicht durfte.

Sie holen mich, sie wollen mich, und alles wegen dir, mein Hurenpüppchen! Alles wegen dir … Du hast es hinter dir, mich lassen sie nicht in Frieden …

»He! Wie haben wir's denn?«

Die Stimme kam von weit her, eine tiefe, sonore Männerstimme, und was darin schwang, war eine Art jovialer, drohender Bösartigkeit, die sein ganzes Inneres mit dumpf pulsierender Angst erfüllte. Seine Hände verkrampften sich.

»Na, komm schon, Dreckschwein … Komm, dein Süppchen ist da. Wir tun doch alles für dich. Brauchst was zu essen … Na los, tu nicht so, bist doch wach, Junge – Drecksau … Los!«

Auch das letztemal war es das gleiche gewesen: »Komm schon, Drecksau!« Und dann dieser furchtbare Schmerz, als ihm mit brutaler Langsamkeit der Beinverband abgezogen wurde.

»Nein, bitte, nein«, stöhnte Ladowsky.

»Was nein …? Willst nix essen oder so?«

Zwei Fingerkuppen klemmten wie Stahlzwingen seine Nase ein. Er warf sich zurück, der Schmerz schoß von seiner Hüfte bis zum Herz hoch.

»Lassen Sie mich!«

»Na siehste, jetzt wirste doch lebendig. Sollste auch bleiben ... Dich brauchen wir lebendig ... Und das noch 'ne ganze Weile.«

Mit einem metallischen Klicken fuhr der Gefangenenpfleger den Kopfteil des Bettes hoch. Die Benommenheit, dieses angenehme Kokongefühl, in das ihn die Beruhigungsmittel gehüllt hatten, verflog. Er kannte das Gesicht. Es war breit, aufgeschwemmt, die Augen unter den wuchtigen schwarzen Brauen blau, und darin ein eisiger Glanz, der ihn erschreckte. Es war das Gesicht seiner Alpträume. Unwillkürlich hob er den Ellbogen hoch.

»Was soll denn das, Dreckschweinchen? Meinst, ich knall' dir eine? Kann ich mir doch nicht leisten ... Hier nicht. Später ... Hier bin ich Pfleger.«

Ja, hier war Otto Schobig Pfleger, Hilfspfleger. Pfleger war er auch schon früher gewesen, im Städtischen Krankenhaus in Offenbach, in jener fernen Zeit, als es den Eintrag ›aggressiv und unberechenbar‹ in seiner Gefangenen-Karteikarte noch nicht gegeben hatte. Aggressiv und unberechenbar war Otto Schobig. Und genoß es.

»Kein Verbandswechsel, Drecksau, nichts anderes als ein kleines Mittagessen. Willste wieder 'ne Schau abziehen? Ich weiß nicht, ob ich dir das erlauben kann.«

Schobig rollte den Wagen heran. Ein Tablett stand darauf. Und auf dem Tablett wiederum dampfte eine metallene Suppenschüssel. Daneben gab es Brot, Teller und Besteck.

Schobig füllte den Teller. Erbsensuppe... Er tat es ernst und konzentriert, als gäbe es nichts Wichtigeres auf der Welt.

Ladowsky drehte den Kopf weg. Er fühlte, wie sich sein Magen zusammenzog.

»So, so, seh' ja schon, das Dreckschweinchen will nix essen. Hab' ich mir gedacht. Geht aber nicht ... Los, kriegst gleich dein Löffelchen, na, los schon.«

»Bitte, nein ...«

»Was? Haste was gesagt? Ne, haste nix gesagt ... Und mit bitte, bitte kommste bei mir nich weiter.«

Er hatte sich jetzt weit über Ladowsky gebeugt, sein Mund grinste. Was folgte, geschah blitzschnell.

Schobigs Hand, die zur Klaue gekrümmt auf Ladowskys Schulter niederfuhr, ihn hochriß …

Ladowskys Schrei …

Und Schobigs freie rechte Hand, die nach dem vollen Teller griff, den er ihm, während die linke den Kopf des brüllenden Ladowsky am Nacken hochzwang, mit der glühendheißen Suppe ins Gesicht schmetterte …

Es war niemand im Raum.

In jedem Gefängnis rangieren Sexualstraftäter in der untersten Stufe der Hierarchie. Einem Kindermörder freien Umgang mit anderen Gefangenen zu gestatten, würde schwere Tätlichkeiten, wenn nicht den Tod bedeuten. Aus dieser Sorge, aber auch aus Furcht vor unerwünschten Kontakten, lag Ladowsky allein.

Und dieses Einzelzimmer mit dem leeren zweiten Bett war nun erfüllt von seinem Schmerzgeheul.

Die Tür flog auf. Der wachhabende Gefangenenaufseher stürmte herein, erfaßte mit einem Blick die Situation.

»Ja, bist du wahnsinnig geworden?«

»Ich?« sagte Schobig seelenruhig, während er zufrieden auf den schmerzzuckenden Körper Ladowskys sah, das Gesicht betrachtete, das rot anschwoll und über das noch immer die grüne, klebrige Suppe rann. »Ich? Wahnsinnig? – Ja, und der?«

»Mensch, Schobig! Dich knöpf' ich mir nachher vor.« Der Beamte lief zum Telefon, um den Arzt zu rufen …

§

Kuba also … Und der Ort, wo sie hinfliegen würde, hieß Santa Margarita und lag zwanzig Kilometer von Havanna entfernt.

Isabella hatte sich mit Anni von der Intermondo-Agentur geeinigt. Auch Anni Seifert hatte wenig Ahnung von Castros

Insel, doch sie war so eifrig, so rührend nett, daß Isas gute Laune nun völlig in Schwung kam. Rasch kratzte sie das bißchen Erinnerungswissen zusammen und begann bereits damit, die grobe Kontur mit leuchtenden Farben auszufüllen. Dazu noch all die bunten Fotos auf den Prospekten! Ein kleines Fischerstädtchen an der Westküste. Und nichts als Palmen, weiße Muschelstrände und das weite, weite, blaue Meer – außerdem, das war das Allerwichtigste, so wenig vom Tourismushorror angekratzt, daß man die Gäste, um ihnen die schlechte Straße zu ersparen, mit dem Schiff in Havanna abholte.

Isa schrieb den Scheck aus, hielt sich allerdings bei den Abflugterminen zwölfter und achtzehnter noch eine Option offen. Schließlich, sie war die einzige, die von ihrem Urlaubsglück etwas wußte ... Peter Aman würde sie vertreten, doch wo trieb er sich ausgerechnet jetzt herum? In der Mohave-Wüste ...

Einen Tag später riß er die Tür der Gemeinschaftspraxis auf und stürmte herein: ein völlig veränderter Peter, braungebrannt und mit Müdigkeitsflecken unter den Augen, unrasiert dazu und sichtlich abgemagert. Das Abenteuerlichste an ihm war dieser verschlissene Trapperhut auf seinem Rundschädel und die gleichfalls fleckigen Indianermokassins an seinen Füßen. Er könne nun Schamanenrituale tanzen, verkündete er, er habe eine ganze Nacht unter Kojoten in einem Schwitzbad zugebracht, sich mit den Sternen unterhalten und sei überhaupt in allem viel, viel weiter als zuvor.

»Ich auch«, sagte Isa. »Und das ohne Schamanen. Hör mal ...«

Er hörte nicht, er drückte ihr einen Haufen rundgeschliffene Hölzer in die Hand, von denen er behauptete, das seien magische Stäbe, sah sich um und seufzte: »Was tu' ich eigentlich hier?«

»Genau das ist die Frage, die ich mir stelle.«

»Oh?« sagte Peter Aman und blickte wachsam.

Sie erzählte ihm von ihrer Arbeit mit seinen Klienten, griff in die Schublade, holte all ihre Kuba-Prospekte heraus und breitete sie auf dem Schreibtisch aus.

»Kuba!« sagte sie. »Ich hau' ab.«

Er warf keinen Blick auf die Bilder, er beobachtete ihr Gesicht. »Es gibt also entscheidend Neues hier?«

»Neues? Was ist das?«

»Nun, in deiner Biographie vielleicht. Oder irgendwas mit dem Hormonspiegel ...«

»Peter, ich fliege. Und das aus demselben Grund wie die meisten Leute. Weil ich die Nase voll habe.«

»Kuba«, sagte er und schüttelte den Kopf.

Sie küßte ihn auf die Stirn und ging.

Es war Freitag. Halb elf jeden Freitag hatte Isa einen Termin, den sie eisern einhielt: die Behandlungsstunde bei Hella, der Chiropraktikerin. Einmal weil es im Abonnement lief, und zweitens war niemand so nett zu ihrer lädierten Bandscheibe wie Hella.

»Fit für den Urlaub« heißt das doch wohl, dachte sie, obwohl sie gerade eines der vielen psychosomatischen Wunder erlebte: Seit sie das Kuba-Ticket in der Tasche trug, hatten sich ihre Rückenbeschwerden verflüchtigt ...

»Die beiden nächsten Stunden werden Sie mich wohl vergessen müssen, Hella«, verkündete sie auf dem Massagetisch. »Ich mache Urlaub.«

»Na prima.«

Hella war sechzig, hatte kurzgeschnittene graue Haare, ein rundliches, sanftes Gesicht und Arme wie Eisen. Stets strahlte sie so etwas wie stummen Optimismus aus. Sie schwieg auch jetzt und ließ nur ihre Hände sprechen.

Nach zwanzig Minuten sagte sie einen einzigen Satz: »Wohin?«

»Kuba.«

»So ...«

Isabella lag wieder da, das Gesicht in das Frottee der Liege gedrückt, lächelte in sich hinein und dachte an einen weißen

Strand, ein tiefblaues Meer und an das Geräusch, das die Wellen machen, wenn sie mit Muscheln spielen. Warum nur, fragte sie sich, war sie die ganze letzte Woche ungehalten darüber gewesen, daß Richard sie nicht angerufen hatte? Es sind diese verdammten Gewohnheiten, die das Leben ausmachen, Gewohnheiten vom Wecker am Morgen bis zum Lametta am Weihnachtsbaum, nichts als Gewohnheiten, da gibt dir eine nach der anderen die Hand, und wenn du sie einmal leer zurückziehst, verfällst du in Panik.

Doch das war vorbei. Und gründlich ... Der Oberstaatsanwalt konnte ihr gestohlen bleiben.

»Was ist denn so lustig?«

»Lustig? Wieso?«

»Sie haben doch gerade gekichert, Frau Doktor.«

»Ich?«

»Aber sicher.«

Na gut, dann hatte sie gekichert. Sie wußte auch warum und drehte Hella den Kopf zu, so gut sie das konnte: »Hella, soll ich Ihnen was von meinem Lehrer erzählen? Er heißt Hauschild. Zur Zeit hab' ich ziemlich Krach mit ihm, wegen irgend so einer blöden Geschichte, aber das ändert nichts daran, daß ich ihn bewundere. Er ist ein As. Und Hauschild sagte immer eines: Wenn der Mensch schon in der Lage ist, den eigenen Verstand, sein Bewußtsein und seine Gefühle zu beobachten, dann bedeutet dies, daß er über eine Instanz verfügt, die sowohl seinem Verstand, seinem Bewußtsein wie auch seinen Gefühlen übergeordnet ist.«

»Aha«, meinte Hella.

»Und diese Instanz nannte Hauschild die ›alles umgreifende Intuition‹. Schöner Begriff, aber ein bißchen kompliziert vielleicht, nicht wahr? Man könnte es auch ziemlich ungenau mit Überlebensinstinkt ersetzen.«

Hella schwieg. Isa störte das nicht. »Ich hab' sie entdeckt, Hella, die alles umfassende Intuition. Endlich. Und ich bin froh darum.«

Sie zog ihre Bluse wieder über und verabschiedete sich.

Hellas Studio lag im zweiten Stock eines alten Hauses in der Hermannstraße. Die Treppen knackten, als sie hinunterging. Sie drückte den elektrischen Öffner und zog die Türe auf. Das Haus Hermannstraße 16 konnte mit zwei kleinen Streifen braunverbrannten, erbärmlich geschundenen Grases rechts und links des Eingangs aufwarten. Dann kam der Bürgersteig. Und die Bordsteinkante.

An dieser Bordsteinkante aber stand ein Wagen. Sie kannte ihn.

Ein schwarzer Porsche ...

Das Cabrio-Verdeck war geschlossen, aber die Tür ging sofort auf, und heraus schob sich die lange, mit Jeans und einer hocheleganten, gelben Windjacke angetane Gestalt des Oberstaatsanwalts Richard Saynfeldt.

Isa konnte nicht zurück, die Tür hinter ihr war ins Schloß gefallen. Er kam ihr auch nicht entgegen, er lehnte an seinem Porsche, die Hände in den Taschen, und grinste sie an.

»Welch ein Zufall, nicht wahr?«

»Darauf«, sagte sie erbittert, »könnte ich verzichten.«

»Aber wieso denn, Isa? Du brauchst doch ein Taxi. Ich habe mich umgeschaut, dein Wagen steht nirgends.«

»Richard«, sie holte tief Luft, »laß uns eines klarstellen ...«

»Wir werden jetzt gar nichts klarstellen, Isa. Wir werden zum ›Roma‹ fahren, uns hinsetzen, irgend etwas futtern und einen Kaffee trinken. – Was hältst du davon?«

Ihr fiel nichts ein. Es gab keine Kriegserklärung, sie hatten nicht einmal Krach, es gab nichts anderes als dieses Gefühl der Sättigung: Wie in einer chemischen Lösung war der Punkt erreicht, wo sich die Elemente wieder zu scheiden begannen.

Was hatte sie mit ihm noch zu tun?

»Nun komm schon.«

Seine Hand war weich und glatt, sein Blick hatte nichts Überhebliches wie so oft, und sein ›ach, meine Isabella‹ war nur ein Seufzen, und die Bewegung, mit der er ihr über das Haar strich, so leicht wie ein Vogelflügel.

Sie war auf der Hut. Doch sie stieg ein.

Das ›Roma‹ war sein Lieblingscafé. Das wurde es notgedrungen, nachdem er zu Beginn ihrer Beziehung stets auf der Suche nach diskreten Treffs außerhalb seines beruflichen und persönlichen Umfelds in diesem kleinen italienischen Hinterhofladen in der Nähe der Hauptwache gelandet war. Das ›Roma‹ wurde von jungen Malern, Grafikern und Werbegenies mit ihren Mädchen besucht – auch von Models oder solchen, die sich dafür hielten …

Schnell kamen Yuppie-Banker nebst Anhang dazu, bald auch Anwälte, und schon war's mit der totalen Diskretion vorbei. Doch zu diesem Zeitpunkt scherte Richard das bereits weniger.

»Dein Schweigen riecht ein bißchen nach Kriegserklärung, findest du nicht?«

»Bisher war das deine Spezialität.«

»Ich will mich ja nur entspannen. Das habe ich heute verdient. Und dich will ich vor mir sehen und wieder mal bei mir haben.«

Wieder mal, dachte sie … Du wirst dich wundern.

»Außerdem hätte ich dir noch einiges mitzuteilen, das ganz interessant ist.«

»Da brauchen wir doch nicht ins ›Roma‹.«

Aber sie waren bereits angelangt. ›La Roma‹ stand in schwungvollen grünen Buchstaben auf weißem Grund. Unter dem Schild befand sich der Durchgang zum Hof. Über den Dächern stand ein hoher blauer Himmel, und warm war es auch.

Er parkte den Wagen und stieg aus. Salopp warf er sich die hellgelbe Windjacke über die Schulter, breitete beide Arme aus und stand da; mit offenem Kragenknopf und heruntergerutschter Krawatte strahlte er, wie nur ein Richard Saynfeldt strahlen konnte.

»Schau mich an, Isa. Ich bin zu haben. Ich bin wieder auf dem Markt. So wie's aussieht, wenigstens … Meine Frau ist ab und weg … Und da ich nicht in dem leeren Röder-Kasten von Haus rumsitzen will, bin ich in die Stadt geflüchtet. – Wie findest du das?«

Sie fand gar nichts. Sie war nur über etwas erstaunt: daß seine Mitteilung in ihr nicht die geringste Reaktion auszulösen vermochte. Und in der Sekunde, als sie sich dessen bewußt wurde, war sie sich auch im klaren darüber, wie weit sie sich von ihm entfernt hatte und wie gründlich Gefühle sterben können. Sie erschrak beinahe darüber.

Das idiotische Telefon … Warum nur hatte sie so seinen Anruf erwartet? Sie wußte es nicht mehr …

»Reuter«, sagte die Stimme am Telefon. »Frau Dr. Reinhard? Ich kann nur hoffen, daß ich Sie im Moment nicht störe.«

Eine gelassene, eine sehr gelassene Stimme, eine Stimme, die als Selbstverständlichkeit voraussetzte, daß man sie einfach erkennen mußte.

»Tut mir leid, ich habe im Moment wirklich keine Ahnung …«

»Ach ja? – Nun, ist ja schon 'ne ganze Zeit her. Oktober, letzter Oktober war das, im Palmengarten. Und für mich stellten Sie den einzigen Lichtblick dar. Sie sahen hinreißend aus, Sie trugen ein schwarzes Kleid mit roten Blumen …«

Reuter? – Natürlich … Mit einem kurzen Stromstoß, als habe sich ein elektrisches Relais geöffnet, flogen die Bilder der Erinnerung heran: Reuter, Professor Reuter sogar …

Gastdozent an der Johann-Wolfgang-Goethe-Universität und einer der besten Strafrechtler der Stadt, nein, des ganzen Landes, schmales, noch immer straffes Gesicht, Brille, spärliches, jedoch sehr gepflegtes weißes Haar und, wie ihr Jürgen sagte, bereits weit über sechzig … Überhaupt war es Jürgen, einer von Richards zahlreichen Vettern aus dem Saynfeldtschen Juristenklan, der ihn ihr vorgestellt hatte.

»Es ging damals um diese Krebshilfe-Stiftung.« Die Stimme war nun leise und begütigend, aber auch anmahnend, als spräche sie zu einem begriffsstutzigen Kind.

»Verzeihen Sie, Professor. Ich weiß Bescheid ...«

»So? Aber Sie wissen nicht, wie sehr Sie mich beeindruckten. Zufällig hatte ich nämlich kurze Zeit zuvor Ihren Artikel in der *Allgemeinen Juristenzeitung* gelesen. Und dann – nehmen Sie's mir nicht übel, aber die Männer haben immer diesen dämlichen Schubladenraster: links oben die Intellektuelle mit der Brille auf der langen Nase, nicht wahr-, dann stand ich da plötzlich vor einer absolut kompetenten Frau, die auch noch aussah wie ein Fernsehstar ... Übertreibe ich?«

»Ich glaube schon.«

»Dann entschuldigen Sie.«

»Gerne. Um was geht's denn?«

Er lachte leise über die brüske Sachlichkeit, mit der sie seine Komplimente abschnitt.

»Ich hätte gerne bei einem recht interessanten Fall Ihre fachliche Beratung. Wie ich es sehe, wird sich daraus ein Gutachterauftrag entwickeln, falls Sie daran interessiert sind.«

»Kommt drauf an.«

»Ich möchte Ihnen das jetzt nicht am Telefon erklären. Könnten wir uns irgendwo treffen?«

»Wo?«

»Nun, Büros haben immer so etwas Trostloses. Außerdem sind sie stinklangweilig. Sagen wir im ›Toronto‹. Den Zeitpunkt können Sie bestimmen.«

»Morgen, siebzehn Uhr?«

»In Ordnung.«

§

»Ich stelle die Frage nochmals, Angeklagter: Haben Sie nicht Mitleid empfunden, als dieses Kind um Hilfe schrie? Irmi Meyser war ja erst dreizehn. Sie kämpfte um ihr Leben. Sie haben sie erstickt. Was haben Sie empfunden? Was spielte sich da in Ihnen ab?«

Ladowsky hatte geschwiegen.

»Ein Kind, Herr Ladowsky, ein Kind, dem das Leben genommen wurde. Als sie tot war, als sie vor Ihnen lag, was fühlten Sie da?«

Ladowsky weinte.

So war das damals gewesen. Sie hatten ihn ja nicht reden lassen. Und wenn er bereit gewesen wäre zu reden, hätten sie ihn nicht verstanden.

»Sie haben kein Mitleid gefühlt?«

Und wie, Herr Vorsitzender, hätte er sagen können. Es ist doch nicht so, daß ich nicht weiß, daß auch Hurenpüppchen Menschen sind, sie vor allem, denn wo zeigt sich Gottes Wille in vollendeterer Form als im Körper einer Dreizehn-, Vierzehn-, Fünfzehn- oder Sechzehnjährigen – manche Teenies, das sind doch wahre Göttinnen, nicht wahr? Wann schließlich ist eine Frau schöner als in diesem Alter?

Und er hatte die Körper zerstört. Aber das mußte so sein, ja klar doch, ging gar nicht anders – er hatte seine Befehle …

Später, oh, da war dann alles anders. Tage später, da tat es ihm immer leid. Später weinte und weinte er. Wem sollte er auch davon erzählen? Er weinte und dachte daran, sich selbst umzubringen. Ja, oft genug. – Und so weinte er um sich selbst, um Ludwig, den keiner verstand, um Ludwig, das Opfer menschlicher Blödheit.

Zuvor jedoch …

Zuvor kam der Befehl.

Er hörte ihn nicht, er spürte ihn, er kam nicht aus dem Kopf, er kam aus der Erde, denn Gottes Reich, das waren die Sterne und die Erde, und der Befehl, das war wie ein pulsender Strom, der die Haut seiner Sohlen durchdrang und seine Beine, die Schenkel hochkroch, der dann dort unten eine feurige Spirale bildete, die sich weiter ausbreitete, über die Brust, über den Rücken in die Arme, die Fingerspitzen bis hinauf zum Kopf fuhr.

Tu es!

Nur das eine: TU ES!

Ludwig Ladowsky lag in seinem Bett im Untersuchungsgefängnis. Nicht nur Beine, Hüfte und linke Seite waren mit Mull und Pflaster beklebt, nun trug er auch noch einen Verband, der beide Gesichtsseiten und die Stirn bedeckte und all die Haut und Gewebezonen schützen sollte, die Otto Schobigs Suppenattentat verletzt hatte. »Verbrennungen zweiten Grades«, hatte der Doktor gesagt.

Schobig gab es nicht mehr. Sie hatten ihm einen anderen Pfleger geschickt, der hieß Maiersfeld, war gleichfalls Häftling, aber klein und schmächtig und wirkte irgendwie ungefährlich. Jedenfalls war Ladowsky, wenn er Maierfelds mageres Gesicht und die krummen Schultern sah, irgendwie beruhigt.

»Nicht wahr, du tust mir nichts?« hatte er auf ein Blatt Papier geschrieben. »Ich mach' dir auch ein schönes Geschenk.« Das war am ersten Tag, als Maiersfeld bei ihm auf der Station auftauchte. An diesen beiden ersten Tagen brachte er kein Wort aus dem verbrannten Mund.

Maiersfeld hatte ihn nur blöd angeglotzt und dann den Kopf geschüttelt. Er war stehengeblieben und hatte sich wieder umgedreht. Einen Augenblick sah es so aus, als wolle er ihm sogar die Hand auf die Schulter legen – doch dann war er einfach weggegangen.

Er war nun mal der Püppchenkiller, der Kreuz-Mörder, der Kinderschänder, der Vergewaltiger, der Mörder, er war einfach das Letzte.

Ladowsky wußte es. Und er wußte auch: Da war nichts zu machen. Überhaupt nichts.

Er warf einen Blick hinüber zu den Gitterstäben und hinaus durchs Fenster auf die Tauben, die dort oben um die anderen Simse schwirrten. Dann legte er den Kopf zur Seite und schloß wieder die Augen, um in seine, die wahre Welt zurückzugleiten, die Welt, in die er gehörte ...

Doch er erreichte sie nicht. Sie war nicht da. Sie hatte sich aufgelöst hinter dünnen, schmutziggrauen Nebeln.

DU WIRST STERBEN, LUDI.

Schweigen. Nur dieser Nebel. Und niemand, der gegen die Stimme aufstand, niemand, der sich wehrte.

DU WIRST AUF DEM ELEKTRISCHEN STUHL VERRECKEN, LUDI. DA WERDEN SIE DICH FESSELN.

Das erschreckte ihn nicht. Daran hatte er schon gedacht, so oft hatte er es vor sich gesehen.

UND WEISST DU, DASS DU DA NICHT SOFORT VERRECKST? WEISST DU, WIE LANGE DAS DAUERT?

Natürlich wußte er es. In der Nachttischschublade seines Zimmers in der Jensstraße lagen sogar die Zeitungsartikel mit den Fotos, die er über Hinrichtungen auf dem elektrischen Stuhl ausgeschnitten hatte. Und das war nicht alles. Er hatte sich sogar einmal ein Video einer Originalhinrichtung angesehen. Sie wurde an einem Schwarzen vollstreckt, der Hynes hieß. Dabei war auch die Hinrichtungszelle aufgenommen worden, und diesen Stuhl mit den Kabeln und den Eisenklappen an Knöcheln und Gelenken konnte man genau sehen. Wenn man sich draufsetzte, bekam man die Elektroden umgeschnallt, und draußen, in einem Nebenraum, versammelten sich die Hinrichtungszeugen. Vor der Tür des Gefängnisses gab es dann nochmals eine Menge von Leuten, Angehörige, Reporter oder Schaulustige – auch das Fernsehen war dabei, ein richtiges Volksfest … In der Nacht, in der Hynes' Hinrichtung gefilmt wurde, hatten sie sogar eine Würstchenbude aufgestellt, denn es war kalt gewesen dort in Alabama, und die Leute mußten ja schließlich was zu essen haben.

Auch den Henker sah man, wie er den Hebel umlegte.

Und dann den Verurteilten, als er sich aufbäumte. Es würde eine winzige Flamme geben, sagte der Reporter, und ein wenig Rauch, dort, wo die dreitausend Volt das Fleisch verbrannten …

Das können sie ja alles machen, dachte Ludwig Ladowsky, bloß nicht mit mir.

Bei mir wird alles anders sein, ganz, ganz anders …

Er würde reden, er würde selbst noch aus dem Stuhl raus reden, mit Engelszungen, denn er hatte Gott dabei. Er hatte noch jeden überzeugt. Wenn er redete, wurden alle nachdenklich, und dann nickten sie, denn es gelang ihm, sich in jedes Wesen, sich nicht nur in die Seele, nein auch in die Haut eines anderen zu versetzen, es war ein Geschenk, auch bei seiner Mutter wußte er stets, was kam, er wußte ihre Gedanken im voraus, noch ehe sie sie aussprach, und er haßte es – aber dennoch: zur selben Sekunde sich klar zu werden, was der andere denkt oder empfindet, ist ein Geschenk. Und darin war er Weltmeister. Selbst einen Henker würde er dazu bringen, daß er die Hand fallen ließ, die töten sollte. Sicher würde er das … Hundertprozentig …

Und außerdem: In Deutschland gab's keine elektrischen Stühle …

Mit dieser tröstlichen Gewißheit schlief Ladowsky ein, um in einen Traum zu verfallen, der anders, schlimmer, furchtbarer war als die Visionen der nächtlichen Hinrichtung in Alabama, USA.

Es war ein unruhiger Schlaf. Er würde schreiend daraus erwachen. Die fließende, nebelhafte und angenehme Distanz, welche die Barbiturate vermittelten, zwei rosa Pillchen am Morgen, eine blaue zu Mittag und wieder die beiden rosafarbenen am Abend, war verschwunden. Gerade noch, zum Tode verurteilt, war er so mächtig gewesen. – SIE WERDEN ES NICHT TUN … NICHT, WEIL SIE ES NICHT WOLLEN, NEIN, WEIL SIE DAS NICHT KÖNNEN. – Gerade noch hatten sich vor dem düsteren Tor des Gefängnisses Hunderte von fremden Menschen eingefunden, um seinen Tod, in Wirklichkeit jedoch seinen Triumph mitzuerleben.

Und nun …

Nun war nichts mehr, nun war nur noch schwarze Nacht und Donnern um ihn, nun lag er in einem rasenden Zug, hilflos wie ein weggeworfener Lappen. Ohnmächtig vor Angst kroch er im Führerstand der Zugmaschine herum, während der ITT in wahnwitziger Geschwindigkeit weiter und weiter schoß, während sich sein weißer, gleißender Scheinwerferstrahl in das dunkle Loch fräste, das unermeßlich schien und von dem er doch wußte, während sein Herz wie rasend pumpte, daß es bald zu Ende sein würde.

»Hilfe!« brüllte Ludwig Ladowsky. »Anhalten! Anhalten …«

Aber da war niemand, der anhalten konnte. Er war allein. Keiner der Knöpfe vor ihm ließ sich bewegen.

»Halt! – Oh, bitte, bitte … halt!«

Ein Halten gab es nicht, aber der Tunnel öffnete sich, mündete in eine riesige Halle, die ausgegossen war vom Scheinwerferlicht. Nie in seinem Leben hatte er ein Bild so klar erlebt, nie auch so hart und niederschmetternd eine Botschaft empfangen.

Da waren sie alle, die ihn gequält und verlacht hatten.

Da waren alle, die ihn haßten.

Sie standen in einer Art Halbkreis oder hockten am Boden: Ganz rechts Kämmerer, sein Chef, der ihn rausgeschmissen hatte: ›Weicheier und Flaschen kann ich nicht brauchen‹, daneben Ida, die Sekretärin, die ›Über-dich-lach-ich-mich-noch-tot-Ida‹, wie immer im Mini, wie immer mit hohen Absätzen, grell geschminkt und im Disco-Fummel, und da waren all die anderen Mädchen, die ihm ihre Verachtung zeigten, ihm ›Schoko-Bubi‹ nachschrien, ehe sie ihn abblitzen ließen, und hinter ihnen die Typen mit ihrem blöden Grinsen – in der Mitte aber, in der Mitte dieses Kreises kauerte seine Mutter auf dem Boden, eine Rotweinflasche hielt sie an der Brust, hielt sie wie ein Baby, starrte ihn an und schrie mit ihrer Kreischstimme: »Es mußte ja so kommen …! Hab' ich dir das nicht immer gesagt? Mußte ja … Hinter jedem Rock bist du her und weißt nicht, daß das nicht nur Sünde ist, nein, daß sie dich deswegen fertigmachen, hörst du, fertigmachen … fertigmachen …«

Fertigmachen … Das Wort war ein Echo, das in seinem Schädel hin und her rollte.

»Ich laß mich nicht …!« schrie Ludwig Ladowsky und kam nicht weiter.

Eine Hand schüttelte ihn.

Er versuchte die Hand wegzuschlagen. Es gelang ihm nicht. Er stöhnte und öffnete die Augen.

Maiersfeld, der Pfleger.

Und neben ihm stand ein zweiter Mann.

Ludwig Ladowsky weinte: »Laßt mich ...! Laßt mich los!«

»Werd vernünftig, Ladowsky. Reiß dich zusammen, Herrgott noch mal«, sagte Maiersfeld.

Ladowsky drehte den Kopf weg und starrte verzweifelt zu den Gitterstäben des geöffneten Fensters.

»Was ist mit ihm?« hörte er die Stimme des zweiten Mannes. Er war groß, schlank und trug einen dunklen Mantel über seinem Anzug. »Geht es ihm schlecht?«

»Na ja, besonders gut drauf ist er nicht gerade.«

»Was soll das heißen?« Die Stimme war knapp, sachlich und hart. Ladowsky kannte solche Stimmen. Es waren Stimmen, die Gehorsam und Unterwerfung forderten.

»Bekommt er Medikamente?«

»Natürlich. Muß ja sein. Wir mußten ihn sogar schon anschnallen, Herr Oberstaatsanwalt.«

»Jedenfalls muß er in Form gebracht werden. Ich habe mit ihm zu reden ... Wo ist denn der Arzt? Kann ich ihn sprechen?«

»Aber selbstverständlich, Herr Oberstaatsanwalt.«

»Sie fühlen sich also jetzt wieder ganz ordentlich?« Richard Saynfeldt sprach langsam und mit Betonung wie zu einem begriffsstutzigen Schüler: »Sie verstehen, was ich Ihnen sage, und sind auch in der Lage, meinen Fragen zu folgen und sie zu beantworten?«

Ladowskys verbundener Kopf nickte.

»Ich habe Sie auf Ihre Rechte hingewiesen, und Sie werden mir das mit Ihrer Unterschrift bestätigen. Aber das hat noch bis nachher Zeit.«

Wieder ein Nicken.

»Auf was es mir jetzt ankommt, Herr Ladowsky, ist etwas anderes. Sie sind sich dessen bewußt, was Sie getan haben, Sie wissen, was es bedeutet, einen Menschen zu töten, dazu noch auf diese Art?«

Ladowsky hob die Hand, als wolle er etwas sagen. Sein Oberkörper spannte sich. Richard Saynfeldt wartete. Was war jetzt wieder mit dem Kerl? Diese zitternde Unterlippe, dieser Blick … war der noch immer nicht okay?

»Ich nicht.«

»Was soll das heißen – ich nicht?«

»Ich hab's nicht getan. Bestimmt nicht … Ich doch nicht.«

»Herr Ladowsky …« Richard Saynfeldt schüttelte den Kopf: »Sehen Sie, mit dieser Tour wollen wir schon gar nicht anfangen. Wäre auch völlig sinnlos. Wir haben Ihr Sperma, Ihre DNA an der Toten gefunden. Wir haben Gewebereste Ihres Pullovers aus Ihrem Wagen, wir haben Ihre Fingerabdrücke, wir haben jede Menge Beweise – es ist also vollkommen gleichgültig, was Sie zugeben und was Sie nicht zugeben, ob Sie gestehen wollen oder ein Geständnis verweigern – das Gericht wird Sie in jedem Fall verurteilen.«

»Nein …«

»Was – nein?«

Ladowsky schluchzte.

»Der Ermittlungsrichter hätte sich auf Ihrem Haftbefehl das Wort ›Mordverdacht‹ sparen und statt dessen gleich ›wegen Mordes‹ reinschreiben können«, sagte Richard Saynfeldt. »So ist die Lage. Habe ich mich klar ausgedrückt?«

Die Sehnen an Ladowskys Hals spannten sich zu zwei harten weißen Linien, als er den verzweifelten Versuch machte, sich aufzurichten. Nun fiel sein Kopf kraftlos auf das Kissen zurück.

»Aber ich war's nicht. Trotzdem, ich war's nicht …«

»Ach nein?«

»Ich war's nicht.«

»Wer dann?«

»Ich nicht!« rief Ladowsky erstickt und drückte den Kopf in sein Kissen, als könne er sich verkriechen: »Der andere, es war der andere …«

Halb fünf. Und draußen wölbte sich ein fantastisch blauer Nachmittag über der Stadt. Isabella stand vor ihrem Kleiderschrank und überlegte. Sie stand schon einige Zeit hier. Zuvor hatte sie sich im Bad die Haare geföhnt und die Lider nachgezogen. Wieso? Weil ein alter Strafverteidiger auf die Idee gekommen war, sie zum Kaffee einzuladen, weil er dazu noch mit ihr zusammenarbeiten wollte? – Oder weil er sich erinnerte, welches Kleid sie getragen hatte, als sie ihm vor einem halben Jahr für zwanzig Minuten begegnet war …?

Sie wählte ein dunkelblaues enges Jerseykleid mit weißem, keuschem Krägelchen und weißen, keuschen Manschetten, eine Art Internatsaufmachung, nur daß das Ding an der Rückseite mit einem verwegenen Schlitz versehen war, der eine ganze Menge Bein freigab. Und dazu die Pumps.

Zum ›Toronto‹ nahm sie ein Taxi. Es lag in der Innenstadt, in einem dieser neuen Chrom- und Glaspaläste am Goetheplatz; sie hatte von dem Tea-Room gehört, besser, sie hatte in den Klatschseiten seinen Namen gelesen – sie selbst war nie dort gewesen.

Langsam stieg sie die breite Treppe hoch und ließ ihren Blick durch den glasgefaßten Raum wandern: ziemlich schick, verdammt schick sogar und fraglos teuer … Die Köpfe, die aus all den modernistischen Ledersesseln ragten, waren meist grau, weiß oder blaugetönt; es gab auch die üblichen Nachwuchsleistungsträger mit den an den Ohren festgeschraubten Handys.

»Darf ich Ihnen einen Platz zeigen?« fragte ein hübsches, dunkelhaariges Mädchen in langer weißer Sommelierschürze und grüner Weste.

»Danke. Ich werde erwartet.«

Das stimmte zwar – nur, wo steckte dieser Reuter?

Hinter der gewaltigen Kuchenvitrine, rechts am Fenster erhob sich ein Mann und kam auf sie zu. Schon im Palmengarten, als Richards Vetter Jürgen sie zusammengebracht hatte, fand Isabella die Art bemerkenswert, wie der Strafverteidiger und Rechtsprofessor Reuter mit dem Rest seiner weißen Haare umging. Von dem großen, geschwungenen, mit Sommersprossen betupften und braungebrannten Schädel hingen damals weiße, gefönte Locken bis zu den Schultern herab; heute waren sie zu einem koketten Zöpfchen zusammengebunden ... und so kam er – bezopft, schwarze Habichtsaugen unter schwarzen Brauen, Raubvogelnase, lachender Mund, den Kragen offen, an den Beinen Golfhosen, dazu ein burgunderfarbener Pulli und ein weißes Hemd – so kam er vorbei an den Tischen der Krawattenträger, nichts ausstrahlend als fröhliche; unerschütterliche Selbstsicherheit.

»Da sind Sie ja!«

Ja, da war sie und ließ sich von ihm die Hand küssen. Auch das gehörte zum Repertoire, aber ohne Zweifel: Der Mann war eine Wucht.

Er führte sie zu seinem Tisch. Ein Teller mit Kuchenresten, eine Tasse Kaffee und Mineralwasser standen darauf.

»Hören Sie, die Petits fours des ›Toronto‹ sind weltberühmt. Das ist kein Jux, nein, das ist mein völliger Ernst. Ich wurde sogar in New York schon darauf angesprochen. Also, ich bestelle Ihnen den Wagen ...«

Sie schüttelte den Kopf. »Ist das der erste Korb?«

»Tut mir leid.« Sie wandte den Kopf zur Bedienung:

»Einen Kaffee bitte und auch ein Mineral. – Tut mir wirklich leid, Professor, aber vielleicht liegt's an der Kindheit – meine Tanten haben mich damit totgeschaufelt. Ich hab' nichts übrig für Süßigkeiten.«

»Vielleicht paßt das ja zu Ihnen.«

»Ich weiß nicht, ob das ein Kompliment sein soll?«

»Ich auch nicht. – Jedenfalls, nach dem Golfen überfällt mich eine einzige Obsession, und die ist wie ein Zwang: Ich muß hierher und Kuchen mampfen. Aber das interessiert Sie ja nicht ... Hören Sie, Isabella – ich darf Sie doch beim Vornamen nennen? So was gehört zu den Privilegien des Alters, und die nütze ich absolut schamlos – also, Isabella; ich bin froh, daß Sie vor mir sitzen. Ich habe nämlich einen Fall angenommen, der mich sehr beschäftigt und der mir vielleicht auch Probleme bereiten wird, darüber bin ich mir jetzt schon klar ... Und es ist ein Fall, der Ihnen vertraut ist.«

»Wieso mir?«

»Sie haben darüber geschrieben.«

Hatte er sie nicht bei ihrem Telefonat auf diesen Artikel, auf Ladowsky angesprochen? Natürlich ... Wie hatte sie es nur vergessen können.

»Und was ist mit Ladowsky?«

»Sie haben ihn geschnappt. Er liegt auf der Krankenstation des Untersuchungsgefängnisses in Preungesheim – und ist mein Mandant.«

Sie sagte nichts. Sie wartete, daß er weitersprach.

»Sehr begeistert wirken Sie nicht.«

»In Ihrem Beruf geht man mit Gefühlen sparsam um, Herr Reuter«, sagte sie. »In meinem auch. Aber wie kamen ausgerechnet Sie ...«

»Ich suche mir die Fälle selber aus, wenn ich das kann.« Er lehnte sich zurück und verschränkte die Hände auf dem Bauch. »In diesem Fall handelt es sich bei dem Pflichtverteidiger um einen meiner ehemaligen Assistenten. Und der scheint damit völlig überlastet, zumindest ist er voll Sorge. Ich nahm ihm beides ab, den Fall und die Sorge. Ich sagte zu ihm: ›Hören Sie, Kollege, warum wollen Sie sich das antun? Ich werde Ladowsky verteidigen.‹«

Auch darauf erhielt er keine Antwort. Reuter gab seine gemütliche Haltung auf und beugte sich blitzschnell nach vorne. Wieder sah er sie aus diesen intensiven, dunklen Augen an, und für eine Sekunde stellte sie sich vor, wie so etwas im Gerichtssaal wirken mußte – Reuter, sich weit über die Zeugen- oder Geschworenenbank dehnend. Zweifellos, er war ein Spitzenjurist, aber er war auch ein blendender Schauspieler.

»Paß auf bei ihm, Isa«, hatte Jürgen gesagt, und sie dachte jetzt an seine Warnung: »Ehe du dich versiehst, hat der dich schon in der Tasche. Und das auch noch mit dem Kopf nach unten.«

»Damit Sie mich verstehen, müssen Sie wissen, um was es mir geht. Wenn ich meine Kanzlei noch fortführe, dann nur, um interessante Fälle zu bekommen. Ich sammle sie, ich picke sie mir heraus wie Juwelen, denn diese Fälle sind meine Munition.«

»Sie führen also Krieg? – Und auf wen schießen Sie?«

»Lachen Sie nicht. Ich brauche die Fälle gewissermaßen in der Schlacht um die Rechtspflege. Um die Grundprinzipien herrscht ständig Krieg. Und ich verteidige meine Position.«

»Aha.«

»Langweile ich Sie?« Er erwartete keine Reaktion, er war schon weiter: »Gegen wen ich schieße? Es ist die Schlacht um den Angeklagten. Und sie wird geführt zwischen dem Verteidiger auf der einen und dem Ermittler und Ankläger auf der anderen Seite. Was ich dabei zu erkämpfen versuche, ist nichts anderes als Waffengleichheit. Und die ist vom Gesetzgeber vorgesehen.«

»Das Grundsätzliche, die Waffengleichheit ...? Und wo kommt Ladowsky ins Bild?«

»Nicht nur Ladowsky, jeder Angeklagte. Die Gegenseite spielt sich mehr und mehr auf, versucht die Grenzen zu durchbrechen; da muß man schon den Mut aufbringen, dazwischenzufahren, um diesen Brüdern kräftig auf die Finger zu schlagen.«

Er lächelte sie an. Und sie fragte sich: Auf was, lieber Himmel, will er bloß hinaus?

»Ich sagte zuvor schon, Isabella, es liegt etwas Fundamentales in dieser Auseinandersetzung. Doch dazu kommt die deutsche Variante. Die Präponderanz von Anklägern und Ermittlern, ihre Aggressivität und ihr verdammt schwach ausgeprägter Wille, sich an das bestehende Gesetz zu halten, aber statt dessen im Namen des sogenannten Volkes jede Rücksicht fallen zu lassen ...

Wohin das führt, das wissen wir, und ich gehöre zu der Generation, die es erlebt hat. Ich weiß also, wovon ich rede.

Und ich will zur Hölle fahren, wenn ich auf meine alten Tage nicht alles versuche, daß sich so etwas nicht wiederholt ... Darum geht es, wenn wir mal pathetisch werden wollen, dies ist mein Kampf. Und ich habe mich an Sie gewandt, Isabella, weil Sie sich im Fall Ladowsky gleichfalls – nun, ich bin kein Fachmann, aber so sehe ich es – auf die Seite der Menschlichkeit geschlagen haben.«

Ladowsky ... Warum verfolgte sie dieser Fall?

»Ich verstehe nicht sehr viel von Ihrem Geschäft, Herr Professor ...« Sie fühlte eine Anwandlung von Schwäche. »Aber das, was man so schön den gesunden Menschenverstand nennt, sagt mir, daß dieser Fall nicht gerade dazu geeignet ist, Ihre Position zu festigen.«

Er schüttelte den Kopf. Sein Gesicht wurde ernst: »Da täuschen Sie sich. Es gibt keine geeigneten und keine ungeeigneten Fälle, es gibt nur die Spielregeln. Und die müssen eingehalten werden. Man hat Ladowsky, wie ich erfahren habe, bereits im Krankenhaus bedrängt, und mehr als das, er wurde von einem Mitgefangenen tätlich angegriffen, so daß er im Gesicht Verbrennungen erlitt. Die Fürsorgepflicht des Strafvollzugs wurde also vernachlässigt. Dazu haben die Ermittler ihn in die Zange genommen, obwohl er wegen der Verletzungen unter Medikamenteneinfluß steht – und alles, bevor das Vorverfahren überhaupt eröffnet ist. Dies alles schon sind eklatante Verstöße.«

Ladowsky – sie wollte nichts von Ladowsky hören und nichts von Ermittlern oder Anklägern, und sie stellte auch nicht die Frage, die ihr auf der Zunge lag: welcher Staatsanwalt die Ermittlungen führen würde.

Sie sagte nur: »Ich will Ihnen jetzt nichts vormachen, Herr Professor, und es ist auch mehr als eine Floskel, wenn ich Ihnen sage, daß ich es als eine Anerkennung empfinde, daß Sie mir dieses Angebot machen – aber ich kann nicht.«

»Und warum?«

»Es sind rein private Gründe. Ich brauche dringend Urlaub. Und ich habe meinen Flug schon gebucht ...«

§

Die letzte Klientin des Freitagvormittags hatte abgesagt, und Isabella war heilfroh darum. War es doch hundertmal schöner, am Schreibtisch zu sitzen und in dem großen Kuvert zu wühlen, das ihr die ›Intermondo-Reisen‹ heute morgen durch Fahrradkurier hatte zustellen lassen: Kuba. Kuba in allen Farben. Kuba mit allem, was es zu bieten hatte. Ein Kuba verfallender Pracht und selbst auf Werbeaufnahmen nicht zu retuschierenden Elends, aber auch das andere Kuba, das Kuba des neu boomenden Tourismus, der blitzenden Hotelpaläste, der weißen Strände und der sexy in die Kamera strahlenden dunkelhäutigen Schönheiten.

Die Karibik hatte Isabella nie erlebt, obwohl sie doch mit einer südamerikanischen Jugend aufwarten konnte. Für sie hieß Südamerika eben Peru. Bis zu ihrem sechzehnten Geburtstag hatte sie in Miraflores gelebt. Allerdings – was hatte die Villenvorstadt am Rande Limas mit Südamerika oder auch nur Peru zu tun, mit den wilden Bergketten der Anden, dem feucht-stickigen Dschungel dahinter, der quirligen Armut der Hauptstadt? – Miraflores, das war die English School, waren Tennisplätze, Partys, ein Leben zwischen Personal und vergoldeten Wasserhähnen.

Gut, sie hätte ihre Mutter besuchen können … Die hockte dort allein in ihrem ›Casa Vistamar‹ und bepflasterte die Wände der Wohnhalle mit Bildern, aber Mama hockte nun einmal gerne allein … Tat sie das wirklich? Oder redete sie sich das ein, um sich darüber hinwegzutäuschen, daß sie eine ziemlich unaufmerksame Tochter war? Doch war Mama je eine aufmerksame Mutter gewesen? Im Grunde litt Isa an ihr wie sie an Isa: Sie liebten sich und wollten doch nicht zueinander – eine der vielen Erkenntnisse, die sie ihrer Lehranalyse bei Ernst Hauschild verdankte und die wie viele andere irgendwie richtig war, leider nur irgendwie … Jeder Anruf, und sie telefonierten ziemlich häufig, bestätigte das.

Nun, nicht nach Lima, nach Kuba würde sie fliegen.

Und der Ort trug auch noch den schönen Namen Santa Margarita.

Sie warf einen letzten Blick auf den geschwungenen, knallblauen Pool des Hotels ›Residencia‹: Mitten aus dem Wasser erhob sich eine kleine Insel, und auf der Insel wiederum stand die Bar, an der sich Bikinischönheiten und ihre Begleitung in der Sonne räkelten. Einen neuen Bikini? Brauchst du dringend! Oder besser gleich mal zwei ... Deine alten aus dem Tessin werden unter der Karibiksonne nicht bestehen ...

Sie schob die ganze Pracht in den Umschlag zurück, als das Telefon anschlug: Peter Aman, ihr Kollege.

»Ich denke, es ist aus?« meldete er sich fröhlich.

»Was?«

»Die große Richard-Saynfeldt-Schau.«

»Laß du mich in Frieden.«

»Dann geh du mal ans Fenster.«

Das tat sie.

Der schwarze Porsche.

Es war genau zwölf Uhr vierzig. Sie würde sich von dem Herrn Oberstaatsanwalt nicht von ihren Bade- und Koffereinkäufen in der Innenstadt abhalten lassen, bei Gott nicht.

Kurz schaute sie in den Spiegel, sehr kurz, warf sich die Handtasche um, ging die Treppe hinunter und stieß die Tür auf.

Das gewohnte Bild: der schwarze Porsche vor dem Eisentor. Und Richard Saynfeldt, himmellang, die Hände in den Taschen, mit dem Rücken dagegen lehnend. Das Lächeln hatte er sich geschenkt. Seine Miene demonstrierte eine Art erhabener Ernsthaftigkeit.

»Da bist du ja.«

»Ja«, sagte sie. »Du auch?« Sie sah ihn an und wandte sich zum Gehen. Er war mit einem Schritt bei ihr und packte sie am Arm. Das kannte sie – wenn Richard Saynfeldt zugriff, tat's meist weh.

»Au!« rief sie. »Charmanter bist du in der Zwischenzeit nicht geworden, wie ich sehe. Lern endlich dazu.«

Seine Stirn lief rot an, dennoch rang er sich ein Lächeln ab.

»Isa, so einfach geht das nicht.«

»Was?«

»Das fragst du im Ernst ...? Wir leben hier in Mitteleuropa. Und was die Art angeht, Beziehungen zu pflegen oder aufzulösen, haben wir bestimmte zivilisierte Standards. Wir sollten uns daran halten, Isa – besser: du solltest dir das in Erinnerung rufen.«

»Oh?« lächelte sie.

»Isa, wir müssen miteinander reden.«

»Und das Thema? Daß dich deine Frau sitzenließ und nach Hamburg gefahren ist? Wie neulich im ›Roma‹?«

Die Röte auf seiner Stirne hatte einem einzigen runden, roten Fleck Platz gemacht. Die Augen blickten kalt und zwingend oder versuchten es zumindest.

»Lassen wir Karla aus dem Spiel. Es geht um etwas anderes.«

»Um was?«

»Um deine Arbeit.«

»Ich wüßte nicht, was du mit meiner Arbeit ...«

»Komm!« Er öffnete den Schlag, faßte sie an der Schulter, sehr behutsam dieses Mal, und schob sie in den Sitz. Sie ließ es geschehen.

Der Motor brummte. Sie deutete auf den Aschenbecher, der von Kippen überquoll. »Streß?«

Er warf ihr einen kurzen Blick zu, sagte nichts und lenkte den Porsche auf die Fahrbahn.

Der Verkehr war für Frankfurter Verhältnisse relativ erträglich, zu dieser Mittagsstunde war die Straße fast leer. Er fuhr in Richtung Holzhausenpark, das Gesicht starr geradeaus, kalt und unbeteiligt. Offensichtlich erwartete er, daß sie mit den Fragen beginnen würde. Sie schwieg.

»Es ist ungeheuerlich«, hörte sie plötzlich.

»Was ist ungeheuerlich?«

»Wie du dich aufführst.«

»Wie ich mich aufführe?« Sie glaubte sich verhört zu haben. »Wie und wo führe ich mich denn auf?«

Es riß ihm den Kopf herum. In seinen Augen stand kalte Wut – eine Wut, wie sie ihr auch in ihren schlimmsten Auseinandersetzungen mit ihm noch nie begegnet war.

»Paß auf!« rief sie.

Er hatte einen kleinen Jungen auf dem Rad übersehen, der, den Schulsack auf dem Rücken, fröhlich vor dem Kühler hin und her pendelte.

Gute Reflexe hatte Richard Saynfeldt schon immer gehabt. Er zog den Porsche abrupt nach links.

»Paß besser du auf!« brüllte er dabei.

War er verrückt geworden? Oder war es etwas anderes … – Alkohol? Sie kannte den Porschegeruch: Leder, seine englischen Zigaretten, ein bißchen Herrenparfüm, ein bißchen Benzin, aber zu dieser Mischung, so schien es ihr, hatte sich noch ein Duftfaktor gesellt: Whiskygeruch… Er war kein Säufer, das war Richard nie gewesen, aber dazwischen, um sich aufzupeppen, ein kleiner Schluck, meist aus Minifläschchen, die er in Packungen kaufte: »So ein Ding, und du bist wieder auf der Matte.«

Sie hatten die Eckenheimer Landstraße erreicht. Alle Spuren waren überfüllt: Lieferwagen, Lkw, Pkw-Kolonnen, Dieselqualm, aus dem Motorräder auftauchten, die sich ihren Weg zur Spitze erkämpfen wollten. Er nahm nicht mal das Gas weg, nein, er beschleunigte, schob sich blitzschnell in eine Lücke, ohne für das empörte Hupen mehr übrig zu haben als ein verächtliches Kopfschütteln. Und wiederholte es nochmals: »Wirklich, Isabella, ich kann dir nur den guten Rat geben: Ab jetzt paß auf!«

»Ich? – Und du? Gerade hättest du beinahe einen kleinen Schuljungen überfahren, dann wärst du um ein Haar dank deiner Brutalomasche von hinten gerammt worden.«

»Red nicht läppisches Zeug. Es geht um was anderes.«

»Darauf bin ich gespannt. Ich möchte, verdammt noch mal, wissen, warum du mich überfällst und hier durch die Gegend karrst, statt mich in Frieden zu lassen. Aber das sage ich dir gleich: Wenn du weiter so verrückt fährst, steig' ich aus … gleich hier!«

»Wohl kaum«, sagte er trocken und gab Gas.

Da hatte er recht. Sie fühlte sich gefangen.

»Isabella, ich muß dich warnen.«

»Vor was?«

»Vor dir selbst. Vor den Konsequenzen dessen, was du tust. Vor allem, was dir beruflich daraus erwachsen könnte.«

Irgendwo in ihr flammte ein Signal auf, sehr schwach noch, doch sie glaubte etwas zu ahnen … Aber das war doch unmöglich? Wie sollte er etwas von Reuters Angebot erfahren haben? Am Fall Ladowsky war er interessiert, das stimmte, doch woher hatte er die Information …? Jürgen! dachte sie. Natürlich: Der liebe Vetter Jürgen Saynfeldt … Jürgen hatte ihr doch selbst gesagt, daß er in bestimmten ›strafrechtlich relevanten Wirtschaftsfragen‹ mit der Kanzlei Reuter zusammenarbeite. Und ›Zusammenarbeit‹ bedeutete mit Sicherheit, daß in der Kanzlei des Professors eine Kontaktperson saß.

»Ladowsky? Ist es das?«

»Was sonst …«

Er trat schon wieder das Gaspedal durch, schoß zwischen einem Spalier von roten Bremslichtern auf den kleinen freien Raum zu, der sich hinter einem Milchlaster gebildet hatte. Ihre Wahrnehmung war wie abgeschnürt. Sein irres Fahrverhalten … dann dieses: ›Was sonst …?‹ Dabei hatte ihn doch immerhin seine Frau verlassen, die beiden Kinder waren weg, das Haus stand leer, er ging nicht einmal mehr hin; wie er ihr gesagt hatte, wohnte er jetzt irgendwo in der Nähe des Gerichts. Und noch etwas kam schließlich hinzu: die schlichte Frage, warum eine Beziehung, die drei Jahre überdauert hatte, auf diese Weise zu Grabe getragen werden mußte? Doch dies alles schien kein Gewicht zu haben.

Nur: Der ›Fall Ladowsky‹!

Darum ging es.

Die Auspuffrohre des Lkw, der vor ihnen fuhr, pusteten blaugrauen Dieselqualm vor die Scheibe.

»Reuter!« schrie er. »Ausgerechnet! Für wen hältst du mich eigentlich? Was für ein Bild hast du von unserer Branche? Du wirst sagen, du kennst sie nicht, und genau das ist dein Fehler. Laß dich also aufklären: Was immer in dieser Stadt in Juristenkreisen läuft, man erfährt es. Und ich gehöre zu den ersten, die es erfahren.«

»Was hast du erfahren?«

»Was schon? Daß Reuter von dir im Fall Ladowsky ein Gutachten will.«

Er tat ihr fast leid, ja sie fühlte eine kleine Welle von Sympathie, wie er da so verbissen und grimmig über seinem Lenkrad hing und irre Sätze gegen eine rauchvernebelte Windschutzscheibe brüllte. »Du irrst dich, Richard.«

»Ich?!« Empört schraubte er die Stimme hoch. Doch statt des »Ich irre mich nie«, das sie erwartet hatte, folgte die Frage: »Wieso?«

»Hör zu, Richard! Reg dich endlich ab, ja?« Sie legte die Hand auf seinen Unterarm: »Reuter hat mir zwar ein Angebot gemacht, das stimmt … Aber ich bin nicht darauf eingestiegen. Und noch etwas: Ich bin nicht etwa deswegen nicht darauf eingestiegen, weil das dein Fall sein könnte, sondern weil ich in Urlaub fahren möchte.«

Wieder der Blick. Und wieder das wilde Kopfschütteln: »Glaub' ich dir nicht.«

»Was du glaubst, ist mir völlig schnuppe.«

»Du arbeitest mit ihm zusammen, Isabella. Du bist scharf auf diese Geschichte – du hast es ja schon einmal erfahren, was ein solcher Fall bringen kann. Aber diesmal wirst du dich täuschen. Du bist kindisch, naiv bist du – du mußt verrückt sein.«

»Und du besoffen. Nimm dich doch endlich zusammen.«

»Wie soll ich mich zusammennehmen, wenn ich zusehen muß, wie du, meine Freundin, die Frau, die ich am meisten geliebt habe, dich anschickst, mir das Messer in den Rücken zu stoßen.«

Sie schluckte. Nun hatte sie wirklich keine Antwort mehr.

»Ja, das Messer!« schrie er. »Aber du wirst dich selbst damit umbringen, du wirst dich ruinieren. In deiner gottverdammten, blöden Einfalt wird dir nicht klar, auf was du dich einläßt. Denn das ist mein Fall. Und sie werden uns beide ruinieren … Sie werden alles zerstören, was ich aufgebaut habe, meinen Namen, meine Karriere …«

»Wer?«

Er trommelte mit beiden Fäusten auf das Lenkrad. Der Polizist an der Ecke blickte herüber. Sie malte sich aus, was geschehen würde, wenn Richard in das Röhrchen blasen müßte. Ihr unwillkürliches Lächeln war nichts anderes als eine Abwehrreaktion gegen ihre jähe Erregung.

»Lach mich aus, jawohl! Zynismus, das ist es, worauf ich gewartet habe! Überheblicher Psychologenzynismus.«

»Wer wird uns ruinieren?«

»Na, wer schon? Die Presse natürlich. Das ist doch das erste. Jeder weiß es doch hier in Frankfurt, was zwischen uns gelaufen ist. Jeder. Die warten nur darauf. Für die Journaille wird das doch zur Arena, ach was, zum Kabarett, wenn wir beide im Gericht gegeneinander antreten … Aber mach dir keine Illusionen, ehe es soweit kommt, werde ich dich flachbügeln! Nicht ich, du wirst es am Ende sein, über die man sich totlacht.«

Der Stau hielt an. Der Polizist fuchtelte mit den Armen und pfiff. Die Ampeln standen auf Gelb.

Sie war froh darum, warf ihm noch nicht einmal einen Blick zu, öffnete die Tür, stieg aus dem Porsche und lief zwischen den qualmenden, hupenden Autos hinüber zum Rasenstreifen …

Irgendwann hatte Freddy den Tick mit der alten Frau in die Birne bekommen, wann und warum, das wußte keiner von ihnen, jedenfalls lief er seitdem nur noch mit Zeitungsberichten über diesen bescheuerten Kreuz-Mörder herum, hielt sie jedem unter die Nase und sagte, er wisse schon, was da zu tun wäre. An diesem Nachmittag redete Freddy nicht von Ladowsky, er hatte einen Kasten ›Fürstenberg‹ angeschleppt, und sie alle dachten schon, jetzt geht's rund – doch dann sahen sie: Die Flaschen waren leer. »Was willste mit leeren Flaschen, Freddy?«

Doch Freddy sagte nichts und machte weiter. Er war dabei, Kiffs Moped zu frisieren. Wenn er den Auspuff richtig hinkriegte, behauptete er, gebe der Scheißbock mindestens zehn Kilometer mehr her.

»Mensch, leere ›Fürstenbergs‹?« fragte Atze. »So was schmeiß' ich weg.«

»Von wegen.« Freddy ließ die Feile sausen. »Mit denen läuft 'ne Party.«

Freddy hielt sich stets an dieselbe Masche: sagte was und ließ sie raten, machte die Sache spannender. Auch jetzt nahm er scheinbar gleichgültig das Auspuffstück hoch, um es einzupassen. Er schüttelte den Kopf und schien nicht zufrieden.

Kiff griff sich eine der Flaschen, als hätte er noch nie eine ›Fürstenberg‹ in der Hand gehabt, schüttelte sie und stellte sie mit dem Kopf nach unten zurück.

»Und was soll das?«

»Na, was denkste?«

»Ich? – Das Denken besorgst doch du.«

Freddy sagte es: »Mollis zum Beispiel. Und damit heizen wir der Alten in der Hermann-Kurth-Straße ein.«

Damit erwischte er sie alle. ›Er hat 'nen Keks‹, war das erste, was der Kleine dachte, und dann: ›Der ist wirklich verrückt! – Und du hast das immer gewußt.‹

»Was sind denn Mollis?« Atze blieb mal wieder der Doofste.

»Molotow-Cocktails, Atze.«

»Mönsch.«

Die anderen brachten nichts, sie starrten nur immer auf Freddys ölverschmierte Hände. Irgendwann war er fertig und schob Kiff den Bock zu: »Draußen ist 'n Kanister Benzin, Alter, gleich rechts an der Ecke, bring den mal rein.«

Noch immer blieben sie stumm. Kiff brachte den Kanister, Freddy hatte einen Trichter geholt und begann in aller Ruhe die Flaschen abzufüllen: Sechs Flaschen, und in jede kam ein Pfropfen Putzwolle – zum Anzünden.

Der Kleine beteiligte sich nicht daran. Jetzt wußten alle, um was es ging. »Sechs?« fragte er langsam. »Ja Scheiße, willst du der Ladowsky das ganze Haus abbrennen?«

Freddy antwortete nicht. Er war damit beschäftigt, die Flaschen abzudichten.

»Mann«, fing der Kleine wieder an, »Mann, Freddy, das wird doch Scheiße. Sechs Flaschen? Da glaubt doch jeder, das ist so 'ne blöde Ausländer-Abfackelnummer.«

Freddy stopfte weiter.

»Na und?« grinste Kiff. »Ist doch genau, was er will. Mal so richtig in die Zeitung kommen … Darauf biste scharf, Freddy, was?«

Stimmt, dachte der Kleine, der Kiff hat recht: Mal richtig in die Zeitung will er kommen … Seit Wochen war Ladowsky das Hauptthema Freddys, dann wurde er richtig komisch, hatte es mit ›Zeichen setzen‹ und ›Schweinepest austilgen‹ und brachte auch solche Sätze, die man jetzt überall in der Presse lesen konnte: ›Schluß mit der Toleranz gegenüber Sexualtätern …‹ Es konnte einem schlecht werden bei dem Scheiß. Schließlich war die alte Frau drüben in der Hermann-Kurth-Straße nicht Ladowsky, sondern seine Mutter – aber bei Freddy kam man damit nicht ran: »Na und? Preungesheim kann ich ja nicht in die Luft sprengen, oder? Da komm' ich noch nicht mal rein … Das hier ist Walldorf, das sind wir … Und wer hat den Ladowsky in die Welt gesetzt? Die doch, oder? Und überhaupt – die ganze Gegend hier denkt doch so, diese ganzen Ärsche im Scheißkaff werden uns dankbar sein.«

Die Mollis waren fertig. Die ersten drei packte er gleich in Kiffs Helmfach.

Der Kleine suchte verzweifelt nach einem Ausweg.

»Mensch, Freddy, was soll denn das bringen? Hast du das schon mal überlegt? Ich sag' doch, wenn's da brennt, meinen die, es ginge umso 'ne Ausländerscheiße, weil die Alte so 'nen komischen Namen hat. Und überhaupt, so was muß doch vorbereitet werden. Die Leute müssen doch wenigstens wissen, warum!«

Freddy zog die Augenbrauen hoch.

»Ein Plakat, Freddy! Wir müssen zuerst ein Plakat malen, damit alle schnallen, um was es geht.«

»Und was soll da drauf, auf dein Plakat?«

»Keiner faßt unsere Tussis an«, kicherte Kiff.

»Was Ernsthaftes: Schluß mit Sexual ...«

»Schluß mit dem Quatsch!« schrie Freddy. »Los, raus! Schließt die Bude ab. Heute wird sowieso nur geübt. Da werden wir mal sehen, was ihr könnt. Auf fünfundzwanzig Meter Abstand hat mein Alter noch getroffen, damals im Krieg – mitten in 'ne Bunkerscharte.«

Sein Alter, immer sein Alter, dachte der Kleine und fühlte sich dennoch mit einemmal ungeheuer erleichtert ... Sie fuhren. Gleich hinter Freddys Bruchbude begann ein Feldweg, er führte quer durch eine Hanfplantage zur Kreisstraße, und dort, am Ortsrand, lag die PREFA-Baustoffhandlung. Um das Gelände lief ein großer Zaun. Dahinter konnte man Berge von Backsteinen, Zementträgern und anderem Zeug erkennen.

Freddy war mit der schweren BMW voraus, jetzt hob er die Hand, sie stiegen ab. An der Ecke, noch keine hundert Meter von ihnen entfernt, bellte ein großer Schäferhund und führte sich auf wie verrückt. Der Schäferhund war einer der drei Wachhunde der PREFA.

»So«, sagte Freddy, »da kommen wir spielend auf fünfundzwanzig Meter ran. Die Mopeds lassen wir hier am Fluchtweg.«

»Ran? An was ran?«

»Ans Ziel.«

»Und was ist das Ziel?«

»Der Hund! Was sonst?« sagte Freddy.

Der Kleine dachte, er hätte sich verhört. Freddy sagte es ganz cool, mit einem leichten Grinsen, und auch den anderen schien die Idee Spaß zu machen.

»Mann, du wirst doch nicht einen Hund mit Mollis eindecken wollen?«

»Wieso denn nicht? Weißt du was Besseres?«

»Freddy!«

Aber Freddy hatte sich bereits umgedreht und ging dem tobenden Hund entgegen, Atze und Kiff folgten, und der Kleine wußte nicht, wieso er hinterher stolperte. Er dachte nur, das werden sie nicht tun – lieber Gott, bitte, das doch nicht –, dann hatte er Angst und wollte nicht mehr weitergehen. Nein, das konnte er sich nicht ansehen.

Fünfundzwanzig Meter? dachte er.

Sie waren jetzt auf fünfundzwanzig Meter ran ... Und tatsächlich: Kiff sprang auf, riß den Arm zurück, schmiß die verdammte Scheiß-Fürstenberg-Flasche ... Nichts – das Ding platschte ins Gras vor dem Zaun. Der Zünder funktionierte nicht. – Jetzt Freddy ...

Der Hund schien Angst vor den komischen Typen zu haben. Er duckte sich, auch sein Bellen hörte auf, nur ein Knurren kam, aber dann bellte er wieder los, wie nur Schäferhunde bellen können.

Freddy warf. Und es gab den Feuerball, den er sich erwartet hatte – doch Gott sei Dank zehn Meter vor dem Hund ... Der schrie jetzt vor Angst, ein grauenhaftes, hohes Winseln – dann fing er wieder an zu bellen, sprang hoch, sprang auf und ab, und der Kleine stellte sich vor, wie es ihm selbst gehen würde, wenn er mit einer Kette um den Hals zusehen müßte, wie Verrückte Feuerflaschen auf ihn warfen.

Nun war Atze dran.

Und er, der Dämlichste von allen, er traf. Zumindest beinahe. – Der Kleine hörte ein schreckliches Winseln, von dem Hund sah man nichts mehr, nur Feuer gab es, Feuer und schwarzen Qualm und irgend etwas Schwarzes, das sich in der flammenden Helle dort bewegte …

Der Kleine spürte seinen Magen. Er preßte sich die Faust gegen die Augen und hätte beinahe gekotzt.

Und da kamen sie.

»Los, abhauen! Haste gesehen. Mensch?! – Los, na komm schon!»

Der Kleine taumelte hoch, dieser schreckliche Ton, der kein Schrei und kein Jaulen mehr war, sondern nur noch Pein und Entsetzen, erfüllte noch immer die Luft. Dann brüllte ein Mann, und der Kleine sah, wie jemand mit einer Decke oder Jacke fuchtelte und versuchte, das Feuer auszulöschen und den Hund loszuketten. Er drehte sich um. Er wollte nichts mehr sehen. Er wollte nur eines: Weg…!

Sie hockten schon auf ihren Böcken. Er riß sein Moped hoch, fuhr hinterher und dachte: Nie wieder mit diesen Dreckschweinen!

Und wußte doch, daß er mitkommen würde, wenn sie ihn holten …

»Tut mir leid, Berling«, hatte der Anrufer im Auftrag der Direktion gesagt, »aber das geht nicht anders. Sie müssen nach Frankfurt … Ja, die Ermittlungen Ladowsky … Der Kerl blockt … Ihre Überstellung geht gerade raus.«

Sie kam zwanzig Minuten später über den Fernschreiber. So hatte es begonnen – kurz nach zehn Uhr am Morgen … Berling hatte seinen Schreibtisch aufgeräumt, Erich Konnarz in die laufende Arbeit eingeweiht und war nach Hause gefahren, hatte einen kleinen Koffer gepackt und versucht, Erika zu beschwichtigen, die sich furchtbar aufregte.

Im Küchenflur standen die Farbkübel, den Küchenboden hatte sie mit Zeitungen ausgelegt, am Abend wollten sie alles streichen – zitronengelb. Er hatte vorgeschlagen, Meyerbusch, den Malermeister, anzurufen und prompt einen neuen Zornausbruch provoziert. »Diesen Abzocker? Dann mach' ich's lieber allein …« Er hatte Erika gesagt, sie solle die Tochter grüßen, war in den Wagen gestiegen, nach Frankfurt gedüst und hatte sich bei der K-13 im Frankfurter Präsidium gemeldet. Auch das ein Laden, der ihm wenig gefiel: ein Sonderkommissariat, dessen Besatzung sich für eine Elitetruppe hielt, für eine Art Bundesligastars mit Weltmeistertitel-Anrechten.

Was dann drei Stunden später im Untersuchungsgefängnis in Preungesheim folgte, gefiel ihm am wenigsten. Schiermann vom K-13 war dabei, Saynfeldt natürlich, der Oberstaatsanwalt, den sie ›die Messerlippe‹ nannten – zu dritt waren sie in das Vernehmungszimmer in Preungesheim marschiert, und da saß er dann im Rollstuhl, nicht nur das ausgestreckte Bein, auch noch den Kopf dick mit Verbänden umwickelt: ein blütenweißer Rahmen für zwei weit aufgerissene, helle, rotumrandete Augen.

»Die beiden können gleich wieder gehen«, hatte Ladowsky gesagt, ganz laut und klar, obwohl ihn das Sprechen mit den verbrannten Lippen schmerzen mußte. »Ja, gehen Sie. Zu Ihnen sage ich kein Wort. – Nur der bleibt …«

Sie waren tatsächlich gegangen. Berling hatte sich einen Stuhl herangezogen und dann die Taste des Aufnahmegeräts gedrückt. Ladowsky schien das gar nicht zu stören, vielleicht nahm er es auch gar nicht wahr, er sah Berling nur an, stumm und unverwandt. Dann winkelte er plötzlich den rechten Unterarm hoch und streckte die Handfläche nach außen in Berlings Richtung. Die Augen lächelten. Berling wußte nicht, was das sollte.

»Sie wollen wohl nicht, was?«

»Was will ich nicht?«

Die Hand machte eine kurze Bewegung: »Das.«

Berling begriff: Die Hände gegeneinander zu legen war in Mode gekommen, die Sportler taten es in den Clubs, die Fernsehmoderatoren in den Shows, die Kids auf ihren Partys. – Ladowsky hatte recht: Das wollte er nicht. Er würde es nicht können. Sein Widerwille war unüberwindbar.

»Für Sie bin ich der letzte Dreck, stimmt's?«

»Für mich sind Sie Ludwig Ladowsky.«

»Der Mörder.«

»Das ist keine Berufsbezeichnung.«

»Nein … Aber Sie sind Kommissar, und das ist ein Beruf. Lassen wir's mal, bringt ja nichts, ich weiß nur eines: Wenn Sie nicht wären, würde es mich nicht mehr geben, dann wäre ich verblutet, stimmt's?«

»Mag sein.«

»Nein, ist so … Das war mir schon dort im Gewächshaus klar. Da hab' ich Sie angesehen, wie jetzt – sah ja alles nur noch verschwommen, sowie ich da dran war, aber gedacht hab' ich trotzdem was: Ich hab' mir gedacht, mit Ihnen könnte ich reden. Aber Sie glauben mir ja auch nicht …«

»Was soll ich glauben?«

»Daß ich's nicht war, sondern der andere.«

»Gut«, hatte Berling gesagt, »dann reden wir mal.«

Doch was heraus kam, war nichts als purer Wahnsinn. Und Berling war sich nicht einmal darüber im klaren, ob es sich um gespielten oder echten Wahnsinn handelte …

Trüb starrte Berling auf den kleinen Wackeltisch, den ihm der türkische Hausdiener der Pension ins Zimmer geschleppt hatte: Da lag das ganze Zeug; ein Stapel Bücher, daneben sechs Plastikhefter, und alles mit dem Aufkleber: ›Polizeipräsidium Frankfurt a. M., Bibliothek.‹ Dazu sein Notizblock mit dem Kuli.

Vier Stunden gelesen: Nichts als Mörder, Mörder, Mörder, Schändung, Vergewaltigung, Sex, Sex, Sex … Zeitungsausschnitte, Artikel, Gutachten, Dokumentationen – verdammt noch mal, was sehnte er sich nach den Tankstellenräubern und Supermarkteinbrechern von Marktheim.

Er riß das Fenster auf.

Von den Blättern des kranken Kastanienbaums, den zwei graue Häuser einklemmten, troff der Regen – unten stank der Müll.

Doch alles war besser, als wie ein Idiot beim K-13 rumzuhängen, mitzuerleben, wie sie sich wichtig taten, auf ihren Computer hämmerten oder sich die Halfter umschnallten und nach den Autos schrien: die Herren von K-13 – die Superbullen.

Er klappte den Deckel des Buches zu, in dem er gerade gelesen hatte. Es trug den Titel ›Sexuelle Gewalt gegen Kinder‹.

Unschlüssig verließ er sein Zimmer. Die Pension ›Grüneck‹ besaß achtzehn, zur Hälfte standen sie dem US-Personal der Frankfurt-Airbase, zur anderen dem Polizeipräsidium zur Verfügung.

»Auf Wiedersehn, Herr Kommissar!« Die dicke Mami, die in einer Ecke des Empfangs ständig an einem Pulli strickte, wedelte mit ihrer gepolsterten Hand. »Passen Sie auf sich auf.«

»Aber natürlich, Frau Goldberg.«

Sie stammte aus Tel Aviv, ihr Personal kam aus Istanbul, Anatolien oder sonstwo, und der ›Italiener‹ lag gleich um die Ecke. Berling dachte an Saltimbocca oder an einen ordentlichen Teller Pasta, aber der Magen wollte nicht, und so beließ er es bei drei dieser komischen Trapezbrötchen, die sie ihm in einen Karton verpackten. Er nahm noch eine Flasche Coca-Cola und ging zurück zu seiner Aussicht auf die tropfenden Kastanienblätter, schluckte zwei Aspirin mit Cola hinunter und sah wieder auf den Notizblock:

Tätertypen?

Die alte Preisfrage.

Mörder kann jeder sein. Wirklich? Nun, der eine weniger, der andere mehr – aber was macht den Menschen dazu, was veranlaßt Kain den Abel zu erschlagen? Ist es die Veranlagung, ist es Umgebung und Lebenslauf, die berühmte ›Entwicklungs- und Umweltprägung‹? – Auf der Polizeiakademie hatten sie darüber diskutiert, dann kamen die Spezialisten dazu, die Superschlauen, die sie mit ihren Fachausdrücken und ihrem Psycho-Rotwelsch eindeckten. Eines stand fest: Den Mörder konnte man nicht ausmachen wie eine besonders gefährliche Haifischart, er ging in Tarnung, hatte so viele Gesichter. Da war der Siebzehnjährige, der dir sagt: »Ich war einfach nicht gut drauf, hab' mich gelangweilt und brauchte die Kohle. Da hab' ich der Oma den Schädel eingeschlagen ... Wirklich, tut mir ehrlich leid ... Kam einfach so über mich ...«

Und war todtraurig, der Typ.

Da gab's die anderen, so unfaßbar wie Schatten im Wind: die liebende Ehefrau mit dem Messer, der Profi, der hinter irgendeinen Stuhl tritt, die Kanone zieht und das Opfer mit Genickschuß abserviert. »War doch saubere Arbeit«, sagt er zu dir bei der Vernehmung. »Ihr wißt doch, wie sowas läuft ...«

Niemand wußte es.

Doch stets ging es um das gleiche: Charakterstruktur plus auslösendem Faktor. Womit wir bei der Endstation angelangt wären, dachte er, dem allermiesesten Typ: dem Trieb-, dem Sexualtäter.

47 132 Sexualstraftaten, in Worten siebenundvierzigtausendeinhundertzweiunddreißig, wurden im vergangen Jahr bekannt. Darunter dreizehn Sexualmorde, zwei davon an Kindern begangen, elfmal wurden Sexualmorde versucht ... Und wieder befanden sich zwei Kinderopfer darunter, wie überhaupt zwei Drittel der gesamten Straftatendelikte Kinder unter vierzehn Jahren betrafen – begangen im engen sozialen Umfeld, dort, wo man so schön vom ›häuslichen Milieu‹ spricht.

›Sexueller Mißbrauch‹, schreiben sie dann in die Berichtsstatistik. Noch so ein wunderbares Wort, dachte er, als ob es über die Schwere der Tat, über die Brutalität der angewandten Gewalt und ihre lebenslänglichen Folgen auch nur irgend etwas aussagen würde ... Okay, den Exhibitionisten, der irgendwo in einem Park oder an der Straßenbahnendstation den Mantel öffnet und dann wieder in der Nacht verschwindet, kann man vergessen. Aber all die anderen? Sexueller Mißbrauch? Mami im Krankenhaus und der besoffene Papi, der sein ›Zuckerpüppchen‹ im Ehebett vergewaltigt; der Onkel, der dem kleinen Neffen im Hobbykeller die Hose runterreißt, stets ist es dasselbe: die hundsgemeine Kaltschnäuzigkeit, mit der Erwachsene ›zur Triebabfuhr‹ ihre Macht über Kinder mißbrauchen.

Dies, dachte Berling, ist das Jahr, in dem Evi, Kim und Natalie und all die anderen, die du nicht kennst, sterben mußten …

Eingemauert, dachte er, eingemauert hatte sie Dutroux, und sie lagen dort mit von Durst und Fieber geschütteltem Körper, sie lagen, und das Fleisch schmolz von ihren Knochen, sie schrien und wimmerten und haben an den Backsteinen gekratzt, während ihre jungen Körper austrockneten und endlich alles Leben aus ihnen wich. Unterdessen verhandelte dieser, dieses … wie willst du für so etwas wie Dutroux schon einen Namen finden – verhandelte dieser Kerl mit irgendwelchen Dreckschweinen von Frischfleischfans über den Preis der Videos, die er von den geschändeten Kindern im Keller gemacht hatte.

Nun such dir deinen Tätertyp …

Er konnte nicht mehr. Sein Magen hatte sich zusammengezogen, er spürte den Thunfischgeschmack und die Übelkeit, die in ihm hochwallte.

Hastig stand er auf und lief die Treppe hinab zur Halle; da saß sie noch immer an ihrem Pullover.

»Frau Goldberg, mir ist nicht ganz gut.«

»'ne Tablette oder 'nen Schnaps?«

»Einen Schnaps.«

»Wodka?«

»Von mir aus.«

»Glas oder Flasche?«

»Am besten beides.« Er konnte wieder grinsen. Ihr Anblick tat ihm gut. Die Frau da in ihrem Sessel war so etwas wie ein Fels, sie kannte das Leben, und sie kannte seine Abgründe und Schatten – nichts, das ihr noch etwas anzuhaben vermochte.

Er trug das Tablett zurück in sein Zimmer, goß vorsichtig ein und nahm einen Schluck. Sein Schädel klärte sich.

Das Jahr von Dutroux...?

Halt mal: Es gab ja auch die gute Nachricht ... War also alles nicht so schlimm ... Schließlich: Die Zahl der Sexualdelikte ist eindeutig rückläufig. Inzestfälle allerdings, Beischlaf zwischen Verwandten, wie es der Paragraph 173 StGB ausdrückt, sind in der Statistik nicht enthalten. Na, was soll's, Hauptsache: Die positive Tendenz ...! Vielleicht bringen Dutroux' Pornos doch die ersehnte Triebabfuhr? Mehr als fünfzig Prozent der Taten werden nicht etwa von Fremden begangen, nein, es sind die lieben Verwandten. Und was heißt schon Taten? Meistens sind's doch nur ›Vergehen‹. Vergleichen wir doch alles mal mit dem Jahr 1981, Delikte abgesehen, nur die Morde: Vierundzwanzig haben wir heute – damals aber, 1981, wie viele waren's?

Zweiundachtzig!

Rückläufig. Eindeutig ... Was soll da das bißchen Rumgefummel und Vergewaltigen? Zahlen, was sind das schon?

Aber leider, es gibt ja noch die Schambarriere. Welches kleine Mädchen, welcher verprügelte, mißhandelte, vergewaltigte Junge zeigt schon Onkel oder Papi an?

Die kleine Spitze des Eisbergs sind Zahlen.

Und der Eisberg selbst?

Nun, sagen die schlauen Fachleute, so roh über den Daumen gepeilt nehmen wir das Zehnfache an – also mindestens eine halbe Million.

Es lief gut, oh, es lief sogar sehr gut!

Richard Saynfeldt steuerte die Croissanterie auf der anderen Straßenseite an, die dunkelblaue Leinenjacke mit wehenden Ärmeln lässig über den Schultern hängend, komplettiert von dunkelblauen, tadellos gebügelten Hosen und vor allem brandneuen, funkelnden, höchst eleganten schwarzen Halbschuhen; ein gutgelaunter, nein, strahlender Oberstaatsanwalt, nicht einmal die sechshundertfünfzig Mark, die er für die verdammten Guccis bei ›Harry's‹ hingeblättert hatte, konnten seine Stimmung beeinträchtigen. Ein Saugeld, aber was soll's … Er sah auf seine Uhr: elf Uhr zehn? Niemeyer, dachte er, das arme Schwein steht gerade in der Hauptverhandlung gegen diese Scheißkerle von Kosovo-Albanern … An sich sein Fall, doch der Generalstaatsanwalt hatte ihn ihm abgenommen und an Niemeyer delegiert, und der schwitzte jetzt wohl, denn was bedeuteten schon zehn Tage Vorbereitung für einen derartigen Fall. Die Albaner war er los – aber welches Verfahren sorgte derzeit für einen solchen Wirbel wie der Kreuz-Mörder?

Richard Saynfeldt im Auge des Taifuns!

Er stieß die Tür der Croissanterie auf; sie war korallenrot. Drinnen waren Möbel und Theke blau lackiert. Die hübschen, engen Uniformen der Mädchen – wiederum korallenrot.

»Guten Morgen, Herr Doktor!«

Die Geschäftsführerin lächelte ihm zu. Sie hieß Heidi, hatte schwarze Haare und war blutjung wie ihr ganzes Personal.

»Wollen Sie Ihren Tisch?«

»Nein, diesmal setze ich mich lieber gleich hierher.«

Er nahm den Platz am Fenster, das den Blick zur Straße freigab. Seit der Wirbel losgebrochen war, hatte er ein Bedürfnis an sich entdeckt, das er bisher nicht kannte: stets die Umgebung zu beobachten, um so das Verhalten anderer kontrollieren, sich vor Überraschungen schützen zu können. Kalt erwischen zu lassen kam nicht mehr in Frage. Überraschungen wie jene, die ihm Isa bereitet hatte, würde es nicht mehr geben. Denn soviel stand ja wohl fest: Sie hatte gelogen.

»Heidi, könnte ich mal die FAZ haben?«

Sie brachte ihm die Zeitung, und er warf einen Blick auf die Inhaltsangabe. Über den Fall Ladowsky fand er nichts. Auch der Lokalteil konnte nicht mit einem Artikel oder einer Meldung aufwarten. Um so besser! Was er brauchte, war Schonzeit …

Er bestellte bei der Kellnerin ein Schinken- und ein Käsecroissant, dazu wie üblich Milchkaffee, nahm den ersten Schluck davon, um sich diesen elenden Wunsch nach einer Zigarette vom Hals zu halten, und vertiefte sich erneut in das Blatt. Weder Ökologiesteuer noch Rentenreform, bloß nicht. Vielleicht ›Neuer dramatischer Börseneinbruch in Hongkong‹ …

Wie tief die Börse eingebrochen war, erfuhr Richard Saynfeldt nicht.

Eine Frauenstimme sagte: »Verzeihung, Herr Oberstaatsanwalt …«

Er blickte hoch.

Sie war jung und ziemlich … nein, nicht ziemlich, sondern sehr hübsch. Das Gesicht bildete ein fast vollkommenes Oval, eingerahmt von dunkelblonden, seidenglatten, sorgsam gekämmten Haaren, die ihr beinahe bis zum Jeansbund fielen. Dazu trug sie ein hellblaues, mit drei Knöpfen versehenes T-Shirt, das eng genug war, um einen klassisch gerundeten, festen kleinen Busen nachzuzeichnen.

»Woher kennen Sie mich?«

Sie lächelte. »Mein Gott, ist das nun Fishing for compliments? Ihr Foto erscheint doch fast jeden Tag in der Presse oder in irgendeiner Fernsehsendung.«

»So?« sagte er und dachte: Verdammt, die hast du schon mal gesehen … »Und wer sind Sie?«

»Mein Name ist Weiersbach. Anja Weiersbach. Ich arbeite für den *Kurier*.«

»Reporterin also?«

Sie sah ihn mit ihren rauchgrauen Augen an, lächelte und nickte.

»Auch noch! Ich habe den Eindruck, daß ich Ihnen schon irgendwann mal begegnet bin.«

»Irgendwann? – Gerade, Herr Doktor. Ich hab' Sie drüben im Landgericht gesucht, konnte Sie aber nicht finden. Aber dann, auf dem Verbindungsgang zwischen Alt- und Neubau, kamen Sie mir plötzlich entgegen. Ich hab' zu spät geschaltet, und da waren Sie schon wieder weg. Aber dann sah ich, wie Sie die große Treppe zum Ausgang runtergingen. Da bin ich Ihnen nachgerannt.«

Ihre Art zu reden gefiel ihm, und nicht nur ihre Art, diese halb naive, halb bewußte Spontaneität, das ganze Mädchen gefiel ihm, ihre Hände, die sie fröhlich an der Tischkante wippen ließ, ihre Augen, ihr Mund, ihre Stimme – und natürlich der Busen unter dem T-Shirt.

»Und was soll das hier werden, Fräulein Weiersbach? Ich kann Sie ja gerne zu einer Tasse Kaffee einladen, von mir aus auch zu einem Croissant – die sind übrigens vorzüglich –, aber wenn auf Ihrem Programm steht, mich mit irgendwelchen Fragen zum Fall Ladowsky zu belämmern, dann muß ich Sie, so leid mir das tut, enttäuschen.«

»Ist das eine Absage? Oder läßt sie bestimmte Varianten zu?«

»Keine Varianten, keine Ausnahmen, total. – Übrigens habe ich das schon gestern durch unsere Pressestelle mitteilen lassen: Die Staatsanwaltschaft sieht sich zu diesem Zeitpunkt außerstande, irgendwelche substantiellen Mitteilungen über den Fall der Öffentlichkeit zu übergeben.«

»Die Staatsanwaltschaft«, sagte sie, und diesmal wippten die Hände nicht mehr, diesmal trommelten die Finger leicht auf den Glastisch, hübsche Finger – »nun, die Staatsanwaltschaft sind doch Sie?«

»Jetzt, beim Vorverfahren, also bei den Ermittlungen kann man das so formulieren.«

Sie lehnte sich etwas zurück und hielt den Kopf schräg: »Auf mich machen Sie nicht gerade den Eindruck eines Mannes, der sich zu irgend etwas außerstande fühlt.«

Seine Ohren wurden heiß. Eine Sekunde war ihm danach, ihr eine jener Abfuhren zu erteilen, für die er bekannt war. Doch irgend etwas hinderte ihn daran. Sie spielte also die ganze Partitur ... Der Blick sagte es, und sicher hatte sie oft genug Erfolg damit. – Umgekehrt wiederum: Der *Kurier* war zwar ein Boulevardblatt, aber seine Auflage reichte an die der

FAZ. Dieses kleine Mädchen mit ihrem schimmernden, sorgsam gebürsteten Haar und den grauen Augen hatte somit so viel oder noch mehr Macht als irgendein FAZ-Redakteur oder Leitartikler. Er mußte vorsichtig sein.

So grinste Richard Saynfeldt zunächst einmal.

»Liebe Anja Weiersbach, es gibt in jedem Beruf Grenzen. Das wissen Sie, das weiß ich. Ich hätte gewiß nichts dagegen, mich mit Ihnen ein wenig über die Dinge zu unterhalten, die …«

Er ließ den Satz in der Luft hängen und blickte hinaus auf die Straße.

Zuvor schon hatte er, von ihr abgelenkt, am Rande seines Wahrnehmungsvermögens irgendeine Unruhe ausgemacht. Nun sah er genauer hin: Eine ganze Menschengruppe hatte sich dort versammelt, was heißt Menschengruppe, ein Auflauf bildete sich draußen. Dazu kam dunkles, sattes Dieselgedröhn. Nun wußte er, woher es rührte: Die weiße Wand eines großen Kastenwagens schob sich auf den Bürgersteig vor der Croissanterie. RTL stand darauf.

Die Eingangstür zum Lokal flog auf.

»He, Anja – du bist da?«

Ein untersetzter, säbelbeiniger junger Mann im Jeansanzug lief auf sie zu. Zu den kurzgeschorenen Haaren trug er drei Silberringe im linken Ohrläppchen.

»Stimmt also, was Robby sagte.«

Sie drehte sich um. Aus dem lächelnden Mädchengesicht wurde eine starre Maske von Grimm und Ablehnung.

»Ich finde das wirklich nicht fair, Anja …«

Weiter kam er nicht. Er wurde einfach weggeschoben. Sie brachen herein, in ihren Lederjacken, mit ihren Kameras und Kassettengeräten, zunächst in Keilform, dann zu zweit, zu dritt, und verteilten sich im Raum mit der Gewalt einer übermächtigen, dunklen Brandungswelle. Heidi versuchte tapfer, sich dem Medienansturm entgegenzuwerfen, vergeblich, sie wurde einfach auf einen Sitz niedergedrückt.

»He, Herr Oberstaatsanwalt …! Nur einen Augenblick … Herr Doktor, ich bin Albert Deinsheimer von der *Neuen Presse* … Es handelt sich ja nur um eine kurze Erklärung … ja, wir wissen … klar waren wir schon bei der Pressestelle …« Alles laut, alles durcheinander.

Richard Saynfeldt erhob sich. Sich den ›Medien zu stellen‹, genau davon hatte er geträumt. Aber das hier? – Er fühlte sich zunächst ohnmächtig vor hilfloser Wut, dann aber …

»Herr Doktor!« schrie Heidi. »Herr Doktor, was soll ich denn tun?«

»Gleich, Heidi, sofort …«

Natürlich würde es eine Art Balanceakt werden, er mußte jedes Wort abwägen, um den ›General‹ nicht zu vergrätzen, aber es war eine Chance, die Meute persönlich zu fassen und damit Sympathie zu punkten, und insofern hundertmal besser als jede Pressekonferenz.

Er stand auf.

Plötzlich wurde es still. Er sah sie an. In den letzten zehn, zwölf Jahren hatte er bei Gott gelernt, wie man Leute in solchen Situationen anzusehen hat, und noch etwas kam ihm wieder einmal zugute: seine Länge, die ein Meter neunundachtzig. – Er überragte sie fast alle.

»Meine Damen und Herren …« Pausen zu setzen war genauso wichtig wie der Stimme diesen harten, durch nichts zu brechenden Metallton zu verleihen. »Wie sollen wir diese Situation hier nennen? Einen Auftritt? Einen Pressesturm? Oder vielleicht skandalöse Nachrichtenjagd?«

Irgend jemand brummte, ein zweiter lachte. Als er in die Richtung sah, wurde es sofort wieder still.

»Eines steht wohl fest: Unter diesen Umständen, ganz abgesehen von der grundsätzlichen Haltung meiner Behörde, werde ich hier zu keiner Frage eine Antwort geben. Schon aus dem einfachen Grund: Diese Croissanterie ist mein Frühstückslokal und die Geschäftsführerin eine der liebenswertesten und aufmerksamsten Wirtinnen, die ich kenne.«

Köpfe wandten sich Heidi zu.

»Was Sie hier gerade betreiben, bedeutet für sie schon eine an Geschäftsschädigung grenzende Belästigung. Und genau das werde ...« – ich, wollte er sagen, korrigierte aber im letzten Moment – »sollten wir gemeinsam schon aus Gründen der Höflichkeit nicht zulassen.«

»Na, dann trink ich nachher hier 'nen Kaffee!« krähte einer.

»Dies ist genau die Sorte von Antwort, die ich so liebe«, sagte Saynfeldt. Diesmal lachten sie alle, Saynfeldt verspürte Erleichterung, er würde sie in den Griff bekommen, aber sicher. »So, meine Herrschaften, ich würde vorschlagen, daß Sie jetzt das Lokal erst mal verlassen.«

»Sie werden kein Statement...?«

»Ich kann ja mitkommen. Doch um es gleich zu sagen: Sie kennen ja die Position unserer Behörde. Was ich Ihnen allerdings geben kann, ist ein Einblick in reine Sachfragen – und auch ein wenig meinen persönlichen Eindruck von der Situation.«

Ein Raunen ging um. Der Ausdruck verbissener Konzentration auf den Gesichtern wich Erwartung.

Aufmerksamkeitswert – hieß es nicht so? Hier hatte er ihn, den Aufmerksamkeitswert.

Inzwischen hatte Richard Saynfeldt die Zahl der Medienvertreter, die sich in die Croissanterie gedrängt hatten, geschätzt: vierzehn, nein, mehr – sechzehn vielleicht ... Und was bedeutete das? Doch nichts anderes, als daß es sich nicht nur um die lokalen Hansel der Frankfurter Zeitungen handelte, auch nicht um die hier vertretenen Korrespondenten – diese Leute waren wegen des Kreuz-Mörder-Falls in die Stadt gekommen; ob von Tageszeitungen, Nachrichtenmagazinen, Illustrierten oder der Yellow Press, ob vom Fernsehen oder Radiosendern – das heißt, du stehst vor der gesamten deutschen Medienlandschaft. Diese Leute haben offensichtlich nur ein einziges Thema: Ladowsky. Und damit dich ...

Es war kurz nach zwölf. Isabella Reinhard saß am Schreibtisch ihrer Wohnung, um noch die Berichte über die Patienten zu verfassen, mit denen sich Peter Aman während ihres Urlaubs befassen sollte.

Sie schrieb – und was sie sah, waren vorwurfsvolle Augen, leidgeprägte Gesichter, was sie hörte, waren Stimmen … Erwin Sommerers Stimme, die Stimme des Investmentbankers, der einen so stark depressiven Schub erlitten hatte, daß sie noch immer eine bedenkliche Selbstmordneigung an ihm erkannte; die Stimme der kleinen Helen Grünberg, zweimal kam sie wöchentlich in Behandlung, und das fiel ihr schwer genug, da sie aufgrund ihrer paranoiden Neigung, überall Gefahren zu sehen, sich meist in ihrer Wohnung einschloß; dann der Student mit seinem Schüchternheitskomplex …

Stimmen, Gesichter, Augen.

Sie legte den Bleistift weg. War es eigentlich, Herrgott noch mal, nicht immer das gleiche? Sobald sie einen Entschluß faßte, der ihr selbst gut tat, stellten sich prompt Zweifel ein und tarnten sich unter dem bombastischen Namen ›Pflicht‹.

Sie stand gerade auf, um sich in der Küche eine neue Tasse Kaffee zu holen, als ihr Blick auf das Fernsehgerät fiel. Wie meist lief es ohne Ton. Eine Nachrichtensendung?

Isa traute ihren Augen nicht: Das war doch … ja, Richard war es! – Während dieses ganzen Ladowsky-Theaters hatte sie ihn schon einige Male auf dem Bildschirm erlebt, aber nie in einer solchen Situation! Hatte er sich in einen Straßenprediger verwandelt? Ein Richard Saynfeldt, der in einer Toreinfahrt stand und tatsächlich, groß wie er war, auf einen Haufen Leute herunterpredigte, und dies mit dem üblichen überlegenen Gesichtsausdruck, der dozierenden Hand, der nachdenklich gefurchten Stirn, den beschwörenden Augen …

Rechts in der Bildecke stand ein ziemlich hübsches Mädchen, hielt einen Kassettenrecorder hoch und himmelte ihn an. Richard schien nur zu ihr zu sprechen.

Isa lief zum Fernseher und schaltete den Ton laut. Richards Stimme füllte den Raum:

»... nicht zuletzt ist es das Verdienst der Medien, ja, als Staatsanwalt sage ich es mit einem gewissen Gefühl erleichterter Dankbarkeit ... wie gesagt, es ist nicht zuletzt Ihr Verdienst, stets auf diesen eklatanten, manche sagen sogar skandalösen Mangel bei der Abwägung der Rechtsgüter hingewiesen zu haben. Es kann einfach nicht hingenommen werden, daß in weiten Bereichen unserer Rechtsprechung der Schutz der Vermögenswerte über den Schutz der körperlichen Unversehrtheit der Menschen gestellt wird. Ich verweise nur auf den Fall einer Studentin, die vergewaltigt und beraubt worden war. Für die Vergewaltigung bekam der Täter vier, für den Handtaschenraub fünf Jahre ...«

»Lauter! – Können Sie nicht etwas lauter reden, Herr Staatsanwalt?«

Natürlich besaß der Übertragungswagen einen Tongalgen, und der senkte sich nun zu Richard Saynfeldt herab. Der RTL-Reporter ergriff das Mikrofon und hielt es ihm vors Gesicht, der Techniker drängte die Journalisten noch weiter zum Hofdurchgang hin, wo Richard Saynfeldt Stellung bezogen hatte, während sein Kollege mit wildem Armfuchteln versuchte, den Verkehr vor der Croissanterie vorbeizuleiten; Es war schon ein ziemlich sonderbares Bild.

»Gott sei Dank wurden mit den neuen Bundestagsentscheidungen Fortschritte erzielt. Bis die Ausführungsanordnungen erlassen sind, wird jedoch viel Zeit vergehen. Es gibt künftig im Sexualstrafrecht keine Delikte mehr, es gibt nur noch Straftaten. Alles soll also besser werden. Hoffen wir! Ich persönlich kann nicht verschweigen, daß mir die Rechtslage in vielen Bereichen noch immer unerträglich scheint ... Sie fragen nach dem Fall Ladowsky – ich will nicht näher auf ihn eingehen, und was ich sage, ist meine eigene, persönliche Meinung, wohlgemerkt, nicht die meiner Behörde.«

Die Straße war für Richard Saynfeldt zum Gerichtssaal geworden. Da drüben stand das Mädchen, diese, wie hieß sie noch, Anja – er erkannte ihr ihm zugewandtes Gesicht, all das Schimmerhaar! Schrieb eifrig mit, die Kleine, und wie sie ihn jetzt ansah, Bewunderung im Blick, reine, hingerissene Bewunderung …

»Ich finde die Situation unerträglich.« Richard Saynfeldt reckte sich noch höher. »Und bei dieser Einschätzung kann ich leider keine Korrektur und keine Abminderung vornehmen. Das Schlimmste bleibt: Ich vermag keinen Hoffnungsstreifen zu erkennen, daß sich Entscheidendes zum Besseren ändern wird. Denn auf was läuft es im Grundsatz hinaus? Doch darauf, nicht nur den Sexualtätern, nein, selbst den Sexual*mördern* gleichsam a priori die Unzurechnungsfähigkeit zu attestieren.«

Er pausierte erneut, suchte Augen, Gesichter. »Das Problem bleibt immer in der Fragestellung verborgen: Ist der Mann therapiefähig? Doch wer beurteilt das, ja urteilt darüber? Wer hat das Wissensmonopol in dieser entscheidenden Frage? Die Sachverständigen. – Und wohin Sachverständigenarbeit bei diesen Tätern führen kann, haben wir in schlimmen Fällen erleben müssen … Nicht nur Mörder diesen Schlages, jeder Mörder ist doch im Grunde unzurechnungsfähig und damit krank. Wie soll er therapiert werden? Die Antwort der Gesellschaft darauf, daß aus primitiven möderischen Lustgefühlen einem Kind das Leben genommen wird, kann doch nicht sein: Wir schicken ihn in Kur!«

Und wie sie nickten. Das hatte er selten erlebt: nickende Journalisten.

»Bei Taten minderer Schwere wird Zwangstherapie vorgeschrieben. Gut, vielleicht bestehen Chancen, daß ein Mensch durch Training, oder wie man so was nennt, mit seiner abartigen Veranlagung fertig wird. Daß auch dem Mörder die Resozialisierung, also der Rückweg in die Gesellschaft ermöglicht wird, schreibt unsere Rechtsauffassung vor. Wie aber steht es bei den Sexualmördern? Mehr Therapieplätze werden gefordert. Was heißt das? Neue und vermehrte Ausbildung speziell geschulter Fachkräfte, ein Heer von Psychologen und Psychiatern, mit einem Wort eine kostenintensive Arbeit von gigantischem Ausmaß. Haben wir denn nicht schon genügend junge Kapitalverbrecher, bei denen noch die Chance der Resozialisierung besteht ...? Alle diese Bemühungen, das sage ich Ihnen voraus, all die Gelder, die zur Verfügung gestellt werden müßten, würden von der Therapie der Sexualtäter weggefressen. Und dies in Zeiten der leeren Kassen. Die Lähmung, ja Zusammenbruch des Strafvollzugs in Kommunen und den Ländern – das wäre die Folge ...«

Nie hatte Isabella Richard im Gericht erlebt, er hatte es ihr oft genug vorgeworfen – jetzt wußte sie, warum. Sie brauchte ja nur die Gesichter der Leute dort anzusehen. Reporter wollten das sein? Gebannt wie in Trance starrten sie ihn an.

Und was sagte er da?

»AUF WAS LÄUFT ES HINAUS ...? DEN SEXUALMÖRDERN A PRIORI UNZURECHNUNGSFÄHIGKEIT ZU ATTESTIEREN ...«

Mein Gott, sie hielt den Atem an, das konnte doch nicht wahr sein.

»WER HAT DAS WISSENSMONOPOL ...? DIE GUTACHTER ... WIR SCHICKEN DEN TÄTER IN KUR ... EIN HEER VON PSYCHOLOGEN UND PSYCHIATERN ... ZUSAMMENBRUCH DES STRAFVOLLZUGS ...«

Sie hielt es nicht mehr aus und schaltete ab. Wie gelähmt stand sie da, die Handflächen auf das warme Gehäuse des Geräts gelegt, und versuchte, ihre Fassung wiederzugewinnen.

Er war verrückt geworden.

Das waren keine Argumente, das hatte mit der Wirklichkeit nichts, überhaupt nichts zu tun, das war nichts anderes als Hohn und Verachtung gegenüber allen, die sich um Ausgleich bemühten ... Es war Haß und Arroganz.

Die Arroganz der Ankläger, ›im Namen des Volkes‹ jede Rücksicht gegenüber dem Gesetz fallenzulassen – wer hatte das gesagt? Reuter. Und Reuter war es, der davon sprach, daß man sich auf die ›Seite der Menschlichkeit‹ schlagen müßte.

Sie handelte fast reflexhaft, ging zum Telefon, suchte Reuters Nummer heraus und wählte.

»Wie war der Name?« fragte die Kanzleivermittlung. »Frau Dr. Reinhard? – Ich weiß nicht, ob der Herr Professor im Augenblick ...«

»Versuchen Sie es«, sagte sie kurz. Sie mußte mit ihm sprechen, mußte einfach. »Wir sind persönliche Bekannte. Sagen Sie ihm, daß Frau Dr. Reinhard am Apparat ist.«

Drei Sekunden später hörte sie seine Stimme.

»Sie sehen wohl auch fern?«

»Ja«, sagte sie. »Aber ich sitze zu Hause und nicht im Büro wie Sie.«

»Nun«, er kicherte, »mit irgendwas muß der Mensch sich unterhalten, nicht wahr? Und das war wirklich eine miese Schau. Das war Hollywood.«

»Finden Sie? Für mich war das finsterstes Deutschland ... Nur Haß und Ignoranz.«

»Vielleicht. Das wundert mich ja gerade. Er hat natürlich in manchen Ansätzen recht, läßt sich noch nicht einmal bestreiten. Aber wie er dann loslegt – wirklich wie ein US-Attorney, ganz so, als wäre er kein braver deutscher Justizbeamter, sondern müsse zum Jahresende neu gewählt werden. – Na, da wird er Schwierigkeiten kriegen.«

»Hoffentlich.«

»Der Generalstaatsanwalt läßt ihm das nicht durchgehen. Kann er gar nicht. Saynfeldt muß sich da irgendwie reingesteigert haben; er ist begabt, brillant sogar, gut, die Saynfeldts haben es halt im Blut, aber daß er zu einem derartigen Primitivpopulismus greift ...«

Sie hatte Mühe mit seinem sachlich-ironischen Ton.

»Das ist nicht Populismus, das ist übersteigerte Eitelkeit. Und auch eitle Menschen können gefährlich werden, höchst gefährlich sogar. Da sehen wir's.«

»Ja, wenn sie gescheit genug sind. Jetzt verstehen Sie vielleicht, Isa, wovon ich redete.«

»Ja.«

»Und Sie wissen auch, um was es mir geht.«

»Deshalb rufe ich an.«

Eine Pause entstand.

»Und was soll das heißen?«

»Sie sprachen doch vom Gleichgewicht der Prinzipien, Herr Professor. Und daß es nicht nur Mühe kostet, es beizubehalten, sondern daß man darum kämpfen muß. Das hab' ich kapiert.«

»Aber Sie fliegen ja weg ...«

»In sechs Tagen, Herr Professor. Ich wollte nicht nur meine Entrüstung zum Ausdruck bringen mit diesem Anruf, ich wollte Sie auch fragen, ob ich Ihnen irgendwie behilflich sein kann.«

»Und ob! Sechs Tage sind viel Zeit. Ich habe noch keinen Gutachter beauftragt, und Sie sind der Mensch, der den Ladowsky-Hintergrund am besten kennt. Das ist es, was ich brauche: Hintergrundmaterial! Was war los, warum kommt es zu diesen sexuellen Verbiegungen ... Wie nennt ihr das?«

»Eine fixierte Deviation.«

»Was für ein schöner Begriff ... Meine Klippschulkenntnisse der Psychologie reichen so weit, daß mir als Grund nur die Mutter einfällt ...«

»Vielleicht haben Sie damit gar nicht so unrecht ... Hören Sie, ich habe meine Arbeit hier ziemlich reduziert. Frau Ladowsky wohnt in Walldorf. Ich fahr' zu ihr hin. Leider besitze ich nur ein paar Briefe von ihr, aber jetzt – jetzt werde ich mit ihr reden ...«

Der Brief lag bei Isabellas Unterlagen zu ihrem Ladowsky-Artikel, der Umschlag mit dem Absender jedoch steckte jetzt in ihrer Handtasche: Hilde Ladowsky, Hermann-Kurth-Straße 46 ... Auf den Brief konnte sie verzichten. Er enthielt nichts als eine Sammlung bissiger Anklagen gegen eine ungerechte Welt und schwülstig-bigotter Beschwörungen von Ludwig Ladowskys Unschuld.

Es war kurz vor achtzehn Uhr, als sie das Frankfurter Kreuz erreichte. Die Sicht war schlecht, die Auspuffgase mischten sich mit Nebel, und beides trieb über die Autobahn. Sie nahm die rechte Spur, verringerte das Tempo und konzentrierte sich auf das, was vor ihr lag. Soviel stand fest, diese Erkenntnis sprang sie aus jeder Zeile von Hilde Ladowskys Briefen an: Die Frau war nicht normal. Was ihr geliebter Sohn damals, mit siebzehn, schon angerichtet hatte, wurde von ihr nicht zur Kenntnis genommen. Statt dessen witterte sie eine Verschwörung von Unrecht und Verfolgung …

Bremslichter leuchteten auf. Der Verkehr war vollkommen ins Stocken geraten. Sie betätigte den Fensterheber, um nicht in diesem Gestank ersticken zu müssen, lehnte den Kopf zurück und schloß die Augen: Wieso bist du nicht erst morgen gefahren? Wieso fährst du?

Kann mir jemand sagen, warum ich hier im Stau stehe? Wieder sah sie Richards Gesicht, hörte seine Stimme … War er es, der sie provoziert hatte? Nein, es war etwas anderes. Er hatte sie überzeugt. Sein Auftritt war notwendig gewesen, damit sie zu dem Punkt gelangte, an dem sie jetzt stand.

Die Wagen zogen wieder an, und nach einer halben Stunde erreichte sie Walldorf. Dort brannten die Lichter, die Geschäfte hatten ihre Reklamebeleuchtungen eingeschaltet, aber sie kannte den Ort nicht und verspürte auch keine Lust, ihn je kennenzulernen. An einer Kreuzung ließ sie sich von einem Polizisten erklären, wie sie zur Hermann-Kurth-Straße finden konnte. Der Mann gab sich alle Mühe, doch der Dunst war inzwischen dichter geworden, eine Art Nebel senkte sich über die Straßen, und so mußte sie noch zweimal fragen, bis sie am Rande Walldorfs, am Ende einer von kleinen Häusern umsäumten Straße endlich am Ziel war.

Sie parkte, blieb aber sitzen und blickte zu dem Haus hinüber. Es lag nah an der Straße, der Garten schien ziemlich groß. Eine Straßenlampe warf ihren trüben Schein über den Eingang und ließ undeutliche Umrisse erkennen. Im Erdgeschoß brannte ein einziges Licht, direkt darüber begann das Dach. Im Giebel schien sich ein zweites Fenster zu befinden.

Sie stieg aus.

In der Gegend war es merkwürdig still. Das nächste Haus lag etwa zwanzig Meter entfernt. Die Nummer 46 war das letzte Gebäude der Straße, daneben lag ein Baugrundstück, dann begann das Ende der Welt.

Sie suchte am Beton des Torpfostens nach einer Klingel oder einer Beleuchtungstaste, fand aber nichts. Zögernd schob sie die Gartentüre auf und ging sehr vorsichtig weiter. Sie konnte in der Dunkelheit den Bodenbelag nicht erkennen, und als sie dann an der Hausecke angelangt war, begann tintige Schwärze.

Sie zog ihr Feuerzeug heraus. Im Licht der kleinen Flamme erkannte sie einen Holzschuppen. Links war die Haustür. Diesmal hielt sie sich nicht damit auf, nach der Klingel zu suchen. Sie klopfte.

Irgendwo, ganz ferne, kreischten Autoreifen. Sonst blieb alles still.

Sie versuchte es wieder, klopfte energischer, dazu rief sie: »Frau Ladowsky!«

Es rührte sich nichts – doch, an ihren Beinen ... Obwohl es weich und warm war, was da vorbeistrich, fuhr Isabella zusammen und fühlte Erleichterung, ja Erlösung, als sie das leise Miauen vernahm.

»Na«, sagte sie und streichelte den Schatten dort unten, »da stehen wir also zu zweit vor der Tür. Und keiner läßt uns rein.«

Doch ihr erneutes Klopfen hatte Erfolg.

»Ja? – Wer ist da?«

»Frau Ladowsky, mein Name ist Reinhard. Entschuldigen Sie bitte, falls ich stören sollte ... Dr. Isabella Reinhard...«

»Sind Sie von der Zeitung?«

»Ich? Um Himmels willen, nein. Wir hatten einmal einen Briefwechsel miteinander – erinnern Sie sich?«

»Briefwechsel?«

»Ja. Ich wandte mich an Sie, und darauf haben Sie mir zwei Briefe geschrieben. Das war vor drei Jahren.«

»Ah, so …« Die Stimme wurde leiser, flüsterte etwas, doch ein Schlüssel drehte sich im Schloß, ein Riegel wurde zurückgeschoben, die Tür öffnete sich – und da stand sie.

Hilde Ladowsky war eine große, nein, mächtige Frau. Das grelle Licht der von der Decke in die Diele herabbaumelnden, notdürftig mit einem zerrissenen Schirm dekorierten Glühlampe leuchtete Gestalt und Gesicht erbarmungslos aus. Schon der Aufzug erschien grotesk: Sie trug blaue Jogginghosen, die sich um den vorgewölbten Bauch spannten, dazu um den mächtigen Busen ein viel zu enges Männer-Sweatshirt mit dem Aufdruck irgendeiner amerikanischen Universität. Die Füße steckten trotz der Jahreszeit in Pelzstiefeln … Sie ist krank, war der erste Eindruck, den Isabella gewann, als sie in das verquollene, teigig-rote Gesicht mit den schießschartenartig zusammengezogenen Lidern blickte. Sie ist schwer psychotisch … Diesen unnatürlich funkelnden Blick kannte sie.

Schlimmer noch aber war ihre Haut: Gesicht, Hals und die nackten Unterarme waren mit Schorf und roten, kleinen Punkten übersät – Katzenflöhe oder Dermatitis, sie wußte es nicht.

Ein lastender, unangenehmer Geruch schien aus den Wänden oder der geöffneten Tür zum Nebenraum zu strömen und das ganze Haus auszufüllen.

Sie sah Isa unverwandt an.

Isa lächelte.

»Sie sind das also?« sagte Hilde Ladowsky. »So sehen Sie aus. « Dabei bückte sie sich zu der Katze, die jetzt schnurrend um ihre Beine strich.

»Mein armes Nerolein, mein armes Nerolein …«

Ächzend richtete sie sich wieder auf. »Die Katze ist das einzige, das mir jetzt übriggeblieben ist. Mein Jungchen haben sie mir ja genommen. Sie wissen doch …«

»Ja, Frau Ladowsky. Deshalb bin ich hier.«

»Hab' ich mir gedacht. Aber ich red' nicht darüber. Mit niemand. Nicht mal mit Ihnen … Außerdem, der Ludwig ist schon vorher ab.«

»Warum?«

»Warum? – Ich hab' ihn rausgeschmissen.«

Sie atmete mühsam, der Boden unter ihr knackte. Während sie sich am Unterarm kratzte, sah sie Isabella unverwandt an, mit demselben glitzernden, spähenden Blick. Isabella wartete. Doch die Frau blieb stumm.

»Frau Ladowsky«, begann sie vorsichtig, »Sie kennen die Situation. Es wird zu einem Prozeß kommen. Dazu braucht es einen Verteidiger …«

»Damit will ich nichts zu tun haben. Und wieso auch? Ist das Ihr Job?«

»Frau Ladowsky, Ihr Sohn hat bereits einen Verteidiger. Was er braucht, sind gewisse Einblicke in seine Jugend und seine Entwicklung.«

»Einblicke? Was für Einblicke?« Ihre Schultern spannten sich, das schwammige Fleisch ihres Gesichts schien sich zu verfestigen. »Mein Junge, der Ludwig, war immer der Beste, und er war immer brav, hat sich immer angestrengt, und weil er so intelligent ist, hat er sogar das Abitur gemacht.«

Es stimmte, Ludwig Ladowsky hatte tatsächlich, dazu noch hoch benotet, das Abitur in der Strafanstalt nachgeholt. Aber Herrgott, sie konnten das doch nicht hier, in diesem deprimierenden Flur diskutieren … Du mußt sie dazu bewegen, daß …

Weiter kam sie mit ihrer Überlegung nicht. Im Dachgeschoß vernahm sie einen harten Schlag, dann ein Rumpeln. Die dünne Decke leitete das Geräusch weiter, und auch Frau Ladowsky hatte es gehört. Sie war zusammengefahren, riß den Kopf hoch und blickte nach oben: »Das is' er vielleicht …«

»Wer?«

»Der Ludwig«, flüsterte sie. »Ich hab' ihn rausgeschmissen, aber dann hat er sich immer wieder zurück in sein Zimmer geschlichen …«

Sein Zimmer? Isas Absicht war gewesen, sie zu bitten, ihr dieses Zimmer zu zeigen, weil sie hoffte, dabei etwas Aufschlußreiches entdecken zu können.

»Gehen wir doch mal hoch?«

Sie schüttelte den Kopf. »Da laß ich niemand rein.«

»Aber Frau Ladowsky …«

Sie drehte sich um, ging zu der steilen Treppe am Ende des Vorraums und stieg ächzend hoch. Isabella ließ sie einige Schritte gehen, dann folgte sie ihr so leise wie möglich. Die Frau war bereits oben. Isabella hörte, wie sich eine Tür öffnete, dann vernahm sie einen kurzen, erstickten Laut. Sie nahm die letzten drei Stufen, trat durch die geöffnete Tür und brauchte eine Sekunde, um sich von ihrem Erstaunen zu lösen: Das Zimmer war eine Mansarde und doch ein ziemlich großer Raum – aber dies war nicht das Zimmer eines Mannes, nein, dies war ein Kinderzimmer. In der Ecke waren glänzende, hohe Plastikspielzeugkisten aufgetürmt. Auf der Couch mit dem gelben Entchenmuster saß ein Teddy, an den Wänden hing Spielzeug und ein Hockeyschläger, das Unglaublichste aber waren die vier Mädchenpuppen, die sich auf einer Kinderbank drängten, eng aneinander, und die ihnen entgegenstarrten.

Das Fenster stand offen. Im Gegensatz zu dem Raum unten schien hier alles blitzsauber. Doch der Geruch – dieser stechende Geruch nach Benzin, der den ganzen Raum erfüllte …

»Was stinkt denn hier?«

Im gleichen Herzschlag, als Isabella die Flasche auf dem dünnen, schäbigen Teppich ausgemacht hatte und den dunklen Fleck, der sich um sie ausbreitete, geschah es: Es war, als ob ein Funken auf sie zufliegen würde, dann ein erneutes Poltern – und eine riesige, gelbrote Feuerlohe erhob sich vor ihr, füllte den Raum, füllte ihr Bewußtsein … Hitze, eine tödliche Lohe schlug ihr entgegen, und vor all dem Licht sah sie Hilde Ladowsky mit hocherhobenen, grotesk abgespreizten Armen wie einen schwarzen Scherenschnitt vor sich …

Am 4. Mai 1993 wurde ein Spaziergänger am Rande eines Waldstücks südlich von Göttingen durch undeutliche, leise, von Schluchzen unterbrochene Hilferufe auf ein junges Mädchen aufmerksam, das sich, halb vom Gebüsch verborgen, auf dem Boden krümmte. Die Kleider der Zwölfjährigen waren zerrissen, ihr Gesicht von Schmutz, Tränen und Kratzspuren entstellt. Sie befand sich im Schock. Von Weinkrämpfen geschüttelt, war sie unfähig zu irgendeiner vernünftigen Antwort oder Erklärung.

Der Name des Mädchens war Monika Sinter.

Monika wurde in die Kinderklinik des Universitätskrankenhauses gebracht, und dort, als sie wieder einigermaßen Zusammenhänge erkennen und reagieren konnte, von Kommissar Berling, der damals noch in Göttingen Dienst tat, vernommen. Bei allem, was er schon erlebt hatte – diese Stunde am Krankenbett, hilflos auf einem harten Schemel hockend, wurde zu einer seiner härtesten Erfahrungen bei der Polizei.

Noch schlimmer: Er versagte. Er versagte total. Er brachte keine einzige vernünftige Frage zuwege. Er schaffte es noch nicht einmal, in ihr Gesicht zusehen, denn er stellte sich die ganze Zeit vor, was geschehen würde, wenn seine eigene Tochter in einem solchen Bett liegen und er sie mit derartigen Fragen bedrängen müßte …

Schließlich ließ er sich ablösen.

Am Tatort hatten sie nichts entdeckt außer Reifenspuren und ein paar abgeknickten Ästen. Er fuhr noch einmal hinaus – und hatte Glück: Halb vom Vorjahrslaub verdeckt, fand er ein Stück Papier, das Schreiben einer Reisezusatzversicherung. Es war zwar nur ein Rundschreiben, doch es trug eine EDV-Referenznummer.

Und damit hatten sie ihn. Und auch noch am selben Tag. Trotz den elf Dienstjahren, die damals schon hinter Berling lagen, hatte er kaum Erfahrungen mit Tätern dieser Sorte.

Exhibitionisten, Kinderanfasser oder irgendwelche durchgeknallten Erzieher oder Pfarrer fielen nicht in seinen Bereich, er hatte es mit Schwerkriminalität zu tun. Aber zweimal mußten sie eine Jugendbande ausheben, denen nicht nur Raubüberfälle, sondern auch Vergewaltigungsversuche vorgeworfen worden waren. Dann, im vergangenen Jahr, jagten sie einen Exfremdenlegionär, der mit seiner verdammten Makarovpistole nicht nur bei seinen Tankstellenüberfällen herumfuchtelte, sondern gleich noch, und das mit vorgehaltener Waffe, serienweise Frauen vergewaltigte. Harte Rocker mit weichem Keks; Fremdenlegionäre aus Halle mit einer 9-mm-Makarov, irgendwie paßte das für Berling ins Bild.

Doch was ihn erwartete, als er am Abend dieses Maitages seinen Täter holen wollte und sich plötzlich vor einer Luxusvilla mit Doppelgarage und Swimmingpool wiederfand, brachte ihn doch ziemlich aus der Fassung.

Noch mehr aber verblüffte ihn der Mann, der ihm dann gegenüber stand: ein Meter achtzig, etwa fünfzig Jahre, Schmerbauch, Halbglatze, Zigarre und Kaschmirweste – der Bonzenunternehmer aus dem Bilderbuch. Und genauso war sein Verhalten.

»Ich? Was wollen Sie von mir? Was reden Sie da? – Die Monika, klar kenn' ich die. Der Sinter, ihr Vater, arbeitet für mich. Aber 'ne Zwölfjährige … Sind Sie wahnsinnig geworden?«

Doch Berling hielt ihm den Versicherungsausdruck unter die Nase. Und auch die Reifen des dicken Mercedes in der Garage waren inzwischen von seinen Leuten überprüft worden. Das Profil paßte zu den Reifenspuren vom Wald …

»Mit so 'nem Ding kommen Sie zu mir? Und Sie wollen Polizeikommissar sein? Ich laß mich doch nicht von einem wie Ihnen fertigmachen.«

Es war das erstemal in seiner Laufbahn, daß Berling mit der geballten Faust ausholte. Und wäre nicht Hansi Ottinger, sein Inspektor, dabei gewesen, hätte er zugeschlagen.

Der Mann hieß August Beer, war zweiundfünfzig Jahre alt und Besitzer eines großen Kieswerkes. Otto Sinter, Monikas Vater, karrte mit seinen drei Lastwagen Beers Kies ab. Seit August Beer die kleine Monika einmal auf dem Beifahrersitz eines Lkw ihres Vaters entdeckt hatte, begann das, was Beer im Prozeß seinen ›freundschaftlichen Umgang‹ mit den Sinters nannte. Das Schlimmste an der Geschichte blieb: Dreimal hatte Monika zuvor ihren Eltern gesagt, daß Beer sie belästige und betätschle und daß sie Angst vor ihm habe. Dreimal hatten die Eltern sie beschwichtigt. Es ging um den Auftrag, es ging ums Geld.

Beer bekam zwei Jahre – auf Bewährung. Na schön, man konnte sagen, er hatte sich bis auf die Knochen blamiert, war nicht nur seine Nebenämter und -ämtchen, er war seinen guten Ruf los und am Ende gezwungen, sogar sein Unternehmen dichtzumachen.

Was aber hatte ihn angetrieben? Was tickte in ihm, was brachte einen erfolgreichen Unternehmer und ›angesehenen Bürger‹ dazu, seine ganze Lebensarbeit zu riskieren? Triebstau, die Lust am Unmöglichen, Allmachtsgefühle, der Sex? In dieser Gesellschaft verkaufte man mit Sex alles. Sex im Fernsehen, bei der Autowerbung, Sex in der Mode, nicht einmal einen Hamburger oder einen Teller Fritten konnte man essen, ohne daß von irgendeiner Plakatwand ein junger, nackter Busen auf den Teller zu rutschen drohte. Sex, der Treibstoff der Rendite, nein, schon eher das Schmiermittel, und der Konsumartikel Nummer eins. Doch war das alles?

Wieso, in Teufels Namen, mußten auch noch die Kinder herhalten …? Weil die Männer der Frauen überdrüssig waren? Wieso, Herrgott …

Berling hatte das Gefühl, als durchquere er einen stickigen, glitschigen, undurchdringlichen Dschungel, eine Art unentwirrbares und unendliches Labyrinth. Er wurde mit Informationen eingedeckt und sah doch keinen Weg und schon gar keine Begrenzung. In diesem Dschungel war er auf

Jagd, sollte sich ein Täterbild machen, wie es die Staatsanwaltschaft verlangte … Nur wie?

Doch Jagd blieb Jagd. Und wieder war es soweit …

»22, 20, 18 …« Schiermann betete die Zahlen herunter. Und dann sagte er: »Du mußt auf die andere Straßenseite rüber, Berling. Das dritte Haus dort.«

Außer den Zahlen und dem Satz hatte er auf der ganzen Fahrt von Frankfurt kaum was gebracht. Er gehörte nun mal zum K-13, der Lieblingstruppe des so ungemein tüchtigen Staatsanwalts Saynfeldt, und so mußte er zeigen, was er von Dorfpolizisten wie Berling hielt.

Berling parkte den Wagen und sah hinüber: der übliche Jägerzaun, die üblichen drei halbverhungerten Tannen, das Haus aus dem Katalog – Betonsockel, weißverschlammt, schwarzes Kunstschieferdach, die Rahmen eloxiertes Metall. Das Nebenhaus dieselbe Marke – nur, das hatte noch einen Anbau. Was auf beiden Grundstücken fehlte, waren die Gartenzwerge.

»Wer führt die Vernehmung?«

Eddy Schiermann warf ihm einen gleichgültigen Blick zu: »Na, dann du«, sagte Schiermann. »Wenn du schon so großen Wert drauf legst …«

Sie überquerten die Straße. Die Schwierigkeiten begannen bereits bei der Gartentür: Sie war abgeschlossen.

Schiermann läutete und brachte seinen ersten Satz von Gewicht: »Und du glaubst wirklich, daß das was bringt? Was willst du eigentlich?«

»Immer das gleiche, Eddy.«

»Täterbild, Täterbild, was? – Über Ladowsky gibt's ja schon 'n ganzes Kilo Akten.«

»Genau, Eddy – Akten.«

Drüben am Haus ging die Tür auf. Berling blickte den mit Zementplatten belegten Weg entlang. Ein paar Rosensträucher, die keine Blüten trugen und halb verdorrt waren, ein grüner Abfallcontainer aus Plastik, an dem ein Kinderfahrrad lehnte, die Teppichstange – Schluß.

Die Tür entließ eine Frau, der man ansah, daß sie sich hier zu Hause fühlte. Sie schlurfte in ihren Birkenstocksandalen über das Zementprofil, die Schultern waren trotz des engen roten Pullovers, den sie trug, nach vorne gekrümmt, beide Hände hielt sie beim Laufen hinter dem Rücken, als wolle sie sie dort abwischen. Blonde, ungepflegte Haare fielen ihr in die Stirn. Ihr Gesicht war nicht nur ablehnend, sondern beleidigt.

»Und?«

Berling zeigte ihr die Marke. »Was soll'n das?«

»Steht doch drauf. Polizei.«

»Polizei? Bei mir?«

»Wir hätten gerne Ihren Mann gesprochen, Frau Faber.«

»Den Olli? Hat der was angestellt?«

»Nein, natürlich nicht. Es geht nur um eine Auskunft über einen Kollegen.«

»Klar doch, den Ludwig, dieses Dreckstück! Der ist doch das Letzte. – Aber Olli war schon bei der Polizei ...«

»Trotzdem, Frau Faber.«

»Na, wenn's sein muß ...«

Sie schloß auf, führte sie zum Haus, schob die Tür auf und ließ sie in einem schmalen Korridor warten. Aus einer der Türen, wohl der Tür, die zur Küche führte, kam Kindergeschrei. Sie schrie etwas dazwischen, und die Kinder wurden ruhig.

Dann war sie wieder da. Ihr Arm hob sich und deutete auf eine steile Treppe: »Oben«, sagte sie.

»Wie bitte?«

»Olli ist oben. Um zu quasseln, braucht er ja wohl nicht runter, ich meine, wäre im Moment nicht ganz das Richtige für ihn. Olli ist ziemlich zu ... Und miese Laune hat er auch.«

Sie leistete sich ein Lächeln, und ihr Gesicht wirkte plötzlich überraschend fröhlich, ja hübsch. Jetzt konnte man sich vorstellen, wie sie mit vorgestrecktem Busen zur Gartentür hinausstöckelte, wenn Ausgang angesagt war. »Also bitte, meine Herren – Sie können ja doch nicht anders, dann marschieren Sie halt mal hoch.«

Und das taten sie.

Es gab drei Türen. War Faber besoffen, würde Klopfen auch nicht weiterhelfen, und so drückte Berling aufs Geratewohl die nächste Klinke und hatte Glück. Es war ein Mansardenzimmer mit zwei schrägen, ins Dach eingelassenen Fenstern. Vor dem rechten lief ein Fernseher und zeigte die Sportschau. Zwei mit grellen Häkeldecken geschmückte Uraltdenkmäler von Sesseln und eine verschlissene Couch machten die Einrichtung komplett, wenn man von der Sammlung im Wandregal absehen wollte – und die war interessant genug: spanische Fächer, arabische Wasserpfeifen, ein Landschaftsposter, unter dem ISMIR stand, und ein großer, weißer Volvo-Laster mit UN-Aufschrift vor der Brücke von Mostar. So ziemlich alles war hier vertreten.

Auf der Couch lag ein Mann und schnarchte; ein ziemliches Stück von Mann. Er lag auf dem Rücken, den Kopf schlaff zur Seite, den Bauch hochgewölbt, der linke Arm, ein Arm wie eine Schweinekeule und halb von blauen Tätowierungen bedeckt, war über die Kante gerutscht, so daß der abgeknickte Handrücken auf dem Boden ruhte.

»Herr Faber?«

Nichts – nichts als Schnarchen.

»Herr Faber!« – Berling konnte die Stimme verstärken wie er wollte, das Resultat blieb das gleiche.

Schiermann räusperte sich. Berling bückte sich, ergriff die Hand des Mannes, zog den Arm hoch und warf ihn ihm ziemlich heftig auf den Brustkorb.

Er grunzte und ließ die Augen weiter geschlossen, doch er sagte: »Scheiße ...«

»Richtig, Herr Faber! Wir müssen Sie trotzdem sprechen.«

Nun waren seine Pupillen zu erkennen: zwei kleine, hellblaue Scheiben hinter ziemlich vielen Schleiern. – Sie schienen zu funktionieren.

»Bullen, wa?«

Dies war eine beachtliche Leistung, denn Berling hatte inzwischen die leeren Bierdosen neben dem Bett gezählt: Es waren sechs.

»Ja«, sagte Berling, »Bullen. Hilft aber nichts, Herr Faber. Wir müssen wirklich mit Ihnen reden.«

»Wegen Ludi, oder?«

»Richtig, wegen Ladowsky. – Können wir das? Ich meine, sind Sie einigermaßen klar? Oder wär's nicht besser, ich würde mit Ihrer Frau sprechen, daß sie uns einen Kaffee...«

»Bloß nicht ...«

Schnaubend und stöhnend setzte er sich auf, betrachtete sie beide, so gut das ging, und schüttelte dann den Kopf wie ein angeschlagener Boxer.

»Da drüben in der Ecke, auf dem Schreibtisch, da steht ein Klarer. Und daneben die Thermo. Nehm' ich mir immer hier hoch, wenn's Ärger mit Ida gibt.« Er grinste und zeigte dabei riesige Pferdezähne, aber in der Sorte Gesicht fielen sie noch nicht einmal sonderlich auf. »Ist hier wie in meiner Fahrerkabine, wissen Sie. Das heißt, wie's mal in meiner Fahrerkabine war, als es noch was zu fahren gab. Aber was soll's ...«

Berling goß den Plastikbecher der Thermosflasche mit heißem Kaffee voll und gab den Schluck Schnaps obenauf, den Faber offensichtlich brauchte. Er brachte ihm beides. Eddy Schiermann stand da und schüttelte den Kopf.

»Moment mal ...«

Faber hatte sich inzwischen auf die Kante gesetzt, versuchte hochzukommen und schaffte das auch, als Eddy zugriff. Er übersah den dargebotenen Becher und machte statt dessen drei Kniebeugen. Auch das schien zu gehen. Bei der vierten begann er zu keuchen. »Jetzt«, sagte er, nahm den Becher und schüttete ihn hinunter.

Er blieb auf der Couch hocken, und sie zogen sich Stühle heran. Wieder musterte er sie: »Bullen? Kommissare sogar. – Kripoleute ... Mit denen hab' ich in letzter Zeit mehr zu tun als mit diesem Arschloch von Chef.«

Berling kannte den Betrieb: ›Kammerer-Transport‹. Ein Garagenviereck in der Nähe der Ausfahrt Griesheim.

Faber stierte weiter, und Berling war sich nicht darüber klar, ob er überhaupt eines seiner Worte verstand, doch dann sagte er plötzlich: »Ludis Charakter? Is' ja 'n Witz ...« Soll ich Ihnen mal was sagen? Ich bin hier gelegen und hatte dasselbe Problem, ehe ich mich besoffen habe ... Nicht, daß ich mir wegen Ladowsky die Birne zerbreche, is'n Vierkantarschloch – aber was sie mit dem angestellt haben. So 'n Saftladen ... Der Chef frisiert den Fahrtenschreiber, hält sich an keinen Vertrag, keine Vorschrift, und wenn du mit dem Arbeitsgericht kommst, fliegste. Und der Kollege killt kleine Mädchen – was sagen Sie dazu?«

Sie sagten nichts.

»Na ja, also nochmals der Ludi ...« Seine Stimme war klarer geworden, die Kaffee-Schnaps-Mischung schien zu helfen. »Der ist überhaupt kein Thema. Wieso muß ich mich über den unterhalten? Der gehört sofort an die Wand gestellt. Bei den Nazis jedenfalls hätten sie das gemacht.«

»Aber die gibt's nicht mehr.«

»Ein Jammer, nicht? In solchen Fällen wenigstens. Was ist denn euer Problem? Warum sperren Sie die Sau nicht einfach weg? Was wollen Sie da eigentlich noch ermitteln? Ist doch alles klar, oder?«

»Für uns vielleicht, Herr Faber. Nicht für das Verfahren. Dort wird er uns mit ›Unzurechnungsfähigkeit‹ kommen.«

»Was heißt'n das eigentlich? Können Sie mir sagen, wer heute noch zurechnungsfähig ist?«

Berling warf einen raschen Blick auf die Bierflaschen, und da reagierte er sofort: »Na klar doch – wenn ich stockbesoffen mit 'nem Zehntonner im Kreuz bei Glatteis und mit Vollgas 'ne Hangstraße mit Kurve runterdonnere, klar bin ich dann unzurechnungsfähig. Und manchmal, gerade in letzter Zeit, bei diesem Scheißchef, hatte ich 'nen richtigen Bock, das zu bringen. – Und dem Ludi, ja, dem ging's nicht viel besser. Den hat der Kammerer total zur Sau gemacht. Dem hingen nur noch die Nerven aus der Hose. Nicht nur, daß ihn die ganzen Weiber im Laden, auf die er scharf war, verarschten, dabei sieht er ja gar nicht so übel aus, nicht nur, daß ihn der

Chef rausschmeißt, obwohl er sich anstrengt wie 'n Verrückter – dann kam auch noch seine Mutter.«

»Seine Mutter? Was war mit der?«

»Na, die wohnt doch in so 'nem kleinen Haus in der Hermann-Kurth-Straße. Da wohnten sie schon immer. Kam mir auch komisch vor, ich meine, in dem Alter, da zieht man doch von zu Hause aus. Aber nein, der wollte nicht ... Deshalb nahm ihn ja auch keiner so richtig ernst.«

»Und was ist mit der Mutter? Hat sie ...«

»Ja, sie hat ihn rausgebolzt. Er hat sogar mal 'ne Nacht hier geschlafen, genau auf der Couch, wo ich jetzt sitze, da hat er gepennt und geheult wie 'n Schoßhund. Is'n komischer Kerl ... Und wir mochten ihn eigentlich, intelligent, tat alles, was er konnte, für einen, so wie 'n richtiger Freund, suchte einfach Anschluß, verstehen Sie?«

Berling nickte.

»Na ja, wer denkt denn so was? Sieht doch aus, na ja, wie 'n unreifer Bengel einfach – aber so einer, dem man nicht böse sein kann, mein' ich.«

»Er hatte also kein Zuhause in letzter Zeit?«

»Doch, ich hab' ihm dann 'n Zimmer besorgt. Von 'nem Kumpel. Stand zufällig leer. Aber von was er das bezahlte, keine Ahnung ...«

Berling erhob sich. Viel mehr war wohl nicht drin. Ich glaube, Sie haben uns sehr geholfen, Herr Faber, wollte er sagen, doch das Funktelefon unterbrach ihn. Er hob den Apparat ans Ohr. Es war Köster von der Einsatzleitung: »Berling, sind Sie's?«

»Ja.«

»Berling, da ist was passiert, was Sie interessieren wird. Ist gerade durchgekommen ... Sie wollten doch auch noch zu der Mutter von Ladowsky? Fahren Sie bloß gleich hin. Auf die ist gerade ein Brandanschlag verübt worden ...«

»Hilfe, Hilfe! – Ich brenne!«

Und es stimmte: Hilde Ladowsky brannte.

Isabella hatte es geschafft, sie aus dem röhrenden Feuerofen, in den sich das Zimmer verwandelt hatte, bis zur Tür zurückzureißen, sie hatte es dazu noch fertiggebracht – über das Wie würde sie jahrelang rätseln –, alle Panik in ihr, den Überlebenstrieb, das ›Weg! Bloß weg, weg!‹ zu unterdrücken.

Sie sah den brennenden Haarkranz, diesen schrecklichen Heiligenschein, der sich um den Schädel der Frau gebildet hatte, heller als das Orange der Flammen, erstarrte – riß dann die Decke mit den gelben Entchen von der Couch, die die Flammen noch nicht erreicht hatten, warf sie über den grotesk leuchtenden Kopf, schrie: »Kommen Sie! Kommen Sie!«, versuchte Hilde Ladowsky an den Schultern mit sich zu zerren, schaffte das auch, aber sie war zu schwer – und da, tatsächlich, die Frau kroch, kroch qualmend, schreiend, japsend zur Tür hinaus, der Treppe entgegen, und hinter ihnen donnerten die Flammen.

Hier, an der Treppe, sah man nur noch den Feuerschein. Irgendein Stromkabel war durchgeschmort und hatte einen Kurzschluß ausgelöst.

Isabella dachte: Das Dach brennt!

Sie dachte: Herrgott, die Decke wird runterkommen! Wir müssen aus dem Haus … Sofort …!

Verzweifelt packte sie Hilde Ladowskys Arm, versuchte die Schmerzensschreie zu überhören, zog den schweren Körper der ersten Stufe zu, zog weiter. Hilde Ladowsky rutschte. Isa versuchte, das Gewicht mit dem Rücken aufzuhalten, doch sie beide rutschten, Isa auf dem Rücken, Hilde Ladowsky auf dem Bauch, die Arme vorgestreckt, um Isas Hals geklammert – so rutschten sie in die Tiefe.

Ein höllischer Schmerz zuckte durch Isas Schultern, als sie aufprallten. Über ihr war das Knattern der Flammen. Auf ihrer Haut brannte es unerträglich heiß, es war der rechte Arm, die rechte Hand, mit denen sie Hilde Ladowsky zuvor aus dem Feuer gezogen hatte, aber sie waren unten. Isas Kräfte waren erschöpft. Die Haustüre … Sie mußten hier raus! Sie versuchte hochzukommen, doch da ging die Tür schon auf, irgendeine Männerstimme schrie etwas, ein Schatten kam auf sie zu, nun wurde alles taghell, der hereinströmende Sauerstoff wirkte wie ein Blasebalg, nein, es war nicht ein, es waren zwei Schatten, und da war jemand, der die schreiende Hilde Ladowsky einfach wie einen Kohlensack auf dem Rücken aus dem Haus schleppte, da war eine Hand, die sich auf ihre Schulter legte. Sie sah in das Gesicht eines jungen, kräftigen Mannes mit kurzgeschorenen Haaren. Im Licht des Feuers wirkte er wie von Spots angestrahlt.

Aber sie waren draußen.

»Haben Sie Schmerzen? – Mensch, haben Sie vielleicht Schwein gehabt …«

»Ja …«

»Wir sind vorbeigekommen. Zufällig. Wir haben drüben bei einem Kumpel was gefeiert …«

»Danke«, flüsterte Isa. Ihr Körper zitterte.

»Los! Können Sie laufen?«

»Ja.«

Er zerrte sie hinter sich her. Er trug einen olivfarbenen Pullover mit Schulterpatten und Uniformhosen. Selbst das nahm sie wahr und würde ein Leben lang daran denken.

»Sind Sie Soldat?« Ihre Zähne klirrten gegeneinander.

»Ja«, rief er ihr ins Ohr. »Wir sind auf Urlaub hier.«

»Auf Urlaub«, sagte sie, während hinter ihr die Flammen weißgelb sprühend bis zu den Baumwipfeln stiegen.

»Über die Straße!« schrie er. »Das Dach kommt gleich runter, die ganze Bude bricht ein.«

Von irgendwoher vernahm sie Feuerwehrsirenen. Hilde Ladowsky lag auf einem Bürgersteig. Der zweite junge Mann schlug mit einem Pullover auf sie ein, um die Brandnester in ihren Kleidern zu ersticken – alles war ganz deutlich, alles war taghell!

Isa drehte sich um.

Die Fassade und die Seitenwände des Hauses standen noch, eingehüllt von Flammen. Dort oben, wie mit einer Schere ausgeschnitten, sah man das hell glühende Rechteck des Fensters: Ludwig Ladowskys Zimmer …

Wie in einer Vision erschienen wieder die vier Puppen auf der Kinderbank vor ihr, sie sah, wie sie brannten, nach vorne kippten und ins Feuer fielen …

Es war die übliche Katastrophenszene: Blaulichtfunkeln, Kommandos, Uniformen, Feuerwehrleute mit Helmen und Schläuchen, der Notarztwagen, Polizisten, die Absperrungen zogen. Sie untersuchten Hilde Ladowsky nicht lange, sie packten sie einfach auf die Trage, schoben sie in den Wagen und fuhren weg.

Hinter der Absperrung stauten sich Menschen. Es waren wohl mehr Neugierige als Nachbarn. Ihre Stimmen waren kaum zu hören. Alle starrten gebannt ins Feuer. Die Flammen hatten noch immer das Wort.

Isa saß in einem VW-Bus der Polizei und ließ über sich ergehen, was wohl dazugehörte: Name? Adresse? Gründe ihres Aufenthalts am Tatort…?

Während sie fragten, verband ein Sanitäter, den der Rettungsdienst ihretwegen hiergelassen hatte, die Brandwunden an ihrem rechten Arm und ihrer Hand. Das Novokain begann zu wirken. Sie spürte keine Schmerzen. Noch immer war sie unnatürlich ruhig. Nicht schlimm, dachte sie, den Zusammenbruch genehmigst du dir später …

Was sie beschäftigte, war ihr Aussehen. Jemand gab ihr einen Taschenspiegel. Das Zittern reduzierte sich auf die Finger. Der Anblick war grauenhaft: Die Haare versengt, das Gesicht rauchverschmiert!

Sie versuchte sich so gut es ging mit ein bißchen in Salbe getauchter Gaze zu säubern.

»Wird Frau Ladowsky durchkommen?«

»Glaub' schon«, sagte der Sani. »Hatte bei allem noch 'nen prima Kreislauf. Nur die Brandwunden am Kopf …«

Schrecklich sah er aus, dachte Isa, wie ein roter Kürbis …

»Und Sie haben keinerlei Beobachtungen gemacht?« nahm der Beamte die Fragerei wieder auf. »Sie haben doch gerade geschildert, daß Ihnen die Umgebung des Hauses so dunkel, so still erschienen ist. Haben Sie da nicht etwas gehört, irgendein Geräusch?«

»Nein. Tut mir leid.«

»Kein Ästeknacken, keine Stimmen, gar nichts?«

»Gar nichts.«

Sie starrte wieder, gefangen in einer Art morbider Faszination, in ihren Spiegel und begann erneut an ihrer Stirn herumzutupfen.

»Könnten Sie eine etwas genauere Auskunft über den Grund Ihres Besuches bei Frau Ladowsky geben, Frau Doktor …«

Das war eine neue Stimme. – Bisher waren es zwei Beamte gewesen, die die Fragen stellten, nun gab es noch einen dritten.

Das Innere des Polizeibusses war klar ausgeleuchtet, die Lampe befand sich in der Dachmitte. Der Frager hatte sich vor sie geschoben, so daß sie nichts erkennen konnte als eine graue, mit vielen Taschen besetzte Fischerweste.

»Ich bin Psychiater«, antwortete sie ruhig. »Ich habe schon vor drei Jahren, nach dem ersten Mord, eine Arbeit über Ladowsky geschrieben.«

»Und nun sind Sie zu seiner Mutter gefahren, um wieder über ihn zu schreiben?«

»Ist das denn für Sie wichtig?«

Er richtete sich ein wenig auf und wandte ihr den Kopf zu; jetzt sah sie sein Gesicht: das magere, schlecht rasierte und erschöpft wirkende Gesicht eines etwa vierzigjährigen Mannes. Was ihr gefiel, war der freundlich-mitfühlende Ausdruck seiner hellbraunen Augen.

»Wichtig, Frau Reinhard? Was wichtig ist, bleibt in solchen Fällen immer ein Problem. Außerdem …«

Den Rest konnte sie nicht verstehen. Draußen brüllten sie Kommandos. Sie hatten ein neues Pumpenaggregat angeworfen. Der Motor dröhnte. Einer der Polizisten, die sie zuvor vernommen hatten, räumte seinen Platz. Der in der Fischerweste setzte sich ihr gegenüber.

»Frau Doktor, ich weiß, daß diese Befragung eine Tortur für Sie ist. Sie zeigen wirklich gute Nerven und haben es bis jetzt durchgestanden ...«

»Warum hören wir dann nicht auf damit?«

»Sofort. Nur eine letzte Frage. Ich habe Ihre bisherigen Aussagen mitgehört. Sie waren der letzte Mensch, der mit Frau Ladowsky sprach. Und vermutlich wollten Sie etwas über ihren Sohn erfahren – nicht wahr?«

»Es kam ja gar nicht zu einem Gespräch. Ich hab' das doch vorhin schon gesagt: Bevor ich irgendeine vernünftige Antwort von ihr erhalten konnte, ging das ja schon los mit dem Feuer.« Ihre Stimme zitterte, sie war dabei, ihre ›guten Nerven‹ zu verlieren, und fühlte es heiß in ihre Augen steigen. Wieso, zum Teufel, ließ man sie nicht in Frieden?

»Hören Sie, Herr ...«

»Berling«, sagte er. »Oberkommissar Berling.«

»Hören Sie, Herr Berling, Nerven oder nicht, aber ich fühle mich jetzt wirklich am Ende meiner Kraft.«

»Das kann ich verstehen. Es ging mir nur darum, zu wissen, ob Sie irgend etwas erfahren haben, das auch für uns interessant oder aufschlußreich sein könnte.«

Sein Gesicht verzog sich enttäuscht, und für eine Sekunde war sie versucht, ihm von dem Zimmer mit den Puppen zu berichten. Sie gehörten bereits zu dem glühenden Brandschutt dort drüben, der noch immer kleine Flammen in die Nacht sandte ... Und wieder sah sie die Puppen vor sich: alle vier, wie sie sie anstarrten, in putzigen Kleidern mit gekämmten Haaren.

Dieser Anblick war aufschlußreich gewesen – o ja ...

Sie schüttelte den Kopf. »Vielleicht, Herr Berling, gibt's doch was, das ich vergessen habe.«

Auch die beiden anderen Polizisten wurden wieder aufmerksam. Alle drei starrten sie an.

»Ich kam nach Walldorf als Mitarbeiterin des Verteidigers von Herrn Ladowsky, um das gleich zu klären.«

Sie nickten, aber ihre Augen waren wachsam geworden. Berling lehnte sich ein wenig zurück.

»Könnte das bedeuten, daß Sie es vorziehen, uns etwas zu verschweigen?« Sie schüttelte nur den Kopf.

Er erhob sich: »Sie wohnen in Frankfurt, Frau Doktor. Dort stehen Sie uns doch gewiß noch für Fragen zur Verfügung, falls irgendwelche auftauchen sollten? – Aber das ist noch 'ne ganz schöne Strecke. Und in Ihrem Zustand …? Also, ich weiß nicht, ich würde Sie gerne nach Hause bringen. Ich könnte Ihren Wagen fahren.«

Das überraschte sie doch. »Ich finde es wirklich sehr nett, daß Sie sich Sorgen machen, aber Sie können sich darauf verlassen: Ich habe keinen Schock erlitten. Ich schaff' das auch alleine.«

»Trotzdem«, sagte er.

Als sie den Golf nach einem letzten Blick auf die glühenden, qualmenden und stinkenden Trümmerreste, die von Hilde Ladowskys Haus übriggeblieben waren, an Polizisten und glotzenden Neugierigen vorbei auf die Fahrbahn lenkte, folgte ihr ein zweites Fahrzeug. Berling, wer sonst? – Sie hatte ihn dreißig Minuten im Rückspiegel, bis sie endlich vor ihrer Wohnung eintraf.

Als sie ausstieg, kam der Wagen angeglitten: ein grauer Mercedes. Er rollte im Schrittempo. Sie hob die Hand und überlegte eine Sekunde, ob sie ihm nun einen Drink schuldig wäre, aber sie hatte keine Lust, jetzt auch noch einen Polizisten in ihrer Wohnung zu sehen.

Er drückte kurz auf die Hupe und gab Gas; die roten Rücklichter verschwanden hinter der nächsten Biegung …

Es klingelte.

Zaghaft zunächst, dann wieder. Isabella überlegte, ob sie

öffnen sollte. Sie hatte ein Bad genommen, das warme Wasser genossen, wobei sie darauf achten mußte, ihren rechten Arm und ihre Hand nicht naß zu machen. War das möglich? Nachdem sie einen Mordanschlag überlebt, einen Menschen und sich selbst aus der Höllenhitze eines brennenden Hauses gerettet hatte … nachdem sie von der Polizei vernommen worden war, ihren Wagen anschließend selbst nach Hause gesteuert hatte, klingelte es. Vor allem aber: Es war zehn Uhr dreißig! Und da gab's einen Blödmann, der sie aus dem Bad jagen wollte …!

Wieder das Läuten. Kurz und schüchtern.

Peter, dachte sie, Peter Aman. Wer sonst?

Sie stand auf, schlüpfte triefnaß in ihren Bademantel und lief barfuß zur Tür. Anscheinend war unten die Haustüre nicht richtig geschlossen gewesen, jedenfalls, ein Mann stand im Treppenhaus.

Dieses Mal trug Reuter sogar eine Krawatte. Doch was ihr als erstes auffiel, waren der gewaltige Rosenstrauß und das ordentlich zurückgebürstete, weiße Haar.

»Tut mir wirklich ganz schrecklich leid, aber ich konnte einfach nicht anders …«

Sie zog den Frotteegürtel enger um die Taille und versuchte mit ihrer Überraschung fertig zu werden. »Dann kommen Sie halt rein, Herr Professor.«

»Das Fernsehen«, sagte er, »das Fernsehen ist schuld … Ich hab' die Bilder gesehen …«

Sie nahm ihm die Rosen ab und stand hilflos in ihrer eigenen Wohnung da, aber er hatte bereits die Küche entdeckt, einen Sektkübel besorgt, ihn mit Wasser gefüllt und die Rosen hineingestellt. Sie flüchtete in ihren Ohrenbackensessel, zog die Knie an und dachte: Himmel, wie siehst du aus? Wie eine angebrannte, ins Wasser gefallene Katze …

Er stand vor ihr. »Ich hab' mir gedacht, das Haus ist bis auf die Grundmauern niedergebrannt – und Sie waren drin! Und dann fiel mir ein: Das alles hast du zu verantworten, wegen dir ist sie doch nach Walldorf … Das hat mir keine Ruhe gelassen … Ich bin hierher gefahren, sah das Licht – dann besorgte ich den Strauß und kam wieder.«

Herbert Reuter – ein Reuter, der mit seiner Persönlichkeit spielend einen Hörsaal füllen konnte –, da stand er mit reuevollem, unsicherem, ja flehendem Blick vor ihr, und nicht einmal seine Krawatte und sein eleganter, dunkelblauer Anzug vermochten ihm Rückhalt zu geben.

Sie fand es unglaublich.

»Ich sitze hier«, sagte sie, »und mir geht's gut.«

»Aber im Fernsehen kam, daß Sie verletzt wurden.«

»Das Fernsehen, das Fernsehen … Vergessen wir das Fernsehen. Hier …« Sie schob den Ärmel des Bademantels hoch und zeigte ihm den Verband: »Das ist alles.«

Er betrachtete ihn ehrfürchtig. »Und Ihre Haare …«

»Wachsen nach. Und wegen der paar Brandblasen geh' ich morgen zum Doktor, und dann kommt ein Pflaster drauf. – Um was geht es denn wirklich, Herr Professor?« – Die Rosen, die Krawatte, dazu das kummervolle Gesicht – so viel Anteilnahme konnte sie ihm einfach nicht abnehmen.

Er starrte sie vorwurfsvoll an. »Sie werden doch wohl nicht annehmen, daß ich jetzt, nachdem Sie das alles gerade durchgestanden haben, daß ich jetzt …«

Sein Kummer schien echt. Sie war gerührt, sie wollte es nur nicht zeigen.

»Reden wir gleich vom Resultat, Herr Professor: Zero. Null … Ich konnte für uns überhaupt nichts herausholen. Es passierte ja so schnell … Ich war kaum im Haus, da brannte es schon … Und wahrscheinlich wird man mit Frau Ladowsky nun Wochen, vielleicht Monate nicht mehr sprechen können.«

»Ich hab' mich erkundigt. Sie steht unter Schock, hat schwere Brandverletzungen, aber es ist nicht lebensgefährlich. Sie komme durch, sagte man mir.«

»Die Frau ist psychisch ohnehin schon angeknackst, ob die redet, steht in den Sternen.«

Er sah sie wieder an: »Isabella, was Sie da zuvor gesagt haben, das freut mich.«

Sie verstand nicht.

»Nun, Sie sagten, für uns herausholen … Für uns …«

Isabella schwieg. Er hatte ja recht, aber sie war im Augenblick nicht in der Lage zu überlegen, welche Konsequenzen das nach sich zog. Sie wollte es nicht.

»Sie müssen erschöpft sein. Haben Sie gegessen?«

Kopfschüttelnd verneinte sie.

»Irgend etwas müssen wir da unternehmen. In diesem Zustand kann ich Sie ja nicht aus dem Haus schleppen. Wie sieht's denn in Ihrer Küche aus?«

»Schlimm«, erwiderte sie kläglich. »Vier Eier, ein paar Tomaten, ein Packen Toastbrot – und Schluß.«

»Na, das ist doch besser als nichts. Wenn Sie mir erlauben, in Ihrer Küche einzubrechen, werde ich schon irgend etwas zustande bringen.«

Sie versuchte zu lächeln, die Müdigkeit griff nach ihr, kam nun mit der Macht einer Grundsee, die sie ins Dunkel zu reißen drohte … Im Grunde verstand sie nichts, nicht, was hinter ihr lag, nicht, daß sie hier im Bademantel in ihrem Sessel hing, während draußen in ihrer Küche ein veritabler Rechtsprofessor mit den Pfannen klapperte …

Aber war das wichtig? – Was war noch wichtig…?

»Wissen Sie, was ich gefunden habe? Einen traumhaften Chardonnay Jahrgang '92. Ich werde ihn öffnen, wenn Sie erlauben. Doch nur unter der Voraussetzung, daß ich einen gleichwertigen zurückbringen darf.«

Er hatte auf ihrem Lesetisch eine Serviette ausgebreitet, Teller, Besteck und zwei Gläser darauf gestellt; das Glas funkelte, und was da an Duft aus der Pfanne aufstieg, brachte ihre Lebensgeister wieder in Schwung.

»Ich habe auch noch eine Zwiebel gefunden. Tomaten, Zwiebel, ein wenig geriebener Käse, ein Hauch Curry darüber ergibt wirklich ein ganz vorzügliches Omelette. – Probieren Sie mal …«

Sie konnte nur lächeln und nicken, nahm ihre Gabel und führte sie zum Mund. Er hatte recht, es schmeckte fantastisch. Sie aß mit Heißhunger, trank den Chardonnay, sah ihn an und schüttelte wieder den Kopf.

»Mensch, Herr Reuter, Professor, Sie sind ja wirklich wie ein Vater zu mir.«

»Ich wollte, ich wär's«, grinste er und strich sich die weißen Haare zurück. Auch die Krawatte wirkte nicht mehr so korrekt wie zuvor. Er hatte sie nach unten geschoben, Hemdkragen und zwei Knöpfe geöffnet. »Kein Witz, tiefster Ernst … Wenn ich Sie ansehe und an meine Tochter denke … Die rettet keine alten Frauen aus brennenden Häusern, sie fliegt nach London zum Shopping. Früher mußte es immer Mailand sein. Warum jetzt London, weiß nur der liebe Gott …« Sein Mund verzog sich. »Eigentlich müßte ich mich bei meinem Schwiegersohn für sie entschuldigen … obwohl, als ich sie ihm übergab, schien Isabella ganz normal.«

»Isabella?«

»Ja, das kommt auch noch hinzu. Sie heißt wie Sie.«

Sie aß weiter, der Wein gab ihr etwas wie Klarheit und Kraft zurück, und da war der Gedanke wieder, den sie schon auf der Rückfahrt und dann im Bad gehabt hatte, nun verdichtete er sich zum Entschluß. Sie wußte, was zu tun war.

»Ich hab's mir überlegt, Herr Professor. Ich werde weitermachen.«

»Was soll das heißen? Sie wollten doch wegfliegen?«

»Nein. – Was soll ich in Kuba? Ich würde immer dieses Feuer vor mir sehen …«

Er richtete sich auf. »Isabella, entschuldigen Sie, aber Sie sollten sich vielleicht erst mal fragen, ob Sie das wirklich wollen. Sie stehen noch unter dem Eindruck dieser schrecklichen Geschichte. In einer solchen Lage sollte man nicht emotional handeln, sondern überlegt. Außerdem – ist Ihnen klar, was auf Sie zukommt?«

»Ich glaube schon.«

»Sie glauben. Haben Sie nicht von Anfang an gesagt: ›Bei diesem Fall lassen sich keine Lorbeeren holen‹? Es ist wahr … Dazu kommt der enorme Druck von außen. Die Leute spielen ja jetzt schon hysterisch. Soll ich Ihnen sagen, was mir passierte, als ich heute nach dem Golf im ›Toronto‹ friedlich meine Käsesahne essen wollte? Zwei Frauen, die mich wahrscheinlich kannten, sagten: ›Und so ein Schwein verteidigen Sie?‹, standen auf und verließen unter Protest das Lokal. So sieht das aus. Wir bewegen uns auf vermintem Gelände, Isabella.«

Sie dachte an Richard und seine Drohungen, sah wieder die Flammen vor sich … Vermintes Gelände? O ja …

»Ich weiß, zu was ich mich entscheide, Herr Professor – glauben Sie mir.«

Er nickte. Sein Gesicht war ernst. Er stand auf und wollte das Geschirr auf das Tablett räumen. Sie schüttelte den Kopf: »Lassen Sie das, ich besorge das schon. – Auf was kommt es Ihnen jetzt an?«

»Bei dem Verfahren?«

»Bei was sonst?«

»Nun, wissen Sie, zu meinen Prinzipien gehört es, nicht abzuwarten, sondern die Verteidigungsstrategie bereits während des Anklageerhebungsverfahrens kenntlich zu machen. Wenn man dabei geschickt vorgeht, kann man sich später viel Ärger und Zeit ersparen.«

»Und was heißt das?«

»Im Fall Ladowsky immer das gleiche: Der Ankläger wird vom Start weg …« Er unterbrach sich. »Sie sind doch mit ihm befreundet, nicht wahr?«

»Herr Reuter, unter uns braucht es keine ›Strategien‹. Sie wissen genau, daß ich mit Richard Saynfeldt nicht nur befreundet war, wie Sie das nennen. Ich war seine Geliebte.«

»War?«

»Richtig. Das ist vorbei …«

Er hatte die Augenbrauen leicht hochgezogen, und wieder fragte sie sich, was er nun wirklich wußte und wieviel von dem väterlich-fragenden Gesichtsausdruck man als echt bezeichnen konnte. Daran mußte man sich wohl gewöhnen: Ob Anwalt der Verteidigung oder Anwalt des Staates, sie verstanden es, ihre Karten bedeckt zu halten.

»Jedenfalls hat Saynfeldt mir gedroht, er werde mich fertigmachen, wenn ich für Sie als Gutachter auftrete. Anscheinend befürchtet er irgendeinen Presseskandal, falls herauskommt, daß ich mit ihm eine Beziehung gehabt habe.«

»Drohungen gehören zum Geschäft der Staatsanwälte. Da sind sie Meister drin – und da wären wir auch in unserem Fall bereits auf dem Punkt: Er wird, und das hat er ja auch bei seiner Pressekonferenz klipp und klar gesagt, alle Register ziehen, um Ladowsky als zurechnungsfähig wegzusperren. Und das mit anschließender Sicherheitsverwahrung, also bis zum Sankt-Nimmerleins-Tag ...«

»Ladowsky ist krank. Gerade dieser zweite Mord beweist es doch. Er gehört in eine Anstalt. Natürlich muß es eine Maßregelanstalt sein, natürlich darf er nie mehr raus, solange er gefährlich ist – aber er ist schwer pathologisch, daran bestehen keine Zweifel. Dennoch halte ich ihn für therapiefähig.«

Er schwieg und legte den Kopf ein wenig schief. Sein Blick streifte sie und heftete sich dann an die Wand hinter ihrem Kopf.

»Wirklich?« fragte er gedehnt.

»Was heißt das? Sie meinen, daß er ...«

»Noch meine ich gar nichts, Isabella. Aber ich habe jetzt dreimal mit ihm gesprochen. Es ist nur ein allgemeiner Eindruck. Mein Bauch und meine Nase haben mich schon oft gerettet, aber als ich bei ihm war und als er damit anfing, nicht er, sondern ›der andere‹ sei es gewesen, er habe lediglich irgendwelche ›Befehle‹ erhalten – meistens drückt er sich ja ganz undeutlich aus, und oft ist auch kaum zu verstehen, was er sagt –, da hatte ich den Eindruck, daß er den Verrückten auch spielen und sich das aufgebaut haben könnte ... Wer weiß schließlich besser Bescheid, um was es geht.«

Sie erwiderte nichts.

»Deshalb brauche ich Sie.«

»Sie wollen, daß ich nach Preungesheim fahre, nicht wahr?«

»Ja, und sich Ihr eigenes Bild machen. Schließlich sind Sie der Fachmann – die Fachfrau, nicht ich.«

»Dann müßten Sie mir eine Besuchserlaubnis besorgen.«

»Oh, machen Sie sich da keine Sorgen. Die hab' ich schon.«

»Was?«

Wieder dieses väterliche Lächeln auf seinem Gesicht: »Ich habe mir erlaubt, selbst ein wenig den Psychologen zu spielen. Und da dachte ich mir, es könnte ja sein, daß Sie Ihre Ablehnung noch revidieren … Na ja, ich plane gerne im voraus, vor allem bei Verfahren dieses Kalibers, also bin ich prophylaktisch vorgegangen. Jedenfalls, Sie brauchen nur noch den Besuchsantrag zu unterschreiben, dann können Sie ihn besuchen. Donnerstag um elf Uhr dreißig – falls Sie das wünschen …«

Das Bild war deprimierend genug: verrostete Stacheldrahtrollen auf altersschwarzen Gefängnismauern, verkümmerte Geranien zwischen rostigem Eisen. Hier gab's nur schwere Sicherheitstüren, Gitter, Überwachungskameras – und nun auch noch das: ›Piep‹ machte das blöde Ding.

Wieder führte die Beamtin den elektronischen Detektor an Isas Hosenbund entlang. Schon vorher hatte sie alles über sich ergehen lassen, hatte die Schuhe ausgezogen, Schlüsselbund und Geldbörse in ein Fach gegeben.

»Kommen Sie mit.«

Erbittert, mit bestrumpften Füßen folgte Isa der Frau in Uniform. »Was wollen Sie denn jetzt noch?« Die anderen Besucher im Schleusenraum drehten die Köpfe. Sie stieß die Tür zu einer kleinen Kabine auf.

»Leibesvisitation?« fragte Isa ungläubig.

»Bleibt uns ja nichts anderes übrig.«

»Was glauben Sie denn, was ich in meinem Slip verstecke? Eine Pistole?«

»Es ist Vorschrift.«

Natürlich, Vorschrift …

Nun prüfte sie selbst den Bund der Jeans – und da fand sie die Ursache der ganzen Schererei: ein Fünffrankenstück aus dem Tessin. Es hatte in der kleinen Geldtasche gesteckt. Sie zog es heraus.

»Na dann«, lächelte die Beamtin, »haben wir ja Glück gehabt.«

Isa war sich da nicht so sicher. Noch nicht.

»Ich bringe Sie ins Sprechzimmer.«

»Ich kann doch unter vier Augen mit ihm reden? Ich habe deshalb noch extra bei der Anstaltsleitung angerufen, und man hat mir das zugesichert.«

»Es ist nicht der Hauptsprechraum. Dieser Raum ist getrennt.«

Isabella folgte ihr zu einer Tür, wo bereits ein zweiter Beamter auf sie wartete. Und dann war es wie zuvor: Schlüssel, die öffneten, Türen, die klirrend zuschlugen, nirgendwo, dachte sie, erfährst du so dramatisch, was eine Tür und ein Schloß bedeuten.

Sie standen erneut vor einer grünen Stahltür. »So, bitte…«

Der Beamte öffnete sie.

Sie trat ein.

Der Raum war klein. Das erste, was sie erkannte, war die Wand aus starkem Plexiglas, die ihn in der Mitte trennte. Davor stand ein Stuhl. In dem Plexiglas waren Löcher angebracht, durch die man sich wohl mit dem Gefangenen verständigen konnte. Das Glas spiegelte grau. Sie konnte nichts erkennen als einen Schatten.

Wütend drehte sie sich zu dem Beamten um, um zu protestieren.

Doch er war verschwunden.

Sie ging zu dem Stuhl, setzte sich – und dann sah sie Ludwig Ladowsky. Sie lächelte, nickte zur Begrüßung und legte ihre Hand in einer Art Begrüßungsritual gegen die verdammte Scheibe – ja, es war das Gesicht, das sie von den Aufnahmen kannte, nur magerer und von einem großen Pflaster entstellt, das sich von seiner linken Schläfe bis zum Kinn hinzog. Es war das Gesicht eines hübschen und völlig verzweifelten Jungen. Die Augen waren weit aufgerissen und von einem tiefen, fast unnatürlichen Blau, die Wimpern an den rötlichen, aufgequollenen Lidern lang wie die eines Mädchens … Unwillkürlich mußte sie an die Puppen dort in dem brennenden Haus denken.

»Guten Tag, Herr Ladowsky. Ich bin Isabella Reinhard. Ihr Verteidiger hat Ihnen ja gesagt, daß ich heute mit Ihnen reden wollte.«

Sein Gesicht blieb ohne Regung, er wirkte so starr, daß sie zu zweifeln begann, ob er sie überhaupt verstanden hatte. Er sah sie an, das ja, aber es war auch, als sähe er nicht sie, sondern sähe durch sie hindurch.

»Herr Ladowsky, können Sie hören, was ich sage?«

Die Bewegung mit dem Kopf war so unmerklich, daß man sie kaum wahrnehmen konnte, aber es schien ihr, als habe er genickt. – Die verdammte Scheibe! dachte sie. Die Situation ist völlig unhaltbar … Jede erfolgreiche therapeutische Arbeit beruhte auf einer einzigen Grundlage: eine persönliche Beziehung, den sogenannten ›Rapport‹ mit dem Klienten aufzubauen. Sie hatte das dem Anstaltsleiter gesagt, als sie in Preungesheim anrief. Die Möglichkeit war ihr zugesichert worden – und nun … Noch dazu öffnete sich die zweite Tür, die zu Ladowskys Seite des Zimmers führte, und der Beamte, der sie hergebracht hatte, kam herein und lehnte sich mit lässig verschränkten Armen gegen die Wand. Er war jung, kräftig, braungebrannt und tat so, als existiere außer ihm nichts im Raum.

Sie erhob sich und wandte sich dem Mann in der Uniform zu: »Kann ich mal mit Ihnen sprechen?«

»Wieso?«

Sie brachte ihren Kopf dicht an die Sprechlöcher, Ladowsky wich zurück. Seine Mädchenwimpern begannen zu zittern. Er schien erschrocken oder verwirrt.

»Und zwar alleine.«

»Gibt's Probleme?«

»Ja«, sagte sie, »einige.«

Der Beamte zuckte mit den Schultern, sah Ladowsky an, dann sie und verschwand durch die Tür; gleich darauf vernahm sie das vertraute Schlüsselgeräusch hinter sich. Da war er. Sie trat auf den Korridor. »Sie haben doch unbeschränkte Besuchszeit«, sagte der Beamte. »Was ist denn?«

»Was ist …? Ich bekam die Zusicherung, mich mit dem Gefangenen als Therapeutin unterhalten zu können, und das bedeutet unter vier Augen. Falls das nicht geht, kann ich gleich wieder verschwinden. Darüber möchte ich mit dem Anstaltsleiter reden.«

»Geht nicht. Und ich bin hier zu Ihrer Sicherheit.«

»Und ob das geht! Sonst werde ich mit einer Beschwerde gegen Sie persönlich vorgehen.«

Es wirkte. Er drehte sich um, verschwand in einem Nebenraum und stand eine Minute später bereits wieder vor ihr. »Kommen Sie«, sagte er.

Bei dem Raum, in den Isabella nun geführt wurde, schien es sich um ein Büro zu handeln. Ein Schreibtisch, zwei Stühle, das war die Einrichtung. Eine Trennscheibe gab es nicht.

»Ich werde Ladowsky jetzt holen«, sagte der Beamte. »Doch damit das gleich klar ist: Wenn Sie darauf bestehen, mit ihm allein zu sprechen, geht das auf Ihre eigene Verantwortung. Und Sie werden uns das schriftlich bestätigen.«

»Aber sicher.«

Sie wußte, daß Anwälte ohne Aufsicht und Anwesenheit eines Beamten mit ihren Mandanten verhandeln konnten. Warum also nicht auch sie?

Von draußen näherten sich Schritte. Die Tür ging auf, und da kamen sie. Der Vollzugsbeamte hielt den Gefangenen am

Arm, als erwarte er jede Sekunde, daß er sich auf sie stürzen und sie vergewaltigen würde.

Ladowsky setzte sich. Sie unterschrieb den Zettel, den der Beamte ihr hinhielt, die Tür klappte zu, und endlich waren sie allein

Er hielt den Kopf gesenkt, die Finger verschlungen; sie betrachtete sie. Er hatte langgliedrige, sensible, beinahe zarte Hände – Mörderhände.

»Herr Ladowsky«, begann sie, »Sie hatten ja schon nach Ihrer ersten Verhaftung mit einem Psychiater zu tun, wissen also, worum es geht. Sie kennen auch die Art der Fragen, die ich an Sie stellen werde. Ich möchte versuchen, nein, wir beide sollten gemeinsam versuchen, aufzuklären, was eigentlich geschehen ist. Nicht die Tat selbst – sondern ihre Hintergründe.«

Sie sprach langsam wie zu einem Hilfsschüler und betrachtete dabei das Oval seines Kopfes und die dunklen, kurzen Locken, die ihn bedeckten. Ob es die richtigen Worte waren? Schön, jede Einleitung war jetzt gut genug.

Seine Schultern waren vornübergebeugt, die Ellbogen auf die Tischplatte gestemmt. Nun verkrampfte sich der ganze Körper noch mehr als bisher.

»Ich hab' damit nichts zu tun ... Nicht so, wie ihr meint.«

»Herr Ladowsky, das haben Sie auch schon Professor Reuter gesagt, Ihrem Verteidiger. Und sicher allen anderen auch. Aber darum geht es nicht, wenigstens nicht im Augenblick. Ich werde jetzt versuchen ...«

Es war das erstemal, daß er den Kopf hochnahm: »Sie?« Er sah sie an. Diese Augen! »Sie ... Sie ...« Er holte Luft. »Sie?« wiederholte er.

Sie versuchte, dem Blick standzuhalten, obwohl sie ihn kaum ertrug.

»Sie ... Sie werden das nie verstehen ...« Seine Stimme war leise, und doch wirkte sie plötzlich klarer als vorher. »Die haben mich geholt, als die Fernsehsendung losging. Und dann hat man mir gesagt, daß Sie es wären, die meine Mutter aus dem brennenden Haus gezogen hat. Und daß Sie zufällig bei meiner Mutter gewesen seien, um sie zu befragen … Ich … ich hab' das nicht geglaubt.«

»Was haben Sie nicht geglaubt?«

»Sie sind der Mensch, der meine Mutter rausgeholt hat? Ich glaub's auch jetzt nicht. – Ist das so?«

Sie gab keine Antwort, öffnete stumm ihre rechte Blusenmanschette, streifte den Ärmel zurück und zeigte ihm den Verband.

Er beugte sich noch weiter über den Tisch und hob halb die Hand, als wolle er ihn berühren. Seine Lippen zitterten. Nun sackte die Unterlippe leicht herab, als könne sie die Spannung nicht mehr ertragen. Seine Augen füllten sich mit Tränen.

»Ludwig …« Sie nannte ihn beim Vornamen, warum auch nicht. »Wir wollten doch über etwas anderes reden. Es geht um Ihre Verteidigung.«

»Wenn ich das schon höre – Verteidigung. Das kotzt mich an … Ich will über Sie reden … Bitte, zeigen Sie mir Ihre Hand.«

»Warum?«

»Das darf ich doch? Ich kann doch Ihre Hand sehen?« Es lag soviel Flehen und soviel beschwörende Verzweiflung im Ausdruck seines Gesichtes, daß sie spürte, wie ihr die berufliche Sicherheit abhanden zu kommen drohte. Und die brauchte sie, mehr denn je; hier in dieser Zelle, in dieser Situation war sie die einzige Position, von der aus sie mit ihm verhandeln konnte, sie allein garantierte Überlegenheit.

»Bitte.«

Sie hatte die Hände im Schoß verschränkt gehabt, nun legte sie eine Hand auf den Tisch. Er senkte den Kopf, berührte mit den Fingerspitzen das Pflaster, dann ihre Haut, und sie hatte Mühe, den Impuls niederzukämpfen, die Hand zurückzuziehen.

»Da ist die Haut ganz rot.«

Sie zog den Ärmel ihrer Bluse zurück. Er sah wieder den Verband.

»Sie haben sie herausgeholt«, flüsterte er. »O Gott ... Und überall waren Flammen, nicht wahr? Überall ...«

»Es brannte zuerst in Ihrem Zimmer.«

Er schwieg. Wieder hatte er diesen visionären Ausdruck in den Augen, die nichts wahrzunehmen schienen, was mit seiner unmittelbaren Umgebung, mit der ganzen Situation zu tun hatte, in der er sich befand.

Da waren auch Puppen, wollte sie sagen. Es wäre die Überleitung gewesen. Sie sind alle verbrannt, Herr Ladowsky. Ihre schönen Puppen ... In den hübschen Kleidern ... Wieso, zum Teufel, Puppen? Was ist eigentlich mit euch los, mit Ihnen, mit Ihrer Mutter ...?

Aber sie brachte keinen Ton heraus.

»Sagen Sie mir, ob das meine Schuld ist. Reden Sie doch ... Mußte das so kommen?« Es war eher ein Flüstern, nein, eine Art stoßweises Gehechel, das die Worte zu ihr herüberwarf: »Das mit dem Feuer – bin das auch ich gewesen?«

»Vielleicht war es der *andere*, von dem Sie immer reden.«

Ironie war kein professionelles Mittel – aber es half nichts, sie mußte ihn treffen, mußte ihn wieder auf das Gleis zurückbringen, das er kannte, auch wenn es in den Irrsinn führte.

Doch er reagierte nicht. Er umklammerte ihre Hand so fest, daß sie schmerzte. Sie riß sie mit einem Ruck zurück.

»Warum lassen Sie sie mir nicht? Bitte, lassen Sie sie mir.«

»Was?«

»Die Hand. Die Hand, die meine Mutter gerettet hat. Die Hand ... Verstehen Sie denn nicht? Soviel müssen Sie doch begreifen, die Hand ...«

Er sprach nicht weiter, er verdrehte die Augen, glitt zur Seite, sein Körper schlug auf den Boden. Sie sprang auf, lief um den Tisch herum, kniete sich nieder und legte ihn auf den Rücken. Den Puls an der Halsschlagader konnte sie fühlen; er schlug rasch, flach. Kalter Schweiß stand auf seiner Haut, die Augen waren weit offen. Sie hatte im Zusammenhang mit ihrem Beruf schon viel psychisches Elend erlebt, doch erinnerte sie sich nicht, je einen Ausdruck von so intensivem

Leid gesehen zu haben. Schnell öffnete sie den Bundknopf der Hose, einen Gürtel trug er nicht, dann überwand sie ihren Widerwillen und gab ihm leichte, klopfende Schläge auf beide Hälften des schweißigen Gesichts. Es war so kalkblaß wie die Wand … Und trotzdem, trotz des moribunden Ausdrucks der Augen mit den halb gesenkten Lidern beschlich Isabella das Gefühl, daß er sie ansah, daß er jede ihrer Bewegungen verfolgte, als warte er auf irgend etwas …

Sie sprang auf, lief zur Tür und öffnete sie. Da stand der Wärter wie zuvor, die Arme über dem Brustkorb gekreuzt, das Gesicht vollkommen ausdruckslos.

»Gibt's was?«

»Kommen Sie.«

Er betrat mit ihr den Raum und blickte völlig ungerührt auf den am Boden hingestreckten Körper. Dann wandte er langsam den Kopf: »Haben Sie den fertiggemacht? Wollte er was von Ihnen?«

Selbst jetzt verlor sie nicht die Beherrschung. »Hören Sie, der Mann hat einen Zusammenbruch. Sehen Sie das nicht?«

»Woran soll ich denn sehen, ob der einen Zusammenbruch hat? Der kommt schon wieder zu sich.«

»Mensch …« Ihre Stimme blieb immer noch ruhig. »Sein Herz ist nicht in Ordnung. Er war ja auch bei Gott lange genug krank. Holen Sie Hilfe, holen Sie den Arzt, und wenn Sie den nicht finden, dann bringen Sie mir eine Spritze mit einem kreislauffördernden Mittel.«

»Geht nicht.«

»Und warum geht das nicht, Herrgott noch mal?« Jetzt schrie sie. »Dann rufen Sie an! Ist doch egal, ob Sie jemand holen oder anrufen. Hier steht das Telefon!«

Endlich. Er nahm den Hörer und wählte eine Nummer. »Hier ist Backmann. Ich bin auf Zimmer 72 im Erdgeschoß … Ja, am Eingang. Ich brauch' den Sani und vielleicht 'ne Trage. – Ja, der Ladowsky, den hat's umgehauen.«

Sie kamen ziemlich schnell, legten Ludwig Ladowskys schlaffen Körper auf eine Rolltrage und schoben ihn weg. Isabella aber stand im Flur, sah ihnen nach und mußte unwillkürlich an die roten Rücklichter des Notarztwagens denken, der Hilde Ladowsky ins Krankenhaus gebracht hatte …

»Im Fall Ladowsky«, sagte Richard Saynfeldt und blickte in die Runde der Männer, die sich zur Konferenz im Besprechungszimmer der K-13 versammelt hatten, »im Fall Ladowsky wurde hervorragende Arbeit geleistet, und dabei meine ich vor allem die Erkenntnisse, die unser Gast aus Marktheim, der Herr Berling, bei seinen Vernehmungen gewinnen konnte.«

Er machte eine seiner Pausen. Es war die dritte Konferenz, die er diese Woche mit den Leuten des K-13 abhielt.

»Bei all den anderen Arbeitsproblemen, die Sie haben«, fuhr er fort, »werden Sie sich vielleicht manchmal gefragt haben: Warum das ganze Ladowsky-Theater …? Nun, die Antwort lautet: Das ist nicht unsere Schau. Wir können sie nicht genießen wie die von der Presse, wir müssen sie schlicht durchstehen, aber wir müssen uns auch im klaren darüber sein, daß bei der enormen öffentlichen Aufmerksamkeit alle Augen auf uns gerichtet bleiben. Dieses Verfahren ist genau der Tropfen, der das Faß zum Überlaufen gebracht hat. Deshalb hat es absolute Priorität und soll so schnell wie möglich durchgezogen werden.«

Richard Saynfeldt hatte den rechten Zeigefinger am rechten Nasenflügel. Seine Stimme wirkte zwar so gelassen wie sein Gesichtsausdruck, nur der Zeigefinger … Jeder, der mit ihm zu tun hatte, wußte, was das bedeutete: Er stand unter Dampf … Und warum auch nicht? Am Morgen der eingeschriebene Brief aus Hamburg, in dem der liebe Schwiegervater seinem Erstaunen darüber Ausdruck gibt, daß er ihm zumute, auch noch die Unterhaltungskosten des leerstehenden Hauses in Frankfurt zu übernehmen, »… was ich angesichts Deiner Einkünfte für ein reichlich befremdliches Ansinnen halte.« – Der liebe Jens Röder. Hatte der eine Ahnung von den Einkünften eines Staatsanwalts …! Dann hatte ihn der Generalstaatsanwalt zu sich gerufen und versucht, ihn fertigzumachen: »Einen zweiten Bock, Saynfeldt, einen zweiten Kardinalfehler wie diese läppische Straßenkonferenz, die Sie da abgehalten haben, lasse ich Ihnen nicht durch. Das wissen Sie jetzt …«

Richard Saynfeldt betrachtete angewidert die Kaugummi kauenden Polizistenkiefer.

»Jedenfalls«, sagte er so akzentuiert, wie es ihm möglich war, »was wir hier leisten, kann nicht nur politische, sondern auch gesetzgeberische Konsequenzen nach sich ziehen. Der Fall ist exemplarisch. Das zeigt schon seine Behandlung. Man benennt bereits das Schwurgericht, und der Vorsitz fällt Landgerichtsdirektor Martin zu. Was für uns ein Problem darstellt. Ich verlange daher, daß Sie jedes, und sei es auch nur das kleinste Detail herbeischaffen, das die Anklage unterstützen kann.«

Sie reagierten nicht, nickten nicht einmal, zeigten beinahe ostentativ jene schläfrige Haltung, von der sie glaubten, sie gehöre zu ihrem Job wie die Hundemarke, der Schulterhalfter und ihre Coolness.

Nur einen gab es, bei dem Saynfeldt so etwas wie Resonanz oder Aufmerksamkeit erkennen konnte: dieser Provinzmensch da, dieser Berling aus Marktheim …

»Ich wiederhole, wir brauchen jedes Detail, jede Erkenntnis, vor allem jede bestätigende Erkenntnis, daß es sich bei Ladowsky nicht um irdendeinen psychopathisch veranlagten …« Saynfeldt suchte nach einem Ausdruck, den er diesen Schädeln dort einprägen konnte,

»… irgendeinen Mann mit weichgekochtem Keks handelt, der einfach, weil's ihn manchmal überkommt, kleine Mädchen schändet und umbringt – wir müssen bis ins letzte zeigen, was wir sowieso schon wissen: daß der Mann im alltäglichen Leben vollkommen normal und kontrolliert gehandelt hat, nie auffällig wurde, daß er seinen Job ausübte wie jeder andere. Das ist kein Irrer mit Sexualdruck, der seinen verdammten Trieb nur auf diese eine, einzige Weise befriedigen kann und unter diesem Druck zu allem fähig ist.«

Sie nickten, Zustimmung in den Gesichtern, und wollten aufstehen. Nur Berling hob die Hand: »Eines scheint ziemlich klar, Herr Oberstaatsanwalt: Ladowsky schlug immer dann zu, wenn er in einer persönlichen Krise steckte. Er hatte Krach mit seiner Mutter, verlor seinen Job ...«

»Na und?« unterbrach Saynfeldt. Das war genau die Richtung, die ihm nicht paßte. »Was heißt das schon? Wenn jeder, der seinen Job verliert, ein junges Mädchen umbringen würde, dann hätten wir hier in der BRD bald Mühe, noch junge Mädchen zu finden.« Diesmal grinsten sie.

»Das ist doch der Punkt«, schloß Saynfeldt ab. »Wenn wir bei jedem, vom Mörder bis zum Handtaschenräuber, nachforschen würden, ob in seinem Charakter oder in seiner Jugend irgend etwas versteckt liegt, das ihn auf die schiefe Bahn gezwungen hat, dann hätten wir hier nur noch Irrenhäuser stehen. Und manchmal, zum Teufel, manchmal denke ich mir tatsächlich, wir leben in einem einzigen Irrenhaus.«

Auch damit erntete Richard Saynfeldt Zustimmung.

Als sie den Konferenzraum verließen, kam eine der Sekretärinnen auf Berling zu: »Sie haben Besuch.«

»Ich?«

»Eine Dame. Ich habe sie in Ihr Zimmer geführt.«

Erika! dachte er zunächst. Aber Erika hätte sich doch angemeldet? Und im Präsidium aufzutauchen, nein, das kam für Erika nicht in Frage ...

Das Zimmer, das sie Berling zugewiesen hatten, war das letzte auf der rechten Seite des Gangs. Es lag direkt neben dem Fernschreibraum.

Die Tür stand offen. Er blieb stehen und verzog überrascht das Gesicht: Mit ihr hatte er nicht gerechnet, nicht mit der halb angesengten Psychiaterin aus Walldorf.

Sie saß auf dem Besucherstuhl und lächelte ihm entgegen. »Tut mir leid, ich habe Sie zweimal telefonisch zu erreichen versucht, aber jedesmal hörte ich: Der Herr Berling ist leider in einer Konferenz. – Falls Sie keine Zeit haben, Herr … wie sagt man da, Kommissar oder Oberkommissar?«

»Sagen Sie Berling.« Er gab ihr die Hand. Er setzte sich in seinen Sessel und fühlte sich noch immer überrumpelt, weniger von ihrem Auftauchen als von dem Anblick: Blaßgrüne Leinenjacke mit schwarzem Rollkragenpulli, dazu das straff zurückgekämmte und zu einem Knoten gebundene Haar, das ihre Backenknochen betonte, und vor allem diese Augen, schräg, beinahe exotisch – da war nichts, das ihn an das rauchverschmierte Gesicht aus der Brandnacht erinnerte. Sie sah schon verdammt gut aus.

»Was machen Arm und Hand?« fragte er. »Der Arm war doch das Schlimmere?«

»Oh, den habe ich fast vergessen. Und an der Hand gibt's nur noch ein Pflaster.« Sie ließ die Finger mit den dunkelrot lackierten Nägeln spielen. »Aber es stört mich beim Schreiben. – Herr Berling, keine Sorge, ich werde Sie nicht lange belästigen. Im Grunde habe ich nur eine einzige Bitte.«

»Und die wäre?«

»Fotos. Könnten Sie mir vielleicht einen Satz der Tatortaufnahmen besorgen?«

Berlings Stuhl rollte zurück, nicht mehr als zehn Zentimeter, eine kleine, unbedeutende, fast unmerkliche Bewegung, und doch drückte sie seine ganze ungläubige Überraschung aus.

»Die Tatortfotos?« wiederholte er.

»Es war doch sicher ein Polizeifotograf zur Stelle, oder?«

»Ja.«

»Und es gibt Aufnahmen.«

»Natürlich. Aber sie sind ziemlich schlimm … Zu was, um Himmels willen, Frau Doktor, wollen Sie die?«

Sie sagte es ihm, und er verstand sofort. Hatte er es nicht oft genug selbst erlebt – Täter, die einen wahren Schutzschild von Erklärungen und Ausreden aufbauten, um dann bei der Konfrontation mit den Taten zusammenzubrechen.

»Gut, die Aufnahmen haben wir, wenn es Ihnen was bringt …«

Die Frau gefiel ihm: ihr Auftreten, ihre klare, direkte Art, ihr Anliegen vorzubringen. Er griff zum Telefon: »Ich werde das Labor anrufen und einen Satz anfordern«, sagte er, während er auf die Verbindung wartete. Er gab eine Anweisung und legte wieder auf. »Sie können sie abholen lassen. Leider ist der zuständige Mann gerade nicht präsent, aber sagen wir morgen früh.« Er lächelte. »Vermutlich werde ich von dem Ergebnis nicht viel erfahren. Leider steht jeder von uns beiden jetzt auf der anderen Seite der Mauer: ich als Ermittler, Sie auf der Seite der Verteidigung.«

»Das muß nicht sein.«

»Nein, das muß es nicht … Nur – ich weiß, wie so was läuft …«

Sie schwieg.

»Ich hätte da nun doch eine kleine Frage, Frau Doktor. Sie richtet sich gewissermaßen an die Expertin.«

»Ob man auf diesem Gebiet jemals Experte werden kann, da habe ich meine Zweifel«, sagte sie vorsichtig. »Um was geht es denn?«

»Na, um was schon? – Sehen Sie, ich habe da einige Befragungen in Ladowskys Umfeld durchgeführt, zum Beispiel bei seinen Kollegen.«

»Da sind Sie mir schon wieder eine Nasenlänge voraus. Das hatte ich auch vor.«

Er grinste schwach. »Es gehört zu meinem Job, ein bißchen schneller zu sein.«

Sie war gespannt. »Und?«

»Ich habe das Thema heute morgen bei der Konferenz vorgetragen, stieß aber bei unserem Oberstaatsanwalt nicht gerade auf Gegenliebe.«

»Saynfeldt!«

»Kennen Sie ihn?«

»O ja«, sagte sie.

»Wie soll ich das verstehen?«

»Ich glaube, das ist nicht so wichtig ... Ihr Thema, was war das?«

Er kratzte sich am Kopf und sah sie nachdenklich an. Sie mochte sein Gesicht. Sie mochte auch die gewisse Melancholie, die aus den vielen Falten und aus den dunklen Augen sprach. »Na schön, Frau Doktor, bei Ladowsky lief's doch immer auf dasselbe hinaus, da sind wir uns wahrscheinlich einig. Ehe der zuschlug, gab es jedesmal eine Kette persönlicher Katastrophen, eine Art Krise, die ihn unter Druck brachte. Nehmen wir den Fall Silke. Acht Tage bevor es passierte, wurde er von dem Freund eines Mädchens verprügelt, mit dem er sich treffen wollte. Gleich anschließend fiel er bei einer Prüfung durch. – Dieses Mal, bei Evi Fellgrub, war es noch viel schlimmer: Im Betrieb wird er von der Sekretärin und den Kollegen ständig gehänselt, dann trennt er sich von seiner Mutter, hat keine Wohnung mehr und wird zudem noch vom Chef gefeuert ... Er bleibt also ohne Zuhause, ohne Geld ...«

Sie sagte nichts.

Aber sie dachte: Etwas Derartiges hast du die ganze Zeit geahnt. Und du hättest es auch erfahren. – Jetzt hat der Mann von der ›anderen Seite der Mauer‹ dir die Arbeit abgenommen und dich eingeweiht.

»Es ist typisch, Herr Berling. Sie sehen es im Fall Schreiner wie im Fall Diesterweg. Auch da war die Abfolge die gleiche; Sie finden sie bei der Mehrzahl aller sexuellen Gewalttäter. Es ist nicht allein die sogenannte Perversion, es ist weder der Vollmond noch irgendeine rhythmisch auftretende Hormonstörung – ehe die Leute zuschlagen, sind sie meist selbst häufig so unter Druck geraten, daß die Tat die Funktion eines Ventils übernimmt. Es handelt sich fast immer um angeknackste, unsichere, komplexbeladene Menschen. Der brutale Macho oder der Killer aus dem Kino ist ja gar nicht so oft am Zuge. Wirklich gefährlich sind die Leisen, die Stillen, angeknackste, ungefestigte, beinahe zerbrechliche Leute mit ausgeprägter Ich-Schwäche, also einem sehr gering entwickelten Selbstwertgefühl. Die schlucken alles. Dann aber wollen sie's wissen. Dann wollen sie sich und der ganzen Welt zeigen: Mich gibt's. Und wie es mich gibt! Ich beweise es euch.«

Er wiegte leise den Kopf hin und her: »Und Sie meinen, daß sie damit bei Gericht durchkommen? Unter ›unzurechnungsfähig‹ läuft doch so ein Verhalten nicht. Die Sache mit dem mangelnden Selbstwertgefühl ist ja schon beinahe normal in dieser Zeit.«

»Wahrscheinlich haben Sie recht, Herr Berling. Wir werden ja sehen … Wie auch immer – vielen Dank.«

Manchmal verwandelte Anja Weiersbachs Fantasie die ganze Lokalredaktion in eine Art schreckliche Fabrikhalle, und alle Leute, die da auf ihren Stühlen hinter ihren Monitoren hockten, die Reporter, die Redakteure, die Sekretärinnen trugen dann komische Namen wie Wang Tu oder Abdulla, wurden zu Koreanern, Pakistanis, Malaien oder Bangladesch-Menschen, zu Figuren jedenfalls, die es sich wortlos und stumm bieten ließen, wie die Hühner in einer Legebatterie zusammengepfercht zu werden. Gackern durften sie, das schon, aber sonst war nichts angesagt als schuften, schuften, schuften …

Vor ihr, auf dem Bord, leuchtete ein grünes Licht auf. Auch so ein Ding! Grün hieß: Der Chef will dich.

Sie stand auf, ignorierte die Häme im Grinsen von Ramsauer, ihrem Nachbarn, und ging hinüber in den Glasverschlag, in dem Arnold Schöller saß, meistens wenigstens – jetzt lag er mal wieder, die Sessellehne zurückgekippt, die Beine auf dem Schreibtisch, so wie der Chef einer dieser US-Presse-Serien, die er sich viel zu oft reinzog.

»Anja, setz dich.«

Sie tat es.

Er hatte – auch eine dieser gekünstelten Angewohnheiten, die er so pflegte – einen Bleistift zwischen seine beiden Zeigefinger gespannt und betrachtete ihn, als erwarte er eine Offenbarung. Dann hob er den Blick wieder zur Decke. Sie selbst hatte er bisher nicht ein einziges Mal angesehen.

»Stichwort Kreuz-Mörder, Anja – nein, besser: Thema Saynfeldt.«

»Was soll mit Saynfeldt sein?«

»Das ist es ja: Nichts ist mit ihm ... Genau da liegt der Hund begraben. Wie war das denn damit: ›Ich hab' den Saynfeldt angebohrt?‹ – Waren wohl nur große Töne. Wo sind die Informationen?«

»Das ist ganz einfach«, sagte sie.

»Und?«

»Ich komm' nicht an ihn ran. Er hat sich total abgeschottet.«

Schöller bequemte sich nun doch, die Füße auf den Boden zu setzen, selbst die Lehne seines Sessels stellte er hoch. Er sah sie an. Er war groß, kräftig, nicht gerade dick, war das, was man einen Schrank von Mann nennt, und er konnte lächeln auf die Art, die wirkte, als bekäme ein Haifisch gerade den großen Appetit.

»... nicht an ihn ran also? Soll ich dir mal was sagen, Anja?«

»Bitte.«

»Nicht nur bei Ladowsky, auch in deinem Fall haben wir's mit dem Täterhintergrund zu tun ... Deine Tat besteht darin, nichts zu unternehmen. Über den Hintergrund brauchen wir gar nicht zu reden ... Irgendeines dieser Kellerkinder, die täglich bei uns in die Redaktion wollen, hätte schon längst was angebracht ..., aber wenn man einen Frankfurter Großbanker als Papi hat, ist halt alles nicht so dringend ...«

»Fangen Sie schon wieder an?«

»Stört's dich?« Er grinste weiter. »Dann sagen wir es so: Du bist gut, du bist wirklich gut, kein Witz – mein Ernst. Anja, du bist ein Talent, schreiberisch gesehen, du hast auch Verbindungen, das alles steht auf der Plusliste. Aber als Reporterin bleibst du nach wie vor eine Flasche. Und warum? – Kein Biß.«

»Ist das alles?«

Er sah nicht einmal hoch, als er nickte. Er hatte seinen Terminkalender vor sich.

Er sagte nur: »Ja.«

§

Der Ball kam zurück, wischte rechts an ihm vorüber, er hechtete, bekam ihn nicht, knallte mit dem rechten Ellbogen auf den Boden und schlitterte fast drei Meter weit bis zur Wand.

Jetzt hatte er genug, ihm tat alles weh. Jürgen aber stand da, wollte sich totlachen, hielt sich sogar dabei den Bauch, denn den hatte sich der liebe Vetter angefressen, er wog gute zwölf Kilo mehr als er – und gewann trotzdem schon das zweite Spiel.

Richard Saynfeldt rappelte sich hoch. »Lassen wir's …«

»Aufgeben ist schlechter Stil, Richard. Bin ich gar nicht von dir gewöhnt.«

Er sah ihn nur an.

Sie gingen unter die Duschen, und Saynfeldt dachte: Schlechter Stil? Hat ja recht, der Jürgen … Trotzdem – hier darfst du noch verlieren, draußen ist das schon was ganz anderes.

An der Clubbar, nach dem ersten Pils, stellte er die Frage, die er die ganze Zeit mit sich herumtrug: »Und …? Was Neues aus der Kanzlei Reuter?«

Jürgen schüttelte den Kopf. »Damit kann ich dir nicht dienen. Leider. Das Loch ist anscheinend verstopft. Da kommt nichts als Dampf.«

Saynfeldt nickte. Auch noch.

»Hast du jetzt einen Gutachter?«

Er schüttelte den Kopf. »Der wird vom Vorsitzenden bestellt. Dann sehen wir weiter.«

»Und Isabella?«

»Die? Die hält sich Reuter in Reserve.« Er hatte die Lust an seinem Bier verloren. »Aber wahrscheinlich bekommt sie ihren großen Auftritt. Reuter hat die Zulassung bereits beantragt.«

»Und wer ist der Gerichtsvorsitzende?«

»Martin. Auch die Geschworenen wurden bereits zusammengestellt. Das flutscht nur so. Mit Martins Gutachter kann ich zufrieden sein. Lüttker liegt genau auf meiner Linie, nicht so ein dahergelaufener Dilettant wie Isabella, die mal einen dieser Schnellkurse für forensische Ausbildung belegt hat und Unsinn in der Gegend rumschreibt. Sie wird sich wundern, oh, und wie sie sich wundern wird! Lüttker wird sie in der Luft zerreißen. Und dann komme ich.«

Jürgen legte ihm die Hand auf den Arm: »Hör mal, wieso eigentlich nimmst du das so persönlich?«

»Persönlich? Das fragst du?« Richard Saynfeldt sah ihn an. »Ich geh' jetzt. Danke für das Spiel. – Ciao!«

Jürgen blieb sitzen. »Und wohin?«

Genau das war die Frage, und er sah Jürgen an, daß er die Antwort kannte, daß er genau wußte, was jetzt in ihm ablief. Nach Hause, zu den Blümchentapeten? Nach Hause zur Geschirrvitrine der Tante, dem Mottenpulvergeruch, diesem verdammten, wackligen Empiretisch ...? Ja, Jürgen wußte das alles. Trotzdem mußte er es durchstehen, das war ganz klar.

Jürgen hatte gezahlt und lief ihm hinterher.

»Was hältst du davon? Irgendwie brauchst du ja 'n Ventil ... Machen wir noch 'ne kleine Runde?« Er grinste. »Squash ist auch nicht das richtige für deinen Überdruck. Ich weiß was anderes ...«

Saynfeldt konnte sich vorstellen, was Jürgen meinte. Er war Junggeselle. Und da kam es auch schon: »Ich wüßte einen hübschen kleinen Club, total diskret und nette Mädchen.«

»Laß mal ...«

Er schlug Jürgen auf die Schulter, schüttelte den Kopf, fuhr seinen Wagen aus der Tiefgarage und ließ den Porsche durchs Bahnhofsviertel rollen: Neonreklamen, meist rosafarben – ›Chéri‹ schrieben sie in die naßschmutzige Luft, die über der Stadt lag, ›Marbella‹, ›Dallas‹. Er sah blutjunge Mädchen in schenkelhohen, hochhackigen Stiefeln und Minis, andere in Lackmäntelchen, die sie öffneten, als der Porsche an ihnen vorüberglitt. Nein: Das Squash hatte es nicht gebracht. Und das hier? – Wann hast du das letztemal eine Frau gehabt ...? Richard Saynfeldt dachte es mit einer Aufwallung verzweifelter Empörung: Die Nacht mit Isa im Tessin ... Wie lange ist das her ...? Und dann? Briefe von Jens, dem Pfeffersack von Schwiegervater ...

Hatte der 'ne Ahnung! – Er stieg auf die Bremse. Eine der Nutten entblödete sich nicht, vor der Nase des Porsches herumzutanzen und ihm die Zunge herauszustrecken. Bestimmt stand sie unter Drogen, war besoffen, beinahe hätte er sie auch noch umgerammt. Er riß den Wagen nach links.

»Wichser!« hörte er hinter sich. »Arschloch!«

Er hatte die Gallusstraße erreicht und hielt an. Trotz der Dusche fühlte er sich, als trüge er eine heiße, schwere Last. Er tastete im Handschuhfach nach dem Zigarettenpäckchen, zündete sich eine Zigarette an und sog den Rauch tief in die Lungen.

Isa – dachte er.

Und: In drei Wochen beginnt der Prozeß ...

Zögernd fuhr er den Wagen näher an die Bordsteinkante. Hier gab's keine Huren, hier gab's Calvin Klein, gab's Armani, gab's Gold und Kaschmir in den Auslagen. Er suchte nach dem verdammten Zettel. Der Gedanke hatte sich eingeschlichen wie ein geschickter Einbrecher, unversehens und durch einen ganz schmalen Spalt. Es war nur eine Visitenkarte, und sie steckte in einem Umschlag, den er heute morgen im Briefkasten gefunden hatte, auch das nur zufällig, denn eigentlich holte er sich die Post nur abends, wenn überhaupt. Der Umschlag war an seine alte Adresse in Oberursel gerichtet. Die Post hatte ihn weitergeleitet. Und nun – da hatte er ihn wieder. Er steckte im Handschuhfach.

Das Mädchen in den Jeans. Das Mädchen mit den Haaren bis zum Gürtel. Das Mädchen, das so begeistert dreinschauen konnte ... Er schaltete die Leselampe ein. Was stand da in kleiner Schrift und doch so zügig und energisch auf Karton geworfen: »Lieber R. S., falls es Ihnen irgendwie möglich wäre, würde ich mich sehr gerne mit Ihnen treffen. Ich habe da eine Info, die auch für Sie interessant sein könnte.«

Lieber R. S.? Und dann auch noch: Ich habe da eine Info ...

Irgend etwas klopfte aufs Dach. Er drehte den Kopf. Ein Gesicht erschien am Fenster, das Gesicht einer Frau unter einer Politessenmütze.

»Wissen Sie eigentlich, daß Sie direkt unterm Halteverbot stehen?«

Er ließ die Scheibe ganz heruntergleiten: »Oh, da bitte ich tausendmal um Verzeihung. Ich wollte eine Telefonnummer lesen. Bin schon wieder weg.«

Er hatte sie gelesen, die Telefonnummer, und während der Wagen noch langsam und gemächlich die Taunusstraße entlangrollte, tippte Richard Saynfeldt bereits auf die Tasten seines Telefons. Ganz so, als wäre sein Anruf erwartet worden, wurde der Hörer abgenommen.

»Anja Weiersbach.«

Da war sie also. Und da war vor allem eine so helle, verwirrend fröhliche, lockere Erwartung in ihrer Stimme, daß er beinahe die Verbindung wieder unterbrochen hätte.

»Hallo?«

Er räusperte sich. »Saynfeldt«, sagte er.

»Nein! Ist ja prima! Auch wenn's blöd klingt, eigentlich hab' ich damit gerechnet, daß Sie anrufen. Den ganzen Tag hab' ich das. Wo stecken Sie denn?«

»Im Auto«, sagte er. »Auf der Taunusstraße.«

»Also mitten in der City?«

»Mitten in der City.«

»Ich könnte natürlich reinkommen ...« Eine kleine Pause, er hörte sie atmen. »Das heißt, falls Sie es nicht vorziehen würden, mich zu besuchen. Vielleicht könnten wir einen kleinen Happen zusammen essen? Außerdem gibt's hier einen prima Weinkeller. Auf guten Wein legt mein Vater nämlich ganz besonderen Wert.«

Sie wohnte also bei ihren Eltern? Sein Interesse erlahmte.

»Ich werde heute abend doch nicht Ihren Herrn Vater...«

»Sie werden gar nichts, Herr Saynfeldt. Den Herrn Vater seh' auch ich kaum mehr. Der düst mit seinen Geschäften ständig in der Welt herum.«

»Und wie ...«

»Wo ich wohne?« Na, so schlimm ist das nicht. Vom Zentrum dreißig Minuten. Auf der Autobahn fahren Sie Richtung Hofheim. Nach der Ausfahrt kommt rechts eine BP-Tankstelle, dort geht es ebenfalls rechts ab. Außerdem, in Hofheim weiß jedes Kind, wo wir wohnen. Sie brauchen nur zu fragen. – Kommen Sie? Wirklich? Ehrlich, ich würde mich unheimlich freuen. Und für Sie, das kann ich Ihnen versprechen, wird's auch interessant ...«

Er kannte Hofheim, er fand die Ausfahrt, doch in dieser Gegend war er noch nie gewesen. Aber da war die Tankstelle ... Rechts, hatte sie gesagt. Und vor allem: »Für Sie, das kann ich Ihnen versprechen, wird's auch interessant...«

Was, in drei Teufels Namen, sollte da ›interessant‹ werden? Er dachte nicht mehr an die langen Haare und nicht mehr an das begeisterte Leuchten in ihren Augen – Unbehagen befiel ihn.

Der Porsche rollte jetzt über eine asphaltierte, gerade Stichstraße, die leicht hangaufwärts führte. Sie mündete in einer Allee hoher, dunkler, schlanker Bäume, die er zunächst für Zypressen hielt, doch was sollten, um Himmels willen, in diesem Klima Zypressen, es waren Lebensbäume, und sie mußten uralt sein. Am Ende der Alleeperspektive holten die Scheinwerfer ein goldenes Schimmern aus der Nacht.

Er fuhr langsamer, dann hielt er an und starrte ungläubig auf den Anblick, der sich ihm bot: Er war vor einem riesigen, geschwungenen, schmiedeeisernen Tor gelandet. Golden leuchteten nicht nur die Speerspitzen daran, vergoldet waren auch die geschwungenen und gewundenen Blumenmuster, die schwere Stäbe verbanden. Donnerwetter ...! Und du brauchst auch gar nicht auszusteigen: Irgend jemand in dem Haus dort oben im Park, von dem nur einige helle Lichtrechtecke zu erkennen waren, hatte wohl aufs Knöpfchen gedrückt, denn nun, wie von Geisterhand geführt, schwangen die beiden Torflügel zurück.

Dies war eine Einladung. Und er nahm sie an. Warum auch nicht? Er gab Gas.

Was ihn am Ende der langen, sanften Auffahrtkurve erwartete, war kein Haus, es war ein Schloß. Er hielt und schaltete das Standlicht ein. Mit aufgeblendeten Scheinwerfern zu stoppen war zweifellos stillos.

Der Bau war in Hufeisenform angelegt. Im Erdgeschoß und im rechten Teil brannte Licht. Eine Freitreppe führte zum Eingang, und rechts und links des Portals waren zwei schwere Leuchten angebracht. Die Tür ging auf, und er hatte plötzlich den Eindruck, in ein Theaterstück versetzt zu sein. Wer trat dort heraus? Der Herr Graf? Aber nein, Papi düst ja um den Erdball ... Dann sie – Anja Weiersbach im Reifrock?

Es war eine Frau in schwarzem Kleid mit weißer Schürze.

Nun, auch das war stilgerecht.

Sie kam die Treppe herunter. Er stieg aus. »Sie sind Herr Dr. Saynfeldt, nicht wahr?«

»Ja.«

»Fräulein Anja erwartet Sie bereits.«

So, tut sie ...? Er blickte fragend. Es geschah selten, daß seine Fassung aus dem Tritt geriet – diese Inszenierung hatte es geschafft. Und sie war noch nicht zu Ende.

»Im Westflügel, Herr Doktor«, lächelte sie. »Gleich dort drüben ...«

Gleich dort drüben also? Seine Sohlen knirschten auf fein geharktem Kies. Diesmal gab es zwar keine Freitreppe, doch immerhin eine weitere holzschimmernde, mit Schnitzwerk verzierte Tür, die sich öffnete.

Und da stand sie!

»Ah, da wären wir ja!«

»Ja«, sagte er und holte erst einmal tief Luft, denn er hatte sie nötig, »da bin ich.«

Sie führte ihn ins Haus, und drinnen sah er zunächst sie an, und dann sah er sich sehr sorgfältig um. »Beeindruckend.«

Das war es auch, nicht nur der Raum – auch das Mädchen. Für heute hatte sie Jeans und Jeansjacke im Schrank gelassen, statt dessen trug sie einen arabischen Seidenkaftan in einem wunderschönen, gedämpften Braunrot mit schwarzen Stickereibordüren. Das Haar hing nicht mehr rechts und links des Gesichtes über den Körper. Sie hatte es hochgesteckt, eine Art Krönung der rotleuchtenden, schmalen, zarten Figurine aus dem Märchenland, die sie darstellte. All das gesammelte Farbenstrahlen der gewaltigen, modernen Bildformate an den Wänden des großen Raums, diese gesamte kompakte Farbenpracht vermochten ihr nichts, rein gar nichts anzuhaben.

Er deutete darauf.

»Nicht meine Bilder«, lächelte sie. »Alles Papi. Ich hab' mir die, die mir gefallen, aus seinem Depot gefischt. Und wahrscheinlich gefallen sie mir in drei Wochen nicht mehr, dann wechsle ich sie wieder aus. So ist das.«

»Aha. So ist das.«

»Wie war denn die Fahrt? Find' ich spitze, daß Sie hier rausgekommen sind, finde ich wirklich ganz prima. Haben Sie denn Durst?« – Alles ohne Punkt und Komma.

Sie ging voraus. Unter dem zarten, weiten Kaftanding wirkte das Spiel der langen Beine, der Kurven und Muskeln deutlich und provozierend. Seide macht alles möglich, dachte er, und obwohl er sich noch befangener fühlte als zuvor, fühlte er auch seine Lebensgeister zurückkehren. Wie auch nicht bei diesem Anblick? Herrgott, was sollte das eigentlich? Fehlte nur noch, daß sie Musik anstellte. Kuschelmusik … Oder Rachmaninow …

Sie hatte ihn zu der breiten, himbeerfarbenen Wildledercouch geführt, die die Stirnfront des Raums einnahm. Ein Tisch stand davor. Gläser schimmerten.

»Ein bißchen Wein vielleicht nach der Fahrt? Roter oder Weißer? Und zum Essen steht auch was bereit. Sie brauchen es nur zu sagen. «

O Gott, dachte er, und was noch?

»Einen Whisky vielleicht?« brachte er heraus.

»Aber klar doch«, lachte sie. »Das macht es mir bedeutend einfacher.«

Sie kam mit zwei Gläsern zurück. Das ihre wirkte heller. Sie war also auf der Hut.

»So.« Sie sah ihn über den Glasrand hinweg an und ließ sich Zeit dabei, viel Zeit. Es war nicht gerade die Art von Blick, zu der man sich Rachmaninow wünschte, er wirkte nachdenklich, obwohl nicht ablehnend, nein, ganz im Gegenteil. Er sah, daß in der grauen, ins Grüne spielenden Iris dunkelbraune Fleckchen tanzten.

»Genau das hab' ich mir vorgestellt«, sagte sie.

Er glaubte es nicht. Es ging ihm zu schnell.

»Daß Sie hier sitzen.« Sie sagte es, als müsse sie irgendeinem Begriffsstutzigen Nachhilfe geben. Er war es auch, begriffsstutzig, doch er fühlte Wärme in seinem Rücken hochsteigen.

»Jetzt werden Sie natürlich fragen, warum.«

»Nun, Ihr Info. Sie wollen etwas Interessantes erzählen, das ist es doch, nicht wahr?«

Sie lachte. »Ja, natürlich. Aber wissen Sie, das Leben ist keine Einbahnstraße.«

»Aha, der Oberstaatsanwalt ist also gefragt?« Er war nicht enttäuscht, er glaubte es ihr einfach nicht, er war zu eitel dazu.

Sie stand auf. Gegenüber der Couch, unter dem Halbrund eines breiten, von zwei Säulen getragenen Durchgangs stand eines dieser technisch durchgestylten Metalldinger von

Schreibtisch, für die man in einem Designerladen wohl ein Vermögen hinblättern mußte. Darauf sah er Bücher und einen PC.

Sie ging hin, und er folgte ihr wie von unsichtbaren Fäden gezogen. Am Schreibtisch wollte sie eine Schublade aufziehen, aber er stand nun so dicht hinter ihr, daß sich ihr Oberarm gegen seine Brust drückte und die Wärme nun mit Macht in ihm hochschoß, dieses merkwürdige und doch altbekannte Gefühl, das ihn von der Sekunde an erfaßt hatte, als sie ihm in ihrem verdammten Kaftan entgegenlächelte.

So dicht an ihr war er, daß das Parfüm aus ihrer Haarkrone in seine Nase wehte. Er konnte einfach nicht anders, es war wie ein Reflex; er legte die Hand auf ihre Schulter, spürte das Gelenk, strich über die Seide, die wie eine zweite, lebendig knisternde Haut über ihrer warmen Glätte wirkte. Sie drehte den Kopf und sah ihn über die Schulter hinweg an, doch was er aus ihren Augen las, war alles andere als Ablehnung, es war das reine, deutliche Gegenteil.

»Was gibt's denn hier so Interessantes? Um welche Infos handelt es sich denn?« Seine Stimme klang belegt.

»Das wollte ich ja gerade ...«

»Gerade ...? Jetzt – jetzt gibt es für mich nur eine Information, und die haut mich um: wie schön du bist ...« Er hatte den leisen, heiseren Verführerton angestimmt, und das Du gehörte unweigerlich dazu, auch sie schien es für selbstverständlich zu halten.

»Hör auf, mir Unsinn zu erzählen.«

»Das ist kein Unsinn. Das ist eine Tatsache ... Und noch etwas, Anja – als ich dich anrief, da wußte ich wirklich nicht, warum ich eigentlich hier herausfahren sollte ...«

»Und jetzt?«

»Jetzt weiß ich es. Und ich weiß noch was: Alles zu seiner Zeit ...«

Sie drehte sich langsam um. Eine Haarsträhne fiel über ihre Stirn.

»So einfach geht das nun auch nicht.«

»Warum nicht?« hörte er sich flüstern.

Ihre Augen wurden schmal. Sie riß die rechte Hand hoch, und einen Augenblick sah es für ihn aus, als beabsichtige sie, ihn ins Gesicht zu schlagen – doch die Hand blieb in der Luft, fiel auf seinen Rücken, und dort fühlte er auch ihre andere, zweite Hand, und es war so, wie es immer war, genau so, wie er es sich gewünscht hatte: das Krallen der Finger, das andere, der weiche, warme Druck der Brüste, der Schenkel, des Unterleibs – und dann die Welle, die ihn hochhob.

»Ja, warum eigentlich nicht?« wiederholte sie an seinem Ohr.

Er dachte noch immer, doch es war Denken am Abgrund. Dieses: Zum Teufel, was tust du da eigentlich? Und: Warum tut sie es ...? Will sie es ...? Hat sie es gewollt...?

Alles letztlich ohne Bedeutung. Er hob sie hoch und trug sie zur Couch. Sie lag schlaff, wie leblos in seinen Armen. Die Augen waren geschlossen. Und das Haar, all das viele Haar löste sich ...

Als es geschehen war, als er sich nackt und erleichtert neben ihr ausstreckte, war die Niederlage gegen Jürgen im Squashclub mehr als dutzendfach überwunden. Sein Blick fiel auf die Handvoll Seide dort am Boden. Er drehte sich zur Seite und betrachtete andächtig den ausgestreckten, jungen Körper neben sich, und dieser Anblick schien ihm schöner als alles, was er je gesehen hatte.

Er schloß die Augen ...

Nicht lange – dann ein Knuff in die Rippen, ein heftiger Schlag an seine Wange. Er riß den Kopf hoch, sie kniete neben ihm; die Haare fielen ihr wie zuvor ins Gesicht, doch rechts öffneten sie sich zu einem Spalt, und aus ihm heraus funkelte ihn ein Auge an.

»Nicht einschlafen! Das läuft gegen die Regel. Außerdem: Wahrscheinlich willst du etwas essen, bevor du gehst ... und die Anni muß abtragen. Und zweitens will ich mit dir sprechen.«

»Ach ja?«

»Erste Frage: Ist sie viel besser als ich?«

»Wie bitte?«

»Deine Freundin.«

»Ich versteh' dich nicht.« Ihm dämmerte etwas, doch es kam ihm zu verschroben, zu abwegig vor.

»Isabella«, sagte sie. »Eine gewisse Frau Dr. Isabella Reinhard. Psychiaterin mit Ausbildung in klinischer Psychologie ...«

Er richtete sich auf. Das kam so ernüchternd wie ein Kübel Wasser. Es hätte nicht viel gefehlt, und er hätte die Hände dort unten schützend vor sich gehalten. Wo waren die verdammten Klamotten? – Er stand auf und zog sich an.

Als er die Gürtelschnalle schloß, sagte er: »In meinem Beruf ist man ja an allerhand gewöhnt. Aber anscheinend kann man mich immer noch überraschen.«

Das eine Auge funkelte ihn unentwegt an. Sie saß da, nackt, die Haare rieselten über ihre Schultern, die Beine hatte sie untergeschlagen, die Hände waren auf die Knie gestützt; schimmernd und unbeweglich saß sie da wie eine zarte Buddhastatue aus Elfenbein.

»Wie nur«, sagte er erbittert, »wie nur schaffst du es, in einer solchen Situation ein derartiges Thema zu bringen?«

»Wieso? Weil es mein Thema werden könnte, Richard. Und man muß sich ja vorbereiten, findest du nicht?«

Ohne Zweifel: Die Satellitenschüssel war ein Gottesgeschenk – und nicht nur die Satellitenschüssel, auch die Wäscheterrasse mit ihrer Mauerbrüstung. Er öffnete noch einmal den langen Aluminiumdeckel des Bohrmaschinenkoffers. Das Gewehr samt Zielfernrohr hatte er zusammengebaut. Es fehlte noch etwas ...

Er holte einen stahldunklen, spannenlangen Zylinder heraus. Den Schalldämpfer hatte er sich in seinem Hobbykeller selbst gebaut und dann im Wald getestet. Klappte tadellos. Kein lauter Knall – nur ein gedämpftes ›Plop‹.

Ja, alles hatte bisher geklappt, lief wie in 'nem Derrick-Film oder beim ›Fall für zwei‹, lief einfach wie geschmiert. Der Abdruck für den Nachschlüssel zur Feuertreppe war ganz einfach gewesen bei dem primitiven Schloß, und oben auf der Dachterrasse noch dieses Fundstück von Satellitenschüssel, hinter der er jetzt kniete.

Der Himmel war grauschwarz und tief. Vor der Dunkelheit zogen hellere, regenschwangere Wolken. Auch das war in Ordnung. So blieben die Leute zu Hause und kamen nicht etwa auf die Idee, an der Gefängnismauer entlangzulaufen. Aber hier oben würde ihn sowieso keiner entdecken.

Er kniete sich hinter dem Zementsockel nieder, der die große Gemeinschaftsantenne trug. Seine Uhr zeigte sechzehn Uhr dreißig – das war genau die Zeit …

Das Fenster lag da wie immer, es war das dritte an der Westecke des Baus. Er kannte es seit dem Tag, als er es auf einem Zeitungsfoto in der *Neuen Welt* entdeckte. HIER WARTET DAS MONSTER VON WÄCHTERSBACH AUF SEINEN PROZESS, hatte darunter gestanden.

Na, auf den brauchte das Schwein nicht mehr zu warten.

Er nahm das Gewehr hoch, und schon erschienen die Gitterstäbe im Rund des Okulars. Es waren fünf, in jeder Richtung. Er hatte sie gezählt. So deutlich erschienen sie, daß er die Schweißstellen zu erkennen glaubte. Unten rechts sah er einen ovalen, hellen Fleck, ein Blumenstock oder so was Ähnliches, vermutete er. Jedenfalls, immer um halb fünf war's soweit: dann erschien das Schwein am Fenster und fummelte an dem Ding herum. Vielleicht gab er ihm Wasser? Weiß der Teufel, was Ladowsky da einfiel.

Er wartete. Sein Arm wurde schwer, die Schulter schmerzte. Komm, Scheißkerl, damit ich dir's besorge! Jetzt kriegst du's heimgezahlt, was du Evi angetan hast! Eine Kugel ist ja viel zu gut für dich, Scheißstück, verdammtes.

Doch Ladowsky kam nicht.

Er griff in die Tasche, zog ein Eukalyptusbonbon heraus und wickelte es aus – gerade als er damit fertig war, glaubte er hinter den Scheiben eine Bewegung erkannt zu haben.

Das Gewehr! – Richtig, da war er … Da hast du ihn!

Er sah die Schulter, den weißen Rand eines T-Shirts und darüber ein Gesichtsoval. Er visierte gründlich, so wie er es immer tat: Nasenwurzel, etwas tiefer vielleicht, auch wegen der Auflage, der Lauf kann beim Schuß nach oben rucken …

Und durchziehen!

Der Schuß war doch lauter als nur ein ›Plop‹, aber zu mächtig war das Rauschen des Blutes, das vom Adrenalinstoß durch seine Adern gepeitscht wurde, als daß er ihn bewußt wahrgenommen hätte.

Drüben, die Optik brachte es ganz genau, drüben war das Fenster zersprungen. Das Schwein hat's erwischt. Das Schwein war nicht mehr!

Er warf noch einen letzten, vorsichtigen Blick über die Brüstung; unten näherten sich zwei Autos, sie fuhren langsam und gemütlich.

Na also …! Er schraubte das Gewehr auseinander, verstaute es im Koffer und öffnete ohne jede Hast die Stahltür, die zum Hinterhof führte …

§

Die Intensivstation des Krankenhauses wurde von einer großen, metallgefaßten Glasscheibe von der Inneren Abteilung abgetrennt. Isa Reinhard sah sich um. Niemand zu sehen. Sie zögerte, aber dann schob sie doch die gläserne Schwingtür auf.

Eine Schwester kam ihr entgegen.

»Sie wissen doch, daß Sie nicht herein können. Das steht doch da vorne.«

Isa zeigte ihre Visitenkarte: »Frau Ladowskys Zimmer ist leer. Und ihre Bettgenossin sagte, man hätte sie hier heraufgebracht. Eigentlich wollte ich nur mit dem behandelnden Arzt sprechen.«

»Sind Sie eine Verwandte?«

»Nein, ihre Therapeutin«, log sie.

»Aber mit Dr. Schöpper können Sie trotzdem nicht reden. Der ist nämlich nicht da ...«

»Warum liegt sie auf der Intensivstation? Ist es so gefährlich?«

»Gefährlich, gefährlich ... Gestern hatte sie Komplikationen mit den Nieren. Das ist ja häufig bei Verbrennungsfällen so. Jedenfalls, wir haben sie hier raufgebracht, um sie besser kontrollieren zu können. Aber sonst ist sie bereits wieder ziemlich stabil.«

»Kann ich mit ihr reden?«

Die Schwester schüttelte energisch den Kopf: »Reden? Um Himmels willen ... Wenn Sie sie sehen wollen, das ja. Sie können das vom Beobachtungsgang aus. Sie sind ja schließlich Ärztin. Dort lassen wir manchmal auch die nächsten Angehörigen rein.«

»Das wäre sehr freundlich von Ihnen. Aber warum sagen Sie ›um Himmels willen‹? Wann wird sie reden können?«

»Reden, reden.« Die Schwester sah müde aus. Sie mochte an die fünfzig sein, hatte tiefe, dunkle Ringe unter den Augen, und das Gesicht war von Falten gezeichnet. »Seit sie hier eingeliefert wurde, sagt sie sowieso kaum was. Und was sie sagt, ist meist wirres Zeug. Und dann hat sie Ausbrüche. Ihr seelischer Zustand ist schlimmer als die Verletzungen, glauben Sie mir. Wir müssen sie ständig unter irgendwelchen Sedativa halten. – Wollen Sie sie jetzt sehen oder nicht?«

Isabella nickte.

Der Beobachtungsgang war schmal, die rechte Seite bestand aus Glas und führte zu den Behandlungskabinen der Intensivstation. Bei den meisten waren die Vorhänge zugezogen – ein halbes Dutzend der Glasscheiben blieb frei.

Die Schwester blieb stehen und hob die Hand.

Isabella sah hinein. Hilde Ladowskys ganzer Kopf steckte unter einer Art Verbandshelm. Die Augen waren geschlossen, der Mund war dick verschwollen wie die Lider. Ein Absauggerät hing im rechten Mundwinkel. Die Kabel verborgener Sonden führten zu den Überwachungsgeräten an der Wand.

Fragend sah die Schwester sie an.

»Danke«, sagte Isa.

Sie fuhr wieder hinunter ins Erdgeschoß, um zu ihrem Wagen zu gehen.

Als sie den Haupteingang verließ, um den Vorplatz zu überqueren, stockte ihr Schritt. Den Info-Stand hatte sie vorhin bereits gesehen, doch nicht beachtet. Nun las sie, was da auf einem großen, breiten Spruchband stand: DAS MUSS EIN ENDE HABEN. Sie trat zögernd näher und konnte nun auch die beiden Gesichter auf den Zeitungsplakaten erkennen, die an den Streben, die das kleine Dach trugen, angebracht waren. Rechts, das war das Opfer, das Foto, das sie selbst so beeindruckt hatte: Evi Fellgrub, die unschuldig und fragend den Beschauer anblickte.

Und gegenüber: eine Aufnahme des Kreuz-Mörders.

Am Tisch saß ein junger Mann. Er rauchte gelangweilt eine Zigarette. Vor ihm türmten sich Broschüren.

»Das Strafrecht zu ändern reicht nicht«, las sie, »die Herzen und Köpfe müssen sich verändern!« – Das war ja so richtig, und daß der junge Mann sich hier hinsetzte, um Menschen aufzuklären, zeigte ein beachtliches Stück von Idealismus. Doch ob es der richtige Weg war?

Sie fühlte Bitterkeit. Dort oben lag die Frau mit dem verbrannten Gesicht, die nur ›Unsinn‹ murmelte, die Mutter des Kreuz-Mörders …

Immerhin, sie hatten ja recht: Es mußte ein Ende haben!

Reuter wartete, wie er ihr durchs Handy gesagt hatte, an der Ausfahrt des Hertie-Parkhauses. Ein Parkwächter fuchtelte vor ihm herum. Der Professor betrachtete ihn mit gemäßigtem Interesse, sowie man ein zwar ungefährliches, aber doch ziemlich lästiges Tier betrachtet.

Irgendwie konnte sie den Parkwächter verstehen. Jeder, der die Ausfahrt passierte, mußte es mit Vorsicht tun, denn es war ja nicht irgendein Mercedes, der den Weg halb versperrte und an dem der Professor lehnte – es handelte sich um einen schwarz- und chromfunkelnden Mercedes-Oldtimer maximalen Kalibers, der den Eindruck erweckte, als sei bereits Konrad Adenauer darin herumkutschiert worden.

»Na endlich!« sagte er erleichtert, als sie zu ihm einstieg.

Der Mann im gelben Overall neben ihnen brüllte irgend etwas.

»Danke«, sagte Professor Reuter und winkte ihm huldvoll zu.

Er steuerte den Wagen über die Konstabler Wache zur Friedberger Landstraße, reichlich zerstreut und nicht allzu sehr auf Ampeln fixiert, doch er kam, wie eine Art Luxusdampfer im Strom mitschwimmend, ganz gut voran.

»Warum fahren Sie eigentlich so langsam? Außerdem: Wir haben doch abgemacht, daß es nach Preungesheim geht, nicht wahr? Gerade sind wir daran vorbeigefahren.«

»So? Ich bin ein bißchen in Gedanken…«

»Erzählen Sie mir endlich, was es Neues gibt.«

»Gleich. Zuerst sind Sie dran. – Haben Sie etwas im Krankenhaus erfahren?«

»Sie liegt auf der Intensivstation.«

»Auch noch. Die Mutter auf der Intensivstation, der Sohn … Na schön, ich hab' auch 'ne Nachricht für Sie …«

Isa sah ihn an. »Irgend etwas passiert?«

Sie hielten nun doch vor einer roten Ampel, und er blickte stur geradeaus.

»Auf Ladowsky ist geschossen worden.«

Sie fuhr herum: »Wie bitte? Was?«

»Auf Ladowsky ist geschossen worden. Ein Attentat.«

»Im Gefängnis?«

»Wo sonst? Aber der Schuß fiel von der Dachterrasse des gegenüberstehenden Hauses.«

»Und? Ist er …«

»Nein. Er hatte riesigen Dusel. Die Kugel ging haarscharf an seiner Schläfe vorbei, rasierte ihm ein paar Haare und ein Stückchen Haut weg und blieb in der Wand stecken. Das muß man sich vorstellen. Zuerst die Mutter – dann er.«

»Und hat man eine Ahnung, wer das getan haben könnte?«

»Nicht die Bohne. Die Polizei ist am Ermitteln. Der Richter hat mich sofort angerufen. Irgendwelche Angehörigen gibt's ja nicht mehr. Bisher haben sie nichts gefunden.«

Sie versuchte es zu verarbeiten. Es gelang ihr nicht.

Der schwere, chromschimmernde Bug des Mercedes nahm Richtung zum Nordend. Sie schwammen auf der grünen Welle, er hatte die Augen halb geschlossen und beklopfte das Edelholz des Steuerrads.

»Was ich nicht begreife: Wie kann einer auf die Idee kommen, so was zu tun? Ladowsky steht doch sowieso vor einer lebenslangen Verurteilung.«

»Und weiß er's?«

»Wer?«

»Na, der Mann mit dem Gewehr. Das muß ein ziemlich guter Schütze gewesen sein, auf diese Entfernung. Aber ein Profikiller war das nicht.«

»Was dann?« fragte sie.

»Nun, da haben wir zwei Optionen: Entweder wir haben den Rächer, der den Willen der schweigenden Mehrheit vollstrecken will – und genügend aufgebracht ist sie ja, die schweigende Mehrheit, bei dem Mediengetrommel. Es könnte sich also um einen dieser jungen Verrückten handeln, die absolut in die Zeitung kommen wollen, weil sie sonst niemand ernst nimmt … Sie brauchen ja nur an den Brandanschlag auf Ladowskys Mutter zu denken. Na, diese Typen wenigstens haben sie geschnappt.«

»Die zweite Option, Herr Professor?«

»Jemand aus dem persönlichen oder familiären Umfeld des Opfers. Jemand, der selbst durch den Mord getroffen wurde …«.

Sie fuhren weiter, über die Friedberger Landstraße, glitten gemächlich dahin, Reuter sah auf die Uhr: »Es ist jetzt zwei. Ich habe Hunger. Und wenn ich dort draußen als der souveräne, gelassene Verteidiger Professor Reuter auftreten will, brauche ich was im Magen. Und Sie doch sicher auch?«

»So was wie einen Magen hab' ich gar nicht. Eher ein zusammengezurrtes Garnknäuel.«

»Trotzdem, Isabella, nur Mut. Sehen Sie, dort drüben…« Er deutete mit der Hand über den Parkplatz, den er angesteuert hatte. Sie konnte eine Terrasse erkennen und ein schweres, behäbiges, schiefergedecktes, efeubewachsenes Gebäude, das den Eindruck eines Gutshauses machte.

»Man ißt hier ausgezeichnet. Vor allem Fisch. Bodenseefische, Flußfische, Mittelmeerfische, Atlantikfische, was Sie haben wollen …«

Sie las die Aufschrift: ›Mare nostrum‹. Es klang bombastisch.

Er zerteilte das schneeweiße Fleisch, schob ein Stückchen zur Seite und träufelte Zitronenbutter darüber.

»Ich rede nun mal lieber in einem Restaurant statt in einem Auto. Und ich muß mit Ihnen reden, Isabella. Wie ist's, schmeckt es?«

Sie stocherte lustlos in ihren Meeresfrüchten.

»Etwas anderes vielleicht? Die haben hier …«

Sie schüttelte in Panik den Kopf: »Nein, nein, bloß nicht.«

»Der Eröffnungstermin der Hauptverhandlung ist der achtundzwanzigste. Ein Wahnsinn natürlich. Soweit ich mich erinnere, wurde in Frankfurt in den letzten drei oder vier Jahren nie ein Verfahren mit solcher Brachialgewalt durchgeboxt. Höchstens noch der Kuppers-Fall, dieser Kunstraub. Aber gut, das war was anderes, da lagen die Karten klar, die hatten ihren Deal gemacht, und auch die Verteidigung hatte Interesse daran, die Geschichte so rasch wie möglich hinter sich zu bekommen. – Aber das hier?«

Er betupfte sich den Mund mit der Serviette. »Martin, der Vorsitzende, ist nicht übel; er ist ziemlich fair. Ein guter Richter, wirklich. Aber hier hat er sich anscheinend anstecken lassen, oder er bekam Druck von oben. Und wenn er so weitermacht, wird er uns so viele Fehler liefern, daß wir schon damit das ganze Verfahren aushebeln können ... Das Beste ist, gute Miene zum bösen Spiel zu machen, Leine geben. Die schlimme Seite an der Geschichte: Wenn dem Gutachterantrag zugestimmt wird, und das muß Martin wohl, nachdem er seinen eigenen Gutachter benannt hat, haben wir noch genau sechzehn Tage Zeit für Ihr Gutachten.«

»Und noch keine vernünftige Anamnese«, entgegnete sie bitter.

Er nickte. Sein Lächeln verschwand. »Auch ich brauche ein paar Argumente, ehe es losgeht, handfeste, nachvollziehbare und vor allem einleuchtende – zumindest für die Geschworenen. Also nochmals, weil's so schön ist: Wie schätzen Sie ihn ein? Wie sagten Sie das letztemal? Ladowskys Verhalten gehöre zum hysterischen Formenkreis...«

»Es tritt bei Menschen auf, die sich, meist aus schweren narzißtischen Kränkungen während ihrer Kindheit, also aus Schockerlebnissen, ihre eigene Welt, an die sie sich halten, aufgebaut haben, und damit auch die eigenen Spielregeln und Normen. Sie können die Welt der anderen nicht erobern, sie nicht verstehen und daher in ihr nicht mal eine Position für sich finden, weil sie sich zu unsicher und zu schwach fühlen, also bauen sie sich ihre eigene. In ihr sind sie Könige, auch Könige der Gewalt. Und dieses Omnipotenzgefühl bricht sich in Krisensituationen mit einer solchen Macht Bahn, daß nichts sie aufhält. Die allgemeinen Regeln werden nicht akzeptiert.«

»Ihr Richard Saynfeldt wird da ...«

Sie hob drohend die Gabel: »Sagen Sie das niemals wieder.«

»Na gut, Oberstaatsanwalt Saynfeldt wird das Gegenteil

beweisen. Und damit hat er ziemlich viele Chancen. Was können wir vorzeigen? Es kann uns ja passieren, daß wir die Mutter vor dem Prozeß überhaupt nicht mehr zum Reden bringen. Sie wäre im Grunde genommen zwar keine Zeugin, aber unsere wichtigste Informationsquelle. Vielleicht sollten wir jemand nach Mecklenburg schicken, wo Ladowsky aufgewachsen ist. Vielleicht lassen sich dort irgendwelche Leute auftreiben, die die Familie kannten. Ich habe die Akten des ersten Verfahrens durchgeblättert – da offenbart sich die reinste Wüste Gobi. Er ist unehelich zur Welt gekommen, den Vater gibts nicht mehr. Aber es gibt noch den Stiefvater, der hat die Familie verlassen, als der Kleine gerade fünf Jahre alt war. Er ist Elektroingenieur, soll sich angeblich irgendwo im süddeutschen Raum aufhalten; wir konnten ihn nicht finden … Was ist denn Ihrer Ansicht nach an seiner Jugend bemerkenswert?«

Sie überlegte. »Die Puppen«, sagte sie plötzlich.

»Welche Puppen?«

»Habe ich nicht davon erzählt?«

»Vielleicht habe ich nicht genau hingehört.«

Ihr war nun vollkommen der Appetit vergangen. Sie legte die Gabel weg, lehnte sich zurück und stützte beide Hände gegen die Tischkante. Ihre Augen waren halb geschlossen und die Stimme war mit einemmal so leise, daß sie manchmal von dem Lärm der draußen auf der Straße vorüberfahrenden Autos fast überdeckt wurde: »Das war schon sehr merkwürdig in seinem Zimmer. Trotz der ganzen Panik, die ich hatte, nahm ich noch eine Menge wahr: Alles brannte. Und da saßen vier Puppen, aufgereiht wie die Vögel auf der Stange auf einer kleinen Bank … Und an der Wand hing ein kleiner Hockeyschläger, wie er in tausend Jungenzimmern hängen mag – obwohl … ich meine, Ladowsky ist schließlich aus der Zeit heraus, in der man sich noch Kindheitserinnerungen an die Wand hängt. Denn das war der Hockeyschläger eines Kindes. Die Puppen aber … und noch etwas …«

Reuter hatte sich nach vorne gebeugt, um besser verstehen zu können. »Ja?«

»Der Schrank«, sagte sie. »Es war ein ganz einfaches, billiges Kastending. Er stand in der rechten Ecke. Die Flammen hatten ihn zu diesem Zeitpunkt noch nicht erreichen können. Nur das Kleid hatte Feuer gefangen.«

»Welches Kleid?«

»Ein Mädchenkleid. Brannte lichterloh. Aber soviel konnte ich doch erkennen, daß es das Kleid eines sechs- oder siebenjährigen Mädchens sein mußte.«

»Was war mit den Puppen?«

»Die brannten«, sagte sie mit dieser leisen, geistesabwesenden Stimme. »Die brannten auch. Alles Puppen in Mädchenkleidern, die brannten ...«

Sie hatte die Augen jetzt vollkommen geschlossen. Mit gesenkten Liedern griff sie nach dem Bierglas und schluckte, ohne es abzustellen. Reuter sah sie an und spürte wieder diese sonderbare, liebevoll-väterliche Faszination, die sie von Anfang an auf ihn ausgeübt hatte.

»Und?« Er sagte das Wort hart und drängend, um sie von der Szene wieder abzubringen. »Was folgern Sie daraus, Frau Gutachterin?«

Sie öffnete die Augen. Und lächelte. »Man braucht doch nicht allzu viel Fantasie dazu, wie? Alle diese Indizien oder Eindrücke ergeben die beinahe komplette Bausatzanleitung einer krankhaften Mutter-Kind-Beziehung ein Muster, das in der Psychologie seit langem bekannt ist, weil es relativ häufig auftritt. Das Bild einer pathologischen, einer sehr, sehr kranken Beziehung.«

»Auch davon steht in den Prozeßakten nichts ...«

»Doch. Dr. Walter Scherer, der Gutachter, hat beim Silke-Meyser-Prozeß schon darauf hingewiesen, aber die Auswirkung als irrelevant bezeichnet. Außerdem: Ladowsky war siebzehn, und damit stand er ja unter Jugendstrafrecht. Dazu war er Ersttäter. Scherer wollte ihm wohl eine ziemlich große Chance geben, und so hat er den großen Wischer benutzt.«

»Aber dieses Mädchenkleid? Und die Puppen? Was beweisen sie?«

»Erstens eine ganz schlimme Rollenverteilung. Die Mutter ...« Für einen Sekundenbruchteil huschte das mumienhafte Bild des bandagierten Kopfs in ihr Bewußtsein, das sie in der Notstation in sich aufgenommen hatte. »Dadurch wird offensichtlich: Frau Ladowsky wollte keinen Jungen, nein, sie wollte ein Mädchen um sich sehen. Die Gründe können wir zunächst mal vernachlässigen – es mag die Enttäuschung über den Mann gewesen sein, der sie mit dem Kind sitzen ließ, oder die Ablehnung, der Haß gegen seinen Nachfolger. Vielleicht muß man die Gründe aber auch viel früher suchen – vielleicht hatte sie selbst einen Vater, der sie aus Unverständnis oder Brutalität leiden ließ. Aus diesem oder jenem Grund mag sie sich in einer Einsamkeit gesehen haben, die sie von nun an nur noch mit einem einzigen Menschen teilen wollte: mit dem eigenen Kind, aber einem Kind nach ihrer eigenen, urpersönlichen Vorstellung. Einem Mädchen.«

»Interessant, was Sie da sagen.«

»Interessant? Das ist nicht interessant, sondern schrecklich. Und das Schreckliche daran ist, daß auf diese Weise eine reine Subjekt-Objekt-Beziehung entsteht. Es gibt nur eine einzelne handelnde Person in einer solchen Beziehung: die Mutter. Das Kind ist Material, das man bildet wie Ton, es kann weder seine Gedanken äußern noch seinen Wünschen nachgehen, es kann nicht einmal seinen Zorn, seine Wut auf all das, was geschieht, auf seine Weise zum Ausdruck bringen, es wird also völlig daran gehindert, eine eigene Identität aufzubauen. Jungs brauchen dazu meist noch das männliche Leitbild, den Vater. Ist der nicht vorhanden, dann begreift diesen einschneidenden Verlust schon ein Fünfjähriger. Er wird unsicher, die Welt wird ihm fremd.«

»Also formt er sich eine eigene Welt?«

»Das wäre der Fluchtweg. Und so ist es auch fast immer. Denn in einer solchen Beziehung wird das Kind immer so behandelt, wie es sich in seine Rolle fügt. Auf Proteste folgt die Strafe, spielt es die gewünschte Rolle, wird es belohnt.«

»Und Sie meinen, daß daraus dieser Haß auf Frauen ...«

»Dazu weiß ich noch zu wenig von ihm. Vielleicht erfahre ich heute etwas ...«

Sie sah auf ihre Uhr: »Ich finde, wir sollten fahren. Ach ja, da wäre noch etwas, Herr Professor: Ich habe Ihnen ja von meinen Schwierigkeiten erzählt, mit denen ich jedesmal in Preungesheim konfrontiert werde ...«

»Heute können Sie ungestört mit ihm reden, das garantiere ich Ihnen. Die sind ja nur um Ihre Sicherheit besorgt. Ich habe vor allem bei der Anstaltsleitung zu tun, um diese schlimme Schußgeschichte durchzudiskutieren. Ich will wissen, was los war und wie es dazu kommen konnte.«

»Gut. Aber bitte, ich will nicht wieder einen dieser Gorillas in Uniform sehen.«

»Keine Sorge. Und vielleicht haben Sie Glück – nach diesem Schock ist er möglicherweise eher ansprechbar.«

»Das werden wir sehen ...« Sie klopfte auf ihre Handtasche: »Hier drin ist eine Überraschung für ihn.«

»Und die wäre?«

»Die Tatortfotos.«

Er runzelte ungläubig die Stirn.

»Sie meinen, die Leichenaufnahmen? «

»Ja.«

»Und die wollen Sie ihm zeigen? Mein Gott, der Kerl hat sein Fett doch schon weg ... Und warum heute ...? Wie, glauben Sie, wird er darauf reagieren?«

»Das weiß ich nicht. Aber eines weiß ich: Er darf nicht mehr ausweichen. Ich sagte ja, er hat sich seine eigene Welt aufgebaut. Das hat er getan, um überhaupt sich selbst und die Welt ertragen zu können. Und das ist genau die Welt, die ich zerschlagen muß, um zum Kern und damit zu irgendeiner vernünftigen und verwertbaren Aussage zu kommen.«

»Na«, sagte er zweifelnd, »da wünsche ich Ihnen aber viel Glück ...«

Der gleiche grünlackierte Stahltisch, dieselben Stühle, dazu die Aussicht aus dem Fenster auf die Mauer mit ihrer Krone aus grauschimmernden Stacheldrahtrollen – ja, es war wie zuvor, und doch hatte sich vieles, hatte sich beinahe alles geändert. Es war Ludwig Ladowsky selbst, der diesen Wandel sichtbar machte.

Isabella hatte den Stuhl hinter dem Schreibtisch hervorgeholt und vor dem seinen hingestellt – und da saß er nun, aufrecht und straff, die Hände auf den Knien, im blauen Gefängnishemd, sah sie aus blauen Augen an wie ein artiger, aufmerksamer Schüler. Das Pflaster an seiner Wange war entfernt, man konnte den rosafarbenen, hellglänzenden Strich der Narbe erkennen, die die Wunde hinterlassen hatte. Die Haare waren mit Ausnahme eines störrischen Haarbüschels über seiner rechten Braue sorgsam und glatt an den Kopf gebürstet. Er wirkte so jung, viel jünger, als sie ihn in Erinnerung hatte. Das Unglaubliche jedoch war die Ruhe, die von ihm ausging.

»Wie fühlen Sie sich, Ludwig?«

Er zuckte mit den Schultern und verzog den Mund – tatsächlich, verzog ihn zu einem Lächeln.

»Was wollen Sie hören? Daß ich super drauf bin?«

»Die Wahrheit, Ludwig.«

»Klar doch. Was sonst?« Er lächelte unentwegt weiter. »Ist Ihnen denn, verdammt noch mal, noch nie aufgefallen, daß es nichts Langweiligeres gibt als Ihre sogenannte Wahrheit?«

»Trotzdem, Ludwig ...«

»Wie fühlt sich denn einer, dem gerade ein anderer einen Kopfschuß verpassen wollte?«

»Gerade das«, sagte sie sanft, »wollte ich ja wissen.«

Er schwieg. Die Hände blieben auf den Knien. Doch sie verspannten sich, übten Druck aus, so viel Druck, daß die Sehnen weiß hervortraten. Die Augen wiederum schienen völlig ungerührt, sie sahen einfach durch sie hindurch.

»Gut, ich kann Ihnen sagen, wie ich mich fühle. Ich bin sauer auf diesen beschissenen Mistkerl. Ein Versager, eine ganz miese Flasche ist das gewesen ... Und der hatte doch gar nicht weit, noch nicht mal vierzig Meter ...«

»Von wo aus hat er geschossen?«

»Von so 'ner Wäscheterrasse. Da steht 'n Haus ganz in der Nähe. Er ist hochgeklettert, hat sich da versteckt. Und mein Fenster, das war dort genau vor seiner Nase. – Und schießt daneben!«

Sie wollte ihn ablenken: »Was taten Sie denn?«

»Ich? Als er schoß? – Der Pfarrer hat mir so 'nen Kaktus gebracht, grün mit so weißen ... na, das sind noch nicht mal Stacheln, die sind noch weich wie Federn. Und darin gibt's sogar 'ne Blattlaus. Kennen Sie Blattläuse?«

Sie nickte.

»Ich hätte nie gedacht, daß solche Läuse so nette Viecher sind. Ich wollte dem Kaktus Wasser geben, das tu' ich zweimal am Tag, einmal vormittags und einmal nachmittags, in der Zelle ist so 'ne trockene Hitze, wissen Sie. Ich geb' ihm nicht viel, dem Kaktus, immer nur so 'n paar Tropfen, hat mir auch der Pfarrer gesagt, ich soll aufpassen, daß die Wurzeln nicht verfaulen, viel Wasser könnten die nicht vertragen – na ja, ich geb's ihm, und es ist ihm bekommen, wirklich, er hat sich richtig schön entwickelt, seit ich ihn habe. Der mag mich, der Kaktus.«

Er lächelte noch immer, und dies war nicht die Form von starrem Lächeln, bei dem die Gesichtsmuskeln einem Befehl folgen und dann innehalten, es war auch kein Grinsen, es war – ja, es war das Lächeln eines nachdenklichen, traurigen Kindes, das sich verzweifelt an eine schöne Erinnerung klammert.

»Und dann?«

»Wie bitte?«

»Dann fiel der Schuß?«

»Das Fenster zersplitterte. Ich hab' gar nicht richtig gemerkt, was passierte. Ich brachte das einfach nicht in die Reihe ... Ich glaube, ich habe noch nicht mal den Krach gehört. Ich spürte einen Schlag, sah ganz plötzlich ins Freie, und dann flogen die Scherben auf den Boden … Ich bin zurückgelaufen und hab' mich abgeduckt, so was tut man ja ganz automatisch, nicht wahr …«

Sie nickte. Aber sie existierte nicht für ihn.

»Ich hätte wieder an dieses Fenster gehen sollen. Ich hätte mich ganz vorne hinstellen sollen und schreien: Scheißaffe! Da hast du mich. Los, schieß doch!«

Die Worte kamen jetzt schnell, doch was sie ausdrückten, eine todesbereite Verzweiflung, stand in einem sonderbaren Gegensatz zu der genauen und ruhigen Art, mit der er sie aussprach.

»Sie wollten, Ludwig, aber Sie …«

»Ich wollte? Hat man mich jemals gefragt, was ich will? Was ich will, wen interessiert das schon! Aber gleich nachdem mir klar wurde, was da passierte, ja, da wollte ich etwas. Und das will ich jetzt noch.«

Er drehte der Kopf zur Seite, so als könne er ihren Anblick nicht mehr ertragen.

»Ich will, daß es ein Ende hat … Muß doch mal eines haben! – Warum haben Sie Mama nicht verbrennen lassen …? Warum hat der Typ mit dem Gewehr nicht getroffen? Dann wäre das ganze Theater vorbei … Dann würde es den Kreuz… den Kreuz-Mörder nicht mehr geben …

Sollen sie mich doch nach Amerika schicken. Wäre noch besser … Da stehen wenigstens ein paar elektrische Stühle rum … Sollen sie doch … Wäre mir nur recht.«

Sie schwieg.

Sie wollte warten, bis diese Stimmung ausschwang, wollte zusehen, wieviel echt, wieviel gespielt an dem Ausbruch war und in welcher Rolle er sich gerade befand.

Doch sie fand keine Antwort. Was sie am meisten erschütterte, war dieser nach innen gekehrte Gesichtsausdruck, die halb geschlossenen Augen, das noch immer bestehende, nun verloren in seinen Mundwinkeln eingenistete Lächeln.

»Und warum Sie jemand so haßt, Ludwig«, sagte sie dann leise, »warum jemand auf den Gedanken kommt, ein Gewehr zu nehmen, es heimlich in ein fremdes Haus zu tragen und dort zu warten, bis er Sie sehen kann, um dann zu schießen – diese Frage haben Sie sich nicht gestellt?«

Diesmal dauerte es, bis er zu einer Antwort fand. Er hielt den Kopf wieder gesenkt, sie erkannte, wie sich seine Ohren tiefrot färbten. Endlich sah er sie an, die Lider zitterten, mit seiner Sicherheit war es vorbei. »Jetzt meinen Sie natürlich, Sie hätten mich, was …? Da wären wir also wieder bei der alten Geschichte …«

Er schob den Stuhl mit einem Ruck zurück, und es wirkte, als wolle er nicht nur Abstand gewinnen, sondern als könne er sich damit entfernen – von ihr und von der Antwort, von allem. »Warum er das getan hat, ist seine Sache. Muß … muß er wissen … Warum nur hat der Kerl nicht getroffen?«

Die Augen waren wie blaue Kreise, blau, tief und verzweifelt. »Warum stellen Sie Fragen, wenn Sie mich doch nicht verstehen? Das ist doch alles Quatsch!« Er sprang auf: »Ich will hier weg!«

»Wohin?«

»Wohin, wohin? In meine Zelle.«

»Die mit dem kaputten Fenster, Ludwig?«

»Sie haben mir eine andere gegeben. Was geht Sie das alles an …? Hauen Sie hier ab. Hätte mich der Schuß erwischt, dann könnten Sie sowieso nicht mit mir reden.«

»Und?»

»Was und?«

»Was würde das ändern?«

»Alles!« schrie er. »Alles würde es ändern!«

Sie blieb ganz ruhig sitzen, sah, wie er wieder die Schultern hochzog und nach vorne krümmte, sie sah die verzweifelte Handbewegung, als wolle er etwas abschütteln, sah das, was sie von Anfang an in ihm gesehen hatte: das verzweifelte, von einer ihm fremden Welt in die Enge getriebene und gerade deshalb so gefährliche Kind …

Während sie unbeweglich sitzenblieb, versuchte sie, soviel Ruhe und Gelassenheit auszustrahlen, wie es ihr möglich war.

Und es wirkte. Sein Körper entspannte sich, der Atem wurde wieder normal, er sank auf seinen Stuhl und sah sie wartend an.

Sie griff nach dem Kuvert mit den Fotos.

»Daran würde es doch nichts ändern, Ludwig. Daran hätte auch Ihr Tod nichts geändert. Daran wird sich nie etwas ändern. Und ich möchte, daß Sie sich das klarmachen.«

»Was ist das? Was ist in dem Umschlag?«

»Das sind die Fotos des Mädchens, das Sie umgebracht haben.«

Sie hatte eine andere Reaktion erwartet, daß er aufsprang, daß er davonlief oder zu toben begann – doch er streckte nur die Hand aus, und die Ruhe, mit der er das tat, war beinahe unfaßlich.

»Es war unglaublich«, berichtete Isa, als sie wieder in Reuters Prunkkarosse Platz genommen hatte und während er den Mercedes zurück Richtung City steuerte. »Er sah sich das erste Bild an, das heißt, er warf nur einen Blick darauf, dann legte er es auf den Tisch. Aber ich ließ nicht nach, ich gab ihm gleich das zweite und das dritte. Und er nahm auch die.«

»Und was ist daran so unglaublich?«

»Seine Reaktion. Die ruhige Art, mit der er die Fotos betrachtete. Genau so wie ... na ja, wie irgendein fremder Mensch, der mit einer solchen Geschichte konfrontiert ist, reagiert hätte. Er sagte ›grauenhaft‹, aber das in einem Ton, als habe er damit überhaupt nichts zu tun.«

Reuter wandte kurz den Kopf und musterte sie von der Seite. Er schwieg.

»Das reichte mir natürlich nicht«, fuhr sie fort. »Ich sagte: ›Was soll denn das? Was heißt hier grauenhaft? Sie reden daher, als hätten Sie das Mädchen gar nicht gekannt.‹ Und dann kam das Unglaubliche: Er fing wieder an zu weinen, nein, er heulte, er sprang auf, er explodierte förmlich, und dann schrie er unter Tränen: ›Sie war es doch, sie wollte es ja so ...‹«

»Was?«

»Ich bin in Situationen wie dieser sehr ruhig. In meinem Beruf ist es selbstverständlich, einen solchen Ausbruch zuzulassen. Das gehört zu den geheiligten Prinzipien ... Diesmal mußte ich aber an mich halten, um nicht selbst durchzudrehen. Er sank auf die Knie, er trommelte mit beiden Fäusten auf seinen Schädel ein: ›Ich weiß es doch, ich weiß es doch – sie wollte es! – Es wird mir doch immer gesagt, alles wird mir gesagt – da drin, da wird es gesagt ...!‹«

»Wirklich?«

»Ja. Ich war heilfroh, daß der Beamte, der draußen vor der Tür stand, das nicht mitbekam und eingriff. Schließlich gewann ich wieder die Kontrolle über die Situation.

Ladowsky weinte nur noch und sagte immer dasselbe: ›Warum hat er nicht mit mir Schluß gemacht? Warum hat er danebengeschossen?‹«

Reuter fuhr weiter, den Blick geradeaus gerichtet. »Und das gehört natürlich alles zu Ihrem berühmten schizoid-hysterischen Persönlichkeitsbild, nicht wahr?«

»Sein Verhalten zeigt es doch. Man kann in seinem Fall doch nicht mehr von einer normal-psychologischen Bandbreite reden. Der ist doch nicht zurechnungsfähig. Hier hat sich einer eine Kunstwelt konstruiert, hört Stimmen, obwohl eindeutig feststeht, daß keine Schizophrenie vorliegt, aber er versetzt sich in ein anderes Selbst, und das bißchen Identität, das er besitzt, zerbricht unter der geringsten Belastung.«

»Und dann führt er fremde Kommandos aus, die in seiner verdammten Birne ausgesprochen werden? Meinen Sie das? – Soll ich Ihnen mal sagen, Isabella, was ich im Augenblick denke? Ich denke, die Kommandos kommen von ganz woanders. – Sie kommen von dem Scheißding, das er zwischen seinen Beinen hat ... Und noch etwas: Wissen Sie, was mir bei Ihnen auffällt? Ihr Mitgefühl ... Sicher hat das mit Ihrem Job zu tun, sicher ist das große Verstehen die erste Voraussetzung für Ihre Arbeit ... Aber das Opfer? Was diesem Mädchen, dieser Evi Fellgrub angetan wurde, was sie erlitt, ehe sie sterben, auf diese Weise sterben mußte, davon höre ich kein Wort ...«

»Das stimmt doch nicht.« Sie fuhr herum: »Natürlich denke ich ständig an sie. Aber es ist nun mal das Persönlichkeitsbild des Täters, das zur Diskussion steht.«

Reuter hatte bisher zur Scheibe gesprochen, und trotz der Anklage in seinen Worten war die Stimme ruhig und gelassen geblieben, doch jetzt sah er sie an, und in seinen Augen lag etwas wie verärgerte Herausforderung. »Mir ist klar, was Sie jetzt sagen werden, Isabella: Dies ist mein Job. – Aber ich habe Sorge, irgendwie habe ich Sorge, daß Sie sich in etwas verrennen könnten, das mir noch nicht klar ist.«

»Es hat nur mit meiner Arbeit zu tun«, erwiderte sie heftig. »Und ich verrenne mich in nichts. Aber es gibt keine andere Methode, als so vorzugehen.«

»Methode? Zu meiner Methode gehört, daß ich einen klaren Kopf behalte. Und all die Fragen reduzieren sich mir dabei immer nur auf diesen einen einzigen Punkt: Ist er ein begnadeter Schauspieler, einschließlich Ihres hysterischen Formenkomplexes, ist er intelligent genug, uns an der Nase herumzuführen – auch Sie, die Psychologin –, oder ist er echt irre.«

»Er ist es«, bestand sie.

»So? – Nehmen wir mal den Entführungswagen, diesen Fiesta. Den hat er am Morgen vor der Tat geklaut. Und wo? Nicht in Frankfurt, obwohl er eine Frankfurter Nummer hatte, auch nicht in Walldorf, wo er ja zu Hause war, nein, in Wächtersbach. Und das ist ganz in der Nähe von Bad Orb. Er sei mit dem Zug angereist, hat er mir erzählt, er habe eine Spessartwanderung unternehmen wollen, um nach den ganzen Pleiten, die er erlebt hatte, wieder einen klaren Kopf zu bekommen. Dann habe er den Wagen gesehen, der Schlüssel steckte, eine richtige Einladung also. Und weil er nicht das Geld für die Heimfahrt ausgeben wollte, hätte er sich in den Wagen gesetzt, um zurück nach Walldorf zu fahren. – Klingt alles ganz logisch. Logisch wäre aber auch gewesen, daß er, genau so, wie es der Schreiner bei der kleinen Nathalie tat, sein Opfer bereits ausgespäht hatte und sich den Wagen als Tatfahrzeug besorgte – daß er also ganz klar und kühl sein Verbrechen plante.«

»Das glaube ich nicht.«

»Gefühlsmäßig?«

Sie schüttelte heftig den Kopf, doch der ironische Einwand blieb, wurde zu einem Widerhaken, der sich in ihrem Kopf verfing. »Nach allen professionellen Kriterien ist ein solches Verhalten, wie er es zeigt, nicht vorgetäuscht. Hinsichtlich des Systems, in das er sich verfangen hat, ist es völlig schlüssig, verstehen Sie?«

»Als ob uns das weiterhelfen würde, wenn ich es verstehe. Ich weiß nur eines: Saynfeldt wird sich mit Wonne auf diese Autogeschichte und alle anderen ähnlichen Geschichten stürzen, die er inzwischen ausgraben läßt.«

»Aber er kann nichts beweisen.«

»Wissen wir es? Aber darauf kommt es jetzt noch nicht einmal an. Sehen Sie, Isabella, ich verfolge meine Linie, wenn ich mir sicher bin, deshalb spiele ich den großen Zweifler. Das Schlimme an der ganzen Sache ist aber die Atmosphäre, in der alles abläuft. Auch die Strafkammer, die Richter und Schöffen sind nicht zu beneiden … Der Vorsitzende der Strafkammer zum Beispiel, der das erste, noch milde Schreiner-Urteil fällte, mußte auf Anweisung des Landgerichtspräsidenten auf Urlaub gehen, da er Morddrohungen erhalten hatte. Wußten Sie das? Und ich garantiere Ihnen: Bei diesem Medien-Rummel kommt es bei uns noch schlimmer.«

»Was soll das heißen?«

»Daß wir, daß auch Sie besser auf Illusionen verzichten. Im Fall Schreiner erhielt der Gutachter massive Drohungen; obwohl er Schreiners Schuldfähigkeit attestiert hatte und dringend eine Therapie empfahl, weil er in ihm einen Wiederholungstäter vermutete … Der ganze Augsburger Prozeß konnte nur unter großem Polizeiaufgebot durchgezogen werden. Und wie war's denn in Oldenburg im Fall Diesterweg? – Und jetzt Ladowsky …! Ich habe gerade mit Kanitz, dem Anstaltsleiter von Preungesheim, gesprochen. Er hat seine JVA-Beamten in Alarmbereitschaft versetzt. Ladowsky bekam eine neue Zelle, die von der Umgebung nicht einsehbar ist; die Nachbarzelle wurde geräumt, aber auch innerhalb des Gefängnisses steht er unter ständiger Bewachung.«

»Wieso?«

»Weil bekannt wurde, daß sich unter den Häftlingen bereits ein Lynchkommando gebildet hat, das Ladowsky umbringen will. Und das ist nur der Anfang. Was glauben Sie, wie unser Prozeß ablaufen wird? Da wird gefilzt bis zum Geht-nicht-Mehr. Es gibt genau dieselbe schußsichere Glaswand oder Kabine für den Angeklagten wie bei den anderen Prozessen. Aber der Druck von außen wird noch größer sein. Überall in Deutschland stehen Info-Stände. Die Unterschriftensammlung, die drakonische Strafen für derartige Täter verlangt, einschließlich lebenslanger Sicherheitsverwahrung, ist in vollem Gang. Diesmal werden sie nicht Rita Süßmuth, diesmal werden sie den Bundespräsidenten höchstpersönlich damit angehen. Und es werden nicht nur eine Million, es werden ein paar Millionen Unterschriften sein, die da zusammenkommen.«

»Und warum erzählen Sie mir das alles?«

»Aus einem einzigen Grund, Isabella: damit Sie mein Motiv begreifen, damit Sie verstehen, warum ich bei meiner Linie bleiben will. Die Leute, die da Unterschriften sammeln, die Leute, die auf die Straße gehen und ihre Info-Stände aufbauen oder schwarze Kinderluftballons vorbereiten, auf denen sie die Namen all der armen und geschändeten Kinder schreiben, die solchen Tätern zum Opfer fielen – sie tun es ja in bester Absicht. Das ist das eine … Aber da gibt es noch das andere. Und das liegt in dem Satz beschlossen: Recht muß Recht bleiben …«

»Recht. Und was ist Recht?«

Sie standen vor einer Ampel. Er nahm die Gelegenheit wahr, um sich ihr nun ganz zuzuwenden: »Recht? Das Recht ist ein System von Regeln, die sich die Gesellschaft gab, um überleben zu können. Wenn Sie wollen, können Sie es mit einem Bahnhof vergleichen. Jeder Zug hat sein Geleis. Und damit er sich bewegen kann und ans Ziel kommt, gibt es Warnlampen, Stoppsignale, Halteverbote, Langsamfahrgebote, Weichen, weiß der Teufel was sonst noch, und falls irgendeiner diese Dinge mißachtet oder dagegen verstößt, ob er nun nicht kann oder nicht will, muß er aus dem Verkehr gezogen werden, denn falls es viele tun, kommt es zur Katastrophe. Werden diese Regeln aufgeweicht, wenn es zum Beispiel Leute gibt, die es nicht mehr so genau nehmen oder Scheinregeln aufbauen, wie das in der Hitlerzeit der Fall war, dann erwartet uns der Zusammenbruch jedes zivilisierten Zusammenlebens. Die Regeln haben für alle zu gelten. Eisern. Ganz egal, wie die Stimmung im Volk aussieht. Manche Richter oder Magistrate sehen das allerdings ein bißchen anders ... Ein Richard Saynfeldt zum Beispiel.«

»Das Recht ist also unveränderlich? Und daran glauben Sie?«

»Das Recht hat Varianten, sagen wir Ausweichgeleise, und es gibt eine Menge Täter, die das virtuos zu nutzen verstehen.«

»Deshalb klingen Sie so wenig überzeugt von Ihrem Mandanten?«

»Bingo! Genau. – Aber an die Regeln, an die glaube ich.«

»Daß das gleich mal klar ist: Hier kommt mir keiner rein!« Der Mann hatte einen Schraubenzieher in der Hand und war im Hof dabei, einen Traktor zu reparieren. Er stand da, das schwere Werkzeug halb hochgehoben, und man sah ihm an, daß er meinte, was er sagte.

»Sie sind doch Herr Fellgrub, nicht wahr?« entgegnete Berling. »Ich war beim Haus Ihrer Schwägerin. Aber es ist abgeschlossen, und man sagte mir, daß sie jetzt bei Ihnen wohnt.«

»Und?«

Berling zeigte ihm die Marke.

»Ah, Polizei? Warum sagen Sie das nicht gleich? Es kommt ja so viel Gesindel angelaufen, die wollen Interviews oder weiß der Teufel was ... Gestern war einer da, der wollte, daß meine Schwägerin ein Buch schreibt, und wedelte mit 'nem Scheck rum. Ist ja nicht mehr auszuhalten ... Evi ist tot. Und die wollen alle nur eines: Ein Geschäft draus machen. Soviel fressen kann man gar nicht, wie man da kotzen könnte ...«

Berling nickte mitfühlend. »Ich kann das verstehen, Herr Fellgrub.«

»Aber was will denn die Polizei noch von uns? Das Schwein sitzt doch. Ist doch alles klar – oder etwa nicht?«

Berling berichtete ihm, daß auf Ladowsky geschossen worden sei, und das brachte ihn erst richtig in Fahrt. »Und da wollen Sie ermitteln? Und auch noch bei mir? – Jetzt sagen Sie bloß, Sie hätten mich im Verdacht. Wenn ich geschossen hätte, hätte ich auch getroffen. – Aber kann ja noch werden, was nicht ist ...«

»Hören Sie, Herr Fellgrub, das ist nicht das Thema ... Oder haben Sie Schußwaffen im Haus?«

»Schußwaffen – soll ich Ihnen die jetzt zeigen?«

Sein Gesicht war purpurfarben angelaufen, die Adern seiner Schläfen traten hervor wie dicke Schnüre. »Mensch, Mensch, Mensch, ich werd' noch verrückt! Was man alles mitmachen muß! Aber das ist ja nichts. Wenn ich an die arme Evi denke – wissen Sie was, da könnte ich nicht nur in der Gegend rumballern, das ganze Gefängnis könnte ich anzünden! So ein Mädchen ... so was, das kann man gar nicht beschreiben... Die hätten Sie kennenlernen müssen ... Wenn die reinkam, war das, wie wenn einer das Licht anknipst ... ja, war jedesmal wie das Licht, so'n Mädchen war das ... Und die Sau, dieser Saukerl – wenn ich an den rankäme, dann würde ich nicht schießen, wissen Sie, was ich machen würde? Ich würde es so machen wie die Italiener, den Schwanz würde ich ihm abhacken!«

Nicht Berling hatte er angeschrien, er hatte den Kopf im Nacken und brüllte zu dem Dachstuhl des Bauernhauses hoch, um den die Tauben flogen.

»Trotzdem, Herr Fellgrub, ich habe eine Frage an Sie gestellt. Und ich hätte ganz gerne, daß Sie sie mir beantworten.«

»Was haben Sie ...«

»Meine Frage war, ob Sie Schußwaffen im Haus haben.«

»Richtig. Und das ist mir scheißegal. Aber trotzdem: Schußwaffen? Was sind Sie? Bulle, Inspektor, Kommissar?«

»Kommissar«, erwiderte Berling. Er verstand den Mann, also blieb er eisern ruhig.

»Na gut, Herr Kommissar, ich kann Ihnen den Krempel zeigen, in seiner ganzen Pracht. 'ne alte Gaspistole hab' ich, die meine Traudl mal wollte, als hier ein paar Einbrüche vorkamen und ich im Krankenhaus in Bad Orb lag. Und dann noch 'n Spatzengewehr ...«

»Ein Luftgewehr?«

»Kleinkaliber«, sagte er.

Das Geschoß, das sie in Ladowskys Zelle gefunden hatten, war ein großkalibriges Projekt, das nach Ansicht der Ballistiker aus einer Heeres-Dienstwaffe, vermutlich älteren Datums, abgeschossen worden war.

Berling hatte keine Lust auf eine Waffenschau. Der Mann kam für ihn sowieso nicht in Frage. Sie hatten sich erkundigt: Er besaß einen tadellosen Ruf und galt im allgemeinen als ziemlich besonnen, umsichtig und zurückhaltend. Er war sogar Feuerwehrkommandant des Orts. Berling hatte noch nie einen Feuerwehrkommandanten als Attentäter erlebt – obwohl, man wußte nie ...

»Könnte ich mit Evis Mutter sprechen? Deshalb bin ich eigentlich hier.«

»Und deshalb wollte ich Sie auch gleich wieder rausschmeißen. Das geht hier zu, kann ich Ihnen sagen ...«

Aber Sie, na gut, als Kommissar sind Sie wohl 'ne Ausnahme. Na, kommen Sie mal ...«

Sie gingen auf das Haus zu. Irma Fellgrub saß in der Küche und schälte Kartoffeln. Sie sah auf, als sie eintraten, doch das jähe Erschrecken in ihrem Gesicht verschwand, als sie Berling erkannte.

»Sie sind doch der Herr von der Polizei aus Marktheim?«

Berling hatte damals zunächst Konnarz geschickt, um ihr die schlimme Nachricht zu überbringen. Der Dicke machte so etwas besser. Er nickte: »Richtig. Ich war schon bei Ihnen. Darf ich mich setzen?« Er zog sich einen Stuhl heran. »Frau Fellgrub, da gab es einen – hm – ziemlich unliebsamen Zwischenfall ...« Er erzählte ihr von dem Schuß auf Ladowsky, und sie hörte schweigend zu.

»Sehen Sie, Frau Fellgrub«, sagte er vorsichtig, »ich kann mir sehr gut vorstellen, was in Ihnen vorgeht, wenn Sie so etwas hören.«

Helmut Fellgrub, ihr Schwager, der die ganze Zeit neben ihrem Stuhl gestanden hatte, räusperte sich. Er wollte etwas sagen, doch sie warf ihm einen kurzen Blick zu, und er verstummte.

»Aber unser Auftrag lautet nun mal, zu ermitteln. Das müssen wir auch in solchen Fällen.«

»Das ist doch nichts als rausgeschmissenes Geld!«

»Bitte, Herr Fellgrub«, sagte Berling scharf und wandte sich wieder an die Frau: »Sehen Sie, ich will mal davon ausgehen, daß ein Mädchen wie Evi, ein so sympathisches, so hübsches Mädchen wie sie, Freunde und Verehrer hatte. Vielleicht auch einen besonders engen Freund ...«

Sie hielt eine Kartoffel in der Hand und schälte. Sie schälte mit einer Art erbitterter Konzentration, und sie nahm auch den Kopf nicht hoch, als sie sagte: »Jungens sind keine Verehrer ... Und unter den Jungens im Dorf und auch den Jungens im Club war keiner, mit dem sie irgendwas angefangen hatte. Das waren Kameraden, ›Kollegen‹, wie sie sagte, nichts als Kollegen ... Da gab's noch nicht mal 'n Küßchen – gut, vielleicht so 'n Küßchen auf die Backe, aber das war dann auch schon alles.«

»Aber vielleicht gab's doch einen besonderen Kollegen«, beharrte er. »Einer, dem Evis Tod ganz besonders nahe ging ...«

»Der ging allen nahe.«

»Natürlich. Weiß ich doch. Aber vielleicht gibt's trotzdem einen, den die schreckliche Geschichte so geschockt hat, daß er sich vornahm, das Urteil nicht dem Gericht zu überlassen, sondern die Sache selbst in die Hand zu nehmen?«

Sie schüttelte den Kopf. Und schälte weiter. Die Kartoffel war blank und kam zu den anderen auf den Teller. Sie nahm eine neue. »Das waren doch alles Kinder, Sechzehn-, Siebzehn- und ein paar Achtzehnjährige. Die kannten doch nur ihre Mopeds, den Club und das Aerobic ...«

Wieder war Stille in der Küche. Draußen auf der Straße donnerte ein Lastwagen vorbei, dann wurde es so ruhig im Raum, daß Berling die Kuckucksuhr über dem Kühlschrank ticken hörte.

Er machte einen letzten Versuch: »Sie meinen also, daß es keiner – aus dem Club zum Beispiel – auf sich genommen hätte, Evis Tod zu rächen – auf eigene Faust?«

Sie legte das Messer aus der Hand. Ihr Blick glitt an ihrem Schwager hoch, und er glaubte, in dessen Augen ein Warnsignal zu entdecken. Doch entweder hatte sie es übersehen, oder sie wollte ganz bewußt den Namen nennen.

»Dirk«, sagte sie.

Ihr Schwager stieß die Luft zwischen den Zähnen aus. »Mensch, Irma!«

»Das nützt doch nichts, Helmut«, sagte sie ruhig. »Gar nichts nützt das. Der Herr da und die anderen von der Polizei würden's doch herausfinden.«

»Was, Frau Fellgrub ...? Und wer ist Dirk?«

»Dirk hat den Club in Bad Orb gegründet. Der war mal Sportlehrer bei der Bundeswehr. Und dann ließ er sich frühzeitig entlassen und hat sogar einen ganzen Teil von seinem Abfindungsgeld in den Club gesteckt, in den Übungsraum, die Geräte, die hatten ja sogar 'ne Sauna dort und so 'n kleines Schwimmbecken, das hat alles er finanziert. Sogar die Kostüme ... Er war ganz verrückt mit der Aerobic-Sache. Und unheimlich stolz darauf. Und das konnte er auch sein, denn die Kinder wurden ja immer Erster oder Zweiter bei den Wettkämpfen. Die kriegten so viel Pokale. Selbst Evi brachte solche Pötte nach Hause ...«

Berling nickte. Die Dinge fügten sich zusammen. Und auf viel einfachere Weise, als er es sich erträumt hatte.

»Dieser Dirk, wie heißt er mit Nachnamen?«

»Dirk Schneider«, sagte sie so leise, daß es kaum zu hören war.

»Gut, dieser Herr Schneider, wie alt ist er?«

»Der Dirk?« erwiderte Helmut Fellgrub. »Na, so an die vierzig. Aber das sieht man ihm nicht an.«

»Und Evi war eine Art Star im Club, stimmt das?«

»Sie war die Beste«, sagte Irma Fellgrub, und nun klang ihre Stimme laut und fest. »Sie war – wie nennt man das…«

»Die Solistin«, sagte ihr Schwager.

»Und könnte es nicht sein, ich meine, wäre es vorstellbar oder hatten Sie vielleicht gewisse Hinweise, daß sich Herr Schneider …« Er suchte die richtige Formulierung, in der bedrückenden, mit Spannung aufgeladenen Atmosphäre wurde jedes Wort zum Problem: »… ich meine, Ihre Tochter war ja nicht nur außerordentlich attraktiv, es kommt doch auch noch dazu, daß er sie als Solistin aufgebaut hatte, sie also bevorzugte. Und gerade in solchen Fällen ist es häufig so, daß man in der Schülerin sozusagen das eigene Geschöpf sieht, den Menschen, dem man besonders nahe ist.«

Helmut Fellgrub ging um den Tisch herum, legte die Fäuste auf die Platte und starrte Berling direkt in die Augen: »Sie meinen, er hatte sich in sie verknallt? Oder die beiden hatten sich ineinander verknallt? Ist es das?«

»Richtig«, sagte Berling. »Genau das.«

»Da war aber nichts. Da war gar nichts, hören Sie, überhaupt nichts. Stimmt's, Irma?«

Sie nickte. »Er hat recht. Sie sprachen vorhin von Verehrern. Es war umgekehrt: Evi verehrte ihn. Er war unheimlich lieb zu ihr – und so rücksichtsvoll, ganz zart. Und das ist kein Gerede, das weiß ich, denn Dirk war oft genug bei uns im Haus. Und ich konnte ja beobachten, wie er sie behandelte. Und außerdem, eine Mutter merkt so was sofort.«

Trotzdem … dachte Berling, doch er konnte es nicht sagen in dieser weihevollen Atmosphäre.

»Frau Fellgrub, wäre es nicht vielleicht möglich, daß wir gemeinsam zu Ihrem Haus gehen und uns noch einmal in Evis Zimmer umsehen?«

Endlich ließ sie die Hände sinken. Das Schälmesser fiel auf die Tischplatte. »Warum?«

»Nun, vielleicht gibt es noch Hinweise, Briefe oder etwas Ähnliches …«

»Nichts gibt es.«

»Ich spreche mit Frau Fellgrub.«

»Ja, da gibt's Briefe … Und Postkarten, viele Postkarten vor allem. Die liegen alle in einer kleinen Schachtel. Evi hat doch alles aufgehoben, was man ihr schickte. Und ich hab' es durchgesehen. Das, was Sie suchen, werden Sie dort nicht finden.«

»Bitte, Frau Fellgrub.« Berling hatte ihr Gesicht nun genau vor sich, und da er sich vorbeugte, war es ihm sehr nahe. Er sah den ganzen Schmerz darin, einen Schmerz, so tief, daß er ihn nicht auszuloten wagte. Er sah zwei Augen, die sich mit Tränen füllten.

»Ich geh' da nicht hin, ich kann da nicht rein, in Evis Zimmer. Wieso verstehen Sie mich nicht? Wieso lassen Sie mich nicht in Ruhe?« Es kam leise und halb verdeckt von einem trockenen Schluchzen. »Wieso laßt ihr alle mich nicht endlich in Ruhe?«

Berling verstand, aber es war nun mal seine Arbeit, er durfte noch nicht einmal ›Verzeihung‹ sagen. Er blickte Fellgrub an.

Bei ihm erlebte er eine Überraschung: »Na«, sagte er, »wenn's sein muß, dann kommen Sie. Wir fahren hin …«

Es ist eine Arbeit wie jede andere, und du hast deine guten und deine deprimierenden Augenblicke dabei, ziemlich viele deprimierende, wenn man es genau besieht …

Doch selten ging Berling etwas so an die Nieren wie die zehn Minuten im ersten Stock des kleinen Hauses an der Dorfstraße von Lengbrunn.

Ein Mädchenzimmer, das typische Mädchenzimmer vielleicht – jedoch ganz besonders hübsch und ganz besonders liebevoll eingerichtet, das könnte man sagen, hätte der Tod es nicht bewohnt …

Die Vorhänge waren zugezogen – Spitzenvorhänge mit einem rosafarbenen Untergrund. Helmut Fellgrub zog sie zurück. Ein kleiner Ikea-Schreibtisch stand vor dem Fenster, in einem leeren Marmeladeglas steckten Bleistifte und Kugelschreiber, die Evi für ihre Schularbeiten gebraucht hatte. Die Schubladen besaßen kein Schloß, aber Berling hatte nicht die geringste Lust, sie zu berühren.

An den Wänden gab es drei dieser einfachen Regale vom Baumarkt. Auf zweien standen Bücher. Eine ganze Reihe davon beschäftigte sich mit Aerobic, für diese ›Crazy Spessart Kids‹ schien es eine halbe Wissenschaft zu sein. Auf dem obersten Regal aber glänzten die Pokale, von denen Irma Fellgrub zuvor gesprochen hatte.

Das Schlimmste waren die Fotos …

Es gab eine große Farbfotografie, sie hing an der gegenüberliegenden Wand, eine sehr gekonnte Profiaufnahme, die Evi im Sprung vor einem Halbrund anderer Tänzer zeigte. Sie trug ein hauteng anliegendes, blaugrünes Paillettenkostüm und hatte sich für diesen Auftritt wohl besonders sorgfältig vorbereitet: Die Haare waren hochgebunden, die Augen mit den künstlichen Wimpern wirkten riesig und wie die einer erwachsenen Frau; der Mund war geschminkt, das Gesicht gepudert, der junge vollkommene Körper in der verführerischen Tanzpose – sie war in diesem Augenblick wohl alles, was sich ein Mann erträumen konnte …

Fellgrub stand vor der Fotografie. Und ganz so, als könne er das alles nicht mehr ertragen, das Bild seiner Nichte, die Erinnerungen und vor allem diese unerklärlich bedrückende Atmosphäre in dem kleinen Raum, griff er in die Tasche, zog eine Schachtel Zigaretten heraus und zündete sich eine Zigarette an, um sie sofort, als habe er eine Art Frevel begangen, hastig wieder auszudrücken und in der Packung zu verstauen.

Da waren die anderen Fotos. Sie zeigten die Entwicklungsstadien eines Kindes, zeigten, wie es zu einem fröhlichen, ausgesprochen hübschen und manchmal sehr nachdenklich wirkenden Mädchen heranwuchs …

Was Berling jedoch am stärksten berührte, war der kleine Elefant, der auf dem Korbsessel in der Ecke saß. Der Rüssel war von den vielen Liebkosungen, die ihm wohl zuteil geworden waren, abgeschabt und gegen den Leib gepreßt. Er trug eine kleine rote Schürze und auf dem Kopf ein blauweißes Häubchen. Und er schien zu lächeln, doch das nur mit Mühe; die Augen waren rund und groß und schienen voll unendlicher Trauer auf die Besucher gerichtet.

Wie so oft, wie fast jeden Tag während dieser verdammten, beschissenen Arbeit dachte Berling an seine Tochter … Sie hatte einen ähnlichen Elefanten. Nur, daß der nicht traurig war …

Fellgrub nahm einen kleinen Karton von einem der Regale. Jemand, es war wohl Evi gewesen, hatte ihn sorgsam mit blauem Stoff beklebt. Auf der Oberseite des Deckels hatte sie noch ein übriges getan: Vor blauem Grund leuchtete eine weiße Möwe, auch sie mit viel Sorgfalt aus glänzender Seide geschnitten.

»Da! Das sind die Briefe … Aber das sage ich Ihnen gleich, da schnüffeln Sie umsonst drin rum.«

»Ich schnüffle nicht, Herr Fellgrub. Schnüffeln ist was für Hunde … Ich ermittle.«

»Nennen Sie's, wie Sie's wollen.«

Berling nahm den Karton und trug ihn zu dem kleinen Schreibtisch, er setzte sich nicht auf den Stuhl, irgend etwas in ihm wehrte sich dagegen.

Der Karton, Evi Fellgrubs Erinnerungsschatz, war bis zum Rand mit Postkarten und kleinen Briefen gefüllt. Und doch nahm es noch keine fünf Minuten, dann war er damit durch. Es genügte, einen Blick auf die Schrift der Absender zu werfen: Die eines annähernd vierzigjährigen Mannes jedenfalls war nicht darunter …

Von Lengbrunn nach Bad Orb waren es dreißig Minuten. Berling nahm die Kreisstraße – es war die letzte Straße, die Evi Fellgrub in ihrem Leben gesehen hatte.

Helmut Fellgrub hatte ihm die Adresse gegeben. Schneiders Haus lag am Rand des Ortes in einer stillen Wohngegend, in der Fliederbüsche hinter Jägerzäunen wuchsen, die Briefkästen grün gestrichen waren und Birken ihre Schatten über die Sonnenterrassen warfen. Und der Rasen war überall makellos auf fünf Zentimeter gestutzt.

Der Amselweg war schmal und führte in seinem letzten Stück bergaufwärts. Die Nummer vierzehn war das zweitletzte Grundstück auf der Hangseite. Das Waldstück, das die heile Welt von Bad Orb einrahmte, rückte bis auf wenige Meter an das von einer Weißdornhecke abgegrenzte Grundstück.

Er war die letzten Meter sehr langsam gefahren, nun, als er anhielt, stieg er nicht aus. Er hatte es schon unterwegs gedacht: Die Sache kann dir aus dem Ruder laufen, immerhin, Schneider war Soldat gewesen und als Sportlehrer trainiert. Einen solchen Mann, falls er verdächtig war, allein zu stellen, bedeutete ein Risiko, das kein Polizist mit ein bißchen Erfahrung eingehen sollte; es sei denn, sein Name wäre Rambo. Umgekehrt – daß der Leiter eines Aerobic-Clubs auf Häftlinge in Gefängnissen schoß, war schon ziemlich unwahrscheinlich, und auch die Vorstellung, bei den Kollegen in Bad Orb lange Erklärungen abgeben zu müssen, um sich irgendeinen Hilfssheriff zu besorgen, war nicht angenehm. – Dann ruf die Zentrale an, dachte er. Doch er stieg aus. Auf die Sprüche der Leute vom K-13 war er ebenfalls nicht scharf.

Der Weg war mit Steinplatten belegt. Rechts und links wuchsen Rosenbüsche. Und das Haus? Dieser Schneider schien ganz gut zu verdienen. »Der Dirk ist Vertreter«, hatte Helmut Fellgrub gesagt. Was immer er vertreten mochte, es schien sich zu lohnen; das Haus war nicht nur das größte in der Nachbarschaft, halb von der Böschung der Garageneinfahrt verdeckt, erkannte er auch ein Mercedes-Coupé neuester Bauart.

Er ging langsamer und betrachtete das Gebäude, das gediegen und elegant wirkte. Breit hingestreckt lag es da, die Vorderfassade war mit einem Rosenspalier geschmückt und die Klingel in eine breite, gehämmerte Kupferplatte eingelassen.

Er drückte sie. Ohne Erfolg. Wieder, zwei-, dreimal – niemand rührte sich.

Schneider war unverheiratet, das wußte er von den Fellgrubs, na gut, aber vielleicht gab es eine Sekretärin oder eine Haushälterin? Es gab nichts … Nur Schweigen.

Und das leise Fauchen der Windböen, die oben durch den Wald strichen.

Berling entschloß sich, um das Haus herumzulaufen. Vielleicht, daß der Besitzer irgendwo im Garten auftauchte? – Auf der Rückseite, dem Tal zugewandt, stieß er auf einen Swimmingpool von beachtlichen Ausmaßen. Zwei große Teakholzliegen standen an seinem Rand. Dirk Schneider schien auf nichts zu verzichten, und einen Augenblick formte sich in Berling die Vorstellung eines Herrn im Bademantel, der voll Wohlgefallen eine Horde blutjunger, fröhlich im Pool planschender Clubmitglieder betrachtete, wobei sich sein Blick vor allem auf die Mädchen, vor allem vielleicht auf Evi richtete – aber sofort wischte er das Bild wieder beiseite. Genau das war doch das Verdammte an dem ganzen Fall: Diese Form von Tod verpfuscht dir ständig die normalen professionellen Kriterien.

Er ging zur Westseite.

Hier gab es zwei große, in rechtem Winkel angeordnete, metallgefaßte Terrassentüren. Eine stand einen Spalt offen.

Berling streckte die Hand hinein und schob ein wenig, sie glitt lautlos auf. Er blickte in den Raum: ein Livingroom oder eine Art Bibliothek mit einem breiten Kamin, vor dem drei bequeme Lederstühle standen. An den Wänden reihten sich Bücher.

Er zögerte, dann trat er ein und blickte sich um.

In der Ecke stand ein Schreibtisch, ein antikes Prunkmodell aus geschnitztem Nußbaum. Darauf war ein Computer zu sehen. Der grauschwarze Monitor blinkte ihn an.

Er rief: »Herr Schneider!«

Keine Antwort.

Er versuchte es wieder, diesmal erheblich lauter: »Hallo! Ist hier jemand? – Herr Schneider?«

Nichts.

Und jetzt? Was jetzt? – Soviel Neugier und kein Durchsuchungsbefehl verträgt sich verdammt schlecht, aber was soll's, zu dem Schreibtisch dort hast du keine fünf Meter! – Er ging darauf zu …

Berling hatte weder Schritte noch sonst irgendein Geräusch vernommen, darüber war er sich auch später absolut sicher, nein, nichts, vielleicht noch das leise Pfeifen des Windes dort oben im Wald, gesehen hatte er auch nichts, keinen Schatten, schon gar nicht die Figur eines Mannes – doch es war ein Mann. Und es war einer, der nicht nur wußte, wie man zuzuschlagen, sondern auch, wo man zu treffen hatte: Der Schmerz an seinem Hals war kurz und wie eine aufflammende Explosion. Dann gab es nichts mehr, nichts als die höllenschwarze Spirale, die ihn fortriß …

Das erste, was Berling erkannte, war ein kleiner, hell leuchtender Kreis auf einer dunkelbraunen, glänzenden Fläche. Das zweite: Die Fläche war in große Quadrate aufgeteilt. Doch alles, was ihn beschäftigte, war sein Schädel – er tobte vor Schmerz, es war, als habe irgend jemand mit einem Knopfdruck nicht nur ein, sondern gleich zehn Hammerwerke eingeschaltet.

Er versuchte sich aufzurichten – das machte alles zwar noch schlimmer, hatte aber auch sein Gutes: Irgendwie fing unter dem ganzen Hammergedröhn auch sein Gehirn wieder an zu ticken, leise und bescheiden zunächst, aber beharrlich genug, um die Dinge zusammenzubringen: Der Kreis dort? – Ja, war seine Dienstmarke. Das Braun? Keramikkacheln, die Kacheln auf dem Fußboden eines Herrn Schneider. Und mit dem wolltest du doch eigentlich sprechen...?

Irgend etwas Eiskaltes, Nasses berührte seinen Nacken.

Er versuchte den Kopf zu drehen – doch wie?

»Essigsaure Tonerde«, sagte eine Stimme. »So was hilft. Ich kann Ihnen auch eine Tigerbalsam-Massage machen ... Oder was halten Sie von ein paar Aspirin?«

Die Stimme war so leise, angenehm und sachlich wie die eines Krankenpflegers.

Die Kompresse an seinem Hals genügte einstweilen, es wurde ihm besser. Er schob sich hoch, zwei Hände halfen, und schließlich stand er, wenn auch etwas schwankend und mit dem Gefühl, daß die Füße in weichem Glibber oder irgendwelchem Sumpfgelände steckten. Aber er konnte stehen, und darauf kam es an.

Was er sah, überraschte ihn nicht sonderlich: Er sah einen extrem athletisch gebauten Mann in engen Jeans und einem noch engeren schwarzen Trikot, so eng, daß sich jede Kurve seiner Bodybuildermuskeln abzeichnete. An den Füßen trug er Ledersandalen, auf dem Kopf nichts; es war ein nackter Schädel, der sich ihm freundlich-besorgt entgegenstreckte, er war vollkommen spiegelblank rasiert.

»Aha?« sagte Berling.

»Ja, aha. – Wollen Sie sich vielleicht setzen? Ich bringe Ihnen jetzt ein Glas Mineralwasser und das Aspirin, meinen Sie nicht?«

Berling nickte und erhielt gleich darauf ein Brause-Aspirin, das er schluckte. Es hielt den Schmerz nicht nur in Grenzen, es verhalf ihm auch zu ein bißchen Klarheit zurück.

»Tut mir wirklich leid ... Sie sind Polizeibeamter, nicht wahr? Also wirklich, ich kann Ihnen gar nicht sagen, wie ich das bedaure.« Schneider lächelte und sprach wieder wie ein Krankenpfleger, leise und sanft. »Aber was hätten Sie denn an meiner Stelle getan? Ich kam hier rein, und da steht ein wildfremder Mensch in Lederjacke vor meinem Schreibtisch. Und das, nachdem letzte Woche hier eine ganze Serie von Einbrüchen begangen wurde. Da dachte ich mir natürlich: Na endlich, jetzt hast du einen von den Typen!«

Berling rieb seinen Hals.

»Soll ich nicht doch lieber Tigerbalsam holen?«

»Danke, danke. Sie sind doch Herr Schneider, nicht wahr?«

»Ja.«

»Zuschlagen, das können Sie.«

»Bundeswehr«, sagte Schneider. »Haben wir lange genug trainiert.«

»Merkt man.«

»Ja«, sagte er, »als Sie da umkippten, fiel Ihnen die Marke aus der Tasche. Und da sagte ich mir: Mensch, was bist du für ein Roß, warum hast du nicht zuerst gefragt? Aber Sie kennen das ja wohl noch besser: Fragen empfiehlt sich in gewissen Situationen überhaupt nicht. Da heißt es, schneller zu sein. Ich konnte ja nicht wissen, ob Sie 'ne Pistole haben.« Er grinste: »Die haben Sie ja wohl auch.«

»Pistole? – Ach, ja, ja«, sagte Berling. Mehr brachte er nicht zustande, und einen Augenblick hatte er den Eindruck, als würde das immer so bleiben, als könne er immer nur noch »ja, ja« sagen.

»Ja dann ...«

»Sie wollen gehen?«

Er nickte. Der Glatzkopf vor ihm schwamm im Raum wie ein rosafarbener Luftballon.

»Aber darf ich nicht erfahren ... Ich meine, Sie könnten mir doch wenigstens erklären, was Sie eigentlich hier wollten?«

»Sie sprechen, Herr Schneider, Sie sprechen ... Nur, im Moment habe ich da ein paar Schwierigkeiten ... Bleiben – bleiben Sie heute zu Hause?«

»Ja.«

»Ich ... dann komme ich wieder.« Berling brachte sogar seine Hand zu einer Art Gruß hoch, und das war eine Spitzenleistung. »Bis später dann, Herr Schneider ...«

Damit wurde er den Mann nicht los. Er wollte ihn zum Wagen begleiten, sprach irgendwas von: »In dem Zustand können Sie doch nicht fahren«, Berling jedoch schüttelte stur den Kopf, er konnte fahren, und ob er fahren konnte!

Er fuhr durch die stille Gegend mit den schönen, weißen Häusern hinter ihren schwarzen Jägerzaunen Bad Orb entgegen. Dann aber hielt er an, steckte sich zwei seiner starken Mentholllutscher in den Mund, und die zeigten auch Wirkung. Er dachte nach, versuchte die ganze Szene wieder lebendig werden zu lassen: Spul das alles zurück, das geht schon, hab Vertrauen in dein Gedächtnis, so schnell setzt ein Handkantenschlag es nicht außer Gefecht.

Da war doch eine ganze Menge gewesen, das du dir eingeprägt hast, als du in Schneiders Studio reingingst …? Na, los schon! Alles nochmals … Kommando zurück!

Und der Computer in seinem Schädel begann tatsächlich zu ticken. Er warf Ergebnisse aus: Du kamst gleich nach den ersten Schritten an einer Bücherwand vorbei. Die lag rechts. In der Mitte der Wand aber war eine Art Nische, und in dieser Nische wiederum hing das Bild, das alles hast du nur am Rand mitbekommen, der verdammte Schreibtisch war dir ja so wichtig – aber trotzdem, ja, ein großes Foto hing da in dunkelblauem Rahmen hinter Glas. Und es war ziemlich ähnlich dem anderen Foto, das du eine halbe Stunde zuvor in einem Mädchenzimmer in Lengbrunn betrachtet hast: nochmals Evi Fellgrub. Und wieder im blaugrünen Paillettenkostüm. Diesmal aber allein, nur Solistin, das rechte Knie hochgezogen, Schultern und Kopf nach vorne, dem Betrachter zugestreckt, auf dem Gesicht ein strahlendes Lächeln, und das alles zusammen in einer jener kessen, triumphalen Posen, die wohl zum Repertoire der ›Crazy Spessart Kids‹ gehörten.

Unter dem Bild? Da gab es noch etwas. Da standen zwei Kerzen … Die steckten in Messingleuchtern und wirkten so feierlich, als müßten sie einen Altar schmücken.

Schon ziemlich merkwürdig das alles …

Der Schreibtisch jedoch, da hat deine Nase dich nicht getrogen – der Schreibtisch brachte noch mehr.

An der rechten Ecke stand der PC, daneben eine ziemlich große, hübsche, holzgeschnitzte Schale. Doch darin lagen nicht nur Kugelschreiber und Bleistifte, darin lag ein für dieses Ambiente doch ziemlich sonderbarer Gegenstand. Fast gleichzeitig jedoch hast du auf der Lederunterlage noch etwas entdeckt: ein Stadtplan, eines jener Faltblätter, die in Vorortgeschäften oder Zeitungskiosken ausliegen und die man manchmal geschenkt bekommt, weil sie von den örtlichen Geschäftsleuten finanziert werden. Die Farbe – gelb. Und darauf in schwungvoller Schrift: »Kommen Sie doch mal nach Preungesheim!«

Die Karte, dachte Berling, hat er sich wohl besorgt, um den besten Fluchtweg herauszutüfteln.

Am interessantesten jedoch blieb das metallschimmernde Ding in der Bleistiftschale.

Es war ein Patronenmagazin.

Und soweit das Berling in der halben Sekunde, die ihm blieb, um das alles zu registrieren, einzuschätzen möglich gewesen war, konnte das genau in ein Militärgewehr passen.

Es war beinahe zu fantastisch: das Bild mit den Kerzen, der Stadtplan, das Patronenmagazin – Schneider hatte ihm die unglaublichste Sammlung von Indizien präsentiert, die er je zu Gesicht bekommen hatte. Und so war dem Mann wohl keine andere Wahl geblieben, als ihn sofort niederzuschlagen. – Doch warum ließ er den ganzen Krempel offen im Haus herumliegen …? Es gab nur eine einzige Antwort: Schneider mußte sich nicht nur völlig sicher fühlen, es machte ihm auch noch Spaß, ständig vor Augen zu haben, was für ein toller Hecht er doch war.

Du selbst aber, dachte Berling, du selbst hast dich aufgeführt wie der letzte Anfänger!

Was jetzt? Zumindest siehst du einigermaßen klar. Nochmals hochfahren? – Das brachte nichts.

Er tippte hastig die Nummer des K-13 ein und verlangte Schiermann.

»Hör mal, Eddy, das ist nun wirklich dringend. Schau bitte im Computer nach, ob da irgendwas gegen einen Schneider, Dirk, wohnhaft in Bad Orb, Amselweg 14, vorliegt. Ja, und dann brauche ich einen Hausdurchsuchungsbefehl, und wenn's geht einen Haftbefehl wegen dringenden Tatverdachts. – Was? Klar bin ich mir sicher. Paß auf …«

Eilig zählte er Schiermann auf, was er in Schneiders Haus gerade erlebt und gesehen hatte.

»Das is'n Ding! Gut, Saynfeldt wird gleich losorgeln. Und wohin willst du das Zeug?«

»Ticke es an die Polizei in Bad Orb durch. Ich bin gerade auf dem Weg dorthin.«

Er gab Gas, fuhr zur Polizeileitstelle und hatte dabei nur eine Sorge, daß Saynfeldt dem diensthabenden Richter ordentlich einheizte. Aber wenn der hinter einer Sache her war, kannte er keine Widerstände, brachte er Rekordzeiten.

Und richtig, er hatte sich kaum vorgestellt und wartete auf den Diensthabenden, als schon der Fernschreiber lebendig wurde.

»Schneider?« wunderte sich der Schichtleiter, ein älterer, grauhaariger Mann und schaute Berling über seine Halbbrille hinweg an. »*Der* Dirk Schneider? Was haben Sie denn gegen den? Den kennen wir hier. Der hat 'nen prima Ruf.«

»Glaube ich Ihnen.«

Berling massierte sich den schmerzenden Hals und erklärte, was er gegen Schneider hatte.

»Und jetzt?« fragte der Hauptwachtmeister.

»Und jetzt fahren wir gleich wieder hoch in den Amselweg. Geben Sie mir jemand mit.«

»Das besorge ich schon alleine. Da will ich selber dabeisein.«

»Na bitte.« Sie stiegen in Berlings BMW, er schaltete das Martinshorn ein, solange sie es mit dem Verkehr in der kleinen Stadt zu tun hatten, doch als es dann hochging, brachte er die Sirene wieder zum Verstummen. Sie brauchten für die Fahrt keine zehn Minuten, aber sie kamen doch zu spät.

Das Haus war leer. Und mit Schneider war nicht nur der Stadtplan, sondern auch das Patronenmagazin verschwunden. Nur Evi Fellgrub lächelte sie zwischen den Büchern heraus an …

Es war Dienstag gewesen, als Isabella zusammen mit Reuter nach Preungesheim gefahren war. Während die Kanzlei inzwischen alle Hebel in Bewegung setzte, um über Informanten und Kontaktpersonen genauere Einzelheiten und nachprüfbare Erkenntnisse über Ludwig Ladowskys Jugend zu erhalten, fuhr sie nun jeden zweiten Vormittag in die Untersuchungshaftanstalt. Die Kontrollen hatten sich inzwischen nicht etwa gelockert, im Gegenteil, sie waren unangenehmer und lästiger, noch penibler geworden. Ihre Bitte, ein Tonbandgerät mit in den Besprechungsraum zu nehmen, löste einen kleinen Skandal aus, der sogar den Anstaltsleiter auf den Plan rief: ein resignierter, fast schwermütig wirkender Mann, der ihr mit geduldiger, angenehmer Stimme auseinandersetzte, ein Tonbandgerät sei auf geheime Botschaften und andere verbotene Schmuggelware hin nicht zu untersuchen, ohne daß es nachher betriebsunfähig wäre. Und überhaupt, Elektrogeräte – sie möge doch an den Baader-Meinhof-Selbstmord denken – seien der Schrecken jeder Besucherkontrolle.

»Meinen Sie etwa, ich würde Handgranaten in Tonbandgeräten verstecken?«

»Ich meine gar nichts«, sagte Amtsleiter Kanitz. »Nur leider, das geht nicht …«

Sie kaufte sich einen Uniblock und schrieb zu Hause an ihrem Schreibtisch Seite nach Seite voll. Dabei erlebte sie wieder die Stunden im Besuchersprechzimmer, blickte, auf ihren Stuhl gebannt, in Ladowskys junges Gesicht, sah die zuckenden Mundwinkel, die zitternden Finger, die heftigen Bewegungen, legte ihm beruhigend die Hand auf den Arm, setzte den Körperkontakt bewußt ein, um seine Sperren, seine Abwehr zu lockern, um auch noch die schlimmsten Erfahrungen und das schreckliche Potential, die in ihm schlummerten, zum Fließen zu bringen.

»Warum willst du das alles wissen?«

»Ich will wissen, wer du bist, Ludwig.«

Es war die einfachste Antwort gewesen, die sie ihm geben konnte. Und sie traf. Es war das erstemal, daß sie etwas wie Erstarrung, wie ein persönliches Staunen, ja ein persönliches Wahrnehmen ihrer Person an ihm bemerkte.

»Du willst wissen, wer ich bin?«

Das Du hatte sich beinahe selbstverständlich durchgesetzt, wie es ja auch in ihrer therapeutischen Praxis oft genug geschah. Er hatte sie angesehen, aus diesen dunkelblauen Brunnen von Augen heraus, mit dem flehend-hilflosen, so hübsch geschwungenen Kindermund – mit der ganzen Verzweiflung, die den Abgrund aufzeigte, der in ihm verborgen lag.

»Mein Gott, Ludwig, darüber waren wir uns ja wohl von Anfang an im klaren. Das ist doch zu begreifen, oder?«

»Wer ich bin …? Wenn ich das wüßte … Das will ich selbst schon immer wissen. Seit ich denken kann, will ich das wissen …«

Abends schaltete Isabella die Stehlampe an, legte beruhigende Meditationsmusik auf, hörte den perlenden, gelassenen Sitartönen zu und nahm sich wieder ihre Gefängnisaufzeichnungen vor, um aus den Gesprächsprotokollen eine Anamnese, das Bild der Krankheitsentwicklung zu erhalten, der Ladowsky ausgesetzt war.

Und er war krank! Das stand fest. – Abwegig war es, wie Reuter das getan hatte, von Schauspielerei zu reden – nein, Ludwig Ladowsky war schwer pathologisch. Und da war noch etwas: Er war ein Mensch, ein Wesen, dem nicht nur der Reifeprozeß abgeschnitten worden war – nein, nie hatte er eine Chance gehabt, erwachsen zu werden und somit seine eigene Persönlichkeit auszuformen. Dies war das große Verbrechen, das in seiner Jugend an ihm begangen wurde: Seine Mutter hatte ihn daran gehindert, die geschlechtlich festgelegte Rolle des Jungen zu übernehmen, seine Mutter wollte das Mädchen – ein Jüngling, ein Mann zu werden stand unter Verbot, wurde zur Sünde erklärt …

Isabella lehnte sich zurück, schloß die Augen und dachte nach, was der heutige Tag gebracht hatte. Stets waren es ähnliche Reaktionen, oft identische Antworten.

»In dieser Sache dürfen Sie sich um Himmels willen nicht von Gefühlen leiten lassen, Isabella«, hatte Reuter gesagt.

Natürlich durfte sie das nicht. Ihre ›Regeln‹ verlangten ja nichts anderes als objektive, kritische Distanz. Doch hatte der Professor recht, als er ihr vorwarf, daß sie zu wenig an das Opfer dachte? Stimmte es? Ihr Auftrag war die Exploration des Täters. Der grauenhafte Mord, die unendliche, unfaßliche, ja schweinische Brutalität, mit der er ausgeführt worden war – verblaßte er nicht vor dem Bild des unreifen Täters, den man selbst als Kind vergewaltigt und zum Opfer gemacht hatte?

Sei also ehrlich, wenigstens mit dir selbst.

Sie öffnete ihre Arbeitsmappe, wie sie das immer tat, wenn sie mit dem Ladowsky-Protokoll begann.

Aus den vielen Zeitungsfotos hatte sich Isabella die beiden ausgesucht, die sie für ihre Arbeit am geeignetsten fand. Sie lagen nebeneinander: Evi Fellgrub mit dem nachdenklichen Blick, mit dem hübschen – dem schrecklich zertrümmerten Kopf …!

Und er, Ladowsky, die Augen dem Beschauer zugewandt, die verdammten blauen Augen, der Mund, das Konfirmandenlächeln …

Nebeneinander lagen sie vor ihr auf dem Tisch.

Sie schlug den Notizblock auf, überflog die Sätze, die sie aufgeschrieben hatte.

»… als das passiert ist, bei der kleinen Silke wie bei dieser armen Evi, war das immer dasselbe: Mich gab's nicht mehr …

Das können Sie glauben oder nicht. Ist mir ganz egal – aber mich gab's nicht mehr. Ich saß wie in 'ner Raumkapsel … Da gab's nur einen außer mir …«

»Noch einen?«

»Den mit der Stimme. Die war in meinem Schädel … Das passiert doch jedem, daß da in seinem Schädel plötzlich Stimmen sind, ist doch auch so im Traum … Ich habe mit Merz gesprochen, war ein Kollege von mir, dem die Frau starb, bei dem lief's auch so. Wenn er sich dreckig fühlte, sprach er mit ihr und hörte ihre Stimme. Oder meine Mutter … ›Ich weiß, was der Herr befiehlt‹, sagt sie dauernd: ›Ich höre durch ihn und sehe durch ihn. Und so sehe ich auch jede Sünde…«

Über diesem Teil des Explorationsprotokolls stand als Datum der 14. August. Es war also eine Aufzeichnung ganz zu Beginn ihrer Gespräche.

Sie blätterte weiter in ihren Stenoaufzeichnungen, um entscheidende Stellen für den Aufbau des Gutachtens zu finden.

Hier zum Beispiel …

»… die anderen, die wollen ständig was von dir – nur dich, dich wollen sie nicht … So war's immer. Aber wenn du mal was brauchst, dann ist keiner für dich da! – Dabei hab' ich doch geholfen, wo ich überhaupt helfen konnte, hab' mich immer angestrengt, daß sie zufrieden sind, hab' sie hin und her chauffiert, immer war ich der erste, zu dem sie gelaufen kamen, habe mit am Haus gebaut, in der Nachbarschaft, hab' den alten Leuten das Essen in die Wohnung gebracht … Die waren noch nett auch wenn die anderen gemein waren. – Ich hab' trotzdem weiter geholfen.«

Es folgte eine ganze Litanei von Namen und Hilfsaktionen, und sie fragte sich, wieso er sich so genau erinnerte, wenn er doch in anderen Punkten ein ausgesprochen schwaches Gedächtnis bewies. Es war, als erwarte er für seine Leistungen einen Orden, der ihm nie verliehen wurde. Und der Orden trug den Namen Anerkennung. Ernstgenommen wollte er werden, oder auch nur Sympathie erfahren ... Und da stand nun der Satz, der sie zunächst stutzen ließ, ja beinahe erschreckte, und der sich dann doch wieder in nichts auflöste:

»Mir war's egal. Ich hab' geholfen, weil's ja so viel zu helfen gibt und mir so schrecklich viel leid tut. Besonders die kleinen Kinder tun mir leid.«

»Die kleinen Kinder?«

»Ja. Wie die behandelt werden«, hatte er gesagt. Und der Blick, den er ihr zuwarf, war vollkommen unbefangen.

»Und dann die Tiere natürlich, die sind doch am schlimmsten dran ... Ich hatte mal 'nen Hund, das heißt, ich hatte keinen, meine Mutter erlaubte das ja nicht, das war der Hund vom Nachbarn, so ein kleiner Waldi, und der kam immer zu mir rüber, und wir spielten miteinander, der kroch sogar zu mir ins Bett, das durfte die Alte natürlich nicht merken, mein Gott. Wenn meine Mutter das erfahren hätte – und da lagen wir zusammen in den Kissen und haben uns so gut verstanden, ich hab' mit ihm gesprochen, ich hab' ihm alles erzählt ...«

»Was?«

Wieder derselbe Blick. *»Alles, was mich bedrückte, was denn sonst? Und nun können Sie lachen oder nicht, er verstand mich. Das war ein richtiges Gespräch. Er war so lieb ... Und dann, dann hat ihn einer vergiftet ...«*

Zwei Tage später:

»Ich wollte immer weg. Von allem. Das war so, solange ich überhaupt denken kann. Meinen Vater, gut, den hab' ich überhaupt nicht gekannt, doch dann kam der, den meine Mutter geheiratet hat, dann wurde es ganz schlimm ...«.

»Dein Stiefvater?«

»Für mich war das nur ›der Mann‹. Am Anfang sprach er noch mit mir, da versuchte er auch, mir bei den Schulaufgaben zu helfen ... Der war unheimlich streng, aber gut, er redete ...«

Aber das tat er bald nicht mehr. Erst gab's Krach wegen des ganzen bescheuerten Theaters, das meine Mutter mit mir machte – und dann sah er mich nur noch an, als sei ich irgendein komi-

sches, ekliges Tier, eine Kröte oder so was ... Ja, und dann war er weg...«

Pause.

»Weg, das wollte ich auch. Und nicht nur wegen des ganzen verrückten Zeugs meiner Mama ...«

»Wie alt warst du damals?«

»So zehn oder zwölf – Wohin sollte ich denn? Ich hatte doch gar kein Geld ... Und so blieb ich. Und mußte das alles einstecken, was meine Mutter da abzog, ihr ewiges: ›Du bist meine süße, kleine Ludi ... Meine kleine Ludi‹, sagte sie. Und: ›Du wirst anders sein als alle anderen Frauen, nicht so gemein, nicht so verhurt...«

»Sie hat dich als Mädchen angeredet?«

»Ja, wenn sie's überkam. – Wahnsinn war das doch. Und ich konnte es ihr noch nicht mal sagen, denn dann heulte sie los. Aber ich wollte weg. Irgendwohin, wo es schön ist, wo es Pflanzen gibt und Wald oder noch einen Bach ... Ich nahm mein Fahrrad und fuhr los. Dann setzte ich mich neben so einen Baum und war froh. Manchmal sah ich auch einen Hasen oder einen Vogel ... Und dann ...«

Er hatte den Satz nicht zu Ende geführt. Unter der Rubrik ›Gesprächsverlauf‹ am Rand des Stenogramms stand: »Zeigt ziemlich heftige emotionelle Erschütterung, zerbricht einen Bleistift, weint stumm vor sich hin und ist für Minuten nicht ansprechbar ...«

Gerade dieses Gespräch jedoch nahm eine sehr wichtige, höchst interessante Wende:

»Wenn ich dann von so einem Ausflug zurückkam, dann hab' ich einfach alles nicht mehr ertragen, aber ... aber ich hatte meinen Trick. – Das ging so einfach wie Fingerschnipsen oder auf einen Knopf drücken. Ja, ich drückte das Knöpfchen, und alles war fort. – Sehen Sie mich nur an, so war das: Es gab nichts mehr, nur mich. Niemand konnte mir was ... Ich schwebte über allem, unserem Hausdach, über den Dächern, ich schwebte über der Welt – nur mich gab's und den, der manchmal mit mir sprach ...«.

»Wen?«

»Das war nur so eine Stimme. Ich nannte ihn Nemo.«

»Wo hast du den Namen her?«

»Was?«

»Nemo heißt ›niemand‹.«

»Na und? – Der verstand mich. Der hatte den Durchblick, der sagte mir, wo es lang ging. Der sagte mir, ich solle mir keine Sorgen machen, ich sei größer, mächtiger, wichtiger als das ganze Gewusel dort unten. – Und dann sagte er: ›Du kannst dir die nehmen, die du willst!‹«

»Nehmen? – Und die ...? Eine Frau also oder ein Mädchen, Ludwig? Warum?«

»Weil ... weil er's so wollte ...«

»Aber dieses ›nehmen‹ – das war Mord.«

Sie hatte keine Anmerkung zu seiner Reaktion gemacht, doch sie erinnerte sich genau: Er hatte nur dagesessen und sie angestarrt.

»Und warum das Kreuz nachher?«

»Das ... das hat mit meiner Mutter zu tun. Sie sagte immer: Gott hat die Frauen verstoßen ... Und ich, na gut, ich legte das Kreuz darauf, ich wollte sie erlösen, gewissermaßen ...«

»So – gewissermaßen.« NEHM DIR DIE DA ... »Du bist also mächtiger als alle. Hat er sie dir gezeigt?«

»Das brauchte er doch nicht.«

»Was meinst du damit?«

»Was meinst du damit, was meinst du damit ...! Ich sah sie doch selbst. Ich wußte es sofort.«

Ich sah sie – ich wußte es?

»Und?«

»Schwierigkeiten mit Worten, heftiges, beinahe konvulsivisches Verhalten«, meldeten ihre Anmerkungen ...«

»Also was, Ludwig? Du sahst sie, du wußtest es.«

»Ja.«

»Und dann?«

»Und dann ... dann ... dann passierte das einfach, ja – mir.«

»Was passierte?«

»Das war so wie ein Rauschen, das war überall in mir, ein Rauschen oder eine Art Donnern, und doch nicht so laut, da war alles heiß in mir, das war ... das kann man gar nicht beschreiben, das passierte einfach, das, das ... das war wie eine Explosion ...«

»Aber eines konntest du: Du hast ganz freundlich mit ihnen gesprochen. Sonst wären sie ja nicht mit dir gekommen.«

»Ja«, sagte er und nickte. *»Reden konnte ich. Das ist schon wahr, das konnte ich ...«*

»Und wie passierte es? Es passierte doch auch die schreckliche Sache mit dem Stock. Was ist damit? Den Stock, den du ihnen zuvor in den Leib gestoßen hast?«

»Weil sie es so wollten. Sie wollten immer das ...«

In ihren Aufzeichnungen stand hinter dem Satz die Anmerkung: »Brüllt, steigert sich in einen Zusammenbruch hinein ...« Und sie sah die Szene wieder vor sich und hatte Mühe, sie nicht zu verdrängen.

»Sie glauben das nicht? Das ist so ... Ich wollte doch nicht selbst da hinein ... Das ist Sünde, hat meine Mutter gesagt, weiß der Teufel, was das ist ... Die hat es ja immer nur damit. Schon deshalb mach' ich's lieber mit mir. Ich brauch' das nicht. – Die brauchen es ...«

Sie hatte es ihm nicht durchgehen lassen. Das nicht! Sie hatte ihn an die Fotos erinnert, ihm die Qual heraufbeschworen, die Evi Fellgrub hatte erleiden müssen, bevor sie gestorben war.

Und das war das Ende des Gesprächs ...

Sie schlug eine neue Seite auf: der 19. August. Das war der Tag danach.

»Gesprächsbeginn äußerst schwierig«, stand unter ihren Anmerkungen. Und: »Von extremen Kommunikationsschwierigkeiten begleitete, stockende Rede.«

Und nun:

»Sie müssen vergessen, was ich gestern gesagt habe. Ja, die Sache mit dem Stock ... Und daß ich bei mir selbst ...«

»Ich kann das nicht vergessen, Ludwig. Im Gegenteil: Ich muß mit dir darüber reden.«

»Sie …? Sie müssen gar nichts.«

»O doch. Wir werden das klären. Wir müssen die Gründe finden. Ich will dir helfen.«

»Müssen? – Warum müssen?«

»Darum geht es jetzt nicht. Ich will dich jetzt etwas anderes fragen: Warum eigentlich haßt du deinen Körper so?«

»Ich …? Meinen Körper hassen?«

»O ja, das tust du.«

Und wieder eine Anmerkung: »Brüllt, brüllt gute zwei Minuten lang und so laut, daß ein Beamter hereinkommt. Es gelingt mir, beide zu beruhigen – den Beamten wie Ludwig. Er weint nur noch. – Als wir wieder allein sind …

»Mein Körper, es ist wahr, wenn ich ihn ansehe … ich hasse ihn … Und das ist die Schuld meiner Mutter, die mit ihrem Mädchenzeug … Ich kann's ihr nicht übelnehmen, dazu mag ich sie zu sehr, aber es ist nur ihre Schuld. Wenn ich im Bett lag, hat sie mich immer am Bauch gepackt oder an meinem Pimmelchen und gesagt: ›Da ist die Sünde! Da sitzt der Teufel …!«

Es war die letzte Sitzung gewesen. Sie hatte vor drei Tagen am Nachmittag stattgefunden. Bis jetzt gab es keine Fortsetzung des Gesprächs – Ladowsky weigerte sich, mit ihr zu reden.

Sie klappte ihr Schreibheft zu. Der Block und die Zeitungsfotos kamen wieder in die Arbeitsmappe, dann nahm sie den Stapel Unterlagen, den sie für das Gutachten brauchte, und rückte ihn zurecht … Doch etwas hinderte sie daran, zu beginnen. Sie ließ den Bleistift ruhen. Seit sie mit dieser verdammten Arbeit angefangen hatte, wurde sie das Gefühl nicht los, Ladowsky begleite sie, untrennbar, durch nichts zu verscheuchen, so wie ein Schatten. Sie mußte den Kopf klar bekommen – und doch: Wieder hörte sie seine Stimme, vernahm dieses hoffnungslose, nein, uferlose Weinen, das wie ein nicht zu bändigender Strom seinen Selbstbehauptungswillen mit sich forttrug. Es war kein lautes Weinen, keine Anklage darin, doch es war von elementarer Gewalt.

Armer Teufel, dachte sie, ja, das ist Ludwig, ein verlorener, im Wirbel seiner Wahnbilder untergehender Mensch. Doch konnte man Wahnbilder Schicksal nennen? Das würde die entscheidende Frage sein. Oder waren sie ihm aufgezwungen? Aber es ist doch stets das gleiche, wir alle werden im Lauf des Lebens in irgendeine Form gepreßt, und jeder, vielleicht die meisten, werden von dieser Form erstickt, einem falschen Selbst, an das wir uns gewöhnen, ohne uns je wirklich erfahren zu können.

Dies war das eine.

Und das andere?

»Dem Bösen«, hatte Ernst Hauschild ihr einmal gesagt, »dem Bösen können wir uns mit dem Verstand nicht nähern. Es ist so unergründlich wie Gott selbst. Vielleicht noch unergründlicher. Den Abgrund des Bösen lotet niemand aus, weil kein Licht sein Dunkel durchbricht, auch der Verstand hilft nicht weiter, weil das Böse keine Ordnung kennt, sondern die Negation jeder Ordnung darstellt.«

Das Böse. Wenn es in Ludwig Ladowsky steckte, war es dann deshalb nicht zu greifen, weil niemand es zu begreifen vermochte?

Sie überlegte lange, dann nahm sie doch den Bleistift und schrieb die ersten Sätze des Gutachtens nieder. Sie kamen leicht und schnell, leichter, als sie erwartet hatte.

»Tanz auf dem Vulkan, Pirouette auf dem Eisberg!« – Peter Aman verzog den Mund, doch diesmal lag nicht die übliche freundschaftliche Ironie auf seinen Lippen, sondern ein grimmiges, fast verzweifeltes Staunen: »Mein Gott, Isa! Was soll das alles? Ehrlich, langsam mache ich mir große Sorgen.«

Nur auf einen Sprung war sie in die Praxis gekommen, um einige Papiere für die Kassenabrechnung abzuholen; das eigene Studio hatte sie in den letzten Tagen kaum mehr betreten, sie kam in die Praxis nur dann, wenn einer der Klienten sie dringend brauchte. Es gab lediglich das Ladowsky-Gutachten – und das schlechte Gewissen gegenüber ihrer Arbeit, das sie begleitete wie ein Schatten.

Und nun Peter.

»Was hast du bloß mit mir?«

»Das fragst du? Fragst du das im Ernst? Morgen geht's doch los.«

Ja, morgen um zehn begann der Prozeß.

Er sah sie weiter an, schüttelte den Kopf und griff nach ihrer Hand: »Komm!«

»Wohin?«

»Auf 'nen Kaffee beim Italiener.«

Sie verließen das Haus und kreuzten die Straße, doch plötzlich bog er nach rechts ab, zu einem der Zeitungsautomaten. *Kurier* stand auf dem weißen Kasten. Er warf Münzen hinein und fischte sich ein Exemplar heraus.

Der Tag war licht, hell und warm. Autos zogen so gemächlich vorüber, als wollten auch sie die Sonne genießen. Nur einige Meter entfernt standen zwei gelbe Telefonzellen, und im Schatten eines Kastanienbaums wartete eine grüngestrichene Fußgängerbank.

Peter steuerte sie an und setzte sich.

»Und? Du wolltest doch 'nen Kaffee?«

»Auch«, sagte er. »Obwohl, Koffein ist in dieser Situation wohl nicht das angezeigte Mittel.«

Er blätterte in der Zeitung: »Mist – wo steht das noch?

Mein Wagen ist nämlich in der Werkstatt, und so habe ich heute den Bus genommen, und da saß einer und las den *Kurier*. – Und ich las mit … Hier!«

Er schob ihr die aufgeschlagene Zeitung zu.

Es war die Seite vier, und die ganze Seite nahm ein Vorbericht über den Ladowsky-Prozeß ein, doch von Ladowsky war nicht die Rede, sondern von den umfangreichen Sicherheitsmaßnahmen, die angesichts des ›geradezu explosiven Interesses der Öffentlichkeit und der daraus resultierenden Gefahren‹ von den Verantwortlichen der Justizbehörden angeordnet worden waren.

Isabella saß ganz ruhig und versuchte, sich den Schock nicht anmerken zu lassen.

Es war nicht der Text, es waren die Bilder.

Das größte, das die Mitte des Artikels einnahm, zeigte zwar nur den Eingang des Schwurgerichts und ein paar Beamte, die damit beschäftigt waren, Publikumsbarrieren aufzubauen, darunter aber zog sich eine Reihe von Fotos. Sie erkannte den Vorsitzenden der großen Strafkammer, den Landgerichtsdirektor Dr. Heinrich Martin, gleich daneben Richard Saynfeldt in der Toga des Anklägers, dann ein weiterer Mann, Professor Reuter, der Verteidiger, und schließlich ein letztes Bild …

Ihr Magen zog sich zusammen.

Herrgott noch mal … Was sollte das? Vor allem: Wie kamen sie zu dieser Fotografie? Wer hatte sie ihnen besorgt?

Es war das Foto eines Paares im Badeanzug.

Der Mann lag ausgestreckt in der Sonne, die Beine wohlig gespreizt, während sich eine mit einem Bikini nur äußerst knapp bekleidete Frau über ihn beugte, die linke Hand auf seiner Brust abstützte und ihn auf die Stirn küßte.

Die Frau im Bikini war sie selbst – der Mann Richard …

Und die Berge dort am Rand des großen Sees, das waren die Berge, die sich über dem Lago Maggiore erhoben.

Isabella war zu keinem Gedanken fähig. In dieser Sekunde gab es nur ein Gefühl in ihr: blinde Verblüffung. Dann wuchs der Zorn.

Wie kam die Aufnahme in die Zeitung? Sie kannte sie, o ja, sie erinnerte sich: Tina Rossi hatte sie ihr zugeschickt, vor drei Jahren, dachte sie, damals an Weihnachten, nach dem ersten verliebten Sommer in Ascona, und nicht nur das Foto hatte sie geschickt, auch einen langen Brief, und in dem Päckchen befand sich sogar noch eine kleine Flasche hausgebrannten Grappas – doch wie konnte der *Kurier* …? Soviel steht fest, dachte sie: Bei dieser Aufnahme handelt es sich nicht um diese Fotografie, es ist nicht möglich, denn sie existiert nicht mehr …

Das wußte sie. Sie erinnerte sich haargenau: Das Bild war an jenem Tag dabeigewesen, als sie in einer Mischung aus verletztem Stolz, aber auch befreiendem Zorn all die Dinge, die irgendwie, und sei es in einer noch so entfernten Weise, mit Richard Saynfeldt zusammenhingen, in den Müll geworfen hatte. Und wann war das? Vor drei Wochen … Richtig. Und du bist damals gründlich vorgegangen: Die Bücher, die paar Geschenke, selbst die alten Opernkarten, die du aus Sentimentalität noch aufbewahrt hattest, kamen in den Plastiksack. Ebenfalls zwei seiner Krawatten, die aus irgendeinem Grund noch im Schrank herumhingen. Und selbst der silberne Drehbleistift, was dir wirklich schwerfiel. Denn an ihm hing nun wirklich dein Herz – er war so hübsch …

Das Foto aber machte den Anfang. Sie hatte es nicht nur weggeworfen, sie hatte es sogar zuvor noch zerrissen und als Schnipsel in den Müll gestreut.

Sie las den Text.

Er war noch schlimmer als das Foto.

»Trotz der Gefühle von Zorn und Trauer, die in der Frankfurter Bevölkerung diesen Prozeß begleiten, der von vielen als der ›Prozeß des Jahres‹ betrachtet wird, wäre noch eine pikante Note anzumerken: Wie der *Kurier* erfahren konnte, bestand zwischen dem Vertreter der Anklage und der Gutachterin der Verteidigung seit Jahren eine intime Beziehung, was dazu geführt hat, daß die Frau des Oberstaatsanwalts Richard Saynfeldt mit ihren Kindern das gemeinsame Heim in Oberursel verließ und die Scheidung eingereicht hat.«

Intime Beziehung …? Scheidung eingereicht …!

»Na, was hältst du davon?«

Peter Aman.

Sie hatte beinahe vergessen, daß er neben ihr saß. Es war zu unglaublich, es war verrückt, und, zum Teufel, was hatte das mit dem Prozeß zu tun? Es war eine Schweinerei.

Doch woher stammte das Bild? – Es gab nur eine Antwort: Tina mußte damals, an Weihnachten vor drei Jahren, eine zweite, identische Fotografie auch Richard zugeschickt haben.

»Das ist eine Schweinerei«, hörte sie sich sagen.

»Das ist die Presse«, sagte Aman. »Nichts weiter … Wie nennt man einen Menschen wie dich so schön? Eine Person des öffentlichen Interesses.«

Er packte ihre Schulter und zwang sie, ihn anzusehen: »Herrgott, Isa, sag mir nur eines: Warum warst du so scharf darauf, dich da reinreiten zu lassen? Himmelarsch, wieso bist du damals nicht nach Kuba geflogen?«

Kuba – dachte sie und fühlte sich mit einemmal sehr elend: Kuba …

Sie schüttelte den Kopf. »Es gibt Dinge, die müssen sein. Und oft sind das die Dinge, die man nicht begreift, wenn sie passieren, und bei denen man sich erst später darüber klar wird, wie wichtig sie gewesen sind.«

»Ach ja? – Wichtig ist, daß du dich von diesen Presse-Heinis in der Luft zerreißen läßt? Und daß sie dich morgen in diesem verdammten Gerichtssaal zu Brei klopfen? Was glaubst du denn, wie das enden wird? Die ganze Atmosphäre um deinen Auftritt ist derart verheerend, daß es einem schlecht werden könnte … Weißt du, daß diese ›Liga gegen Gewalt‹ über zweieinhalb Millionen Unterschriften gesammelt hat, um zu erzwingen, daß dein Klient als ganz gemeiner Straftäter auf lebenslänglich im Knast landet, wo er meiner Meinung nach auch hingehört. Bundesweit läuft das, Isabella … Und genau das ist auch das richtige Wort: Bundesweit stehst du im Scheinwerferlicht, bundesweit sind die Kameras auf dich gerichtet, bundesweit wird jeder verdammte Redakteur sich die Finger lecken, damit er dir an den Karren fahren kann. Und was da jetzt rund um dich abgeht und hochbrodelt, das ist der ›Volkszorn‹, berechtigt oder nicht, sicherlich berechtigt, aber auch durchmischt mit Sensationsmacherei, und du …«

»Was morgen abläuft, ist ein Prozeß.«

Sie sah Reuters Gesicht vor sich, dachte an die endlosen Diskussionen mit ihm und fühlte sich nun zum erstenmal sicher, als sie sagte: »Es geht um Recht, es geht um Paragraphen, es geht um Inhalte und um Gesetze.«

»Und das glaubst du?«

»Natürlich glaube ich das.«

»Und Ladowsky? Um den geht's auch. – Verdammt noch mal, hast du denn die Plakate nicht gelesen? Auf dem Römer wird eine gewaltige Massenversammlung veranstaltet, da kommen Busse von überall her, sie erwarten Tausende von Demonstranten. Was im Gericht abgehen wird, daran wage ich gar nicht zu denken … Und du, du streitest dich darum, ob dieser Scheißkerl jetzt im Gefängnis oder in einer Maßregelklinik weggesteckt wird? Was willst du denn? Die Jeanne d'Arc spielen …? Und noch was, Isa: Lüttker, dein Gutachterkontrahent, ist ein alter Fuchs, das weiß ich. Der hat zwanzig Jahre Gerichtssaalpraxis, ist Lehrstuhlinhaber für forensische Psychologie, hat mit nichts anderem zu tun – und du mit deinem lächerlichen Kurs von zwanzig Stunden!«

Sie schwieg.

»Wenn du dir nur darüber im klaren wärst, daß du gegen solche Leute nichts in der Hand hast.«

»Wir werden sehen …«

»O ja! Jeanne d'Arc! Nur, für wen? Für einen Sexualmörder.«

»Wir werden sehen«, wiederholte sie müde. Und dann sagte sie: »Ich habe die Gesetze nicht gemacht, aber ich finde es noch immer vernünftig, einen kranken Menschen dorthin zu bringen, wo er hingehört, und sei es ein Leben lang, statt ihn kaputt und zerbrochen, wie er nun mal ist, ins Gefängnis zu stecken.«

»Gitter sind Gitter.«

»O nein.« Sie wandte sich ihm zu, und er sah zu seinem Erschrecken, daß sie Tränen in den Augen hatte. »Das ist nicht wahr. Gitter sind nicht gleich Gitter. Wenn du einen solchen Menschen in eine normale Vollzugsanstalt schickst, dann ist das etwa so, als würdest du einen Sklaven in einer römischen Kampfarena den wilden Tieren vorwerfen.«

Peter Aman schüttelte den Kopf. Dann stöhnte er leise und vergrub sein Gesicht in beide Hände.

»Auch noch«, flüsterte er. »Auch noch sentimental …«

Es war der Tag des Handys. Um ihren Schock zu überwinden, wollte Isabella in ihre Wohnung fahren, doch schon unterwegs fing das verdammte Ding in ihrer Handtasche zu piepsen an.

Sie zog es heraus und nahm es ans Ohr.

»Frau Dr. Reinhard?« sagte eine Männerstimme. Sie konnte sie nicht gleich einordnen, doch sie schien ihr bekannt.

»Ja.«

»Hier ist Berling, Oberkommissar Berling – Sie erinnern sich?«

»Aber natürlich.«

»Frau Dr. Reinhard, ich rufe Sie dienstlich an, und leider – ist es kein besonders angenehmer Anlaß.«

»So?« sagte sie und dachte: Auch noch!

»Frau Dr. Reinhard, morgen beginnt der Prozeß, bei dem Sie als Gutachter auftreten. Ich muß Sie bedauerlicherweise darauf hinweisen, daß damit gewisse Gefahren verbunden sind …«

Sie sah rechts eine Parklücke, steuerte den Golf hinein, stoppte und holte tief Luft. »Herr Berling, lassen Sie doch bitte dieses schreckliche Amtsdeutsch. Was für Gefahren? Um was geht's denn? Ihr werdet doch in der Lage sein, das Landgericht so abzusichern, daß nichts passieren kann.«

»Das schon, Frau Dr. Reinhard. Nur, da war dieser Anschlag auf Ladowsky. Und dieser Mann, der da in Preungesheim geschossen hat, um den geht es.«

»Ja?«

»Nun, wir haben herausgefunden, wer das ist. Wir hätten ihn auch beinahe festgenommen, aber er ist uns im letzten Augenblick entkommen.«

»Und?«

»Wir kennen seine Motive nicht. Bei unserem Gespräch jetzt handelt es sich daher um eine reine Vorbeugungsmaßnahme. Aber bei der Entschlossenheit, mit der der Mann vorgeht, sind wir der Ansicht, daß auch Sie zu dem gefährdeten Personenkreis gehören könnten.«

»Was heißt wir?«

»Nun, die leitenden Herren hier. Auch der Staatsanwalt.«

»Richard Saynfeldt?«

»Ja. Er macht sich Sorgen.«

»Wie nett von ihm«, sagte sie. »Aber darin – im Sich-Sorgen-Machen, meine ich – hat er sich schließlich bisher auch nicht besonders hervorgetan. Dieser Verrückte, der mit seinen Brandflaschen Frau Ladowsky und mich beinahe umgebracht hätte, läuft schließlich auch noch rum, und ich habe bis jetzt noch kein Wort von Saynfeldt gehört.«

»Das ist kein Verrückter – das waren Verrückte, Frau Dr. Reinhard. Eine Jugendbande, ein Haufen bescheuerter Analphabeten, die haben wir alle schon hochgenommen, und die sitzen. Übrigens auch in Preungesheim.«

»Wie sinnig«, sagte sie mühsam. »Was soll ich also Ihrer Meinung nach tun?«

»Aufmerksam sein. Vor allem in Ihrer Wohnung. Die ersten Vorsichtsmaßnahmen, die ich Ihnen empfehle: Ziehen Sie die Vorhänge zu. Vor allem auch bei Nacht. Schließen Sie alle Türen besonders sorgfältig ab. Auch die Haustüre … Und: Sobald Sie eine Beobachtung machen, die Ihnen verdächtig erscheint, rufen Sie sofort an. Ihr Haus wird ab jetzt ständig von unseren Streifenwagen kontrolliert; sobald Sie irgend etwas beobachten sollten, bekommen Sie Polizeischutz gestellt.«

»Wie aufmerksam«, sagte sie. »Ja nun, vielen Dank, Herr Berling. Ich werde mich daran halten.«

»Bitte, tun Sie das, Frau Dr. Reinhard.«

Sie legte auf und änderte die Absicht, sofort nach Hause zu fahren. Es gab noch etwas anderes zu tun. Gestern schon hatte sie in ihren Schubladen nach der großen Sonnenbrille gekramt, die sie in Ascona entdeckt und die ihr dann Richard in einer seiner Anwandlungen von Großzügigkeit bezahlt hatte. Doch alle Mühe war vergebens gewesen, sie fand sie nicht, und das ärgerte sie, denn ihre Hoffnung war, sich hinter dem Schutz der Brille im Gerichtssaal einigermaßen unbemerkt bewegen zu können. Nun schien das blöde Ding geradezu überlebenswichtig zu werden.

Sie sah sich um.

Richtig, sie befand sich in der Nahe der Hauptwache. Schnell stieg sie aus, warf ein paar Münzen in die Parkuhr und machte sich auf die Suche nach einer neuen Brille. Eleganz war nicht mehr wichtig, möglichst große Gläser waren gefragt, und die gab's bereits beim nächsten Optiker.

Sie nahm die erstbeste Brille, bezahlte und war gerade dabei, den Laden zu verlassen, als das Handy schon wieder zu zwitschern begann.

An einem kleinen Tisch in der Nähe des Schaufensters setzte sie sich hin und sagte: »Ja?«

Diesmal war es der Herr Oberstaatsanwalt Saynfeldt persönlich. Irgendwie hatte sie diesen Anruf erwartet, nur nicht so schnell. Sie spürte, wie ihr bei seinem metallenen »Saynfeldt« ein heißer Strom über den Rücken fuhr und zu allem Überfluß auch noch das Herz zu klopfen begann.

»Hat dir Berling Bescheid gesagt?«

»Ja.«

»Und du wirst dich daran halten?«

»Ja.«

»Ja«, äffte er sie nach. »Doch da wäre noch etwas: Ich möchte, daß du dir darüber im klaren bist, daß diese Geschichte das allerletzte Positive ist, das ich in meinem Leben für dich unternehmen werde … Und ich habe mich dabei noch gefragt, ob ich nicht ein Idiot bin, es zu tun … Du siehst: Es ist genau so gekommen, wie ich dir vorausgesagt habe – aber daß es dieses unfaßliche Ausmaß annimmt, hätte selbst ich nicht zu träumen gewagt.«

Sie nahm den Hörer etwas vom Ohr weg, weil er so schrie, und kam sich albern dabei vor. Da hockte sie auf einem goldlackierten Stühlchen mit rotweißem Damastbezug und hatte jede Menge Spiegel, Stühle und Brillenkäufer um sich, die sich nur flüsternd unterhielten, während ihr ein Oberstaatsanwalt die Ohren vollbrüllte.

»Von was redest du eigentlich?«

»Von was ich rede? Das wagst du zu fragen? Von dieser unsäglichen Schweinerei, die du dir da geleistet hast.«

»Ich versteh' kein Wort ...«

»Das Foto!« brüllte er. »Dieses verdammte Foto!«

»Beruhig dich mal, Richard, und hör auf, mich anzuschreien.«

»Beruhigen ...?«

»Das kannst du. Die Fotografie, die ich hatte, ist im Müll gelandet, wie alles, was ich von dir bekommen habe.«

»Im Müll?« keuchte er. »Im Müll?«

»Ja, und das bereits vor drei Wochen. Ich war genauso fassungslos, und für mich war es genauso schlimm wie für dich, das verdammte Bild in der Zeitung zu sehen, das kannst du mir glauben. Doch willst du wissen, was meine Theorie war? Ich hab' mir gesagt, das Foto hat ihm Tina geschickt, damals, Weihnachten, sie hat ihm genau dasselbe Bild geschickt wie dir. Vielleicht sogar die gleiche Flasche Grappa ...«

Im Apparat war nichts zu hören als ein leises Knistern.

»Richard?«

»Ja?« Und dann kam es leise und nachdenklich: »Das hat Tina übrigens tatsächlich ...«

»Na also.«

»Und du bist dir sicher, Isa, daß es das Foto nicht mehr gibt – daß du es weggeworfen hast?«

»Absolut! – Hör mal, Richard ...«

Aber es gab keinen Richard Saynfeldt mehr in der Leitung. Er hatte aufgelegt.

Isa setzte sich die Sonnenbrille auf die Nase, verließ das Optikergeschäft, ging zu ihrem Wagen zurück und machte sich auf den Weg nach Hause. Sie fuhr den Golf rechts in die Hofeinfahrt, parkte ihn auf ihrem Stellplatz, dem Platz Nummer 4 – wie immer, und doch, es hatte sich alles geändert.

Sie sah die Abfallkübel und eine Katze, die sich dort oben sonnte, und die Teppichstange und den blauen Backsteinanstrich der Rückwand des Nachbarhauses, ja, alles wie immer – und trotzdem … Ruhig bleiben, sagte sie sich, hysterisch zu werden ist doch nicht deine Sache … Also blieb sie sitzen und sah sich um: Dort, der Holunderbusch in der Ecke? War da nicht … Nein, da war kein Schatten, da war nichts als zersprungener Beton, aus dem ein wenig Gras wuchs.

Sie schloß den Wagen ab und sah dabei über die Schulter zurück. Dann steckte sie die Hände in ihre Jackentaschen und ging, ohne sich noch einmal umzusehen, der Haustür entgegen. Sie würde sich von diesen beiden ›Ermittlern‹ nicht verrückt machen lassen … Außerdem: Ein Mann, der auf einen Häftling schoß, mochte seine Gründe haben und hatte sie womöglich, falls er zum menschlichen Umfeld des Opfers gehörte – was aber wollte er um Himmels willen von einer Psychiaterin? Ein Gutachten, das noch keiner kennt … Was ist das schon? Das alles war doch vollkommen abwegig.

Trotzdem sah Isabella sich in ihrer Wohnung um, als hätte sie die Räume noch nie betreten. Der Flur erschien ihr länger als sonst, die Dinge, die sie so gut kannte, wirkten steif, fremd, bedrückend – fast lächerlich anspruchsvoll.

In ihrer ersten Frankfurter Wohnung, nicht viel mehr als eine Studentenbude drüben in Sachsenhausen, war der Lärm vom Hinterhof hochgequollen, und wenn sie die Türe geöffnet hatte, war Moritz, ihr Kater, herangerast und um ihre Beine gestrichen.

Hier – nichts. Niemand.

Kein Laut …

Sie wollte ins Wohnzimmer, entschied sich für die Küche, setzte sich dort an den Tisch und hörte dem Wasser zu, das singend zu kochen begann. Als sie es in die Tasse zu dem Teebeutel goß, verbrannte sie sich die Finger.

Zuviel, dachte sie, dies alles wird irgendwie zuviel. Irgendwie? – Es ist zuviel …

Und morgen um zehn Uhr beginnt der Prozeß!

Das Telefon läutete.

Sie stand auf und ging in ihr Arbeitszimmer. Die herabgelassenen Jalousien hüllten es in Dunkel.

»Reuter!«

»O ja«, sagte sie. »Sie haben mir in meiner Sammlung noch gefehlt.«

»Welcher Sammlung?«

»Zuerst war's ein Polizist, ein Kommissar Berling, dann Saynfeldt.«

»Nun, mich hat der Herr Oberstaatsanwalt ausgespart. Aber diesen Kommissar Berling hatte ich auch am Apparat. Und vermutlich aus demselben Grund. Die Herren machen sich Sorgen um unser Leben und unsere Gesundheit.«

»Und? Nehmen Sie das ernst?«

»Gute Frage. – Wir haben einen Wahnsinnigen zu verteidigen und leben in einer Welt des kollektiven Wahns. Ich befürchte, meine Liebe, daß man in einer solchen Situation gut beraten ist, wenn man selbst das Abwegigste noch ernst nimmt.«

»Haben Sie sich etwa auch eingeschlossen?«

»Ich? – Ich hab' Tommi, meinen kampfgestählten Boxer. Vor dem Hund hat bisher noch jeder Angst gehabt.« Er lachte leise. »Trotz allem, wir zwei werden uns nicht verrückt machen lassen. Im Moment habe ich ganz andere Sorgen. Sie konnten doch noch einmal mit Ladowsky reden. Was ist Ihr Eindruck? Wird er sich an unsere Strategie halten?«

»Ich glaube schon.«

»Sie glauben …? Hat er begriffen, wie entscheidend es ist, daß er sich strikt an meine Anweisungen hält? Bei dem Prozeß in Oldenburg und auch in Augsburg zeigte sich ja, zu was das führt, wenn ein Mandant falsch programmiert wird … Ladowsky muß sichtbar werden lassen, daß ihn die Fragen bewegen, aber um Himmels willen darf er keine Gefühlsschau abziehen.«

»Gefühlsschau? – Herr Reuter: Ladowsky ist keine Marionette, das ist ein zutiefst gestörter Mensch.«

»Ja, aber weinende Mörder, die ihre Mütter anklagen, sind keine Zugnummern. Und schon gar nicht bei den Schöffen. – Er soll ruhig mich reden lassen. Meine Zeugen werden beweisen, daß er in seine Unzurechnungsfähigkeit geradezu hineingeprügelt worden ist.«

»Und ich dachte, das sei meine Sache, Herr Reuter?«

»Von der höheren Warte aus, meine Liebe, von der höheren Warte. Wissenschaftlich eben … tiefenpsychologisch, oder wie Sie das nennen wollen. Wir spielen ein Doppel, Isabella, und wir werden unschlagbar sein.«

»Das Doppel spielt Saynfeldt auch. Und wenn ich an seinen Partner denke, wird mir schlecht.«

»Haben Sie Angst vor Professor Lüttker?«

»O nein. Der ist, was er schon immer war: ein Betonkopf aus dem Mittelalter.«

»Aber immerhin, der Mann betreibt seit zwanzig Jahren sein Geschäft. Auch wenn Ihre Branche über ihn den Kopf schütteln mag, die Richter beeindruckt das. – Und Sie, Isabella, was sind Sie? Eine Emanze, die ihre forensische Qualifikation nach einem Schnellkurs erhielt.«

»Warum sagen Sie das ausgerechnet jetzt?«

»Um herauszubringen, ob es Sie nervös machen könnte.«

»Scheißanwälte«, sagte sie erbittert. »Ob Professoren oder Winkeladvokaten!«

»Das klingt schon besser. – Die Frage ist trotzdem nicht beantwortet.«

»Ob ich bei Lüttker nervös werden könnte? Da machen Sie sich mal keine Sorgen … Wissen Sie, was am besten wäre? Wenn Sie ihn gleich bei Beginn der Verhandlung für befangen erklärten. Ich habe Ihnen dazu eine ganze Sammlung von Zeitungsausschnitten vorbereitet. Und die fängt bei seinen ständigen Kastrationsforderungen an, obwohl längst erwiesen ist, daß Kastrationen überhaupt nichts bewirken, und bringt dann in allen Varianten sein ewiges Thema: Solche Täter sind nicht behandelbar, sie entziehen sich jeder Therapie! – Ich sage Ihnen, Steinzeittypen wie ihm gehört das Handwerk gelegt …«

»So ist es gut!« kicherte Reuter. »So gefallen Sie mir, Isabella.«

Neun Uhr zwanzig. Noch keine zwölf Stunden bis zum Prozeß …

Nach dem Gespräch mit Reuter ging Isa in die Küche zurück und wühlte unter den Packungen im Tiefkühlfach ihres Kühlschranks. Sie mußte sich zwingen, etwas zu essen. Morgen würde nicht nur ihre Kraft, morgen würden vor allem ihre Nerven gebraucht. Und Nerven benötigen Nahrung.

Sie wählte irgend etwas mit Brokkoli und Kalbsmedaillons, doch dann, als das Essen auf dem Glastisch vor ihrer Couch stand, stocherte sie lustlos darin herum. Sie zwang sich zu ein paar Bissen, trank ein Glas Wein, ging unruhig wie eine Tigerin im Käfig durch die Wohnung, schließlich zur Balkontür, und dachte an Berlings Warnung.

»Zeigen Sie sich nie an einem erleuchteten Fenster …«

Zum Teufel damit! Sie zog die Jalousien hoch und atmete tief die kühle Luft ein, die von den Parkbäumen herüberstrich; dann räumte sie das Geschirr ab und setzte sich wieder auf ihre Couch. Und als sie sich nun zurücklehnte, fiel ihr Blick auf einen kleinen, holzschimmernden, dunklen Kopf, der über die Kante des Bücherregals auf sie herunter sah: *La muñeca* … Die Augen der Puppe waren schräg, freundlich und schwarz. Schwarz war auch ihr Indiohaar und braun die

Sackfetzen, aus denen Isas alte Nani, das Kindermädchen, sie zusammengenäht hatte.

Isa streckte den Arm aus, zog sie herunter auf ihren Schoß und legte ihre rechte Hand um den Kopf. Sie fühlte, wie sie ruhiger wurde. Das war immer so gewesen. Die muñeca tröstete, wußte alles, hatte alles gesehen, alles erlebt – und war weitgereist …

Die *muñeca* hatte in Isas Koffer gelegen, als sie vor zwanzig Jahren das Haus ihrer Mutter in Miraflores verließ, um über den Atlantik nach Switzerland zu fliegen, der ›herrlichen Schweiz‹, von der ihr Mama immer vorgeschwärmt hatte, und sie lag auch im Internatsspind der International Girls School. Später, als Isa in Göttingen mit dem Studium begann, hatte sie die Puppe an einem Nagel direkt über ihrem Bett aufgehängt. Dort hatte die *muñeca* den Besuchern zugesehen und zugehört, auch den wenigen, die über Nacht bei ihr geblieben waren. »Dein magisches Ding«, hatte ihr Lehrer Ernst Hauschild sie genannt und mit der Puppe Zwiesprache geführt. »Es schützt dich, davon bin ich überzeugt.«

Nur ein einziges Mal hatte der Schutz versagt – als Patrick aufgetaucht war.

Patrick war lang, blond, hübsch und ein Schnellredner mit Überzeugungskraft. Patrick konnte Heidegger oder Hegel noch im Kopfstand zitieren, studierte mit ihr Psychologie, war Sohn eines angesehenen Göttinger Psychiaters und hielt sich überdies für ein Genie. – Doch im Grunde war er nichts als ein krankhafter Narzißt.

Die *muñeca* hatte Isa nicht gewarnt. Und so heiratete sie Patrick.

»Muß die eigentlich sein?« Gleich nach dem Umzug in ihre neue, prächtige gemeinsame Wohnung fragte er es. »Dieses Luderding schaut mich immer so komisch an. Ich kann machen, was ich will, die guckt. Ich hab' das Gefühl, die verhext mich.«

Das mochte sein. Die Puppe wanderte in Isas alten Koffer – und nach zwei Jahren war die Ehe mit Patrick geschieden.

Isabella trug sie zum Schreibtisch und setzte sie neben den Karteikasten, in dem sie die Informationen für das Gutachten im Ladowsky-Prozeß gespeichert hatte. Sie fühlte sich beides: Todmüde und aufs höchste überreizt. Unruhig suchte sie die Unterlagen über die beiden Schöffinnen heraus. Ihre Stimmen besaßen das gleiche Gewicht wie die Stimmen der Berufsrichter. Dabei fiel ihr Blick auf die Anfangssätze eines Artikels, den sie vor einiger Zeit geschrieben hatte:

DAS BÖSE, DAS UNS ZUGEFÜGT WIRD, KANN MAN ERTRAGEN. DAS EINZIG WAHRE PROBLEM, DEM WIR UNS IM LEBEN ZU STELLEN HABEN, DAS IST, MIT UNSERER EINSAMKEIT FERTIG ZU WERDEN …

Es war ein Satz von Ernst Hauschild. Sie zitierte ihn oft genug ihren Klienten. Er hatte noch eine Fortsetzung: »Wenn die Einsamkeit erwacht, erschrecken wir, und doch hat sie ein Gutes: Sie ist die Schwester der Freiheit und zwingt uns, darüber nachzudenken, was wir bei unserer Lebensgestaltung richtig und was wir falsch machen.«

Die Einsamkeit? Sie sollte selbst mit jemand reden …

Doch mit wem? Sie stand auf, um die Jalousie wieder herunterzulassen. Aus der Tiefe der Straße funkelte ein Blaulicht zu ihr hoch. Sie ging zum Telefon. Peter Aman hatte sie ohnehin für verrückt erklärt und angekündigt, er wolle mit der ganzen Geschichte, die sie sich da aufgeladen habe, nichts zu tun haben. Sie zögerte – und wählte Ernst Hauschilds Nummer … Was sie hörte, war nichts als das Freizeichen und das sich langsam wieder entfernende Motorengeräusch des Streifenwagens, der an ihrem Haus vorbeigeglitten war …

Es war allein den Schlaftabletten zu verdanken, daß Isa einschlief, doch bald verfolgte sie ein Traum: Sie ging durch einen weißfunkelnden, froststarrenden Wald, die Sohlen ihrer Schuhe knirschten auf der vereisten Schneedecke, sie ging und ging, um plötzlich zu verharren: An einem der weißbestäubten Kiefernstämme lehnte ein Mensch. Er blutete aus einer tiefen Wunde, und das Rot seines Blutes bildete einen schreienden Gegensatz zu all dem stillen Weiß. Zunächst wagte sie nicht, sich zu nähern, doch als sie heran war, erkannte sie Ladowsky. Er sagte keinen Ton. Er sah sie nur an, aus diesen tiefen, blauen, flehenden Augen …

»Mein Gott, Ludwig, was ist?«

Sie erhielt keine Antwort.

Sie versuchte, sich seinen Arm über die Schulter zu legen, doch der Arm fiel wieder herab, und so hob sie ihn am Ende hoch, was gar nicht schwierig war, denn er hatte das Gewicht eines Kindes.

Ein Arzt, dachte sie, wo ist der nächste Arzt …? Keuchend, den Kreuz-Mörder auf den Armen, lief sie zum Waldrand, zur Straße, er aber starrte sie unablässig weiter an, und sie spürte und erkannte, wie er immer leichter und kleiner und kleiner wurde, bis er nur noch die Größe einer Puppe hatte.

»Helft doch … helft!«

Sie erwachte an ihrem eigenen Schrei.

Die Uhr auf dem Nachttisch zeigte 4 Uhr 20. Sie bewegte den Kopf, um die Benommenheit abzuschütteln, stand schließlich auf, ging zum Fenster und zog die Jalousien halb hoch.

Unten funkelte Blaulicht …

Reuter würde sie abholen lassen, hatte er ihr versprochen, nicht in seinem Prunkschiff, nein, in einem von seinem Assistenten gesteuerten unauffälligen ›Polo‹. Sie würden das Landgericht auch nicht durch den Haupteingang betreten, das war nicht nur zu auffällig, sondern auch gefährlich. Die Polizei hatte ihnen daher einen Lieferanteneingang für die Kantine an der Westseite angewiesen. Sie dachten an alles. Mußten sie wohl …

Manche der Demonstrantenbusse der ›Liga gegen Gewalt‹ trafen bereits im Morgengrauen in der City ein. Darunter auch zwei schwere Mercedes-Busse aus Oldenburg, wo vor kurzer Zeit Rolf Diesterweg wegen Mordes an einem unschuldigen Kind zu lebenslänglicher Haft verurteilt worden war.

Die beiden grünlackierten Fahrzeuge, auf deren Seiten zu lesen war ›Ulf Fehrmann – Ihr Mallorca-Spezialist‹, fuhren gegen 8 Uhr 30 im Schrittempo die Kaiserstraße hoch und wurden bald begleitet von einem ganzen Strom von Privatwagen, die den Lautsprecheraufrufen, die aus den Bussen dröhnten, Folge leisteten, zur Massenversammlung auf den Römer zu kommen.

Auf Höhe der Hauptwache stoppte die Polizei die Busse und leitete sie auf einen der vorbereiteten Stellplätze um. Die Polizeidirektion beorderte weitere Kräfte der Bereitschaftspolizei in die Innenstadt. Ein paar tausend Demonstranten wären vielleicht noch zu verkraften gewesen, aber diese Invasion, die sich nun abzuzeichnen begann, mußte zum totalen Kollaps des Verkehrs führen.

Viele, wenn nicht die meisten der Demonstranten, die kurz vor zehn mit ihren Spruchbändern und feierlich-grimmigen Gesichtern dem alten Platz im Stadtzentrum entgegenmarschierten, waren seit Stunden unterwegs. Noch war es Zeit, um zehn begann der Prozeß. Am Römer, hatte man ihnen gesagt, könne man auch etwas zum Essen bekommen. Da gebe es jede Menge Kneipen, und Würstchen- und Frittenbuden seien auch aufgestellt.

»Wo ist das denn, der Römer?«

Der Anführer eines der Grüppchen wandte sich an zwei Hausfrauen. Sie betrachteten ihn, dann die Plakate. »Der Römer? Da vorne rechts … Wegen Ladowsky seid ihr hier? Wir kommen mit.«

In der Verkehrszentrale im Präsidium wiederum betrachtete man die Situation mit wachsender Fassungslosigkeit.

»Und wer hat uns das eingebrockt?« regte sich der Schichtleiter auf. »Die Scheiß-Zeitungs-Ärsche. Die konnten ja den Kanal nicht vollkriegen mit diesem beschissenen Prozeß.«

»Waren doch in erster Linie die Fernsehfritzen, Albert.«

»Ist doch egal … Wir brauchen Unterstützung.«

Besorgt starrten sie auf die dunkle Flut von Demonstranten, die gerade die Paulskirche erreichte …

Das Schwurgericht mußte um jeden Preis vor Massenaufmärschen und Demonstrationen geschützt bleiben. Nach langen Diskussionen hatte sich der Präsident des Landgerichts entschieden, für die Schwurgerichtsverhandlung den alten Sitzungssaal auszuwählen, der etwa hundert Personen faßte. Ein Drittel der Plätze war bereits im voraus für die Medienvertreter bestimmt, dazu kamen noch zwanzig Polizisten, die in Zivil die Ordnung im Saal garantieren sollten. Blieben noch fünfzig. Um einen dieser fünfzig Plätze zu ergattern, hatten sich bereits vor Morgengrauen vor dem Gerichtseingang lange Schlangen von Menschen gebildet.

»Ist ja unglaublich! So was hab' ich noch nie erlebt.« Der Präsident beugte sich erneut aus dem Fenster seines Büros und betrachtete die Menschenmassen hinter den grauen Absperrgittern der Polizei: »Im Mittelalter, sicher, da rannte die ganze Stadt zum Römer, wenn es eine Hinrichtung gab. Aber wir haben doch nur einen Prozeß.«

Kurz nach neun kamen die Medien.

Für die schweren Übertragungswagen mit ihren Senderlogos und den großen Schüsselantennen auf dem Dach war ein Hof des Landgerichts freigeräumt worden. Langsam zogen sie ihre Bahn an den von den Beamten bewachten, dichten Zuschauermengen vorbei. Die Menschen klatschten und schrien. Doch die Fahrer und Techniker hatten andere Sorgen: Der Hof erwies sich als zu klein, und so mußten neue Stellplätze in der näheren Umgebung besorgt werden.

Den Korrespondenten und Reportern der Zeitungen war von der Hausmeisterei des Landgerichts ein Materialraum freigeräumt und mit Telefonleitungen bestückt worden. Die Akkreditierung für den Sitzungssaal selbst besaßen nur vierzig Journalisten. In einem zweiten Raum hielten sich diejenigen auf, die aus Platzmangel nicht zugelassen werden konnten.

Zwanzig Beamte in Zivil, dazu dreißig Reporter – das bedeutete, daß die Hälfte der Prozeßanwesenden als neutral einzustufen waren; eine gewisse Beruhigung für Landgerichtsdirektor Heinrich Martin, den Vorsitzenden des Schwurgerichts – und ein gutes, sehr gutes Gefühl für Herbert Reuter, der aus Erfahrung wußte, daß nichts so sehr den Ankläger in Fahrt und die Schöffen unter Druck setzen konnte wie die kochende Volksseele im Saal …

Man hatte Isabella den Stuhl Nummer 24 zugewiesen.

Schon beim Eintritt in den Sitzungssaal, als sie versuchte, sich zu orientieren, fiel ihr Blick auf Richard Saynfeldt.

»Bitte gehen Sie doch weiter«, sagte der Gerichtsbeamte. »Ihr Platz ist gleich dort vorne rechts.«

Sie nickte. Richard stand am Tisch des Anklägers, in seiner ganzen Länge aufgereckt, in schwarzseidener Toga, die Arme verschränkt. Sie hatte diese Positur oft an ihm erlebt, nun wußte sie, woher sie stammte. Auch er hatte sie erkannt. Für den Bruchteil einer Sekunde kreuzten sich ihre Blicke, dann schaute er auf den Tisch, auf dem sich die Akten stapelten.

Isa stellte sich vor, wie es in ihm kochte, empfand aber nichts als jenes milde Mitleid, daß man entfernten Verwandten entgegenbringt, von denen man sich getrennt hat. Schließlich: Hatte man nicht auch schöne Stunden erlebt? – Schönere jedenfalls als diese …

Brechend voll war der Saal.

Die hellen Vorhänge blieben zugezogen, jetzt schon war die Wärme zu spüren, die die Sonne bereithielt.

Sie setzte sich.

Herbert Reuter nickte von seinem Tisch her. Auch er hatte wie der Staatsanwalt einen Assistenten bei sich. Richter- und Protokollführertisch waren noch leer, an einer Seitentüre standen zwei bewaffnete Beamte.

Isa blickte über die Reihe der gelangweilten Profigesichter der Journalisten, die mit ihren Notizblöcken die nächsten Reihen füllten. Dahinter stumm und geduckt die Zuschauer, Mauern von erbittertem Schweigen und Erwartung gleich.

Die freien Stühle in der ersten Reihe waren für die Familie des Opfers reserviert. Irma Fellgrub würde nicht zur Verhandlung erscheinen, hatten die Zeitungen gemeldet, es gehe über ihre Kraft, mit dem Mörder in einem Raum zu sitzen.

Zwischen Richtertisch und Zuschauerraum aber stand die Anklagebank, eine Art Kabine aus schußsicherem Panzerglas. Sie sollte Ludwig Ladowsky vor etwaigen weiteren Attentaten schützen. Der Stuhl, der darin stand, war leer.

Zehn nach zehn öffnete sich die bewachte Tür dort drüben. Schlagartig fuhren die Köpfe herum, alles Husten hörte auf, und aus dem Gemurmel lösten sich die ersten lauten, haßerfüllten Schreie.

Unwillkürlich hatte sich Isa den Zuhörern zugewandt: Wie in der Oper! Der Vorhang geht auf, die Spannung steigt zum Siedepunkt, das Stück ›Der Kreuz-Mörder‹ kann beginnen …

Was bis dahin geschah, hatte sie mit einer tiefen inneren Unbeteiligtheit registriert, die sie selbst wunderte, doch als sie nun Ludwig Ladowsky hereinkommen sah, wurde auch für sie alles anders. Das Bild des Alptraums von gestern erwachte: Genauso weiß im Gesicht, genauso steinern-leblos stand der verletzte Mann unter der verschneiten Fichte … Er konnte nicht gehen, Ladowsky ging – doch nicht wie ein Mensch, eher wie eine Marionette, wie ein mechanisches Spielzeug, das ein Uhrwerk antreibt.

Sie nahmen ihm die Handschellen ab.

Er setzte sich auf den Stuhl in der Glaskabine.

Das Toben im Saal hielt an, steigerte sich – und nun wandte sich Ladowsky langsam um, doch er sah nicht die Zuschauer an, die seine Verurteilung forderten, der Blick der weit geöffneten Augen galt ihr, ganz so, als sei sie der einzige Mensch im Raum.

Der Zuschauerlärm steigerte sich noch, ebbte auch nicht ab, als die Richter hereintraten, um auf dem Podium Platz zu nehmen.

Der Vorsitzende des Schwurgerichts, Landgerichtsdirektor Dr. Heinrich Martin, ein hochgewachsener, hagerer Mann mit einem schmalen, blassen Gelehrtengesicht und grauen

Haaren, blieb stehen. Er warf einen langen, kalten, sehr distanzierten Blick über die Zuschauerköpfe.

Nach diesem Blick herrschte Ruhe.

Er zog das Mikrofon heran: »Ich darf Sie vor Beginn gleich auf zwei Dinge aufmerksam machen: Erstens dulde ich in diesem Saal keine, auch nicht die geringste Art von Störung der Verhandlung. Jeder der hier Anwesenden muß sich klar darüber sein, daß ein Verstoß gegen diese Anordnung nicht nur seine sofortige Entfernung aus dem Saal, sondern auch eine Ordnungsstrafe wegen Behinderung des Gerichtes nach sich ziehen kann.«

Es war totenstill geworden.

Martin lächelte dünn: »Ich hoffe, wir haben uns in diesem Punkt verstanden. Und hier noch ein zweites: Ich möchte jeden der Anwesenden darauf aufmerksam machen, daß es sich trotz der Schwere der hier zur Verhandlung stehenden Tat bei dem Angeklagten um einen Menschen und um einen Staatsbürger handelt, dem wie jedem hier im Raum im Grundgesetz verankerte Rechte zustehen.«

Isabella lehnte sich zurück und atmete tief durch …

Oberstaatsanwalt Richard Saynfeldt hatte die Anklageerhebung mit einer Prozeßerklärung abgeschlossen: »Hier kann es nicht nur um die Rechte des Angeklagten gehen, und es geht auch nicht allein um das beklagenswerte Opfer und seine Angehörigen – in diesem Fall geht es um die ganze Gesellschaft, die ein übergeordnetes Recht darauf besitzt, vor unverbesserlichen, kaltblütig planenden und heimtückisch vorgehenden Rückfalltätern, von denen Sie hier einen vor sich sehen, geschützt zu werden.«

Wilder Beifall klang im Saal des Schwurgerichts auf – doch plötzlich brachen all das Klatschen, all die Schreie ab.

Bei den letzten Worten des Staatsanwalts hatten die Zuhörer ihre Blicke auf Ladowsky gerichtet: Er saß nach vorn gebeugt da, mit gekrümmtem Rücken, die Hände auf die Knie gelegt. Plötzlich kippte sein Körper zur Seite und fiel vom Stuhl; jeder konnte sehen, wie er mit Kopf und Schultern auf dem Boden des Gerichtssaals aufprallte.

»Theater ...! Das Dreckschwein liefert auch noch 'ne Schau...!«

Draußen im Gang flüsterte der Reporter des Hessischen Rundfunks in sein Mikrofon: »Der Angeklagte, der anscheinend einen Ohnmachtsanfall erlitt, ist nun aus dem Saal gebracht worden. Das bedeutet mit Sicherheit, daß die Sitzung unterbrochen wird ... Doch nein – sein Verteidiger, Professor Herbert Reuter, verlangt das Wort ... Wir werden sehen, ob es ihm unter diesen Umständen erteilt wird. – Anscheinend ja ...«

Langsam ging Reuter zum Richtertisch: »Ich erbitte das Wort zu einer kurzen Erklärung und bitte ferner darum, daß sie im Protokoll aufgenommen wird ...«

Landgerichtsdirektor Martin beugte sich vor: »Nun, das ist ja nicht gerade ...«

»Ich weiß, Herr Vorsitzender, daß es nicht üblich ist. Auch die Umstände, die diesem Verfahren aufgezwungen werden, sind es nicht. Vor allem deshalb erscheint mir diese Erklärung unabdingbar.« Er machte eine Pause und betrachtete die beiden Schöffinnen. »Und auch weil die ehrenamtlichen Richter dieser Kammer durch die Atmosphäre, in der die Verhandlung stattfindet, einer geradezu untragbaren Belastung ausgesetzt sind.«

Der Oberstaatsanwalt fuhr herum, doch eine Bewegung des Vorsitzenden ließ ihn schweigen.

»Was wir in den Straßen der Stadt erleben«, fuhr Reuter fort, »und was auch die Stimmung hier im Saal widerspiegelt, wird im allgemeinen ›Druck der Öffentlichkeit‹ genannt ... In diesem Fall aber hat dieser Druck ein Ausmaß an Intensität erreicht, die in anderen Ländern und unter anderen Rechtssystemen die Durchführung dieses Prozesses zum gegenwärtigen Zeitpunkt in Frage stellen müßte.

Und nun zum zweiten Punkt: Die Verteidigung weist an dieser Stelle darauf hin ...«, langsam drehte sich Reuter zu Richard Saynfeldt um, der ihn gebückt, die Hände zornig auf die Platte seines Tisches gestemmt, musterte, »... daß sie sowohl den Herrn öffentlichen Ankläger wie seinen Herrn Gutachter in geradezu unerträglicher Weise für befangen hält.«

»Einspruch!« dröhnte es.

Martin zögerte, und Reuter nützte die Chance und fuhr schnell fort: »Bei beiden Herren liegt eine Parteilichkeit vor, die schon deshalb nachweisbar ist, weil sie sie ausgiebig selbst dokumentiert haben.«

»Was, hier vorgebracht wird, Herr Vorsitzender, ist übelster Populismus!« schrie Saynfeldt.

»Populismus?« Reuter lächelte: »Und was war Ihre Pressekonferenz auf der Straße, in der Sie den Angeklagten vorverurteilten, obwohl doch auch Sie, gerade Sie zu Objektivität und Unparteilichkeit durch das Gesetz gehalten sind?«

Nun klopfte Martin energisch auf den Tisch. »Daß dieses Verfahren durchgeführt wird, Herr Professor, wissen Sie so gut wie ich. Also, was soll das ...? Zum anderen Teil Ihrer Erklärung: Soll ich daraus entnehmen, daß Sie den Antrag stellen, den Herrn Gutachter der Staatsanwaltschaft für befangen zu erklären?«

»Nein.« Milde lächelnd schüttelte Reuter den Kopf. »Ich verzichte darauf. Mein Anliegen besteht allein darin, darauf hinzuweisen, welche Lasten in diesem Verfahren die Verteidigung wegzuräumen hat und wie rechtlich problematisch sie diesen Prozeß in seiner Gesamtheit betrachtet.«

Isa beobachtete einen Richard Saynfeldt, der die Schultern zusammenzog, als könne er nur so den Zorn in seinem Körper bändigen. – Eins zu null, dachte sie ...

§

Landgerichtsdirektor Martin hatte den Beginn des Verfahrens nach einer Besprechung mit dem Präsidenten und in der Hoffnung, die Gemüter würden sich über das Wochenende beruhigen und die ganze Aufregung abklingen, auf den Freitagvormittag gelegt.

Es war eine Hoffnung, die trog. Die Busse von auswärts waren zwar wieder abgefahren, aber die Leser konnten in den Sonntagsausgaben ihrer Zeitungen nachlesen, mit welcher ›Unberührtheit, ganz so, als gehe ihn das alles nichts an‹, Ladowsky während des Verfahrens aufgetreten sei, wobei auch der angebliche Schwächeanfall der ›Bestie von Walldorf‹ den Eindruck hinterlassen habe, als sei er simuliert gewesen – und so füllten sich am Montag die Lücken unter den Demonstrierenden mit Frankfurter Bürgern. Denn demonstriert wurde weiterhin. Auch der Ansturm auf die zu vergebenden Zuhörerkarten nahm nicht ab, sondern zu.

Isabella war um die Pause froh.

Den ganzen Sonntag über nahm sie sich Dossiers und Unterlagen vor, Material, das ihr die Kanzlei Reuter zugesandt hatte. Sie las und las und feilte an ihrem Gutachten.

Über die sonntäglich ruhige Straße vor ihrem Haus fuhren noch immer die Streifenwagen der Polizei. Und als sie einmal hinüber zum Park ging, folgten ihr zwei Männer in hellen Sportblousons und ließen sie nicht aus den Augen.

Zurück in der Wohnung, griff sie zum Telefon und wählte die Nummer, die Berling ihr gegeben hatte.

Sie hatte ihn auch sofort am Apparat.

»Sagen Sie mal, könnte es sein, daß Sie mir auch noch eine Leibwache abgestellt haben?«

»Das könnte nicht sein – das ist so.«

»Und warum?«

»Nun, wir hielten es einfach für besser.«

Diesmal fragte sie nicht, was unter ›wir‹ zu verstehen wäre. Sie sagte. »Haben Sie etwa neue, bedrohliche Erkenntnisse?«

»Ja«, kam es knapp. »Leider.«

»Na wunderbar«, entgegnete sie, fragte aber nicht weiter, sondern wollte auflegen.

Doch er war schneller: »Bitte, Frau Reinhard, halten Sie sich an die Regel: Vorhänge und Schlösser zu. Und kontrollieren, was überhaupt kontrollierbar ist. Versprechen Sie mir das?«

»Ja.«

Sie setzte sich wieder an ihren Tisch, schrieb weiter und wunderte sich, woher sie die Ruhe dazu nahm. Aber es war so: Eine heitere, ruhige Gelassenheit hatte sie erfaßt. Und sie brauchte sie …

Montag. Der Angeklagte hatte sich wieder erholt, und in zwanzig Minuten sollte der Prozeß fortgesetzt werden. Isabella saß mit Reuter in einer kleinen Croissanterie in der Heiligkreuzgasse, ganz in der Nähe des Gerichtsgebäudes, und trank Kaffee.

»Sie müssen essen, Isabella. Das beruhigt. Nehmen Sie die mit Kümmel und Schinken, die sind wirklich exzellent.«

Sie spürte keinen Appetit, nickte aber und betrachtete mit einem Gefühl abwesender Rührung das dieses Mal sorgsam gefönte, in der Sonne leuchtende weiße Haar des Verteidigers. »Sagen Sie – nachdem Sie die beiden, Saynfeldt und Lüttker, nach der Anklageerhebung schon angegangen sind, warum haben Sie dann am Ende den Befangenheitsantrag doch nicht gestellt?«

Reuter lächelte. »Oh, beim Ankläger geht das nicht, aus verfahrensrechtlichen Gründen. Und Lüttker – wissen Sie, Isa, das ist alles ein wenig wie beim Theater … Eine Verteidigung zu führen heißt nicht zuletzt auch Regiearbeit zu leisten. Und Regiearbeit? Da kommt es wieder auf den Kontrast an … Es hat etwas Künstlerisches. Wie bei einem Bild, auch es lebt von den Gegensätzen. – Lassen wir diesen Betonkopf von Lüttker doch sein ganzes Repertoire abspielen, um so wirksamer können Sie dann den Kontrast in Szene setzen.«

Um so wirksamer …? Wieder flogen sie die Zweifel an. »Also dann nochmals, Isa«, fuhr er fort: »Die Schöffinnen …

Oder haben Sie vergessen, sich über Sonntag mit dem Thema zu beschäftigen?«

»O Gott …« Sie biß erbittert in ihr Croissant. »Ich habe ein total schwindendes Merkvermögen, leide an Alzheimer.«

»Regen Sie sich mal wieder ab und verstreuen Sie nicht so die Krümel auf dem Tisch.«

»Ja, Papi.«

»Schon besser. Es ist nun mal so: Die beiden Damen sind deshalb so entscheidend, weil sie unter Umständen am leichtesten zu beeinflussen sind.«

»Auch das habe ich schon gehört.«

»Und das Resultat?«

Sie schluckte und trank Kaffee nach. »Na gut, Nummer eins – diese Gewerbelehrerin.«

»Doris Steffen.«

»Richtig, die Steffen, sie scheint mir ziemlich problematisch. Außerdem, nach dem Bewerbungsschreiben zu urteilen, das Sie sich da besorgen konnten – ein großes Licht ist sie nicht. Wenn man ihre Körpersprache und ihren Gesichtsausdruck verfolgt – introvertiert, zugleich geltungsbedürftig und aggressiv, würde ich sagen. Eine ziemlich merkwürdige Mischung übrigens.«

»Das ist nicht alles. Die Frau ist geschieden.«

»Was ja noch lange nicht zu bedeuten braucht, daß sie alle Männer haßt.«

»Nein. Nur leider – sie wurde geschieden wegen Mißhandlung in der Ehe.«

»Scheiße«, seufzte Isa.

»Richtig. – Nun, die andere, diese Thiersen, Christa …«

Sie ist beinahe zwanzig Jahre jünger als die Steffen, was in unserem Fall ja keinen Fehler zu bedeuten braucht.«

»Und zweitens«, sagte Isabella, »hat sie meines Erachtens einen bedeutend höheren IQ obwohl sie nur medizinisch-technische Assistentin geworden ist.«

»Aber erst, Isabella, nachdem sie ihr Studium abbrechen mußte. Sie hatte nämlich bereits an der Uni angefangen, aber aus finanziellen Gründen dann schlappgemacht.«

»Gab's da auch irgendwelche Männer, die sie mies behandelten?«

»Meines Wissens – nein«, sagte Reuter. »Jedenfalls, auf diese Frau setze ich. Gelingt es, ihr einigermaßen geschickt zukommen, könnte sie sogar ein Trumpf werden ... Auch wenn Sie aufschreien, ich kann es nicht oft genug wiederholen: Sehen Sie bei Ihrem Vortrag die Schöffinnen an. Bringen Sie Argumente, die Frauen ansprechen.«

»Die Frauen ansprechen? – Professor, wenn Sie mir unter diesen Umständen nur ein Argument nennen können, dann zahle ich das Frühstück.«

»So? Und das weibliche Mitleid? – Mitleid mit einem in der Entwicklung gestörten, traumatisch geschädigten und daher unzurechnungsfähigen Angeklagten ...? Und da wir schon dabei sind: Es wird sich nicht vermeiden lassen, daß ich Sie als Zeugin aufrufen muß.«

»Wegen der Puppen?«

»Ja.«

Sie schüttelte den Kopf. »Für mich ist die Puppengeschichte einer meiner wichtigsten Gutachtenpfeiler. Und jetzt kommen Sie und wollen das im Zeugenstand aborgeln?«

»Ich will gar nichts aborgeln. Wir behandeln nur dasselbe Thema. Sie wissen doch, Isabella – oder muß ich Ihnen das auch nochmals sagen? – Wir spielen ein Doppel.«

Sie gingen zu Fuß zum Gerichtsgebäude, und schon nach wenigen Schritten tauchten hinter ihnen zwei mit Jeans und lässig-weiten Sportblousons bekleidete Herren auf.

Reuter schien seinen Bewacher zu kennen, es war der Blonde, der größere der beiden jungen Männer. Er blieb stehen und wünschte ihm einen guten Morgen. Schon aus der Ferne waren durch die engen Straßenschluchten die Menschenmengen hinter den Absperrgittern zu sehen; man erkannte Plakate, schwarze Luftballons mit den Namen ermordeter Kinder, die schwarzen Fahnen mit den weißen Kreuzen der ›Liga gegen Gewalt‹.

»Ich glaube, wir nehmen besser eine Abkürzung«, sagte der Blonde und führte sie nun durch einen Hinterhof.

Nachdem sie die pompösen, geschwungenen Treppen des Eingangs des alten Gebäudes hochgestiegen waren, trennten sie sich. Reuter hatte auf der Geschäftsstelle zu tun, Isa bog um die Ecke zum Sitzungssaal – und blieb stehen.

Sie hatte ihn zuvor nicht gesehen. Eine der glänzenden, braunen Marmorsäulen hatte ihn verborgen, aber da stand er nun, keine drei Meter von ihr entfernt und in der ganzen Pracht seiner schwarzseidenen Toga: der Ankläger des Staates, der Oberstaatsanwalt Richard Saynfeldt, und neben ihm, gut zwei Köpfe kleiner, Saynfeldt gerade bis zur Brust reichend, Professor Lüttker, sein Gutachter.

Richards Augen funkelten.

Sie brachte noch nicht einmal das kurze »Guten Tag« heraus, das sie sich für einen solchen Fall vorgenommen hatte.

Und Richard starrte.

Sie nickte, das zumindest, und wollte sich gerade mit hochgerecktem Kinn nach links wenden, als sie von hinten jemand anrempelte. Sie warf einen Blick zurück … Jemand? Zwei, drei waren das, immer die gleichen Figuren, eine davon eine Frau, gelbe Presseschilder am Revers, Kameras in der Hand – sie machte einen Schritt, rutschte, und hätte nicht einer der Reporter zugegriffen, wäre sie womöglich zu Saynfeldts Triumph genau vor seinen blankgewienerten Schuhen auf den Boden geknallt. Was ihr blieb, war eine groteske Charlie-Chaplin-Drehung, was kam, war ein Gewitter von Kamerablitzen.

»Unverschämtheit!« Vor ihren Augen tanzten rote Flecken Die verdammten Blitzlichter waren direkt auf ihr Gesicht gerichtet gewesen.

Dann erkannte sie das Mädchen. Es hatte ein Mikrofon in der Hand und stand jetzt hinter Saynfeldt. Sie wußte, daß sie das Gesicht schon einmal gesehen hatte – ja, richtig, die Dame, die bei seiner Straßenkonferenz mit soviel Inbrunst zu ihm hochgestarrt hatte …

Sie schüttelte sich, als wäre sie unter die Dreckspritzer einer Straßenramme geraten, und ging weiter …

Isas Rücken schmerzte. Es war der dritte Tag des Prozesses, und die Beweisführung zog sich ins Endlose. Richard Saynfeldt hatte sich alle Mühe gegeben: Lehrer, Schüler, Nachbarn aus Ladowskys Jugend … Und stets lief es auf das eine hinaus: »Der hat ja mit kaum jemand geredet, war immer so schüchtern. Aber nett war er schon … Nur, Freunde hatte er überhaupt keine, weil ihn ja keiner ernst nahm …« Ja, Ladowsky habe stets einen besonnenen, ordentlichen Eindruck gemacht, und das habe sich schließlich auch in den Zeugnissen ausgedrückt: Bei jeder Leistung habe er zum oberen Drittel der Klasse gehört.

Sie rutschte auf dem Stuhl hin und her, hatte schon alle Positionen ausprobiert und fand noch immer nicht die richtige. Die Jacke hatte sie längst über die Lehne gelegt, die Hitze im Saal begann unerträglich zu werden. Von den Schöffen hatte sich bisher noch niemand in das Verfahren eingemischt. Still und unbeweglich, als gehe sie das alles nichts an, saßen die beiden Frauen, auf die es nach Reuters Meinung ankam, am Richtertisch und blickten über die Köpfe hinweg. Alles, die Aussagen, die Stimmen, die Fragen, hatte für Isa den monotonen Charakter eines Fließbands angenommen und machte sie benommen.

Gerade wurde Kämmerer vernommen, Ludwig Ladowskys letzter Arbeitgeber. Auch er, ein schwergewichtiger Mann mit Bierbauch und aufgeschwemmtem Gesicht, stimmte ein in den allgemeinen Chor: »Der Ladowsky, dem konnte man das doch nicht anmerken. Gut, irgendwie komisch war er schon, deshalb nahmen die anderen ihn auch nicht so richtig ernst … Aber in der Arbeit, nischt zu sagen, immer pünktlich, ein guter Fahrer – ja, immer pünktlich, zuverlässig und sehr umsichtig.«

Richard Saynfeldt nickte zufrieden.

Das Wort wird er lieben, dachte Isa: umsichtig. Einer, der genau und umsichtig plant …

Der Pressezeichner links vor ihr hatte aufgegeben. Sein Block rutschte zu Boden. Doch er machte sich noch nicht einmal die Mühe, ihn aufzuheben. Einen Angeklagten abzukonterfeien, der nicht ein einziges Mal das Gesicht verzog, was sollte das auch?

Die Prozeßmaschine lief weiter. Auf der einen Seite die Zeugen der Anklage, die bei der Befragung durch den Oberstaatsanwalt bestätigten, was Saynfeldt bereits in seinem Eröffnungsplädoyer dramatisch in Szene zu rücken gewußt hatte: daß nämlich der Angeklagte schon deshalb als heimtückisch planender und voll schuldfähiger Mörder einzustufen sei, weil er auch alles andere, was er sonst in seinem Leben getan hatte, stets mit Vernunft anging und dann umsichtig und planvoll ausführte – auf der anderen eine Verteidigung, die meist auf ein Kreuzverhör verzichtete und auch sonst wenig Fragen zu stellen hatte.

Schließlich der Angeklagte selbst. Nichts, keine Stimme, kein haßerfülltes Gesicht, auch keine Erinnerung an seine Jugend schien ihn aus der steinernen Ruhe, in die er versunken war, herauszulocken.

Die Sitzung wurde mit dem Aufruf der Sachverständigen fortgesetzt. Als erster kam der Gerichtsmediziner an die Reihe. Dr. Heiner Gottlieb vom Gerichtsmedizinischen Institut beschrieb, in welchem Zustand er die Leiche Evi Fellgrubs vorgefunden hatte. Der schwere Zementblock habe dem Opfer den Schädel buchstäblich zertrümmert. Ein derartiges Trauma habe stets den Sekundentod zur Folge.

»Ich möchte Sie doch, Herr Sachverständiger, um eine präzisere Schilderung bitten – zu der Kopfverletzung und den

Genitalverletzungen. Beides, Herr Dr. Gottlieb. Ich bitte, auch die Schädelverletzung und den entscheidenden Grund, der zum Tod führte, so darzustellen, daß jeder im Saal begreifen kann, wie es ablief.«

Gottlieb zog etwas hilflos die Schultern hoch, sah zum Richtertisch und sagte: »Ja nun, ich habe natürlich einige Schautafeln mitgebracht, auf denen ich Ihnen das alles zeigen kann, aber es wird ziemlich Zeit kosten.«

»Das macht nichts, Herr Sachverständiger, das macht gar nichts«, sagte Saynfeldt.

Reuter war wieder aufgestanden: »Nichts, aber auch gar nichts von der hier eingeforderten Schilderung des Todes und den Verletzungen des Opfers wird von der Verteidigung bestritten. Es ist deshalb nicht einzusehen, warum der Prozeß und auch der Herr Sachverständige mit derartigen Fachausführungen belastet werden sollen.«

»Ich bestehe darauf.«

Reuter setzte sich resigniert. Natürlich bestand Saynfeldt darauf, er brauchte die ganz große Staatsanwaltschaftsschau, und niemand konnte ihn daran hindern. In der Folge erklärte Dr. Gottlieb eineinhalb Stunden einem zunächst konsternierten und fassungslosen, dann immer matter dreinblickenden Publikum die Qualen und den Tod des Opfers.

Dann wurde der psychiatrische Gutachter aufgerufen. Professor Lüttker machte es kürzer. Bei der Kindheit und der Entwicklungsgeschichte des Angeklagten hielt er sich nicht allzu lange auf. Daß das Fehlen des Vaters oder der Einfluß der Mutter, besonders ihr Wunsch, in ihrem Sohn ein Mädchen zu sehen, besonders gravierend gewesen sei oder sogar schwere Störungen hervorgerufen habe, dieser Darstellung des Verteidigers könne er auf keinen Fall folgen. Tausende alleinerziehende Mütter wünschten sich statt eines Jungen ein Mädchen. Wenn diese Kinder sich alle so aufführten wie der Angeklagte, dann sei die BRD nichts anderes als ein sadistisches Schlachthaus.

Der Staatsanwalt nickte zufrieden, und das Publikum fuhr aus seiner Schläfrigkeit wieder hoch und begann mit den Absätzen zu trommeln.

»Nein – solche Entwicklungen regulieren sich im allgemeinen von selbst.« Auch eine frühe Fixierung auf besondere, abartige Sexualpraktiken oder eine Konfiguration derartiger Dinge liege bei dem Angeklagten nicht vor. Auch als Pädophiler, als Mensch, der sich gerne Kindern nähert und damit seine Libido zu befriedigen trachte, sei er nicht einzustufen …

»Diesen Ludwig Ladowsky«, sagte Lüttker und sah die Richter an, »kann man sogar als einen gestandenen Mann bezeichnen. Nur eben als einen, der seinen Sexualtrieb mit Mordgelüsten verbunden hat. Und die hat er unerbittlich, planvoll und grausam verfolgt und ist somit für voll schuldfähig zu betrachten.«

Ein schweres, bleiernes Schweigen folgte den Worten.

Der Angeklagte in seiner Kabine hatte sich nicht ein einziges Mal gerührt.

Landgerichtsdirektor Martin schob den Kopf vor: »Herr Ladowsky! Ich habe Ihnen ja nun schon einige Male gesagt, daß Ihnen am Ende der Zeugen- oder Sachverständigenbefragungen das Recht zu einer Aussage zusteht. – Wollen Sie etwas sagen?«

Ladowsky schüttelte den Kopf.

In der Sitzungspause nahm Martin den Verteidiger zur Seite.

»Herr Reuter, haben Sie den Angeklagten eigentlich darauf getrimmt, kein Sterbenswörtchen zu sagen?«

Reuter sah Martin nur an und schwieg. Es war ein ziemlich wirkungsvolles Schweigen.

»Damit wir uns verstehen, Herr Professor, meine Bemerkung zielt selbstverständlich nicht darauf ab, Ihre Verteidigungsstrategie zu beeinflussen.«

»Das weiß ich, Herr Landgerichtsdirektor. Aber Sie können mir glauben, ich mache mir ebenfalls langsam Sorgen.«

»Sorgen? Und warum?«

»Auch Frau Dr. Reinhard hat die Absicht, heute eine Unterredung mit Ihnen zu suchen. Wir halten Ladowsky in höchstem Maß für suizidgefährdet.«

»Selbstmord? Meinen Sie, daß er in der Lage dazu wäre?«

»Das ist er, schon von seiner Charakterstruktur her. Wir haben es mit einem ....«

Martin winkte ungeduldig ab: »Lassen wir das mal beiseite. Wir wollen ja gerade klären, mit wem wir es zu tun haben. Aber Sie wissen wie ich: Wenn eine solche Möglichkeit vorliegen würde oder auch nur ein entsprechender Verdacht bestünde, bin ich gehalten, mich sofort mit dem Vollzug in Verbindung zu setzen. Um Himmels willen, stellen Sie sich so etwas vor.

»Das tue ich dauernd.«

Der Vorsitzende lächelte: »Dann wären Sie wohl viele Sorgen los?«

Reuter sah ihn an. »So kann man es natürlich auch betrachten, Herr Dr. Martin ...«

»Herr Ladowsky, wir sind jetzt bei den Vorbereitungen Ihrer ersten Tat, die Sie an Silke Meyser verübten. Woher nahmen Sie das Geld für die Fahrt nach Hannover?«

Man mußte schon genau hinsehen, um zu bemerken, daß der Angeklagte die Lippen bewegt hatte.

»Ich habe nicht verstanden, Angeklagter ... Und ich muß Sie schon bitten, unsere Geduld nicht zu sehr zu strapazieren und etwas lauter zu reden. Ich habe diese Aufforderung schon ein dutzendmal an Sie gerichtet – also bitte!«

Reuter hob die Hand. »Er meint, er bekam das Geld von seiner Mutter.«

»So, er meint? – Bekam er es nun, oder bekam er es nicht? Und wieviel war es?«

»Achthundert Mark.«

Nicht Reuter, Ludwig Ladowsky hatte geantwortet. Und diesmal überraschend klar und präzise.

»Es war die Summe, Herr Vorsitzender, die ihm seine Mutter für das Erlangen des Führerscheins übergeben hatte«, meldete sich der Anwalt. »Für den Angeklagten war die Situation zu Hause wieder einmal unerträglich geworden. Er wollte weg, um jeden Preis … Er hätte jeden Zug genommen. Aber er stieg in den nach Hannover.«

»Um ein Kind zu ermorden«, sagte Martin trocken.

Er blätterte in einem Polizeiprotokoll: »Ich frage deshalb, weil wir hier zum erstenmal auf diese merkwürdige Geschichte mit dem sogenannten Befehl stoßen: dem Befehl zu vergewaltigen und zu töten.«

Reuter erhob sich. »Verzeihung, Herr Vorsitzender, bei allem Respekt, doch die Formulierung ›Vergewaltigung‹ ist in diesem Zusammenhang nur schwierig zu akzeptieren.«

»In diesem Zusammenhang … Und wie sieht Ihr Zusammenhang aus, Herr Verteidiger?« Martin nahm die Brille ab, während er sich nach vorne schob. Seine Ohren waren gerötet. »Ich anerkenne eine präzise Definition – aber bei solchen Einwänden dreht sich mir der Magen um. Die Geschichte mit dem Stock! Wie würden Sie das denn definieren, Herr Professor Reuter? Als Manipulation sicherlich? – Nein, ich verzichte auf Ihre Antwort.«

Der schockartigen Stille im Saal folgte eine Welle der Empörung. Ein Sprechchor setzte sich durch: »Lebenslänglich, lebenslänglich, lebenslänglich …«

Dr. Martin schlug mit der Faust auf den Tisch. Es wurde ruhig.

»Eines haben schon die damaligen fachärztlichen Untersuchungen bewiesen: daß bei dem Angeklagten der Verdacht auf Schizophrenie nicht einmal annähernd vorliegen kann. – Also, Herr Ladowsky, versuchen Sie uns zu erklären, was Sie mit ›Stimmen‹ meinen.«

Doch Ladowsky schwieg.

»Herr Ladowsky, ich erwarte eine Antwort. Haben Sie mich verstanden? Wie ist das mit der Stimme oder den Stimmen, die Ihnen befehlen, einen Menschen, ein weibliches Wesen, auszuwählen, es zu entführen, es dann sowohl seelisch wie körperlich grausam zu verletzen und zu töten?«

Sehr ruhig war es geworden. Isa hatte sich aufgerichtet. Ladowsky schwieg weiter und schien sich zu verkriechen.

Reuter ließ den Blick über den Richtertisch wandern, um ihn schließlich auf das Gesicht von Christa Thiersen, der jüngeren der beiden Schöffinnen, zu heften, ganz so, als sei sie die einzige im Saal, die ihn verstehen könnte.

»Ich darf darauf hinweisen, daß nicht nur Menschen, die an einer bestimmten Krankheitsform leiden, manchmal das erleben, was man als ›Stimmen hören‹ bezeichnet ...«

Es handelt sich hier um ein Phänomen, das vielen von uns selbst geläufig ist und das schließlich von der Bibel bis in die moderne Literatur immer wieder beschrieben und abgehandelt wird ... Stimmen hören – was bedeutet das? Doch nichts anderes, als daß sich bei enormem seelischen Druck in die Seele oder Psyche eines Menschen etwas einmischt, das man als fremd erlebt. Sei das nun eine religiöse Forderung oder ein Befehl des Unterbewußtseins – jedenfalls, stets ist die Voraussetzung dazu eine psychische Krise, also eine Form von geistiger Verwirrung.«

»Darauf wollen Sie hinaus!« rief Saynfeldt wutentbrannt.

»Richtig, Herr Oberstaatsanwalt. Auf der Notwendigkeit, hier präzise zu unterscheiden, basiert die Urteilsfindung. Folglich gründet sich darauf auch die Strategie der Verteidigung.«

Martin blinzelte anerkennend. Er hob die Hand, um die Unruhe in den Zuschauerreihen zu beschwichtigen.

»Ja nun, Herr Verteidiger, zu diesem Thema werden wir noch einen weiteren Sachverständigen hören. Deshalb ...«

Weiter kam Martin nicht. Hinter seinem Panzerglasschutz hatte sich unvermittelt der Angeklagte erhoben. Er nahm den Arm hoch. Isa beobachtete, wie die Sehnen seines Halses sich zu weißen Strängen spannten ... Und die Hand? Was war mit der Hand …? Ladowsky hatte sie gegen die rechte Seite der Kabine gestemmt, als wolle er sich dort festhalten. – Nun kamen Worte. Ihr Sinn ging in dem lauten, zornigen Murren der Zuschauer unter.

»Ruhe!« schrie Martin. »Ich bitte mir Ruhe aus! – Und Sie, Herr Ladowsky, setzen Sie sich. Sie sind nicht aufgerufen. – Setzen Sie sich!«

Ladowsky setzte sich nicht. Ganz plötzlich war er wieder Herr seiner Stimme, und sie war lauter, kräftiger, war anders, als Isa sie je vernommen hatte. Ladowsky schrie:

»Sie alle …! Sie …! Sie verstehen das nicht …! Wie denn? Sie nicht, keiner – keiner kann das verstehen! Ich wollte das nicht … ich … ich mußte!«

Einer der beiden Justizbeamten, die ihn bewachten, versuchte ihn auf den Stuhl niederzudrücken, doch der Angeklagte versetzte ihm einen so kräftigen Schlag gegen die Brust, daß er zurücktaumelte.

Der Beamte hob fragend die Handschellen hoch, Martin schüttelte den Kopf.

»Ihr sollt ein Ende bereiten.« Das war noch deutlich. »Wer sich nicht beugt dem Wort, der ist …« Dann brach die Stimme mit einem Stöhnen ab, und Isa konnte erkennen, wie sich das Zittern nicht nur verstärkte, sondern wie es seinen ganzen Körper erfaßte und sich zu einer schrecklichen, rhythmisch zuckenden Bewegung steigerte.

Tremor, dachte sie, Schütteltremor dazu. Und dann ganz automatisch: Diazepam! Er braucht sofort eine Spritze. Ohne jede Überlegung, allein unter dem Impuls zu helfen, lief sie zum Richtertisch, und Martin, der sich inzwischen gleichfalls erhoben hatte, sah ihr dankbar entgegen: »Ich habe bereits nach unserem Arzt gerufen, Frau Doktor. Er ist im Moment nicht auffindbar. Sehen Sie eine Möglichkeit …

Zwei Uniformierte hatten Ladowsky inzwischen auf den Stuhl niedergezwungen und hielten ihn in ihrem Griff; das Schütteln und Zucken konnten auch sie nicht verhindern.

»Lassen Sie ihn los, Herrgott! Er muß sofort in Ruhelage gebracht werden«, sagte sie. »Und dann braucht er möglichst schnell Diazepam.«

»Was ist das?«

»Ein Tranquilizer. Und er braucht es sofort, sonst bekommt er Probleme mit den Atemwegen und dem Kreislauf.«

Martin nickte und gab seine Anordnungen.

Sie hatten ihn in einen kleinen Raum direkt gegenüber dem Richterzimmer geschleppt, vor eine Wand grauer Aktenschränke.

Isabella kniete sich neben der ausgestreckten, noch immer zitternden Gestalt dort auf dem Boden nieder. Die Haut war schweißnaß, die linke Seite zitterte noch immer, doch der Anfall klang ab. Der Puls? Flach, schnell ... Das Herz brachte keine Leistung.

»Habt ihr denn keinen Arzt im Gericht?« Sie sah an einer Uniform hoch.

»Schon. Aber wir konnten ihn nicht finden. Jetzt haben wir den Notarzt gerufen.«

Sie beugte sich wieder über ihn. Jetzt schlug er die Augen auf. Die Pupillen waren leicht erweitert, aber der Blick sagte ihr, daß er völlig klar war und daß die Qual, die aus ihm hervorbrach, mit etwas anderem zu tun hatte als mit einer entgleisten Herz- und Atemtätigkeit.

»Ludwig, bleib ruhig. Nur ruhig ... Nach der Spritze geht's dir besser.«

»Und dann?« sagte er. Doch als sie nun nach seiner Hand griff, streckte sie sich, die Finger preßten sich gegen ihre Handmulde, und alles Zittern erlosch. »Ich möchte ... möchte, daß Schluß ist. Sie verstehen es ja doch nicht. Und können es nicht verstehen. – Du auch nicht ... Und ich, ich kann's ihnen nicht sagen ...«

»Was kannst du ihnen nicht sagen, Ludwig?«

Er bewegte den Kopf und sah sie an, aus diesen kindlichen, flehenden Augen: »Du, ja ... Du vielleicht ...«

Über ihn gebeugt, das Gesicht so nah, seine Hand in ihrer Hand – vielleicht war dies alles notwendig, daß er endlich sprechen konnte. »Was können die Leute nicht verstehen?«

Sein Mund verzog sich. »Irgendwo hab' ich mal was gelesen … Da stand … stand … die Seele oder das Bewußtsein des Menschen … sei so unendlich tief, daß sich selbst Gott darin verlieren könne … und deshalb sei immer Platz für etwas anderes … Und so ist es auch. Immer ist Platz für ihn …«

»Für ihn?«

»Für den Engel des Bösen«, sagte Ludwig Ladowsky.

Er schloß die Augen, und durch seine Hand floß erneut ein leises Beben; sie fühlte, wie es sich ihr mitteilte, in sie eindrang. »Das ist es doch«, flüsterte er. »Ich hab' es … hab' es nicht getan. Wie denn …? Ich … ich wollte doch nur jemand haben, der mich lieb hat …«

»Ludwig!«

Doch Ladowsky gab keine Antwort mehr.

Eine Hand legte sich auf ihre Schulter: »Verzeihung, kann ich mal?«

Sie drehte sich um, sah ein Paar Turnschuhe und zwei weiße Hosenbeine und dann in das Gesicht eines jüngeren Mannes, der ein Stethoskop in der Hand hielt.

Der Notarzt war gekommen …

»Laß mich nicht allein«, flüsterte Ludwig Ladowsky. »Bitte, laß mich nicht …«

Der Prozeß stand auf Messers Schneide.

Der zweite Zusammenbruch des Angeklagten warf sofort die Frage auf, ob er überhaupt weitergeführt werden könne oder von neuem begonnen werden müßte. Das Verfahren lief nun an seinem fünften Tag. Nach einer Verfahrensdauer von zehn Tagen war der Vorsitzende zwar durch das Gesetz berechtigt, eine Unterbrechung zu verfügen – doch sie hatten gerade die Hälfte dieser Zeit erreicht.

Alles würde von Ludwig Ladowskys Zustand und seinem Verhalten abhängen. Auch der Gerichtsarzt, der endlich erschien, konnte zwar eine Besserung erkennen, doch der Herzschlag war noch immer durch häufige Extrasystolen gestört, der Blutdruck unstabil, und so erschien es fraglich, ob der Angeklagte durchhalten würde.

»Ich brauche nur eine Stunde Pause«, murmelte Ladowsky.

»Und dann?«

Er sah sie an, die um ihn herumstanden: Dr. Fuhrmann, einen der beisitzenden Richter, seine beiden Bewacher, den Arzt – mit Blicken von so gespannter Eindringlichkeit, daß alle unwillkürlich den Atem anhielten.

»Und dann ist alles zu Ende«, sagte er.

Sie schauten sich an.

»Nur eines ...«

»Ja?«

»Daß ich vielleicht noch mal mit Frau Reinhard sprechen kann ...«

»Während der Verhandlung?«

»Ja. Falls ich das brauche.«

Fuhrmann nickte. »Ich glaube schon, daß sich das regeln läßt.«

Isabella verließ das Gerichtsgebäude.

Reuter rechnete damit, daß er sie am Nachmittag wegen des Attentats auf Ladowskys Mutter als Zeugin aufrufen würde, aber wer konnte schon einen Zeitpunkt bestimmen? Sie hatte sich bei ihm abgemeldet. Der Aufruhr in ihr verlangte Klärung, Ruhe, Abstand.

Sie stieg in ihren Wagen. Der Andrang vor dem Landgericht hatte nachgelassen, doch das Bild der Gerichtsstraße und Heiligkreuzgasse wurde noch immer geprägt von Absperrgittern, Beamten der Bereitschaftspolizei in ihrer martialischen Uniform, den Info-Ständen und den schwarzen Fahnen.

DER ENGEL DES BÖSEN …

Jeden Versuch, einen klaren Gedanken zu fassen, erdrückte die Erinnerung an die Minuten, als Ladowsky vor ihr auf der Trage gelegen hatte: an sein schweißgebadetes und so unbegreiflich sensibles Jungengesicht, an die Augen, die um Verstehen flehten. Und dann seine Worte …

War das nicht so gewesen, als führe er einen Dialog mit sich selbst, wenn er von dem ›anderen‹ sprach?

Sie hatte den Gedanken längst erwogen, doch immer wieder als zu weit hergeholt abgelehnt. Und trotzdem, vielleicht ließ sich das ganze Rätsel Ladowsky mit drei Abkürzungsbuchstaben erklären: MPS – Multiple Personality Syndrom … Vielleicht stellte er tatsächlich einen Fall von gespaltener Persönlichkeit dar, eine Art Dr. Jekyll, Mister Hyde – ein Mensch, der in sich so zerrissen war, daß sein Bewußtsein verschiedene Identitäten zu entwickeln versuchte. In den USA, wo man vor allem unter den Vietnamveteranen Tausende derartiger Krankheitsgeschichten unter die Lupe nahm, war man zu dem Schluß gelangt …

Eine Autohupe ließ sie zusammenfahren. Im letzten Augenblick drückte Isa auf die Bremse: Beinahe hätte sie ein Stoppschild überfahren.

Sie atmete tief durch und fuhr erst dann wieder an, als erneut, diesmal von hinten, ungeduldiges Hupen sie dazu aufforderte.

Nein, Ladowsky hatte kein gespaltenes Ich. Er hatte überhaupt keines, darin lag das Problem. Er war wie ein Kind, ein unfertiges Geschöpf, in dem sich irrer, tödlich verzweifelter Wahn hatte ausbreiten können. Und außerdem: Was nützten alle Etiketten, was nützten alle Fachausdrücke – auf ein Phänomen wie diesen Jungen trafen sie doch nicht zu …

Langsam, in ihre Gedanken verloren, fuhr sie weiter, dem Westend entgegen, am Grüneburgpark vorbei, um dann wieder zur City einzubiegen.

Warnschilder tauchten auf. Die Fahrbahn verengte sich. Links von ihr zog sich eine Wand aus Betonfertigteilen, sie verdeckte die Baugrube vor der Sicht, dann kamen Bretterstapel, Bewehreisen, Sandberge und große, gelbe Maschinen.

Isabella fuhr noch immer langsam. Wie lange ging das denn noch …? Sie drehte den Kopf, um sich zu orientieren, und dabei fiel ihr Blick in den Rückspiegel, und der Rückspiegel wiederum zeigte ihr die breite Kühlerhaube einer großen Mercedes-Limousine, die rasch aufholte und jetzt schon fast ihre hintere Stoßstange berührte.

Was wollte der? Was sollte das?

Sie fuhr auf der linken Fahrspur; dies hier war Einbahnverkehr. Unwillkürlich drückte sie den Golf noch weiter nach links, der Mercedes hinter ihr aber scherte nach rechts aus, verlangsamte offensichtlich die Fahrt, zog aber Zentimeter nach Zentimeter weiter nach vorne an ihr vorbei.

Sie hörte das blecherne Prasseln an der Karosserie, als seine schweren Reifen den Split, der auf der Fahrbahn lag, hochschleuderten.

Was war los mit diesem Idioten? Und was war das für eine Scheißmanier zu überholen? Warum tat er das? – Was wollte er überhaupt? Aber die Welt steckte ja voll Verrückter …

Der rotmetallic schimmernde Außenspiegel des Mercedes tauchte jetzt auf, als sie hinüberblickte, so nah, daß er beinahe den Spiegel ihres Golfs berührte. Das Fahrerfenster war herabgelassen, auch das sah sie, als sie noch näher an einen Baubretterstapel steuerte, um Platz zu machen.

Dann sah sie ihn, sah ihn so deutlich und klar wie ein Videobild, nachdem plötzlich die Stopptaste gedrückt wurde. Der Kopf wandte sich ihr zu, doch das Schild der dunkelblauen Baseballmütze bedeckte das Gesicht, so daß nichts zu sehen war als der verkniffene, breite, angespannte Mund.

Er trug ein Jeanshemd, auch das sah sie noch …

Dann aber – mit beiden Fäusten riß er das Steuer nach links, der Stoß warf sie im Sitz zurück, der Golf machte einen Satz – in der aufschießenden Panik hatte Isa das Steuer verrissen und war gleichzeitig auf die Bremse getreten. Es gab ein schepperndes, helles Metallgeräusch. Ihr ausbrechender Wagen hatte zwei Regentonnen umgeworfen und prallte gegen einen Stapel Zementsäcke; ihr Oberkörper flog nach vorne, der Gurt schnitt in ihre Schulter.

Mühsam richtete sie sich auf.

Die Windschutzscheibe vor ihr hatte sich in ein tausendädriges graues Netz verwandelt.

Sie atmete tief, um ihr rasendes Herz zu beruhigen. Dann stieg sie aus. Ihr Verstand streikte. Noch immer war sie zu benommen, um das, was geschehen war, in einen Zusammenhang zu bringen. Sie lehnte sich zurück, hob die Hand, um sich die Haare aus dem Gesicht zu streichen, fühlte warme Nässe und sah, daß die Hand blutig war.

Zitternd öffnete sie die Tür, rutschte vom Sitz und zog sich hoch.

Auch dieser Irre mußte die Herrschaft über seinen Wagen verloren haben, denn die Front des Mercedes hatte sich so tief unter einen Lastwagenanhänger gebohrt, daß das Heck weit hochstand.

Es war kein Arbeiter zu sehen, auf der Baustelle schien Ruhe zu herrschen, doch von allen Seiten rannten nun Leute herbei.

Schräg vor dem Mercedes stand ein großer, grauer Opel. Zwei Männer kletterten gerade heraus. In dem mit den grauen Haaren und der braunen Lederjacke glaubte sie Berling zu erkennen. – Berling! Was tat er hier …? Sie war einfach zu schwach, um zu überlegen, ließ sich auf den Sitz zurückfallen und senkte den Kopf. Sie dachte an Ladowsky. Seine Hände hatten genauso gezittert wie ihre …

Die Anklage im Ladowsky-Prozeß hatte für diesen Mittwoch nachmittag noch einen weiteren, letzten Zeugen benannt: Karl Ottner, siebenunddreißig Jahre alt, Handelsvertreter – der Mann, dessen blauen Fiesta der Angeklagte nach seiner Horrortat am Bachufer hatte anzünden wollen.

Richard Saynfeldt zog einen kleinen Halbbogen um den Zeugenstand und reckte den Arm. Die schwarzen Falten seiner Toga fielen wirkungsvoll nach unten: »Also nochmals, Herr Ottner, der Wagen ist Ihnen in Lengbrunn entwendet worden? Ausgerechnet in Lengbrunn, dem Wohnort des Opfers.«

»Ja. Das war am Donnerstag.«

»Zwei Tage vor der Tat. – Und zu welchen Zeitpunkt haben Sie es festgestellt?«

Ottner zerrte an seiner Krawatte, als wäre sie ihm zu eng. »So gegen zwölf Uhr dreißig. Ich hatte den Wagen am Ortsrand geparkt, da ist eine Bushalte. Wollte mal in Ruhe 'ne Zigarette rauchen und austreten. Außerdem hatte ich Hunger ... Aber die nächste Kneipe hatte zu, und als ich dann zurückkam, war der Fiesta weg.«

»Also am Rande des Orts, an einer Bushaltestelle?« Saynfeldt brachte die Frage mit bedeutungsschwerem Tonfall. »Vermutlich die Bushaltestelle, an der nur wenige Stunden später das Opfer auf den Bus wartete – ein junges Mädchen, das nichts anderes im Sinn hatte, als mit ihren Freunden und Freundinnen ein Aerobictraining zu absolvieren, und das dann nicht nur auf bestialische Weise geschändet, sondern auch noch ermordet wurde!«

Die letzten Sätze waren laut in den Saal gerichtet und fanden sofort ihr Echo: »Aufhängen! Aufhängen!«

»Ruhe!« schrie Martin. »Sonst lasse ich sofort den Saal räumen.« Doch erst als die Beamten im Saal sich in Bewegung setzten, wurde es wieder still.

Ottners Vernehmung durch den Oberstaatsanwalt war beendet.

Der Vorsitzende machte eine einladende Handbewegung: »Herr Verteidiger, haben Sie Fragen an den Zeugen?«

»O ja.« Reuter erhob sich. »In diesem Fall schon.«

Der Zeuge drehte ihm das breite, rote, schweißüberströmte Gesicht zu. Dabei führte er die Hand an den Hals und öffnete den Kragenknopf.

»Herr Ottner, Sie haben also nach Ihrer Aussage Ihren Wagen in Lengbrunn zwei Tage vor der Tat durch Diebstahl verloren. Wie sind Sie dann nach Frankfurt zurückgekommen?«

»Ich sagte doch schon – mit dem Zug. Von Bad Orb.«

»Ah so, natürlich ...«

Reuter blätterte in seinem Notizblock. »Sie hatten also ab diesem Donnerstag keinen Wagen mehr zur Verfügung, zumindest keinen blauen Fiesta – ist das so?«

Ottner nickte.

»Und das bedeutet, auch nach Ihrer Ansicht, daß der Angeklagte, der ja den Wagen gestohlen hat, sich die ganze Zeit in Lengbrunn und Umgebung herumtrieb, um dem Opfer, das er sich ausgesucht hatte, auf den Fersen zubleiben. Interpretiere ich das richtig?«

»Einspruch«, schnappte Saynfeldt. »Hier soll eine Meinung provoziert werden, die in keiner Weise ...«

»Stattgegeben.«

»Gut.« Reuter nickte. »Wie erklären Sie sich dann, Herr Ottner, daß Ihr Wagen mit Ihnen selbst am Steuer noch am Abend desselben Donnerstags und auch am folgenden Tag in Frankfurt von einer Ihnen gut bekannten Person beobachtet wurde? Die schriftliche Aussage liegt hier in meinen Akten, Herr Vorsitzender ... Die Person ist jederzeit bereit, vor Gericht auszusagen.«

Ottner rührte sich nicht. Er starrte Reuter nur an. Die Farbe in seinem Gesicht hatte von Rot zu tiefem Purpur gewechselt.

»Ich warte auf Ihre Antwort, Herr Zeuge ... Ah, Sie scheinen damit Schwierigkeiten zu haben ...? Aber da wäre ja noch etwas anderes zu klären: Wäre es denn nicht naheliegend gewesen, den Verlust des Fiesta bei den zuständigen

Polizeibehörden in Wächtersbach oder Bad Orb zu melden, statt das Ganze zwei Tage später – Sie können das im Dienstbuch nachlesen – bei der Polizeiwache 12 in Frankfurt zu tun?«

»Ist doch schließlich mein Recht.« Ottner stotterte.

»Das bestreitet niemand, Herr Zeuge. Und mein Recht als Verteidiger besteht darin, Ihnen hier kundzutun, daß ich Ihre Angaben nicht nur für unwahr, sondern für eine von dritter Seite präparierte Falschaussage halte.«

»Unglaublich!« Der Ruf kam von Richard Saynfeldt.

Reuter nickte. »Das finde ich auch.«

»Was heißt denn von dritter Seite?« rief Ottner.

»Das kann ich Ihnen sagen. Sie müssen doch gewußt haben, wie wichtig es für die Staatsanwaltschaft ist, zu beweisen, daß der Angeklagte seine Tat geplant, also sein Opfer methodisch und in heimtückischer Absicht ermordet hat ... Aber er kann den betreffenden Wagen zu diesem Zweck gar nicht zwei Tage lang benutzt haben, denn in dieser Zeit befand er sich noch in Ihrem Besitz.«

»Einspruch, Herr Vorsitzender! Das ist nicht zulässig. Mehr noch: Hier scheint es sich um eine ehrenrührige Unterstellung der Verteidigung zu handeln!«

»Stattgegeben. – Herr Verteidiger, ich muß schon sehr bitten ... Es liegt nicht in Ihrem Auftragsbereich und schon gar nicht in den Standesgepflogenheiten, die Staatsanwaltschaft auf diese Weise zu attackieren.«

Und wieder tobte der Saal ...

Isabella vernahm das Knirschen von Schritten. Auch jetzt hielt sie den Kopf gesenkt und preßte beide Hände gegen den Stoff des Kleides, als könne sie so ihr Zittern verbergen.

»Frau Doktor! Ist alles in Ordnung? – Was ist denn mit Ihrer Stirn?«

Sie sah hoch und blinzelte. Es war Berling, und seine dunklen Augen blickten besorgt auf sie herab. Nun beugte er sich nach vorne, seine Finger schoben sacht ihr Haar zur Seite. »Scheint nur eine Schramme ... Können Sie aufstehen?«

Sie versuchte es. Ihre Knie waren schwach, aber sie konnte. Sie sahen sich an.

»Haben Sie einen Verbandskasten im Wagen?«

»Wie bitte?«

Er lächelte, und die Zuversicht, die in diesem Lächeln lag, brachte sie in die Realität zurück – hierher auf eine verdammte Baustelle, in eine Stadt, wo irgendwelche Leute dich überholen und auf dich schießen ... Hatte man auf sie geschossen...?

Berling öffnete die Klappe des Handschuhfachs, holte die grüne Blechschachtel hervor, öffnete sie und betupfte mit einem Stück Gaze sorgfältig ihre Stirn. Dann nahm er ein Pflaster, klebte es über die Wunde und tupfte auch ihre Wange mit dem alkoholgetränkten Stück Stoff ab.

»So, jetzt ist das alles schon besser ...«

»Was ist besser?«

Er lächelte. »Nun, 'ne ganze Menge ... Meist hat das Schlechte auch sein Gutes ... Ist einer der Sprüche meines Großvaters – vielleicht ist ja was dran. Der Kerl hatte es auf Sie abgesehen. Aber er hat Sie nicht erwischt. – Dafür haben wir jetzt ihn.«

»Wie kommen Sie überhaupt hierher?«

Sie hörte sich selber zu, mit dem sonderbaren Gefühl, jemand anders würde für sie die Frage stellen. Benommen schüttelte sie den Kopf. Ihre Stirn brannte, aber dahinter wurde es einigermaßen klar. Sie setzte sich wieder in den Wagen und sah zu ihm hoch: »Was tun Sie überhaupt hier, Herr Berling? Jedesmal, wenn was passiert, kommen Sie plötzlich an.«

»Na ja, ich sah Sie vor dem Gericht wegfahren und dachte, es wäre vielleicht besser, ich seh' ein bißchen nach Ihnen. Außerdem hatte ich gerade Dienst.«

»So, Sie hatten gerade Dienst?« wiederholte sie sinnlos. »Ja.« Er ging um den Golf herum und kam zurück: »Die Frontscheibe ist kaputtgegangen. Übrigens, sonst ist dem Auto nicht viel passiert – nur der Kotflügel.«

»Wie schön. Und der Kerl, der meine Frontscheibe auf dem Gewissen hat?«

»Der sitzt da vorne in unserem Wagen. In Handschellen.«

»Und wer ist es?«

Er zuckte mit den Schultern. »Ein verrücktgewordener Aerobiclehrer aus Bad Orb. Evi Fellgrub war in seiner Tanzgruppe. Er muß ein Fanatiker sein – oder sie geliebt haben – oder sonst was.«

Oder sonst was? dachte sie. Der eine bringt sie um, der andere mich …

»Kommen Sie! Ich fahr Sie nach Hause.« Sie schüttelte den Kopf.

»Wo wollen Sie denn hin?«

»Wohin schon? Ins Gericht, zurück zur Verhandlung. Ich werde aufgerufen.«

»Jetzt, nachdem man Sie gerade angefahren hat? Fühlen Sie sich denn stark genug?«

»Stark? Was ist das?« Sie zuckte kläglich mit den Schultern. »Das weiß ich nicht … Aber ich fahre zurück … Und ob! Ich werde als Zeugin gebraucht. Jetzt will ich das alles hinter mich bringen – jetzt erst recht!«

Die Unruhe im Schwurgerichtssaal hielt an. Reuter ließ den Blick von den Richtern zu den Zuschauern wandern, und sein Lächeln zeigte den entspannten und doch gesammelten, undeutbaren Ausdruck eines Buddhas. Dann fixierte er wieder Ottner, dessen Finger nervös und unablässig an den Kanten seiner Jacke entlangstrichen. Schließlich wandte er sich Saynfeldt zu.

»Ich hatte nicht im entferntesten die Absicht, dem Herrn Ankläger Zeugenbeeinflussung zu unterstellen. Um Himmels willen, nein … Falls dieser Eindruck entstanden sein sollte, ziehe ich meine Aussage zurück und bitte, sie im Protokoll zu streichen.«

»Das ist bereits geschehen«, kommentierte Martin bissig.

»Nun, vielleicht sollte man sagen, um so besser. – Aber es gibt in einem derartig brisanten und zum Politikum hochgeschaukelten Prozeß schließlich auch noch andere Parteien und Positionen, die Einfluß nehmen wollen.«

»Fangen Sie schon wieder an? – Einspruch, Herr Vorsitzender.«

»Stattgegeben. Bleiben wir beim Thema, Herr Verteidiger.«

»Gerne. Es lautet: die Glaubwürdigkeit des Zeugen Ottner. – Herr Ottner, Sie werden verstehen, daß mir gar nichts anderes übrig bleibt, als zu beantragen, daß von nun an alles, was Sie diesem Gericht vortragen, unter Eid gestellt wird … Dazu möchte ich gleich hinzufügen: Ich besitze nicht allein die Aussage der Frau, die ich zuvor erwähnte, mir liegen weitere Beobachtungen vor, nach denen Sie in der fraglichen Zeit in Ihrem Wagen gesehen worden sind. Überlegen Sie sich also jedes Wort. Glauben Sie mir, es ist besser so, Herr Ottner …«

»Einspruch«, forderte Saynfeldt.

Reuter blickte ihn mit gespielter Überraschung an.

»Hier soll ein Zeuge mürbe gemacht werden, noch dazu mit fragwürdigen oder nur angekündigten Beweismitteln …«

Doch noch ehe Martin zu einer Entscheidung kam, hatte sich die Szene von Grund auf geändert. Karl Ottner, dieser schwitzende, halb störrisch, halb verlegen wirkende Mann, hatte sich unversehens in einen brüllenden, zornigen Berserker verwandelt. Er sprang so heftig auf, daß sein Stuhl krachend zu Boden schlug. Als er zu der Glaskabine rennen wollte, stellte sich ihm einer der Justizbeamten entgegen. Er schob ihn mit dem Ellbogen zur Seite, doch da waren bereits zwei andere, die sich an ihn klammerten.

Mit aufgeblähtem Brustkorb, den Hals dick angeschwollen, stand Ottner da und brüllte die Richter an: »Und das soll ein Gericht sein? Ja, wo sind wir denn hier! Ich soll mich hier fertigmachen lassen? Ja, gibt's denn so was? Ich soll mich fertigmachen lassen, und die Sau da drüben bringt unsere Mädchen um ...!«

Ludwig Ladowsky rührte sich nicht.

Er hatte beide Hände um den Schädel gepreßt, als versuche er, ihn zusammenzudrücken.

§

Dirk Schneider, der Leiter des Aerobic-Clubs in Bad Orb, war in das Untersuchungsgefängnis direkt neben dem Landgericht gebracht worden, in dem Ludwig Ladowsky seinem Urteil entgegensah. Ladowsky nehme auch an der Nachmittagssitzung teil, hatte Berling gesagt, als sie in einem grünen Streifenwagen der Polizei der Innenstadt zurollten. Er habe sich nicht nur bereit erklärt, weiterzumachen, er habe sogar darauf bestanden.

Sie bogen in die Heiligkreuzgasse ein, und der Wagen hielt im Hof des Landgerichts. – ›Fiat Justitia.‹ – Nie waren ihr die braunen Sandsteinquadern des alten Gebäudes so abweisend, so drohend erschienen wie in diesem Augenblick.

Der Aufzug brachte sie nach oben.

In der Kabine demonstrierte Berling seinen Polizistenblick: gerade, direkt – und doch abschätzend distanziert.

»Wenn ich etwas an Ihnen bewundere, dann sind es Ihre Nerven«, sagte er.

»Nerven? Die hatte ich einmal ... Ich habe sie mir abgeschminkt. Ich kann sie mir nicht mehr leisten.«

Es schien eine Verhandlungspause gegeben zu haben. Aus den Gruppen von Menschen in dem breiten Vorraum löste sich eine schwarze Gestalt: Reuter. Und er ging ... nein, mit wehendem Mantel stürmte er geradezu heran.

»Mein Gott, Isabella! Ich habe gerade gehört … Lassen Sie sich anschauen. – Um Himmels willen, Sie sind ja verletzt!«

»Nicht so schlimm.« Sie tastete über das Pflaster. »Ein kleiner Glassplitter.«

»Aber fühlen Sie sich denn stark genug? Ich meine, sehen Sie sich in der Verfassung, jetzt auszusagen?«

»Natürlich. Und Sie wollen's doch so, Herbert! Kommen Sie, machen Sie kein Theater: Mein Pflaster ist Ihnen doch ganz recht, paßt ja auch wunderbar ins Konzept. Es bringt Ihnen Sympathiepunkte.«

»Ihnen«, lächelte er. »Und uns natürlich …«

»Gut, uns …«

Die Verhandlung ging weiter. Er legte ihr die Hand auf die Schulter und ließ sie stehen. Zehn Minuten später bereits wurde Isabella aufgerufen.

Der Saal war wie immer brechend voll. Alle Köpfe wandten sich ihr zu, und auf den Gesichtern lag gespannte Aufmerksamkeit.

Der Vorsitzende hatte sich kurz erhoben, ehe es zur Befragung hinsichtlich der ›persönlichen Verhältnisse‹ kam.

»Frau Reinhard, ich darf Ihnen – dies bitte nicht ins Protokoll – mein ganz persönliches Bedauern über das ausdrücken, was geschehen ist. Und dazu, im Namen des Gerichtes, den Abscheu, den wir gegenüber diesem Vorkommnis empfinden.«

Auch Richard Saynfeldt stand jetzt auf.

»Die Staatsanwaltschaft schließt sich den Ausführungen des Herrn Vorsitzenden an«, sagte er gemessen. »Nun aber zur Verhandlung. Ehe mit der Befragung begonnen wird, möchte ich darauf hinweisen, daß Frau Dr. Reinhard in ihrer Eigenschaft als Gutachterin dem Verfahren bisher beiwohnte. Zeugen jedoch ist die Anwesenheit nicht gestattet. Nach der Prozeßordnung ist diese Einvernahme unzulässig.«

Reuter hatte sich bereits erhoben. »Ich würde mit Ihnen übereinstimmen, Herr Kläger, wenn die Aussagen der Zeugin etwas mit dem hier zur Verhandlung stehenden Tatbestand zu tun hätten. Doch sie betreffen ein völlig anderes Delikt: den Brandanschlag auf die Mutter des Angeklagten. Frau Ladowsky liegt, wie ich gerade erfahren habe, infolge der schweren Brandverletzungen, die sie erleiden mußte, erneut auf der Intensivstation. Ihr Zustand wird von den Ärzten als äußerst ernst bezeichnet.«

Reuter machte eine dramatische Pause und öffnete beschwörend beide Hände. »Diesem Anschlag ist nun, wie ich zu meinem Entsetzen feststellen muß, ein zweites Attentat gefolgt – und ausgerechnet auf die Gutachterin der Verteidigung.«

Er läßt auch keine Chance aus, dachte Isa. Und er hat recht. Es war zu spüren: Die spannungsgeladene Aggressivität schien aus dem Saal gewichen zu sein. Richard Saynfeldt starrte düster vor sich hin oder blätterte mit gespieltem Desinteresse in seinen Akten, während Landgerichtsdirektor Martin und Reuter ihre Fragen hinsichtlich der Brandnacht in Walldorf an sie stellten.

Der Wind hatte sich gedreht, und Isabella war sich sicher, daß sie ihre Sache gut machte. So eindringlich wie nur möglich beschrieb sie das brennende Zimmer, sprach von den vier Puppen, die sie in Ladowskys Zimmer gesehen hatte, von den Mädchenkleidern, die dort brannten …

Das Publikum folgte mit weit aufgerissenen, erstaunten Augen, und Reuter nickte zufrieden.

»Wir danken Ihnen, Frau Zeugin«, sagte Martin am Ende. »Sie sind entlassen.«

Richard Saynfeldts Fingerknöchel klopfte auf den Tisch. »All das, was Frau Dr. Reinhard hier gerade vorgebracht hat, hätte in ihr Gutachten gehört, statt jetzt an den Beginn der Vernehmung der Zeugen der Verteidigung gestellt zu werden. Ich protestiere gegen derart unzulässige verfahrenstechnische Tricksereien.«

»Ja nun«, meinte Martin milde, »ob man das so nennen kann? Jedenfalls, ›verfahrenstechnischer Trick‹ oder nicht, diese Aussage war doch dazu angetan, eine für uns alle wichtige Situation zu erhellen … Vielen Dank, Frau Dr. Reinhard!«

Als Isabella die Tür des Sitzungssaals hinter sich zuziehen wollte, griff jemand nach ihrer Hand. Sie drehte sich um und blickte in das runde, vertraute Gesicht Peter Amans. Mit einemmal fühlte sie sich ungeheuer erleichtert.

»Komm«, sagte er, und die grauen Augen hinter der Nickelbrille lächelten sie an. Dann zog er die Tür so sorgsam zu, als schließe er einen Panzerschrank.

»Peter, was tust du denn hier?«

»Ist das vielleicht 'ne Frage! – Ich hab' zufällig gehört, was passiert ist, und bin gleich hierher gerast.« Er grinste. »Aber wie ich sehe: Eine Isabella Reinhard bringt so leicht keiner um.«

»Nein«, sagte sie, »keiner … Herrgott, bin ich froh, daß ich dich sehe! Bringst du mich nach Hause? Ich will nur eines: mein Bett. – Aber mein Auto ist kaputt.«

In seinem Cabrio fuhren sie durch die Stadt. Menschen flanierten über die Parkwege, Rollschuhfahrer flitzten vorüber, Kinder spielten, und über ihnen wob sich ein grün-goldenes Netz von Sonnenstrahlen und Blätterschatten.

Es gab also auch ein Leben, das keine Notiz von dem nahm, was in einem Schwurgerichtssaal des Landgerichts vorging. Fast erschien ihr das wie ein Wunder …

Zwei Motorräder preschten an ihnen vorüber, schwenkten ein und verlangsamten; auf jeder der schweren Maschinen saßen zwei Männer. Sie dachte sich nichts. Sie war viel zu müde, um irgend etwas zu denken. Ein dunkelgrüner Passat rückte hinter ihnen auf. Sie schloß die Augen.

»Da hast du sie wieder.«

»Was? – Wen?«

»Vorne und hinten. Lies doch, ein Presseschild hat der hinter uns drauf. Und die Kameras bei diesen Motorradtypen, hast du die nicht gesehen?«

»Wenn du wüßtest, wie gleichgültig die mir sind ...«

»Sicher, sicher ... Aber vielleicht sollten wir uns doch langsam mal mit den Realitäten abfinden. Dies ist die Zeit der Informationsgesellschaft, und wir leben mittendrin.«

»Ich pfeif' drauf ...«, seufzte sie.

Sie hatten das Westend erreicht und bogen ab. Der grüne Passat folgte, die Motorräder aber standen bereits in ihrer Straße, standen aufgebockt vor der schmalen, weißen Mauer der Nummer 14, dem Haus, in dem sie wohnte. Die Fahrer waren abgestiegen – und sie waren nicht allein. Noch mehr Reporter und Fotografen gruppierten sich am Eingang.

»O nein!«

»Komm, Isa. Auf ein Foto mehr oder weniger von dir kommt's jetzt auch nicht mehr an.«

Eine Parklücke vor der Haustür hatten sie freigelassen. Sie hielten. Isa drehte den Kopf und blickte sehnsüchtig an den halb erwartungsvoll, halb höflich grinsenden, halb gespannten Gesichtern vorbei zur Haustür.

Gerade als sie die Hand auf den Türgriff legen wollte, las sie es ...

Zuerst konnte sie es nicht glauben. Dann zog sich krampfartig ihr Magen zusammen, und ihr Herz begann zu toben. Und schließlich fühlte sie nichts als eine tiefe, eisige Schwäche, die ihren Kopf nach vorne sinken ließ und jede Überlegung lähmte.

Die Blitzlichter flammten auf.

MÖRDER-HURE stand dort in großen, grellroten Spraybuchstaben.

MÖRDER-HURE ...

»Nun trink doch ... Nun trink doch ...«

Isabella starrte das Glas vor ihr an und schüttelte den Kopf. »Sie wollen mich fertigmachen, Peter! Die wollen mich ganz unten haben. – Und sie schaffen es ...«

Peter Aman strich über ihre geballte Faust und schüttelte den Kopf: »Nicht so, Isa, bitte nicht ... Steigere dich da nicht hinein ... Schau mal, das alles hat mit dir sehr wenig zu tun, sondern vielmehr mit einem Kollektivwahn.«

»Aber warum hassen diese Menschen mich? Was habe ich ihnen getan?«

»Menschen? – Es gibt Individuen. Doch diese Individuen schließen sich zu Gruppen und Verbänden zusammen, dann wird die Gesellschaft daraus oder die Nation oder sonstwas ... Und dann sind sie nicht mehr sie selbst, dann demonstrieren sie so etwas wie das Volksempfinden und handeln entsprechend. Und wenn das mal am Kochen ist, nun ja ... Jetzt komm, trink.«

Er schob ihr das Rotweinglas näher. »Nachher gibt's was Schönes zu essen. Ich koche ...«

Sie saßen in Peter Amans hellem, weitem Penthouse. Wenn Isa geradeaus sah, konnte sie die in allen Grau- und Silbertönen schimmernden Dächer der Stadt und die leuchtende Silhouette der Frankfurter Skyline bewundern; dazu als Dreingabe einen rosagoldenen und blaß-grünen Abendhimmel. Aber sie blickte vor sich hin und schien kaum etwas wahrzunehmen.

»Isa!« Nun nahm er ihre Faust und öffnete sie. »Das geht vorüber, glaub mir. In ein paar Monaten ist der ganze Alptraum nichts als eine Anekdote.«

Sie schüttelte langsam den Kopf. »O nein, Peter. Dies hier geht nicht vorüber ...«

»Hör mir zu: Gerade du hast dir nichts vorzuwerfen. Schließlich hast du, seit ich dich kenne, die Rotkreuzschwester gespielt.«

»Und was hat es genützt?« Ihr Kopf schmerzte, hinter den Schläfen entstand ein heiß hin und her fließender Druck. »Peter, kann ich heute nacht in deinem Gästezimmer schlafen?«

»Meinst du, ich laß dich gehen?«

Sie versuchte ein Lächeln, doch das mißlang ihr gründlich. Wieder sah sie die Schrift vor sich, las das schreckliche Wort ... Und die Bilder drehten sich wie in einem langsamen

Karussell. Der Schwurgerichtssaal, der Glaskäfig, Ladowskys Hände, die den Kopf umklammerten, Ladowsky am Boden auf der Trage, sein bleiches Gesicht, die Augen ... seine Hand in ihrer Hand, sein Flüstern: »Laß mich nicht ... Bitte, laß mich nicht ...«

Sie richtete sich auf. »Es ist endlich Zeit, die Rechnung aufzumachen, Peter.«

»Welche Rechnung?«

»Meine. Die der letzten zwanzig Jahre ... Ich habe den falschen Beruf gewählt und dann das falsche Land und die falschen Menschen geliebt – und jetzt, wie sagt man so schön ... Klar doch, geschieht mir nur recht.«

Er stand auf und marschierte durch den Raum, nahm eine verchromte Kugel vom Regal und spielte damit, als könne er sie so ablenken.

»Was heißt schon das falsche Land?« sagte er schließlich. »Das Land, zu dem man gehört, kann man nicht wählen.»

»O doch. – Und gerade ich.«

»Und falscher Beruf? Du leistest vorzügliche Arbeit. Und du hast einen Erfolg, um den dich viele beneiden. – Kennst du übrigens Markus Bennartz? Aus deiner Göttinger Zeit müßtest du ihn eigentlich kennen! Er ist etwas älter als du.«

»Bennartz?« – Der Name hatte zunächst nichts als ein schwaches Signal in ihrem Gedächtnis ausgelöst, doch nun sah sie ein Gesicht vor sich: Knochig, bebrillt – natürlich, ›Mark‹, er hatte bereits im zehnten Semester studiert und ihr bei den Seminaren ständig von seiner Begeisterung für Fayencen und präkolumbianische Plastiken vorgeschwärmt. Später hatte er ihr dann endlos lange Briefe mit Fotos geschickt ...

»Ja. Und wie kommst du auf ihn?«

»Ich habe ihn kürzlich getroffen. Der hat es als ›Freier‹ nicht geschafft und ist dann in den Staatsdienst gegangen. Er hatte so seine Beziehungen. Das Wichtigste aber: Er hat die Leitung von Mettenau übernommen. Diese neue Maßregelklinik, in der auch dein Ladowsky landen könnte, falls du mit dem Gutachten morgen Erfolg hast.«

Dein Ladowsky? Wieso lächelte er eigentlich dabei? Sie fühlte sich zu schwach, um sich gegen dieses Lächeln zu wehren.

»Dann hättest du es später mal mit Bennartz zu tun, nicht wahr? Und das wäre nicht schlecht.«

Sie legte den Kopf zurück und sah ihn an: »O nein, Peter. Ein anderer vielleicht … Ich nicht, ich bin weg.«

»Nun komm schon. Ich sag' doch, morgen sieht alles bereits ganz anders aus. Und überhaupt …«

Er redete nicht weiter. Das Telefon summte. Er ging zu der breiten Bücherwand, auf deren Bord es stand, und nahm den Hörer ab. »Verzeihen Sie bitte die Störung. Hier spricht Professor Reuter«, sagte eine Stimme. »Ich bin auf der Suche nach Frau Dr. Reinhard, und für solche Fälle hat sie mir Ihre Telefonnummer gegeben.«

»Einen Augenblick. Sie ist hier …«

Er deckte die Telefonmuschel ab und winkte Isabella. »Es ist dein Professor Reuter.«

Sie nahm ihm den Hörer aus der Hand.

»Isabella? Tut mir leid, wenn ich Sie störe … Ich wollte Sie nur ganz kurz informieren: Ich bekam gerade einen Anruf vom Krankenhaus. Ladowskys Mutter ist tot. – Was meinen Sie, ist das für Ihren Gutachtervortrag morgen von Belang?«

»Ich weiß nicht«, sagte sie, »ich weiß es wirklich nicht.« Wieder fühlte sie die Schwäche zurückkommen …

Zum zweitenmal machte sich der Gerichtsangestellte am Mikrofon zu schaffen. Er tat es auf Geheiß des Vorsitzenden, irgend etwas schien mit der Aussteuerung nicht in Ordnung. Isa war um die Atempause dankbar. Die Nervosität des Anfangs aber, dieses Gefühl, auf einer Theaterbühne zu agieren und dabei von hundert Augenpaaren angestarrt zu werden, dazu die finstere Miene Richard Saynfeldts, der sie zunächst zu fixieren versuchte wie das Kaninchen die Schlange und seither geduckt über seinen Akten brütete – all das war vorüber …

Doch nun kam sie zum Kern, nun waren die wichtigsten Argumente an der Reihe, nun mußte sie alle überzeugen.

»Also bitte nochmals, Frau Sachverständige«, hörte sie Martin: »Welchen persönlichen Entwicklungsumständen ist es nach Ihrer Kenntnis zuzuschreiben, daß es bei dem Angeklagten zu dieser sadistischen Abartigkeit und in der Konsequenz zu solchen Taten gekommen ist…?«

Sie strich über die schwarze Jacke ihres Kostüms und beugte sich zum Mikrofon vor. Nun war es entscheidend, daß jeder hier ihre Ausführungen begriff.

»Wir alle, Herr Vorsitzender, sind von Geburt an eingeschlossen in unser eigenes Sein«, begann sie. »Unsere Körperlichkeit bedeutet somit etwas wie eine Grenze … Man könnte vielleicht sogar sagen, so etwas wie eine Mauer oder ein Gefängnis, das uns von dieser Welt trennt – von ihren Wahrheiten, Tatsachen, Anforderungen und auch von unseren Mitmenschen … Ich sagte, wir alle! Jeder.«

Martin am Richtertisch nickte, als habe sie gerade etwas verkündet, was er noch nie bedacht hatte.

Sie verstärkte das Argument: »Jeder von uns erlebt sich, erlebt das eigene Selbst in all seinen Schwankungen, den Höhen und Tiefen, aber auch in seiner Zerrissenheit als die einzige Wirklichkeit, die er kennt, mit der er vertraut ist, die er beobachten und steuern kann … Das Außen wiederum bleibt ihm zunächst fremd. Mit ihm kommunizieren wir über unsere Sinne vom ersten Tag unseres Lebens an. Das Wissen über diese fremde Welt, in die wir eingebettet sind, wird uns als Kind vor allem über die Reaktionen vermittelt, die wir von dort erhalten. Sie sind das Echo auf unsere Signale oder auf unsere Handlungen. In anderen Worten: Wir lernen mit Hilfe unserer Mutter. Sie ist unser erstes Echo – unser Spiegel der Welt.«

Es war ganz still. Sie wandte den Blick zum Saal. Jetzt hatte sie alle miteinbezogen, jeden an seine persönliche Erlebnissphäre erinnert – und das war gut so.

»Ich habe zuvor schon detailliert geschildert, wie sich im Fall Ladowsky eine geradezu einzigartige – und ich meine damit eine einzigartig zerstörerische – Mutter-Kind-Beziehung herausgebildet hat. Die Mutter, die, aus welchen Gründen auch immer, Männer haßt und ihr tiefes Gefühl des Verlassenseins oder Ungerecht-behandelt-Werdens auf das Kind überträgt. Was sie dazu gebracht hat – wir werden es vielleicht nie erfahren. Tragischerweise ist sie während dieser Prozeßtage lebensbedrohend verletzt worden und inzwischen gestorben ... Doch aus diesen genannten, in ihrer Tiefe wohl nie auszulotenden Gründen verlangte sie von ihrem Kind etwas, das es ihr nicht geben konnte: Nicht den Jungen, nein, ein Mädchen wollte sie in ihm sehen.«

Sie blickte zur Kabine hinüber. Es war das zweitemal. Da saß er, nicht mehr nach vorn gekrümmt wie zuvor, nein, die Hände um den Rand des Stuhls geklammert, das Gesicht ihr zugewandt, die Augen weit aufgerissen.

»Ein Wunschverhalten also, man könnte sagen: Eine zweite, eine Fantasiegeburt fand statt. Und das Kind, hilflos wie jedes Kleinkind der Mutter ausgeliefert, der Quelle alles Guten, der Nahrung, des Beschütztwerdens – aber für das Kind auch der einzige Spiegel der Welt, den es besitzt – bekam die Liebe, ohne die kein Säugling, kein Kind allein schon körperlich existieren kann, nur dann, wenn es in seinem Verhalten diesem Wunschbild der Mutter entsprach, wenn es sich als Mädchen benahm.«

Sie holte tief Atem, und ihre Stimme war nun getragen von einer ruhigen Eindringlichkeit: »Ich bitte Sie, sich eine derartige Situation vorzustellen. – Sie ist schwer nachzuvollziehen, ich weiß ... Aber ich habe in diesem brennenden Haus in Walldorf die Kleider gesehen, die Ludwig Ladowsky mit drei, vier oder fünf Jahren zu tragen hatte.«

Saynfeldt klopfte mit dem Bleistift auf die Tischplatte: »Einspruch!«

»Bitte, Herr Oberstaatsanwalt.«

»Was wir hier erwarten können, ist der Vortrag eines Sachverständigen, Herr Vorsitzender! Und dies bedeutet sachliche, exakte Angaben und keine emotionsgeladenen Bilder.«

Martin schüttelte den Kopf: »Ich kann dem Herrn Ankläger nicht folgen. Ich finde den Vortrag der Sachverständigen sehr informativ und aufschlußreich.«

Reuter nickte Isabella zu.

»Was ist also geschehen?« nahm sie den Faden wieder auf. »Genau das, was ich zuvor schon eine reine ›Objektbeziehung‹ genannt habe: Die Mutter, die ihr Kind zwar lieben mochte, sah in ihm dennoch keinen Menschen mit seinen spezifischen eigenen Rechten und Bedürfnissen, sondern ein Objekt – ein Objekt, das nach ihren Vorstellungen manipuliert werden mußte. Das Kind wiederum, das eine solche Erziehung, besser, eine derartige ›Dressur‹ erlitt, wurde in seinem tiefsten Seins- und Selbstwertgefühl verletzt. Es kompensierte daher diese schreckliche, narzißtische, frühe Kränkung geradezu zwangsnotwendig mit Haß.«

Nun sah sie zu Saynfeldt hinüber, der ergeben in seinem Stuhl hing und jeglichen Blickkontakt mit ihr bisher vermieden hatte: »Jeder Junge, der zum Mann wird, und später jeder Mann, sieht gerade in der Bestätigung seiner Männlichkeit, also in seiner Geschlechterrolle den zentralen Punkt dieses Selbstwertgefühls. Wir erleben es Tag für Tag in unseren Straßen, in den Städten, den Dörfern, wie verzweifelt Jugendliche in den Gruppen, zu denen sie sich zusammenschließen, den Liebesentzug der Familie oder der Gesellschaft mit Männlichkeitsritualen auszugleichen versuchen … Ludwig Ladowsky jedoch bekam nicht einmal eine solche Chance, er durfte nie ein Junge sein. Und was war die Folge? – Haß, Haß aus Hilflosigkeit. Und dieser schreiende und doch stumme Haß suchte sein Objekt. Die Mutter, mit der er sich wie jedes Kind identifizierte, hat es ihm zugewiesen: Es waren die bösen Frauen, der Sex, jener Sex, der ihre Ehe zerstört hatte…«

Isa machte eine neue Pause. Nun sprach sie zu den Schöffinnen: »Ludwig Ladowsky, darin liegt das eigentlich Tragische, Ludwig Ladowsky übernahm noch in einem anderen Punkt die Gedankenwelt seiner Mutter und wurde damit zum Täter: So wie sie in ihm das Objekt gesehen hatte, so sah auch er nun in den Frauen, in all diesen in seinen Augen sündigen, sexgierigen, hübschen, jungen Mädchen, auf die die eigene Sexualität ja abzielen mußte, keine Mitmenschen mehr, sondern nur noch Objekte. Bei allen anderen war es nicht so. Sensibel und zartbesaitet, wie er sich gibt, suchte er bei Nachbarn, Schulkameraden, Freunden und Kollegen immer nur das eine: Anerkennung. Und war bereit, dafür alles zu geben. – Aber da gab es ja noch den anderen, den düsteren Bereich in ihm: das Reich der Stimmen des ›bösen Engels‹, von dem er manchmal spricht. Diese Zone wurde bevölkert von den ›gefallenen Engeln‹, von jungen, Sex verkörpernden Mädchen und Frauen. Ludwig Ladowsky hat nie eine erotische oder sexuelle Anziehung im Hinblick auf Kinder empfunden, für ihn zählen nur solche weibliche Wesen, die aus seiner Sicht ›sündig‹ werden konnten. Die einer Sünde anheimfielen, die ihn selbst faszinierte. Das Schlimme daran: Er konnte diesen seinen Objekten keine menschlichen Regungen, weder Entsetzen, Angst, Gefühle, noch nicht einmal Schmerzen zubilligen …«

Es hatte während dieses letzten Teils ihres Vortrags im Raum kaum ein Räuspern gegeben. Gebannt verfolgte das Publikum jedes Wort, und auch am Richtertisch die gleiche Reaktion: gerunzelte Brauen, äußerste Konzentration.

Isabella hatte das Gefühl, erreicht zu haben, was sie erreichen konnte. Sie bemühte sich jetzt um einen ruhigen, sachlichen Ton.

»Aus meiner Sicht«, sagte sie, »und aus diesen Gründen liegt im vorliegenden Fall ein bereits in der Frühzeit verankertes Entwicklungstrauma von so zerstörerischem Ausmaß und einer so verheerenden Auswirkung vor, daß im Sinne der Paragraphen zwanzig und einundzwanzig die Schuldunfähigkeit des Angeklagten zu bejahen ist.«

Martin hob die Hand: »Und wie, Frau Sachverständige, beurteilen Sie die Rückfallgefahr bei dem Angeklagten?«

»Wir wissen, Herr Vorsitzender«, erwiderte sie langsam und jedes Wort auf die Waagschale legend, »und auch die forensische Psychiatrie weist stets aufs neue darauf hin, daß solche Prognosen nur unter der Voraussetzung einer ständigen therapeutischen Begleitung der betreffenden Person möglich sind. Was den Fall Ladowsky von anderen ähnlich gelagerten Fällen abhebt, ist doch, daß bisher, auch bei seiner vorherigen Haftzeit, nie der Versuch, ja nicht einmal der Ansatz einer ernsthaften Therapie unternommen worden ist.«

Am Tisch der Staatsanwaltschaft schnellte die lange Gestalt des Anklägers hoch.

»Herr Vorsitzender – eine Frage an die Frau Sachverständige.«

»Bitte, Herr Oberstaatsanwalt.«

Saynfeldt sah Isabella an und machte erst einmal eine lange Pause. Sie wurde im Zuschauerraum von unterdrücktem Flüstern und leisem Füßescharren begleitet. Schließlich, man wußte doch Bescheid ... Die Zeitungen hatten's geschrieben, der Kurier hatte zu seinem Artikel sogar noch Fotos gebracht: Die beiden waren mal ein Paar gewesen, jawohl, sie hatten's miteinander getrieben, und das ging soweit, daß sich dieser Saynfeldt von seiner Frau trennte – und jetzt, jetzt standen sie sich vor Gericht und offensichtlich als Gegner gegenüber, denn Saynfeldts Gutachter hatte schließlich genau das Gegenteil gesagt und lebenslängliches Gefängnis mit Sicherheitsverwahrung verlangt ...!

»Frau Dr. Reinhard, ist es richtig, daß gerade die Voraussagen über die Rückfallmöglichkeit der Sexualtäter zu den schwierigsten Bereichen der forensischen Psychiatrie zählen?«

»Ja. Das ist richtig.«

»Ist die Information ferner richtig, die mir hier vorliegt ...« Er blickte mit gespielter Aufmerksamkeit auf den Zettel, den er in der Hand hielt: »... daß Ihre Gerichtszulassung als Sachverständige nicht etwa auf einer gründlichen Ausbildung, sondern auf einem Schnellkurs beruht, der nicht viel mehr als zwei Dutzend Stunden umfaßte, und daß es nun zum erstenmal ist, daß Sie hier als Gutachterin in einem derartigen Prozeß auftreten?«

Isabella fühlte eiskaltes Prickeln in den Fingerspitzen und gleichzeitig den Zorn, der in ihr hochschoß, aber sie bezwang sich: Hier mußt du durch! Ruhe jetzt. Ganz, ganz ruhig ... Langsam wandte sie sich Richard Saynfeldt zu, um ihn ganz genau zu betrachten.

Totenstille herrschte im Raum.

»Alle wesentlichen wissenschaftlichen Erkenntnisse der Psychologie und Psychiatrie zählen auch auf diesem Zweiggebiet. Forensische Psychiatrie ist also kein Sonderfall.« Sie lächelte: »Wir beide, Herr Oberstaatsanwalt, kennen uns seit Jahren ... Gerade Sie müßten daher wissen, daß ich als klinische Psychologin und Psychotherapeutin meine fachliche Kompetenz bei der Behandlung von Hunderten von Patienten bewiesen habe.«

Aus dem Geflüster wurde eine Geraune und Gemurmel. Der Vorsitzende bat sich Ruhe aus, und es wurde wieder still.

»Wie ich schon sagte, Herr Ladowsky hat nach seiner vorherigen Straftat nicht die geringste ernstzunehmende psychologische oder psychiatrische Betreuung erhalten. Der einzige Mensch, der sich mit der Persönlichkeitsstruktur des Angeklagten bisher befaßt hat, war ich. Ich habe ja auch über ihn publiziert.«

Sie lächelte wieder: »Aber ich bin Ihnen dankbar, daß Sie mir mit der Problematik der Ausbildung und der Rückfallprognose die Gelegenheit geben, noch ein anderes, sehr wichtiges Thema aufzugreifen.«

Sie wandte den Blick von Saynfeldt und richtete ihn zum Saal: »Die forensische Psychiatrie gehört zu den Stiefkindern der psychiatrischen Wissenschaft. Es gibt weder genügend Ausbildungsstätten noch genügend geeignete Lehrer, es gibt noch nicht einmal einen Lehrstuhl an irgendeiner Universität, was wirklich skandalös zu nennen ist ... Dieser Punkt muß schon im Interesse der allgemeinen Sicherheit dringend geändert werden. Zum anderen aber ...« Und nun machte Isabella eine Handbewegung, die den ganzen Raum umfaßte: »Niemand, auch nicht die größte Kapazität auf diesem Gebiet, nicht einmal ein Genie könnte zum Beispiel eine Voraussage treffen, ob all die Menschen, die hier in diesem Schwurgerichtssaal versammelt sind – und dabei schließe ich das verehrte Gericht sowie den Herrn Oberstaatsanwalt mit ein –, auch in Zukunft als zurechnungsfähig bewertet werden könnten ... Es gibt keine Garantien hinsichtlich der psychischen Stabilität, auf die wir uns meist alle verlassen. Sie kann uns erhalten bleiben, aber sie kann genausogut eines Tages irgendwelchen krankhaften und gefährlichen Schwankungen oder Änderungen ausgesetzt sein.«

Geraune. Und die Menschen im Saal starrten sie an, starrten sich selbst an, begannen miteinander zu reden. Selbst Landgerichtsdirektor Martin vergaß es, diesmal um Ruhe zu bitten. Nachdenklich die Stirn gekraust, musterte er den Angeklagten. Nur Saynfeldt, Zorn im Gesicht, hob die Hand – um sie dann wieder fallen zu lassen.

Isabella zog das Mikrofon noch näher heran. »Der Herr Vorsitzende hat zu Beginn des Verfahrens einen wichtigen Satz ausgesprochen: daß wir hier über einen Menschen richten. Und so wie für diesen Menschen gilt für uns alle, daß wir auf der Bühne unseres Seins unsere Rolle spielen müssen. Wir haben sie gelernt, oder sie wurde uns aufgezwungen. Unsere Vorbilder, die Eltern, die Mentoren, die Freunde, wer immer die Lehrer sein mochten, die Menschen, deren Beispiel wir folgten und die wir verinnerlichten oder haßten, waren für diese Rollen bestimmend; genauso wie die Anerkennung oder das Echo, das wir aus dem Umfeld, der Gesellschaft, der Familie und dem Beruf erfahren. Aus dieser Rolle bildet sich, was wir Persönlichkeit nennen. – Aber, und auch das wissen wir alle, es ist keine fest umgrenzte ... Jeder von uns trägt im Keim verschiedene Persönlichkeiten in sich, hat die Möglichkeit zu einem ganz anderen Spiel. Wir wissen es alle, jawohl, und Gott möge verhüten, daß der, den wir so oft beschwören und vor dem wir uns fürchten – der Teufel nämlich, das Böse –, die Herrschaft übernimmt ...!«

›Überraschende Wende im Ladowsky-Prozeß ... Schwurgericht schickt Kreuz-Mörder in geschlossene Anstalt ... Ladowsky als schuldunfähig erklärt ... Staatsanwalt legt Berufung ein ...‹ Die Schlagzeilen überschlugen sich am folgenden Tag. Die Fernsehanstalten brachten das Urteil in allen Hauptnachrichten, zeigten Bilder von dem Gedränge vor dem Schwurgerichtssaal, Aufnahmen von nachdenklichen oder empörten und wutentbrannten Gesichtern – sie zeigten auch einen strahlenden Herbert Reuter, der sich, den Arm um die Gutachterin gelegt, die andere Hand nach vorne gestreckt, einen Weg durch die Journalisten, die Kameras und Mikrofone ins Freie bahnte. Ja, man sah es ihm an: Glücklich war Reuter, gleich wollte er sie in ein Restaurant schleppen – zur Siegesfeier.

»Sie waren hinreißend, Isabella. Einfach unglaublich! Daß es so kam, war vor allem Ihr Verdienst.«

Auch die Kommentatoren und Gerichtsreporter waren derselben Ansicht: ›Wenn das Duell zwischen Verteidiger und Staatsanwalt zugunsten des ersteren entschieden worden ist‹, so schrieb die größte Frankfurter Zeitung, ›so ist dies in erster Linie dem Auftritt der Gutachterin der Verteidigung, Frau Dr. Isabella Reinhard, zu verdanken, die ebenso überzeugend wie beeindruckend schilderte, wie es zu jener krankhaften seelischen Störung, vor allem zur Unfähigkeit der Einsicht in die Tat kam, die den Richtern nun die Möglichkeit gab, Ladowsky – wohl für den Rest seines Lebens – statt ins Gefängnis in eine geschlossene Anstalt zu schicken. Immerhin ist damit nun beides ermöglicht: sowohl der Gesellschaftsausschluß und damit die Gewährung der öffentlichen Sicherheit als auch der Therapievollzug.‹

»Und jetzt?« Peter Aman fragte es, als er für Isabella am Abend des nächstens Tages in der Küche seines Penthouses ein Essen zauberte: Saltimbocca auf Spinat, dazu eine Flasche Pinot grigio. – »Ein Essen, dem Anlaß angemessen«, wie er verkündete. »Muß sein. Jawohl – muß! Du warst schließlich eine Zierde unserer Zunft …«

»Komm«, hatte sie abgewehrt, »Zierde unserer Zunft …? Ich fühle mich als das genaue Gegenteil.«

»Und was ist das?«

»Ein ausgewrungener Putzlappen.«

Bratenduft schwebte durch die Küche. Peter Aman träufelte ein wenig Sahne über die Spinatblätter. »Ja nun«, meinte er, »ausgewrungen, das bist du wohl, und schließlich ist das auch begreiflich: ein reines Erschöpfungssyndrom. Aber das gibt sich … Du wirst sehen, das Leben hat sie bald wieder, die Frau Dr. Reinhard. Und vielleicht mehr denn je. Jetzt bist du schließlich so was wie ein Star geworden.«

»Hör auf – bitte!«

»Trotzdem«, fuhr er fort, »es wird sich alles normalisieren … Bringst du mal die Teller rein, ja? Wirst gleich sehen, wie das schmeckt! Die Saltimboccas, das sag' ich dir im voraus, bilden den Anfang der Normalität.«

»Meinst du …? Weißt du, Peter, was ich am liebsten möchte?« Sie stand mit ihrem Tablett an der Tür und drehte sich zu ihm um.

Er starrte sie fragend an.

»Weg von allem. – Ganz weit weg …«

»Also wieder mal Kuba?« Er grinste: »Jetzt kannst du's dir ja leisten. Kauf dir ein Ticket. Das wäre kein Davonlaufen mehr, sondern ein wohlverdientes Bonbon.«

»Nicht Kuba, das nicht mehr, Peter ... Nein, nach Peru möchte ich, nach Hause.«

»Ist Peru wirklich noch dein Zuhause? Ich kann es mir nicht vorstellen. – Gut, auf einen Besuch, ja ...«

»Nicht auf einen Besuch, Peter. Auch in Peru kann man arbeiten.«

»Beruflich gesehen ist Peru eine Steinwüste, genau wie die Anden.«

»Gerade deshalb. Gerade, weil man mich dort vielleicht brauchen kann ... Hier aber? Nach allem, was ich gesehen und durchgemacht habe, nach allem, was passierte ... Peter – hier in Frankfurt, vielleicht sogar in ganz Deutschland werde ich mich nie mehr so richtig wohl fühlen ...«

»Auch das wird sich legen. – Komm!« Er ging, die Pfanne in der Hand, vor ihr her zum Tisch und verteilte sorgsam die Portionen auf den Tellern. Dann setzte er sich und probierte. »Köstlich! Komm, was stehst du denn noch rum?«

Sie hörte es gar nicht, sie blickte auf ihr Tablett, als könne sie in den funkelnden Kristallgläsern aus Peter Amans Familienerbe wie in einer Kristallkugel die einzig gültige Antwort auf ihre Fragen finden.

»Und Ladowsky? Was wird mit dem? Die Therapie wirst doch du übernehmen?«

»Genau daran habe ich gerade gedacht. Ich muß wohl. Ja, das bringe ich wohl noch zu Ende. Dann aber ist Schluß ...«

Seit jenem Augenblick, als sie es an der Hauswand gelesen hatte, rot, mit diesen grellen, gemeinen Buchstaben – MÖRDERHURE –, war sie nur dann in ihre Wohnung zurückgekehrt, wenn sie es nicht vermeiden konnte.

Nun saß sie wieder am Schreibtisch, doch die Luft in den Räumen schien ihr abgestanden, der Anblick der Straße, der Bäume, der Häuser, alles war für sie mit Feindschaft und Haß getränkt … Sie versuchte zu arbeiten, die ersten Patienten hatten sich bereits angemeldet; Uli, die Sekretärin, war wieder da und ordnete die Krankenunterlagen, sie aber saß und starrte.

Schließlich griff sie zum Telefon und wählte die Nummer eines befreundeten Maklers.

»Mein Gott – du? Isabella …? Ich wollte dich ohnehin anrufen, um zu gratulieren. Ich hab' das alles natürlich im Fernsehen mitverfolgt.«

»Bitte, Erich, lassen wir's.«

»Wenn du auf keine Komplimente Wert legst, sag's bitte«, meinte er pikiert. »Um was geht's denn?«

»Eine neue Wohnung. Kannst du so was besorgen?«

»Na ja – im Augenblick schon. Und ganz günstig. Zur Zeit saust der ganze Markt in den Keller.«

»Mach mir ein Angebot, Erich, ja?«

Sie legte auf. Das war erledigt. Und jetzt? Morgen vormittag erwarteten sie die ersten Klienten. – Und Ladowsky? Sie nahm sich die Dokumentation aus der Mappe und begann zu lesen …

Es war ein Dienstag, 14 Uhr 30, als Isa den Golf Richtung Süden auf die Autobahn lenkte. Ein warmer, hoher, heller Tag erwartete sie, die Straße flog ihr entgegen. An der rechten Ecke der Windschutzscheibe klebte noch der Prüfsticker der Werkstatt. Das Glas war neu, die Beule hatte der Golf behalten.

Eine Stunde später bog sie von der Autobahn ab und durchfuhr bereits fünf Minuten später das Dorf Mettenau. Am Ortsrand, so hatte ihr Peter Aman erklärt, sei vor zwei Monaten die Klinik hochgezogen worden. Klinik? Die geschlossene, die ›Maßregelanstalt‹ des Justizvollzugs für psychiatrische Fälle.

Was sie zunächst sah, war eine gewaltige, in freundlichem Rosaton gestrichene Mauer, deren Ecken mit elektronischen Bewachungssystemen bestückt schienen. Auch das Tor, das sich lautlos aufschob, war neu. Alles schien gerade zuvor eingeweiht: der Rasen, die vielen Blumenbeete davor, die drei Meter hohen Stahlgitter zum Wald, vor allem der flache, langgestreckte, zweistöckige Haupttrakt mit den Reihen seiner im Licht funkelnden Fenster. Die waren weiß umrahmt, und bei der Fassadenfarbe hatte man gleichfalls Rosa gewählt, so daß alles zusammen mit den Tannengruppen und Rosenstöcken eher einer Erholungsstätte für gestreßte Manager glich als einer psychiatrischen Heilanstalt, deren Insassen verurteilt worden waren.

»Unglaublich!«

Der Beamte, bei dem Isa sich am Tor ausweisen mußte und der dann zu ihr in den Wagen gestiegen war, nickte stolz: »Toll, was? So richtig gemütlich hier. Hat ja auch 'ne Menge Geld gekostet.«

Isa nickte und dachte an Preungesheim. Preungesheim war die Hölle gewesen … Und hier? Das Paradies? Was würde Ladowsky davon halten …?

Sie hatte Markus Bennartz angerufen, um ihren Besuch anzukündigen und mit ihm das Vorgehen bei der Therapie zu besprechen. Er hatte sich nicht nur sofort an sie erinnert, nein, er geriet sogar in eine Art nostalgische Begeisterung.

»Mensch, Isa! Hör mal: Weißt du noch, damals – wie du mich immer bei Hauschild herausgeschlagen hast?«

Nein, sie wußte es nicht … Und sie überlegte, was er sie alles noch fragen könnte, doch in ihrer Erinnerung war nichts als graue, weite Öde.

»Waren vielleicht noch Zeiten, was? Und jetzt …? Übrigens, ich habe die Ladowsky-Unterlagen bereits von der Anwaltskanzlei Reuter zugesandt bekommen. Auch die Unterlagen des Gerichts sind da … Den Prozeß habe ich verfolgt, schließlich – wer hat das nicht? Brillant warst du, einfach brillant! Na, wie immer … Und den Ladowsky haben wir somit dir zu verdanken, was …«

Sie fragte, ob es ihm recht sei, wenn sie noch heute nach Mettenau hinauskäme?

»Aber natürlich. Und ob! Ich freu' mich doch auf dich!« Kaum hatte in der weiträumigen Halle der Wachbeamte das Telefon niedergelegt, mit dem er Bennartz die Ankunft Isas gemeldet hatte, kam der Anstaltsleiter bereits die Treppe herunter – größer, kräftiger und selbstsicherer erschien er ihr als der Bennartz von einst. Keine Eulenbrille mehr, nein, schicke, modische Augengläser – nur die von der Optik ins Riesige vergrößerten, grauen Augen schienen dieselben geblieben zu sein.

»Isa!« Er kam mit ausgestreckten Armen auf sie zu: »Isa, daß es uns beide noch gibt! Na, wie finde ich das …?«

Ist doch eigentlich großartig, nicht? Und – soll ich dir den Laden gleich zeigen, oder kommst du erst mal in mein Büro auf einen Kaffee?«

Sie ahnte, was ihm wichtiger war, also sagte sie: »Aber natürlich, Markus, zuerst mal der Rundgang.«

Doch auch das war nicht die ganze Wahrheit. Sie wurde sich plötzlich bewußt, daß sie eine gewisse Angst vor dem Augenblick hatte, Ladowsky gegenüberzutreten – was sie wollte, war eine Art Gnadenfrist …

Und so ging sie dann an Bennartz' schweigenden, verschlossen blickenden Zöglingen vorbei, durch Turnhallen, Werkstatträume, über eine Theaterbühne, ließ sich das große Schwimmbad zeigen, die Saunen, und bei all der farbenfunkelnden, frischen, beinahe luxuriösen Atmosphäre, die sie an den Ligaslogan erinnerte: FÜR SOLCHE MÖRDER STEUERGELDER – NEIN!, schob sich ein Gedanke immer stärker in den Vordergrund: Was soll das eigentlich alles? Gut, du hast ihn vor dem Gefängnis bewahrt und damit den Gesellschaftsvertrag durchgesetzt, der sich Strafrecht nennt – aber warten nicht andere, wichtigere, wertvollere Menschen auf deine Hilfe? Und wirst du der Herausforderung überhaupt gewachsen sein, hier, unter diesen Umständen, eine schwierige, langwährende Therapie an einem vom Wahn geschlagenen Mörder durchzuführen?

Doch umgekehrt: Zu was wird es führen, wenn er erfährt, daß der einzige Mensch, zu dem er Vertrauen gewonnen hatte, ihn jetzt im Stich läßt?

Ja, der einzige Mensch, den es noch gab für ihn …

Nun endlich saßen sie sich im Büro des Anstaltsdirektors gegenüber. Bennartz lächelte anerkennungshungrig.

»Ein Sanatorium«, sagte sie halb ironisch, halb ernst. »Wirklich, wenn eine solche Anstalt Beispiel machen könnte …«

»Na ja, wollen mal sehen.«

»Und was ist mit Ladowsky?«

»Ja, Isa, da wären wir nun beim Thema.«

»Hat er Probleme mit den anderen?«

»Die hat er nicht, weil er sie gar nicht haben kann. Dafür habe ich schon vom ersten Tag an gesorgt. Die Jungens hier sind alle schwer geschädigt. Und sie haben nicht nur Drogen oder Delikte auf dem Buckel, es gibt auch hundertprozentige Psychopathen darunter.«

»Du meinst, sie könnten aggressiv werden?«

»Natürlich. Was sonst? Aber an den können sie nicht ran, weil sie ihn gar nicht sehen. Sie wissen, daß er hier ist, aber er wohnt getrennt, in einem kleinen Bau. Wir nennen ihn den ›blauen Bungalow‹. Daran schließt sich ein kleiner Garten.«

»Und fühlt er sich da nicht einsam?«

»O nein. Ich glaube, er ist froh darum. Er weiß ja, was die anderen von ihm halten. Außerdem, ich glaube, er fühlt sich irgendwie befreit, er fühlt sich als Gewinner, und er hat ja auch gewonnen. Ich habe ein paarmal mit ihm gesprochen. Na, was auch immer mit ihm los sein mag, mir scheint, er ist zufrieden. Übrigens, er sieht ja wirklich unglaublich aus, der Typ. Der Zeitungen haben ihn ständig mit James Dean verglichen, und da ist was dran. Du wirst ihn nicht wiedererkennen.«

»Weiß er, daß seine Mutter tot ist? Ob er es damals im Gerichtssaal mitbekommen hat, ist mir nicht klar.«

Bennartz wiegte zögernd den Kopf hin und her. »Wir haben überlegt, ob wir es ihm sagen und darüber reden sollen, beschlossen dann aber, lieber abzuwarten.«

»Aber er hat doch ein Radio oder Fernseher?«

»Die anderen schon – er nicht. Übrigens, er fragt täglich nach dir.«

Isabella zögerte. »Ja«, sagte sie, »und doch bin ich nicht sicher, ob ich die Geschichte packe.«

»Was soll das heißen?« Seine Eulenaugen wurden schmäler. »Willst du den Therapieauftrag etwa nicht annehmen?«

»Ja. Und ich überlege, ob ich das dem Gericht mitteile.« Er gab dem Schreibtischstuhl einen Stoß, daß er bis zur Wand zurückrollte, und starrte sie an: »Das wird Ladowsky nicht gefallen ... gar nicht ... da kriegen wir ein Problem. Das wird ihn umhauen ... Mein Gott, er hat sich da irgend etwas mit dir aufgebaut, jedes zweite Wort ist Frau Reinhard ...«

Sie ertrug den Blick nicht länger, stand auf und ging zum Fenster. Dann, die Augen auf die geharkten Gehwege mit ihren Rosenbüschen gerichtet, sagte sie: »Komm, Markus, das machst du doch genausogut, wenn nicht viel besser ... Du kennst die Patienten hier, hast die ganze Zeit mit ihnen gearbeitet, wie du gerade erzählt hast. Du bist selbst ein Mann – und außerdem«, auch diese Lüge fiel leicht, »ein ausgezeichneter Psychologe. Wir gehen es durch, Punkt für Punkt. Ich erzähle dir alles, was ich über Ladowsky weiß, ja? Schau mal – ich hab' so viel Leute, die auf mich warten. Meine Praxis ist voll ... Und du, du machst diesen Job bestimmt viel besser.«

Er legte den Kopf schief, und sein Gesicht zeigte nichts als Mißtrauen: »Da hab' ich erstens mal meine Zweifel. Und zwar ganz gewaltige Zweifel, Isa. Und jetzt kommt noch etwas dazu, zwei Dinge sind es eigentlich: Ladowsky ist unser erster

Fall von Sexualstraftäter. Wir haben die Abteilung noch nicht aufgebaut. Das soll irgendwann geschehen, wenn das Geld bereitgestellt ist und die Leute an uns überwiesen werden können. Noch sind wir nicht so weit. Ladowsky ist also vollkommen isoliert, der einzige ›Kinderficker‹, wie sie hier sagen. Und was das bedeutet, kannst du dir vorstellen.«

»... bedeutet an Gefährlichkeit?«

»Was sonst?«

»Und das andere?«

»Das andere, Isa? Ich bin doch völlig überfordert. Wir haben zwar zwei Psychologen, doch von beiden halte ich nichts, und außerdem haben die schon alle Hände voll zu tun. Aber eine so komplizierte Geschichte wie Ladowsky – wo soll ich da einen geeigneten Therapeuten hernehmen?«

Er runzelte bekümmert die Stirn.

»Und schließlich noch ein drittes: Selbst wenn ich Zeit hätte... müßtest du erst einmal meine Meinung kennen: Für mich ist jeder für seine Taten verantwortlich. Da bin ich voll auf der Seite deines Gegners, dieses Oberstaatsanwalts ... Und zweitens glaube ich nicht an die Möglichkeit, einen Mann wie Ladowsky mit Erfolg zu therapieren. In der letzten psychiatrischen Klinik, in der ich gearbeitet habe, hatten wir einige dieser Typen. Ich kenne sie also ... Gut, ich kam weiter, wir konnten Gruppenarbeiten aufziehen, und das half. Aber eine endgültige Heilung? Sexualstraftäter sind Suchtkranke. Wenn du einen Rückfall verhindern willst, hilft nur eines: sie wegzusperren – oder sie ein Leben lang mit deiner Therapie zu begleiten. Das ist meine Meinung, und ich wünsche, daß du da klarsiehst.«

Sie nickte mit einem komischen, trockenen Gefühl im Hals. So war das also. Sie wußte schon jetzt, was Markus Bennartz' Antwort bedeutete: Du mußt den Job annehmen, schon um vor dir selbst bestehen zu können ...

Sie sagte es nicht. Sie sagte: »Gehen wir? Kann ich Ladowsky jetzt sehen?«

»Aber ja, Isabella.«

Der große, offene Sportplatz war mit Maschendraht abgetrennt. An der Längsseite stand ein langer, flacher Bau die Wäscherei, wie Bennartz erklärte. Er winkte ihr zu: »Komm hierüber!« Dann bog er die Zweige eines Holunderbuschs zur Seite, und sie standen vor einem Garten. Er war nicht groß, zehn auf zwanzig Meter, schützte sie, und an seinem hinteren Ende stand ein weiteres kleines Gebäude mit blauem, flachem Dach: der ›blaue Bungalow‹. »Dort«, sagte er, »bei den Beeten.«

Tatsächlich – sie erkannte Ladowsky.

»Er liest, oder er beschäftigt sich mit seinen Pflanzen. Das macht er den ganzen Tag. Pflanzen scheinen ihm unheimlich wichtig zu sein. Und auch die Tiere … Er redet ständig von dem kleinen Rotkehlchen, das die Katze angeschleppt hatte und das er nicht mehr retten konnte.«

Sie schwieg.

Bisher hatte der Schatten der Erlen, die am Ende des Gartens wuchsen, Ludwig Ladowsky in Halbdunkel gehüllt, nun trat er heraus ins Licht, und Isa empfand die Überraschung wie einen kleinen elektrischen Schlag. Er stand in der Mitte eines Beets und sah sich suchend um. – Doch war der Mensch, der dort drüben stand, Ladowsky? »Er ist wirklich ein beachtenswert hübscher Kerl«, hatte Markus Bennartz zuvor gesagt, und das war er: schlank, aufgerichtet, den Kopf zur Seite geneigt, das Haar kurz geschnitten, dunkelblondes Haar, das hell in der Sonne funkelte; dann das Profil und die sonderbare, entspannte, ja selbstverständliche, in sich versunkene Sicherheit, die er in dieser Sekunde ausstrahlte, als sei aus einer zerschlagenen alten Form ein neuer Mensch entstanden. Was hatte dieser junge Mann dort noch mit der gekrümmten, schmalen Leidensgestalt zu tun, die sie kannte?

»Er pflanzt Lauch. Der Küchenchef sagt, er macht seine Sache prima. Außerdem hat er schon damit begonnen, einen Kräutergarten anzulegen.«

Lauch, dachte sie, Kräutergarten …

Bennartz ging weiter. Sie kamen an eine hohe, grüngestrichene Stahltür. Er griff in die Tasche und holte einen Schlüssel heraus: »Mein Passepartout.«

Er schien stolz.

Die Tür öffnete sich.

»Hallo, Ludwig!«

Langsam drehte sich Ladowsky zu ihnen um. Isa war stehengeblieben. Er mochte wohl denselben Schock verspüren wie sie zuvor, denn er rührte sich nicht. Dann aber hob er beide Arme; und die Anspannung seines Gesichts löste sich in einem glücklichen Strahlen. Er ging zwei, drei Schritte, begann zu laufen, und noch während des Laufens breitete er die Arme aus, und da war er, und ihr blieb nichts anderes übrig, als dasselbe zu tun, was er tat, denn tatsächlich: er hielt sie fest, sie spürte Hände am Rücken, seine Wärme, den Körper, hatte das Gesicht so nah vor sich, daß das Blau der Augen zerfloß, und hörte die Stimme, die wie ein Schluchzen klang: »Isabella ... Isa ... Mein Gott, da bist du, da bist du ...«

Im ersten Sekundenbruchteil war Erschrecken und Widerstand in ihr. Mein Gott, was dachte Bennartz jetzt? Wenn das Reuter sehen würde ... Und doch ließ sie es zu, um sich dann ganz sacht von ihm zu lösen.

Markus Bennartz' Brille funkelte. Der Mund verzog sich zu einem verkniffenen Lächeln: »Na, das reinste Liebespaar...«

»Entschuldigung.«

Ladowsky hatte kurz den Kopf gesenkt, nun hob er ihn wieder, und sie sah Tränen aus den Augenwinkeln an der Nase entlanglaufen. »Entschuldigung, wirklich. Aber der Frau Doktor verdanke ich doch alles, Herr Bennartz. Wirklich alles ... Sie war der einzige Mensch, der zu mir gehalten hat.«

»Na gut, kann man verstehen.«

»Das kann niemand verstehen, wie so etwas ist«, sagte er. »Und niemand wird begreifen, wie froh es mich macht, daß sie hier ist.«

Er trat einen halben Schritt zurück, und in diesen feuchten, schwimmenden Augen lag nun ein Ausdruck überwältigenden Glücks.

Was Peter Aman vorausgesagt hatte – »… du wirst sehen, Isa, ab jetzt kannst du dich vor Kunden nicht mehr retten …« –, traf prompt ein.

»Ich stell' den Anrufbeantworter ab«, stöhnte Uli, die Sekretärin. »Ständig bimmelt es, und jemand will einen Ersttermin! Und das Komische: Meist sind das – was sagst du dazu – keine Anwälte, die einen Knastbruder verteidigen, sondern Banker, Manager, Immobilienchefs und vor allem Frauen!«

Nein, es warf sie nicht um.

Sie vereinbarte mit Uli, daß sie herausfinden solle, ob wirklich ganz dringende Fälle vorlägen, und daß sie im übrigen alles, was sich nicht mit dem Hinweis auf einen gefüllten Terminkalender abwimmeln ließe, an Peter Aman weiterleiten sollte. Schließlich: Banker und Manager in der Praxis brachten Geld, und die Probleme, um die es dabei meist ging – Angstzustände, psychosomatische Störungen und vor allem mangelndes Selbstwertgefühl –, waren zu lösen.

Was Isabella zusetzte: Jedesmal, wenn es zu einer Atempause kam, vor allem, wenn sie abends alleine in der Wohnung war, drängte sich der Gedanke an Ladowsky in ihr Bewußtsein, sah sie das Gesicht des Mannes im Kräutergarten, sah sie die Erwartung in den Augen, die wie zwei blaue, tiefe Brunnen waren, spürte sie fast körperlich die Hoffnung, die ihr entgegenschlug … ein Gefühl, für sie so erstickend wie ein Netz, das sich langsam zusammenzog. Dazu kam die Erinnerung an ihren Kampf gegen Richard im Gerichtssaal, die Vorstellung von Ludwigs uferloser Verlassenheit, das Bild einer Frau, deren Haare in Flammen standen …! Und Ludwig Ladowsky in seinem Garten … Dort schlüpfte er in die

Kinderrolle zurück, dort erwartete er den vermeintlichen Schutz, den er bei seiner Mutter gefunden zu haben glaubte. Doch in drei Teufels Namen: Diese Rolle würde sie nicht annehmen! Er würde sich wundern, wenn sie anfingen, ernsthaft zu arbeiten. Sehr, sehr wundern würde er sich …

Aber da blieb die Frage: Warum dachte sie so oft an ihn? Warum konnte sie das schmale Gesicht, die Augen, die sensiblen Hände, die Stimme nicht vergessen? Sie gab es auf, nach einer Antwort zu suchen, und wußte warum: weil sie sich davor fürchtete …

»Schau mal, Isa, das Wetter dort draußen …! Warum gehen wie nicht in den Garten? Da ist es viel schöner …«

»Wir gehen nicht in den Garten, weil das kein Platz für unsere Arbeit ist.«

»Willst du nicht den anderen Stuhl nehmen, Isa? Der ist viel bequemer.«

»Kümmere dich nicht um meinen Stuhl, Ludwig …«

Hör zu: Was wir heute beginnen, ist Arbeit, harte, schwierige Arbeit … Wenn sie dir zuviel wird, kannst du dich ihr jederzeit entziehen. Das ist kein Problem. Du brauchst nur einen Satz zu sagen: Ich will nicht mehr.«

Ladowsky nickte gespannt, erwartungsvoll und froh wie vom ersten Augenblick an, als sie die Tür des blauen Bungalows geöffnet hatte.

»Für diesen Fall muß ich dir allerdings Konsequenzen ankündigen. Die eine heißt: Du wirst mich nicht wiedersehen, nie mehr … Aber das ist das wenigste. Die andere Folge wäre: Du wirst den Rest deines Lebens im Knast, also hinter Gittern verbringen. Eine Therapieverweigerung bedeutet nun wirklich lebenslänglich! – Und lebenslänglich heißt bis zum Ende.«

Er lächelte weiter. Warum? – Hatte er nicht begriffen …?

»Wenn du kommst, Isa, werd' ich gesund. Das weiß ich ... Und darum geht es doch wohl, nicht wahr?«

Sie nickte. »Ja«, sagte sie, »nur darum.«

»Na also ...«

O nein, dachte sie, es fehlt noch viel: »Ludwig, es gibt etwas unter Menschen, das in unserer Fachsprache ›Empathie‹ heißt ... Empathie bedeutet im Grunde nichts anderes, als Einfühlungsvermögen für die Schmerzen, das Leid, die Sorgen des anderen zu haben. Ein Gefühl also, das die meisten besitzen und zu dem auch Mitleid gehört – mitfühlen, sich vorstellen zu können, was im anderen Menschen vorgeht, wie sie denken, Ängste haben ... Nehmen wir ein Beispiel: Wenn die Katze hier im Garten einen Vogel anschleppt, einen Vogel, den sie umgebracht hat, was empfindest du dann?«

»Genau das, Mitleid. Nein, ich könnte einfach heulen ... Ich kann das nicht sehen, ein totes Tier. Ich ertrag' das nicht, ich kann nicht daran denken, daß die blöde Katze, die ich eigentlich auch mag, ihn einfach umbringt, und daß der Vogel dann nicht mehr fliegen kann, verstehst du? Das macht mich fertig.«

»Dann tust du dir also selber leid?«

»Kann sein ...«.

»Wer tut dir mehr leid, der Vogel oder du selbst, der sich das nicht ansehen kann?«

»Weiß ich doch nicht.«

»Das zu unterscheiden sollst du aber lernen.«

Sie stand auf, ging zum Fenster und ließ die Jalousie herab. Es wurde dunkler und dunkler. Er drehte den Kopf, das Gesicht löste sich im Schatten auf, es blieb nur noch das helle Glitzern seiner Augen.

»Was soll denn das, Isa?«

Sie blieb am Fenster stehen. »Es war doch damals auch dunkel, Ludwig? Du hast doch die Tür hinter dir zugemacht, nicht wahr?«

»Welche Tür? Zieh doch den verdammten Rolladen wieder hoch.«

»Warum denn, Ludwig? Warum beunruhigt dich das?«

»Isa – bitte …«

»In einer Waldhütte gibt es immer ein wenig Licht. Auch wenn du die Türe zuziehst – ist es nicht so? Zumindest so viel Licht, daß du sehen konntest. Du weißt das doch? Du kennst dich da aus … Und das war ja gut für dich, nicht wahr? Sehr gut … Vielleicht hast du den Fensterladen ein wenig offen gelassen? – Gab es einen Fensterladen dort im Wald …? Na, ist nicht wichtig … Wichtig war doch, daß die Türe und das Fenster geschlossen blieben?«

»Isa … bitte …«

»Sie konnte ja schreien … und betteln und heulen …«

Zuvor war es still gewesen, jetzt konnte sie seinen Atem hören. Laut ging er, laut und schnell.

»Aber du mußtest sie sehen können … Daß sie gefesselt war … und daß sie Angst hatte … dieses schöne, junge Mädchen … Zuvor so abweisend und arrogant, aber dann hatte sie doch Vertrauen und stieg zu dir ins Auto. Du hattest gewonnen, Ludwig …«

»Nein …«

»O doch. Du hattest. – Denn jetzt windet sie sich vor dir auf dem Bett … Jetzt ist sie nichts als ein hilfloses, blutendes Bündel von Angst und Schmerzen. Und du hast alle Macht über sie, über ihren Körper …«

Er war aufgestanden. Seine Hände umklammerten die Lehne des Stuhls.

»Isa, was hat denn das mit der Therapie zu tun?« Dünn war die Stimme, lauter sein keuchender Atem: »Wir haben doch schon darüber gesprochen, damals … damals, als du mir diese grauenhaften Fotos gezeigt hast …«

»Na und? Dann denk mal an die Fotos. – Und jetzt reden wir wieder darüber.«

»Nein!«

Es war nicht nur Abwehr, es war Zorn. Sie erinnerte sich daran, wie er auf die Bilder reagiert hatte: ungläubig, mit lähmender Stille – aber doch wie ein Mensch, der sich derartige Fotos betrachtet, mit dem Mord aber nichts zu tun hat.

»Was ist, Ludwig? Ist es so schwer, sich das wieder vorzustellen?«

»Ich hab' dir doch gesagt, daß ich ...«

»... daß du nichts damit zu tun hast – ist es das ...? Daß es dir die Stimme befohlen hat ...? Daß du nichts mehr davon weißt ...? Daß alles einfach passierte, so wie eine Explosion passiert – ist es das?«

Er stöhnte.

»Also, wir sind wieder im Wald. Und gleich hinter dem kleinen Berg fließt der Fluß. War nicht sehr angenehm, das ganze Blut wegzuwaschen, es verklebte alles ... Auch deine Hände ...? Hast du es mal geschmeckt? Hast du deine Finger abgeleckt? Hast du diesen Geschmack auf der Zunge gehabt, so ein bißchen süßlich, so ein bißchen nach Metall, als ob man vom Zahnarzt käme?«

»Hör auf! – Bitte, bitte, hör auf. Ich kann doch nicht ... ich darf doch nicht...«

»Ich darf doch nicht dran denken, ist es das?«

»Isa, hör auf.«

»Ja? Soll ich das? Willst du das haben? – Wirklich? Meinst du, es macht mir Freude, mich mit dir darüber zu unterhalten? – Aber bitte, ich hab' dir vorhin schon gesagt: Es reicht, daß du dich weigerst, mit mir zu reden ... Ich höre sofort auf. Ich gehe, und du siehst mich nie mehr wieder.«

»Nein!«

Bisher hatte er die Stimme noch unter Kontrolle gehabt, nun war es damit vorbei. Gerade noch stand er aufrecht, jetzt beobachtete sie, wie er zusammensackte, wie die Knie sich einwinkelten, wie er kleiner und kleiner wurde, bis er schließlich in der Hocke verharrte, die Hände schützend um den Kopf gelegt – dieselbe Geste, die er so viele Tage im Gerichtssaal eingenommen hatte, nichts sehen, nichts hören, nichts wissen – und schon gar nicht reden.

Sie ließ ihn dort am Boden kauern, lehnte den Rücken gegen die Wand und sprach weiter: »Du kannst Augen und Ohren verschließen, Ludwig, aber du wirst es trotzdem hören: ihr schreckliches Weinen … Heute nacht schon, morgen … Du wirst ihre Schreie wieder hören, als du diesen Stock in die Hand nahmst … ›Bitte, tu es nicht‹, wirst du hören, ›bitte, laß mich … ‹ Dann werden es die Schmerzensschreie sein, ein hoher, greller Laut, aber der machte dir ja Spaß! – Jetzt wohl nicht mehr, oder empfindest du Freude, wenn du daran denkst?«

Kein Wort kam. Nichts als ein lauter und lauter werdendes Wimmern.

»Du wirst ihre Tränen sehen, denk jetzt daran, wo du heulst. Ihr verzerrtes Gesicht wirst du sehen, das nun gar nicht mehr schön ist, … ihre Schreie …. Ja – jetzt wieder? Hörst du sie, Ludwig …? Und ihr verzerrter, blutender Mund? Die geschlossenen Augen? Denn das kann sie ja nicht, dich ansehen, Ludwig? Sag es …! Nein, denn dazu fehlt ihr die Kraft, so viel Angst hat sie vor dir … so schreckliche Todesangst …! Und die Tränen, Ludwig? Was ist mit ihren Tränen? Das sind doch andere Tränen als deine …«

Sie hörte nur noch ein dumpfes, ersticktes, hechelndes Schluchzen.

Noch eine Minute – dann ging sie zu ihm, berührte seine Schulter, nahm die Hand aber wieder zurück, als sie plötzlich trösten wollte, in einem Augenblick, wo dies auf keinen Fall geschehen durfte.

»Die Antwort, Ludwig …? Hat sie dich angesehen, während du das alles getan hast …? Siehst du ihre Augen wieder …? Haben sie dich angesehen?«

Er kauerte nicht mehr, er lag seitwärts auf dem Boden, weinte, schluchzte, streckte die Beine aus und zog sie wieder an, um sie mit beiden Händen zu umklammern.

Dies reichte für das erste Mal. Es war genug.

So blieb sie im Halbdunkel, in dieser imaginären Hütte, die sie erschaffen hatte, sah auf ihn herab, und ihr Herz zog sich zusammen. Empathie, hatte sie zuvor gesagt, Mitleid. Sie fühlte es selbst …

»Am Freitag komme ich wieder, Ludwig. Vielleicht schon Donnerstag. Dann machen wir weiter …« hörte sie sich sagen. »Du siehst, ich hatte recht: Es ist keine leichte Arbeit. Nicht für mich und nicht für dich … Denn du wirst jetzt, bis ich wiederkomme, jede Nacht dieses Bild sehen: Die Hütte … Evi … Du wirst ihre Schmerzen sehen und ihre Augen … Und du wirst ihre Stimme hören … Jede Nacht wirst du das hören … Und dann, dann reden wir darüber, was sie gesagt hat und was du gedacht hast …«

Denn jetzt gibt es keine Engelsstimmen mehr, Ludwig. – Nur noch deine. – Und ihre …«

Die Stunden in Mettenau hatten Isabella zugesetzt – was sie Ludwig Ladowsky prophezeit hatte, daß er nicht mehr schlafen könne, geschah ihr selbst. Sie hatte den Schock an den Anfang gesetzt, und das war notwendig gewesen, sie mußte ihn dazu zwingen, nicht länger auszuweichen, sondern sich der Tat zu stellen.

War sie dabei zu hart vorgegangen? – In jedem anderen Fall wäre sie sich absolut sicher gewesen, richtig gehandelt zu haben – aber Ladowsky? Was macht man mit einem so zartbesaiteten Mörder, verdammt noch mal?

Es war Donnerstag vormittag und eine der Pausen zwischen ihren Therapiestunden. Als das Telefon klingelte, erwartete sie Peter Aman am Apparat – doch es war Bennartz.

»Es war ja noch nicht klar, ob du vielleicht heute kommst«, sagte er. »Aber es wäre mir lieb, wenn du den Termin morgen einhalten könntest.«

»Natürlich«, sagte sie. »Ich halte meine Termine immer ein. – Warum?«

Sie hatte ein ungutes Gefühl.

»Ladowsky«, sagte er knapp. »Den mußt du schwer rangenommen haben. Von der Behandlungsstrategie her ist das auch sicher richtig so. Wahrscheinlich wäre ich genauso vorgegangen, aber …«

»Aber was?«

»Der schlottert nur noch im Garten herum. Oder liegt in seiner Bude und heult.«

»Nun, Markus, etwas Ähnliches habe ich erwartet.«

»Sicher … Das Unangenehme ist nur: Er verweigert jede Nahrung. Seit du weg bist, hat er nichts mehr gegessen. Und trinken will er auch nicht. Wenn das so weitergeht, müssen wir versuchen, ihn auf der Krankenstation zwangszuernähren.«

»Es geht nicht so weiter, Markus. Morgen bin ich ja wieder draußen bei euch …«

Ihre Stimme klang ruhig. Aber als sie nun den Hörer auflegte, sah sie die feuchten Flecken ihres Handabdrucks auf der schwarzen Plastikform …

Sie mußte an das strahlende Lächeln des jungen Mannes im Garten denken – denn was sie am Freitag morgen im blauen Bungalow erwartete, war ein bleiches, abgezehrtes Gesicht mit riesigen, dunklen, anklagenden Augen.

Ludwig Ladowsky hockte auf einem Stuhl in der entferntesten Ecke des Raums und starrte ihr entgegen. Simulierte er? Drei Tage hatte er das Fasten durchgehalten – drei Tage, was sind das schon? Oder hatte er sich derartig in sein eigenes Drama hineingesteigert, daß die Beine nicht mehr wollten?

Dies war die erste Überlegung, als sie den blauen Bungalow betrat; doch wie auf einer zweiten Spur lief eine andere, und sie hatte mit einer kühlen Analyse der Situation nichts zu tun: Mein Gott, muß das alles sein ...? Und dann fühlte sie nichts anderes als Mitleid und den Wunsch, hinzulaufen, ihm zu helfen, ihre Hand auf seine Schulter zu legen.

Paß auf, dreh nicht selber durch! befahl sie sich.

Sieh doch klar: Was will er denn? Opfer sein will er. Selbst jetzt ...

Ihre Vernunft hatte wieder die Oberhand ...

Isabella hatte sich ausbedungen, allein in das Haus zu gehen – Markus Bennartz und ein jüngerer Mann namens Höfer, der Arzt der Anstalt, waren vor der Tür stehengeblieben.

Das Licht floß durch das Fenster und malte Gitterstäbe auf den Fußboden. Er war nicht viel mehr als ein grauer Schatten in der Ecke ...

Auch sie bewegte sich nicht. Es war schwer, diesen Anblick zu ertragen, das völlig erstarrte, geisterblasse Gesicht, die dunklen Ringe unter den Augen.

»Ludwig«, sagte sie.

Und beinahe hätte sie denselben Fehler gemacht wie das letztemal. Sie hatte Mühe mit der jähen, fast unüberwindbaren Eingebung, einfach auf ihn zuzugehen, ihn an der Hand zu nehmen ... Doch ihre Reaktion konnte jetzt nur eine sein: sachlich zu bleiben und kühl. »Was soll das?« sagte sie. »Was, Herrgott noch mal, denkst du dir eigentlich dabei?«

Sie hörte keinen Ton. Auch nicht seinen Atem.

»Was, verdammt noch mal, ist los mit dir, Ludwig?«

Nun sprach er, aber sein Flüstern war nicht viel lauter als das Knistern von Papier: »Ich dachte, du weißt das ...«

»Was soll ich wissen?«

»Du ... du weißt doch alles ...«

Sie ging näher. Er stand völlig starr. Wenigstens heulte er diesmal nicht. Sie ging näher und konnte fühlen, wie bei jedem Schritt ihr Herz, ihr Körper schwerer wurde.

»Was soll das bedeuten? Hungerstreik? Das findest du wohl toll, was? Aber ich finde es überhaupt nicht witzig nach allem, was wir das letztemal besprochen haben.«

»Besprochen? ... Du hast gesprochen.«

Er kam aus seiner Ecke, schwankte, und sie fragte sich wieder, ob er simulierte. Drei Tage nichts gegessen? Na schön, Durst war schlimmer – aber es war vielleicht doch bedenklich, und so ging sie auf ihn zu, um ihn am Ellbogen zu stützen und dann zum Bett zu führen ... doch er zog sie an sich, und da war wieder sein Gesicht, nur für den Bruchteil einer Sekunde lag es auf ihrer Schulter.

»Wie denn, Isa ...«, hörte sie, und die Stimme war nun fast völlig erstickt durch den Stoff ihrer Jacke: »Ich habe immer daran gedacht ... Wie soll ich da noch was essen? Oder schlafen? Kannst du mir das sagen – wie soll ich das?«

»Ist ja gut.« Sie hatte ihn nun am Bett und drückte ihn nieder. »Leg dich hin. Gleich kommt der Arzt.«

Er schüttelte den Kopf.

»Du wirst jetzt tun, was der Arzt sagt, Ludwig.«

Sie sagte es ganz ruhig und legte ihre Hand auf seine Stirn; er griff sofort danach. Die Berührung schien ihn zu beruhigen, die Schmerzensmaske auf seinem Gesicht verlor sich, die Züge wurden entspannter. Vorsichtig fühlte sie den Puls, er war nicht einmal schlecht – unruhig, das ja, aber nicht so schwach, wie sie befürchtet hatte. Er hielt die Augen geschlossen.

»Ich bin gleich wieder da ... Nochmals, Ludwig: Du wirst genau das tun, was der Arzt dir sagt. Und du wirst essen. Und trinken.«

»Getrunken hab' ich ja.«

»Ach ja?«

»Draußen, am Wasserhahn.«

Na also, dachte sie, wenigstens das, und öffnete die Tür.

Bennartz und Höfer sahen ihr entgegen. Am Boden stand ein Plastikbehälter. Zwieback war darin, eine leichte Suppe, Kamillentee, all das, was man wohl so verabreicht, wenn ein Magen drei Tage ohne Nahrung blieb.

»Vielleicht sollte ich ihm zuerst eine Traubenzuckerinfusion geben«, sagte der Arzt.

»Ich glaube, das ist nicht nötig, Herr Höfer, gehen Sie nur rein.«

Die Tür schloß sich hinter ihm.

»Die Richterin in Weiß«, sagte Bennartz und musterte sie abschätzend aus seinen Eulenaugen: »Dann die Samaritern.«

»Was soll das, Markus?«

»Das weißt du doch. Du hast doch den Prozeß entschieden.«

Sie schüttelte den Kopf. »Das war nicht ich. Ich habe nicht gerichtet.«

»Was dann?«

»Ich habe nach meiner Überzeugung gehandelt.«

»Und die wäre?«

»Menschlichkeit, Markus – nur das ....«

Die nächsten vierzig Minuten verbrachte Isabella in der Turnhalle. Sie war allein, Bennartz hatte zu tun, und der Arzt mühte sich wohl noch immer im blauen Bungalow – jedenfalls hatte sie nicht gesehen, daß Höfer zurückgekehrt wäre.

Es war Sportstunde. Die Turnhalle gehörte zum Gebäudekomplex der Anstalt, und die Fenster waren mit den üblichen schweren Stahlgittern gesichert. Den Sportplatz, der vor ihr lag, wiederum umlief ein hoher Maschendraht, derselbe, den sie um Ladowskys Garten gesehen hatte. Manchmal prallte der Ball dagegen, und es gab ein hohes, singendes Geräusch, dann raste eine Gestalt im Anstaltstraining heran, hob ihn auf und warf. Sie schienen Spaß zu haben. Es war mehr als ein Dutzend junger Männer, die sich dort drüben mit Gebrüll und Geschrei ihr Korbballspiel lieferten, und der Eindruck, den sie machten, war so fröhlich und manchmal so wild wie auf jedem Sportplatz an irgendeiner Schule. Aber das waren sie nicht – Schüler. Und sie waren auch nicht alle nur drogenabhängig, es bedurfte mehr, um als seelisch Gestörter in eine solche Anstalt eingewiesen zu werden, Mordversuch zum Beispiel, schwere Körperverletzung, jene blinde, anfallsartige Wutraserei, der eine Frau, ein Kind, die Freundin, der Kollege zum Opfer gefallen war.

Isabella versuchte, das Bild mit Markus Bennartz' Augen zu sehen: Jeder einzelne dort, der nun ein von Anstrengung oder Lachen verzerrtes Gesicht zeigte, war ein Fall für sich, vielleicht nicht so kompliziert wie Ladowsky, aber doch so schwierig, daß er ständiger Behandlung bedurfte. – Und wer sollte das schaffen?

Ein Lastwagen fuhr durch das grüne Maschentor dort drüben und näherte sich der Wäscherei. Sie hatte den Kopf gedreht und erkannte, daß Höfer aus dem Garten kam. Das Tor blieb offen. Warum eigentlich? Zum Sportplatz gab es also eine direkte Verbindung. Und hatte nicht Bennartz gesagt, daß Ludwig geschützt werden müsse? Sexualtäter, die ›Kinderficker‹, sie stünden auf der untersten Stufe der Gefängnishierarchie, und wie in jedem Gefängnis, wo sich Aggressionen wie unter dem Brennglas sammelten, mußte ein Prügelknabe her.

Jetzt schien Dr. Höfer seinen Irrtum bemerkt zu haben. Gemächlich ging er zurück, schüttelte den Kopf, ließ das Tor aber weiter offen.

Sie bat den Sportbeauftragten der Anstalt, einen Beamten, ihr die Tür zum Sportplatz zu öffnen, und ging dem Arzt entgegen. Das Spiel hatte mit einem Schlag aufgehört, keine Schreie mehr, kein Ballgeräusch, nichts als Stille. Sie blickte hinüber, da standen sie alle und starrten sie an.

Sollten sie. Aber sie ging doch etwas schneller, und da war Höfer schon. »Scheint alles okay ... Ich lasse ihm noch etwas zum Essen schicken. Aber er hat den Tee getrunken und ein wenig von der Suppe gegessen. Und dann bekam er von mir ein paar unterstützende Spritzen. Seine Verfassung ist besser als ich dachte.« Er sah sie an: »Wie ist das, Sie wollen doch sicher noch mal rein zu ihm, nicht wahr?«

»Ja.«

»Gut, dann gehe ich mit Ihnen und schließe ab. Aber überstrapazieren Sie ihn nicht, im Moment ist er ja nun wirklich nicht gerade therapiefähig.«

»Keine Sorge, Herr Höfer«, lächelte sie und empfand eine plötzliche Sympathie.

Vom Sportplatz kam noch immer kein Ton. Höfer schüttelte den Kopf: »Was haben die bloß? Na, kommen Sie ...« Und dann, im Gehen, sagte er: »Wissen Sie, dieser Ladowsky – es ist schon komisch, nicht wahr? Da hat der Kerl nun wirklich alles getan, was einem den Magen umdrehen kann – und doch, irgendwie wirkt er so zartbesaitet, irgendwie ist er ein verdammt netter Kerl.«

Sie gab keine Antwort. Sie konnte ihm ja nicht sagen: Genau das ist mein Problem ...

»Bleib liegen, Ludwig«, sagte sie und drückte ihn auf das Bett zurück, aus dem er bei ihrem Eintreten hochgefahren war. »Wie fühlst du dich? Finde ich prima, daß du gegessen hast.«

»Das hab' ich deinetwegen getan.«

»Nun komm!«

»Glaubst du nicht?« Er wollte wieder nach ihrer Hand greifen, doch sie entzog sie ihm.

»Warum hast du dich derart aufgeführt, Ludwig?«

»Ich habe an dich gedacht. Ich habe das erlebt, Isa ...«

»Was denn?«

»Sie ...« Sein Mund war schlaff, die Augen schlossen sich, und sie befürchtete, er würde wieder weinen, doch er bewegte nur den Kopf hin und her.

»Sie ... Sie hatte doch solche Schmerzen, nicht wahr?«

»Ja.«

»Und das fragst du? Du fragst, ob sie Schmerzen hatte?«

Er riß die Lider auf, und die Augen schienen ihr unergründlicher denn je. »Die Schmerzen ... und wie sie gebettelt hat ... Ja, ich weiß, was du meinst, jetzt weiß ich es ... Aber ich hab' es doch nicht ...«

»Jetzt fang nicht wieder an. – Du hast.«

Er ließ den Kopf zurückfallen, und sie sah den Schweiß auf seiner Stirn.

»Wie heißt das Wort?« hörte sie ihn. »Wenn man mit anderen mitfühlt?«

»Empathie?«

»Ja. Wenn man mit anderen mitfühlt ... wenn ich jetzt mitfühlen will, was ich ihr angetan habe, wie soll ich ... wie soll ich denn da weiterleben? Kannst du mir das sagen? Da muß ich doch Schluß machen ...«

»Das kannst du. – Aber du kannst auch weiterleben, und du wirst weiterleben, wenn du es auf dich nimmst ... Und wenn du weiter daran denkst.«

»Das wäre nicht auszuhalten ...«

»Nein, Ludwig, da sind wir schon wieder beim gleichen Punkt: Was du jetzt fühlst, ist kein Mitleid. Das ist nur eines: Mitleid mit dir selbst.«

Er schob sich hoch und sah ihr nun direkt in die Augen. »Das ist nicht richtig. Da täuschst du dich, Isa, glaub mir doch ... Das ist es nicht, das ist nicht wahr ...«

»Hoffen wir es, Ludwig. Wenn du es erreichst, dieses Mitfühlen, dann sind wir einen großen Schritt weiter.«

»Ich fühle ...«

»Ja«, sagte sie, »mit einem Rotkehlchen, das von einer Katze umgebracht wird.«

»O nein. Weißt du, ich hab' dir ein Gedicht gemacht ...«

»Ein Gedicht?«

»Ja.« Er griff unter die Matratze seines Gefängnisbettes und zog ein zusammengefaltetes Blatt Papier heraus. »Schreiben darf ich. Sie haben mir einen ganzen Block und Bleistifte gebracht. Und das ist für dich.«

»Danke, Ludwig.« Sie spürte, wie es in ihr hochstieg, wie ihr Hals eng wurde unter diesen Augen, und beinahe wäre sie versucht gewesen, ihn zu streicheln, doch sie unterließ es.

»Aber bitte, nicht jetzt lesen ... Erst, wenn du zu Hause bist.«

»Aber natürlich.« Sie legte ihm noch einmal die Hand auf die Schulter und erhob sich. Draußen hatte sie Schritte gehört.

»Wann kommst du wieder?«

»Bald, Ludwig. Am Montag.«

»Aber das ist so lange«, seufzte er, »so lange ...«

»Es sind hundertzwanzig Quadratmeter, Isabella ... So eine alte Gründervilla in der Nähe des Grüneburg-Parks. Die Wohnungen haben sie aufgeteilt, sind aber immer noch ganz hübsch groß. Der Living zum Beispiel ... fünfundfünfzig Quadratmeter, ist doch was? Vor allem, wenn du an den Preis denkst: Kalt sind das zweitausendneunhundert – na, mit Heizung, Reinigung und so mußt du dich auf dreitausendsechshundert gefaßt machen ... Aber zum Park hast du nur fünf Minuten zu gehen. Sieh mal, hier ...«

Erich Kühnes wohlgefönter, grauer Kopf hing über dem Grundriß, Isabella sah zum Fenster hinaus. Das Maklerbüro befand sich in der City, und was sie sah, war kalt funkelndes Aluminium, kühle, blaugetönte Scheiben, harte, fast brutal in einen gleichfalls blauen Himmel hochschießende Linien – Frankfurts berühmte Skyline.

Sie nickte. »Wann ist sie beziehbar?«

Er öffnete den Mund zu einer Antwort, sprach sie aber nicht aus, sondern blickte auf ihre Handtasche, die auf seinem Schreibtisch stand. Das Handy piepste.

Sie holte es heraus. »Entschuldige mal ...« Sie drückte die Taste: »Ja?«

»Ich hoffe, du erschrickst nicht.«

Isabella saß plötzlich ganz steif und hoch aufgerichtet im Stuhl. Der Makler schaute sie an.

»Ich hab' mir diesen Anruf lange überlegt, Isabella.« Richard Saynfeldts Stimme kam von irgendwo ganz weit her und wirkte zögernd und unsicher.

»Hallo? Hörst du mich?«

»Ja«, sagte sie.

»Bist du eigentlich allein?«

»Nein.«

»Vielleicht sollte ich später noch mal …«

Doch Erich Kühne hatte bereits taktvoll den Raum verlassen und zog gerade die Türe hinter sich zu.

»Nein«, sagte sie, »red ruhig weiter. Was ist das Thema?«

»Mein Thema?« knurrte er beleidigt. »Genau … daß wir keines haben. Unsere Situation ist unhaltbar. Beruflich wie menschlich …«

»Und was soll das bedeuten?«

Ein Oberstaatsanwalt mußte präzise Fragen gewöhnt sein – diese machte ihm zu schaffen.

»Mein Gott, Isa …«, stotterte er. »Verdammt, wir haben uns doch so gut verstanden. Ich denke so oft daran … Und ich frage mich, warum das alles so kommen mußte. Jetzt läuft meine Scheidung. Du kennst ja meine private Lage … Und vielleicht erinnerst du dich auch noch«, er lachte nervös, »wie sehr ich dich … ja, wie sehr ich mich mit dir verbunden fühlte, mehr noch – wie sehr ich auf uns gehofft habe …«

»Auf uns?«

»Ja – auf unsere Gemeinsamkeit.«

Nicht nur, daß sie die Stimme als sehr leise empfand, vielleicht lag es auch an ihrem gestörten Aufnahmevermögen – da redete der Mann, der noch vor zwei Wochen im Gerichtssaal versucht hatte, sie fertigzumachen, der nichts anderes im Sinn gehabt hatte, als ihre berufliche und menschliche Existenz zu zerstören. Und er redete von der ›Gemeinsamkeit, auf die er gehofft habe‹ … Es war ihr, als spreche eine kleine, weit entfernte Gestalt vom anderen Ufer eines großen, mächtigen Flusses.

»Wieso antwortest du nicht? Verstehst du mich überhaupt?«

»Nur schwer.« Und das war die Wahrheit.

»Isa, wir müssen uns treffen. Bald. Wir müssen das alles miteinander besprechen.«

»Wir müssen gar nichts, Richard.«

»Das heißt, daß du dich weigerst?«

»O ja.«

»Weißt du, was du da ablehnst?«

»Ich glaube schon.«

»Na gut«, sagte er, und nun kamen die Worte klar und deutlich, »na gut, wie du willst. Es wäre eine Chance für uns beide gewesen ... Vor allem aber für dich! – Aber bitte, wenn du den Fehdehandschuh vorziehst ...«

»Fehdehandschuh? Werd nicht so pathetisch.«

»Das ist ein pathetischer Anlaß. Vor allem für dich. – Du warst gut im Prozeß, Isabella, sehr gut sogar, keine Frage. Aber die Berufung läuft, und das zweitemal wirst du nicht gewinnen. Das schwör' ich dir ...«

Es knackte. Er hatte aufgelegt ...

Er hieß Budneck, Fred Budneck. Die anderen in der Anstalt nannten ihn ›Buddy‹. Er war dreiundzwanzig Jahre alt, einsfünfundachtzig groß, und da er, wann immer es möglich war, nach den Hanteln griff, um seine Muskeln auf Vordermann zu bringen, war er ziemlich imponierend anzusehen. Darauf kam's ihm schließlich an. Im Trakt ›B‹ fühlte sich Buddy als der absolute Boß. Er brauchte sich nicht anzustrengen, es reichte schon, wenn er die rechte Augenbraue hochzog oder mit leiser, sanfter Stimme einen Wunsch äußerte.

›Außerordentlich gewaltbereit‹ stand in seinen Unterlagen. Dort war auch festgehalten, daß Buddy aus zerrütteten Familienverhältnissen stammte, schon als Kind wegen gewisser sadistischer Handlungen an Tieren auffällig geworden war und daß ihn das Jugendgericht dreimal wegen gefährlicher Körperverletzung verurteilt hatte.

Auch Budnecks weitere Karriere war beachtlich: Alkoholismus, Schlägereien am Arbeitsplatz und in Lokalen – Vorfälle, die zum erstenmal in einem psychiatrischen Gutachten interpretiert wurden, das von offensichtlich paranoiden Symptomen sprach, ein Leiden, das ihn mit einundzwanzig dazu brachte, seine Lebensgefährtin, die drei Jahre ältere Nicole Schmitz, nicht nur krankenhausreif zu prügeln, sondern ihr obendrein mit einer brennenden Zigarette ›schwere Verletzungen am ganzen Körper‹ zuzufügen.

Dies also war Buddy. Als er eines Abends am Tisch im Aufenthaltsraum des B-Trakts mit seiner etwas heiseren Stimme verkündete, daß es jetzt endlich soweit sei, den Kinderficker an die Brust zu nehmen, und daß er genau wisse, wie man das Ding drehen könne, wagte keiner zu widersprechen.

»Und wann, Buddy?«

»Morgen«, sagte er. »Beim Spiel. Der alte Weller ist sowieso nicht die ganze Zeit da. Und sobald der weg ist, gehen wir rein.«

Sie nickten. Weller war der Sportbeauftragte, und manchmal gab er die Aufsicht an Buddy ab. Nur: Um an den blauen Bungalow zu kommen, mußten sie über den Drei-Meter-Zaun… »Alles kein Problem«, grinste Buddy, »na, wieso denn«, griff in die Tasche und schob ein kleines, flachgehämmertes Metallband unter den Tellerrand. Sah ein bißchen aus wie 'ne Feile – und doch wieder anders. Buddy arbeitete in der Metallwerkstatt.

»So 'n Schloß wie da dran ist, müßte ich eigentlich mit dem Fingernagel aufkriegen – aber das hier bringt's noch besser«, flüsterte er mit seiner heiseren Stimme.

Beeindrucktes Nicken. Sie waren zu fünft am Tisch, und sie waren Kumpel. – Das Ding, hatte Buddy gesagt, sei notwendig. So 'n Kinderficker müsse ja schließlich wissen, wo es langgehe …

Na schön, dann war's halt notwendig …

Ludwig Ladowsky hörte das Gebrüll vom Sportplatz und das Bang-Bang-Bang des Balls, den sie über den Asphalt trieben – doch daß die Tür aufschwang, hörte er nicht; wie auch, er war gerade dabei, ein neues Beet anzulegen – Kerbel, hatte der Küchenchef gesagt, Kerbel ist gut für Suppen und Salate …

Die Erde hatte er gelockert, das kleine Papiertütchen mit dem Samen lag bereit; auf dem Tütchen konnte man das Pflänzchen sehen, ein feiner Stengel mit hübschen, winzigen Blättern. Er wollte nach der Handharke greifen, drehte den Kopf – und sah sie.

Der erste war dieser Gorilla, dieser Einmeterneunzig-Typ, der drüben beim Basketball nicht nur den Stürmer, sondern auch den Chef spielte.

Sein Kopf war fast kahlrasiert, die Stoppeln schwarz. Schwarz waren auch die Augen. Die anderen nahm Ludwig Ladowsky kaum wahr, nichts als sich bewegende Schatten – der Gorilla reichte, er schien ihm noch mächtiger, noch größer als sonst, als er nun langsam herankam, die Hände lässig in den Taschen des Trainingsanzugs, das quadratische, häßliche, brutale Gesicht zu einem breiten Grinsen verzogen.

Jetzt blieb er stehen, noch keine zwei Meter entfernt. Dann waren auch die anderen da und bildeten einen Halbkreis. Ihre Schatten fielen schwarz und schräg über die Beete.

Ludwig Ladowsky sah nicht auf. Er konnte das einfach nicht. Er wußte, sie wollten etwas von ihm … Etwas? Ihn wollten sie …

Die Gefahr wurde so greifbar, so körperlich bedrängend, als würden sie bereits die Hände nach ihm ausstrecken. Und so, während sein Herz einen wilden Trommelwirbel schlug, während der Druck des rasenden Pulses ihm die Luft abzuschnüren drohte, senkte er den Kopf noch tiefer über die Erde, nahm das kleine Samenpaketchen, riß es mit zitternden Händen auf, ließ den Inhalt in seine Handfläche rieseln: nichts als winzigkleine Körnchen – Körnchen, die ihm nicht helfen konnten …

»Hör mal, Hübscher«, flüsterte es über ihm: »Kein Interesse, was? Dabei red' ich doch mit dir ...«

Der Gorilla.

»Na«, keuchte er, »was soll denn das? – Was haltet ihr davon?«

Ludwig Ladowsky verteilte die Samenkörner in dunkle Erdrillen, wollte etwas Torf darüberschütten, hatte den genauen Ablauf im Gehirn – auf den Abstand achten, nicht zu tief –, klammerte sich daran, streckte die Hand aus, als ihn die Fußspitze zwischen die Rippen traf.

Buddy hatte keine Stiefel an, wäre ihm lieber gewesen, aber ordentlich zugetreten hatte er auch mit den Turnlatschen, sehr ordentlich, wie ihm der Schmerz in seinen Zehen meldete. Wirklich ordentlich ...

Der Tritt hob den Kinderficker an, verdrehte seinen Körper in der Luft, so daß er mit dem Rücken zwischen die Beete fiel. Er versuchte auf den Ellenbogen hochzukommen und fiel stöhnend und japsend zurück. – Na prima: maßgerecht zugerichtet, genau so, wie ihn Buddy haben wollte.

Er setzte ihm die Gummisohle des Schuhs auf den zurückgebogenen Hals und drückte.

Ladowsky schrie.

»Nicht doch, nicht doch, Kleiner ... Ruhig, ganz ruhig Wir wollen uns ja nur 'n bißchen unterhalten, nicht wahr?«

Die anderen grinsten.

»Siehst du, alle wollen sich ein bißchen mit dir unterhalten ... Aber wenn de schreist, kriegste den Kehlkopf in die Luftröhre. Und gesund ist das nicht – oder?«

Die anderen nickten.

»Gar nicht gesund ...«

Ludwig Ladowskys Gesicht hatte sich zunächst blaß verfärbt, nun wurde es rötlich, dann fast violett. Die Augen quollen ihm aus dem Kopf. »Bitte ...«, keuchte er.

»Bitte? 'n schönes Wort, bitte, nicht wahr? Sag's noch mal.«

»Bitte«, stieß Ludwig Ladowsky hervor. »Bitte, bitte, laßt mich ...«

»Was sollen wir dir lassen? Wir haben hier ja nur 'ne kleine Konferenz. Das heißt, ist übertrieben, von wegen Konferenz oder unterhalten – eigentlich hätten wir 'n paar Fragen ...«

Ludwig Ladowskys Mund öffnete sich mühsam, sein Brustkorb pumpte nach Luft. Das Gesicht war schmerzzerquält, die Augen zugedrückt.

»Gar nicht neugierig, Kinderficker? Na, macht nix ... flüsterte Buddy. »Aber da wär so 'ne Frage, hat mich schon immer interessiert: der Zementziegeltrick. Wie is'n das, wenn man 'ner Tante den Schädel plattmacht, daß das Gehirn spritzt ...? Na, sag schon! Geht da einem einer ab ...? War's das?«

Der Körper unter seinen Sohlen bäumte sich auf. Die anderen hatten den Ring geschlossen, und im Zentrum richtete sich Ludwig Ladowsky nun auf, das Gesicht von Schmutz, Tränen und Schweiß überzogen, die Augen weit und verzweifelt aufgerissen, erfüllt von Schmerzen und panischer Angst.

»Is' nich' sehr nett von dir, Kinderficker. Da sind wir da, um was zu hören, und was machst du? Scheißt dir in die Hose. Das Scheißen hilft uns nix ... Also?«

»Bitte, bitte ... bitte«, stieß Ludwig Ladowsky hervor.

Doch da war keine Bitte, die die Gesichter über ihm erreichen konnte.

»Will nich' mal mit uns reden.« Buddy sah die anderen an: »Na? Wie findet ihr das? Hat den blauen Bungalow, wohnt drin schick wie 'n Graf – und redet nicht! Kein Ton ...? Na, eines Tages kommst du da raus, Kleiner, das weißte doch, oder?«

Ladowsky stöhnte und drehte den Kopf. Er sah all die dreckigen Laufschuhe um sich.

»Na schön, is' sich zu gut dazu. Wer nich' will, muß halt lernen ...«

Fred Budneck hatte sich mit einer schnellen Drehung zu Boden gebückt, riß eines der schweren Holzbretter aus der

Erde, mit dem Ladowsky seine Kräuterbeete eingegrenzt hatte und die dazu dienten, den frisch bearbeiteten Humusboden vor Schnecken zu schützen, hob das Brett an und stieß es ihm mit voller Wucht in den Magen.

Ladowsky brüllte auf …

Ein Tritt mit der Fußspitze ließ seinen Kopf zur Seite fliegen und brach den Schrei ab.

Buddy kniete sich neben ihm hin, griff in seine Haare und zog den Kopf hoch.

»Schau mich an, du Sau! Schau mich an, Kinderficker! Schau mich an, damit du siehst, wer auf dich wartet, wenn du hier rauskommst.«

Ladowskys Atem ging hechelnd, Speichel troff aus dem geöffneten Mund. Buddy schlug ihm den Handrücken quer über das Gesicht, und er riß entsetzt die Augen auf.

»Na also, bist ja noch da, Kleiner … Is' wichtig … Hab' ich dir nicht gesagt, daß du lernen mußt?«

Er hob den Arm zu den anderen: »Na, gib mal, Türke!«

Ein langer, hagerer, schwarzhaariger Junge, den sie ›Türke‹ nannten, reichte ihm eine Plastikflasche.

»Siehste! Was 'n feiner Pinkel vor allem braucht, is'n bißchen Rasierwasser. Das is' hier drin, hab' ich gerade gekauft, sieben Eier so 'ne Scheißplastikflasche …«

Ladowsky schrie wieder.

Buddy hatte ihm den halben Inhalt ins Gesicht und über die Haare gekippt.

»Investier' ich ja gern. Denn einer, der lernen muß, Kleiner«, flüsterte er, »muß sich erinnern. Will ja nur, daß du dich erinnerst … Deine Mami zum Beispiel hat doch auch gebrannt, nicht wahr? Wie is'n das mit dir?«

Er hatte ein Feuerzeug in der Hand und knipste es an.

»Na, komm schon, Mensch!« Einem der Jungen schien es zuviel. »Ihr habt alle 'ne Meise …« Er war vor zwölf Tagen nach Mettenau gekommen, wirkte schmächtig und unsicher, ein durchgedrehter Koksfresser, der Neue – Buddy hatte bisher noch keine Zeit gehabt, ihn sich zur Brust zu nehmen.

»Nein!« schrie Ladowsky. »Nein, nein!«

»Was anderes fällt dir wohl nicht ein?«

Buddys Hand hatte sich mit der kleinen Flamme Ladowskys Haar genähert, schon sprang ein bläulicher Schein auf, und dann schien der Schädel nur noch aus hellen flammen zu bestehen.

Der Neue riß sich die Jacke vom Leib, sekundenschnell ging das, warf sie auf Ladowskys Kopf und drückte das Feuer aus, während aus dem qualmenden Stoff schreckliche Schreie und Schmerzenslaute drangen.

»Los, weg!«

Selbst Buddy schien einzusehen, daß sie ein bißchen zu weit gegangen waren.

Sie rannten dem Tor entgegen, schlugen es wieder zu, ohne sich die Mühe zu machen, es abzuschließen, und mischten sich unter die Spieler.

Keiner hatte etwas bemerkt.

Doch als Weller den Rauch aufsteigen sah, der aus dem angebrannten Laub des Gartens stieg, schöpfte er Verdacht und rannte. Er fand eine zuckende Gestalt am Boden …

Diesmal war alles anders …

Sie kannte das von Glasscherben zerschnittene, von Pflastern verunstaltete Gesicht und auch das andere, das Gesicht im Schock, als der Attentäter auf ihm geschossen hatte – doch dies hier war beinahe zuviel.

Ladowsky lag auf dem Bett, die Beine und den linken Arm abgespreizt, Plastikfesseln am Fuß und am linken Handgelenk, lag wie ein Gekreuzigter in dem Raum mit den herabgelassenen Jalousien, die Augen geschlossen; auf der kahrasierten rechten Seite seines Schädels schimmerte weiß die

Salbe, die sie darübergestrichen hatten. Er habe ein kombiniertes Schlaf- und Schmerzmittel bekommen, hatte Bennartz gesagt.

»Gott sei Dank, die Verbrennung am Kopf ist ziemlich harmlos. Hatte 'ne Menge Schwein, alles was recht ist. Einer dieser Typen wenigstens hatte noch 'nen Funken Grips, riß sich die Jacke runter, schmiß sie ihm über den Kopf und erstickte das Feuer.«

Erstickte das Feuer …? Die brennenden Haare … Der weiße Leuchtkranz – jener grauenhafte Heiligen- oder Höllenschein, den auch seine Mutter getragen hatte …

Da stand sie nun in diesem dreimal verfluchten blauen Bungalow und blickte auf ihn herab. Seine Brust hob und senkte sich regelmäßig, doch ob er schlief, wußte sie nicht. Vielleicht wartete er nur, vielleicht hörte er jedes Wort, vielleicht erkannte er sie sogar durch die geschlossenen Lider…?

»Und die Fesseln? Das Pflaster am linken Handgelenk?«

»Eine Vorsichtsmaßnahme … Sie ist vorgeschrieben bei derartigen Situationen.«

»Welcher Situation, Markus? Sag jetzt bloß nicht, daß er versucht hat …«

»Doch …«

»Ja, und wie denn?«

»Gleich, nachdem wir ihn auf die Krankenstation gebracht hatten«, sagte Bennartz leise, »da hat er sich in einem unbewachten Augenblick eine Schere gekrallt und es versucht …« Er brach ab und sah sie an. Die Brille schimmerte im staubigen Licht. »Ist aber harmlos, nur eine oberflächliche Verletzung. Ein ernsthafter Suizid war das nicht – Gott sei Dank.«

»Gott sei Dank«, wiederholte sie bitter.

Sie hielt es nicht mehr aus: Der Salbengeruch, die abgestandene Luft, die Gestalt dort auf dem Bett, ihre Gedanken, die ganze herzzerreißende Bitterkeit der letzten Tage – sie hielt es nicht mehr aus.

Mühsam drehte sie sich zur Tür … Luft … raus hier.

Und so standen sie wieder im Garten. Vögel flogen durch die Zweige, und Isabella blickte über die sauber geharkten, regelmäßig angeordneten Beete, die abgebrochenen Zweige, die in der dunklen Erde steckten und Papiertütchen trugen, auf denen in bunten, hübschen Farben die Sorten angegeben waren, die er gesät hatte – und dann sah sie hinüber zu der Ecke, die ihr Markus Bennartz zuvor schon gezeigt hatte: zwei zertrampelte Beete. Es war die Stelle, wo sie ihn überfallen hatten …

»Und wer hat das getan? Was sind das bloß für Monster?«

»Monster?« Er hatte die Hände in den Taschen seiner Kordhosen und zeigte das geduldige Gesicht eines überforderten Lehrers: »Isa, das ist nun mal Knast, auch wenn sie es Maßregelanstalt nennen. Es ist nichts anderes als ein Gefängnis … Und die Insassen verhalten sich entsprechend … Sie haben ihre eigenen Regeln, ihren eigenen Kodex, ihre eigene Mentalität, ihre eigene Philosophie. Und die wiederum besteht im wesentlichen darin, daß Druck weitergegeben werden muß … An wen? An irgendeinen Prügelknaben. – Ich hab's dir ja gesagt.«

»Ja, hast du.« Sie mußte an sich halten, um nicht zu schreien, und blickte zum Himmel hoch, über den schwere Regenwolken zogen; am Hang über dem Wald lösten sich zarte, dunklere Striche, dort regnete es bereits. Die Welt sog sich mit Schatten voll, und sie atmete tief die feuchte Luft ein … Es mußte etwas geschehen… In dieser Sekunde, als sie spürte, wie die Luft in ihre Lungen strömte, wurde es Isabella klar: Du mußt handeln …!

»Du hast es mir gesagt«, wiederholte sie. »Und das heißt, daß du also gewußt hast, was hier ablaufen könnte. Warum, Herrgott noch mal, hast du dann nicht gehandelt? Wenn dir das schon alles klar ist, wieso, verdammt, hast du nicht aufgepaßt …? Das hätte man doch verhindern können! – Wenn da solche Schweine rumlaufen, dann schaut man doch zu, daß die keine Möglichkeit haben, hier reinzukommen!«

»Schweine?« Bennartz verzog den Mund. »Schweine vielleicht – aber keine Mörder … Was ist Ladowsky denn?«

»Das steht doch überhaupt nicht zur Debatte. Hier geht's um was ganz anderes. Hier geht's um die Fürsorgepflicht, die du als verantwortlicher Leiter gegenüber einem Gefangenen hast.«

Bennartz sah sie nur an, schüttelte den Kopf und ging zum Tor. Dort blieb er stehen, drehte sich um, betrachtete sie wieder und deutete schließlich auf das Schloß.

»Einer der Typen arbeitet in unserer Metallwerkstatt. Für den war das nicht schwierig, das auf zukriegen. Kannst du mir sagen, wie ich so was voraussehen soll?«

Sie passierten das Tor, das man jetzt mit einer Stahlkette gesichert hatte; Vanadiumstahl, wie Bennartz sagte, »kriegt keiner durch«. Die Kette war mit einem schweren, verchromten Vorhängeschloß versehen. Sie nahm es in die Hand, sah es sich an und prägte sich den Namen ein: ›Mars‹ stand da.

»Isa«, hörte sie ihn.

»Ja?«

»Du fragst mich nach meiner Fürsorgepflicht, nach Verantwortung …? Wenn du hier arbeiten müßtest, dann wäre dir bald klar, daß das nur Gesabbere ist, Worthülsen, nichts weiter.«

Sie fuhr hoch, aber er hob die Hand.

»Ich habe auch 'ne Frage an dich.«

»Und?«

Er kam noch näher, und der Blick seiner vergrößerten Augen wurde unangenehm und drängend: »Was ist eigentlich in dich gefahren? Warum setzt du dich derart für diesen Mann ein? Was bedeutet dir Ladowsky? Es ist ja langsam schon so, als gäbe es nichts Wichtigeres für dich als diesen Fall … Was ist bloß los mit dir, Isa?«

»Das kann ich dir sagen.« Sie bezwang sich, um sich die Erregung nicht anmerken zu lassen. »Während dieser ganzen Ladowsky-Veranstaltung bekam ich so viel Dreck ins Gesicht, daß ich es gerne wieder sauberbekommen möchte. Ich will etwas beweisen, und deshalb will ich ihn therapieren und werde das auch tun. Aber die Grundvoraussetzungen müssen stimmen, verstehst du – mit einem zusammengeschlagenen, verletzten Menschen kann ich nicht arbeiten.«

Er bewegte den Kopf hin und her. »Es geht also um deinen Ehrgeiz, ist es das?«

»Es geht um die Sauberkeit in meinem Job. – Und um das, was man Recht nennt.«

»Und daß du noch ein wenig bekannter wirst ...« Sein Lächeln wurde häßlich.

Sie nahm sich zusammen. »Falls du es noch nicht bemerkt haben solltest, Markus, ich bin keine Karrierefrau. Nochmals: Es geht um meinen Auftrag, die Therapie durchzuführen, und daran, das kannst du mir glauben, wird mich niemand hindern ...«

Was nur ist mit dir los, Isa ...?

Markus Bennartz hatte wohl recht gehabt, die Frage zu stellen, dachte sie, als sie den Wagen über den Zubringer zur Autobahn steuerte. Für ihn werde ich langsam zur merkwürdigen Figur ...

Der graue Himmel hatte damit begonnen, seinen Regen über das Land auszuschütten. Es war nun 18 Uhr 30, der Stoßverkehr hatte begonnen, und sie sah ihn dort drüben vorüberziehen, einer am anderen, Stoßstange an Stoßstange, die Lichter waren eingeschaltet, Wasser- und Dreckfontänen zogen hinter den Autos her. Sie blinkte rechts, bog auf den Parkstreifen, hielt an und schaltete den Scheibenwischer ab.

Die Tropfen trommelten auf das Dach.

Was bedeutet dir Ladowsky?

Ja – er hatte recht gehabt zu fragen, und es war Zeit, allerhöchste Zeit, daß sie sich selbst die Antwort gab. Der Ehrgeiz? O nein. Vor dem Gewicht der Wahrheit wirkte das fast lächerlich – es war etwas anderes, es war mehr, es war schlimm ...

Die Frau mit den brennenden Haaren in Walldorf, wie oft war sie ihr in ihren Alpträumen erschienen … Und Ludwig? Damals, während des Prozesses, als er auf der Tragbahre neben dem Schwurgerichtssaal lag: »Laß mich nicht allein! Bitte, laß mich nicht allein …« Es war, als sei ihr etwas übergeben worden, und sie konnte keinen Namen dafür finden, nur eine Erinnerung: die Erinnerung an die Schule in Lima, ›el Instituto del Santo Corazon‹, und Isabella Reinhard, die beim Dreitausendmeterlauf als vierte, als Teamletzte eingesetzt wurde, um den Stab der anderen Staffelläuferinnen durchs Ziel zu tragen … Stimmte es? War es das? Oder gab es noch etwas …

Ja, dachte sie – es gibt etwas, das mit all dem zu tun hat, was man ›Herz‹ nennt, und das deshalb heftiger schmerzen kann als alles andere. Da ist der Gedanke an ein Gesicht, das nach Hilfe schreit, an das Gesicht eines Menschen, der mehr Hilfe braucht als jeder andere, den du je erlebt hast, und es ist ein Gesicht, das dir langsam so vertraut ist, als sei es das deines eigenen Kindes … Und da ist zum Beispiel die Tatsache, daß du selbst nie ein Kind gehabt hast. Ist das zu sentimental? O nein: Er ist dir ausgeliefert wie ein Kind. Und dich verbindet mit ihm etwas, das mehr ist als das Schicksal einer Geburt. Er ist dir völlig ausgeliefert. Und du wirst einen dir Ausgelieferten nicht im Stich lassen. – Wie war dieser Satz, dachte sie: »Zur wahren Menschwerdung kann es nur dann kommen, wenn man mehr zu geben bereit ist, als man nimmt …«

Das war es. Und schließlich hatte es der alte Platon gesagt. Und was zählte dem gegenüber alles andere?

Isabella Reinhard schaltete Scheinwerfer und Scheibenwischer ein, zwängte sich in eine Verkehrslücke und gab Gas …

Es war ein grün getünchtes Gebäude in der Gallusstraße. IHR SICHERHEITSEXPERTE stand in großen goldenen Buchstaben über dem Eingang, und darunter, etwas kleiner: ›Schlüsseldienst.‹ – Schlüssel, Schlösser, Alarmanlagen lagen in allen Schaufenstern.

Isabella stieß die Glastüre auf und ging zu einer der drei großen, grauen Stahltheken, die in der Mitte des Raumes standen. Ein junger Mann in einem blauen Arbeitsmantel mit dem auf gestickten Firmenzeichen an der rechten Brust beugte sich lächelnd zu ihr.

»Kann ich Ihnen behilflich sein?«

»Ja, schon. Ich habe Ärger – das heißt, ich habe ein Problem ...«

»Und das wäre?«

»Ein Bekannter brachte mir so ein großes Vorhängeschloß, ein ziemlich massives Ding. Ich habe es an meinem Gartenhaus angebracht, wo ich meinen Wein aufbewahre – und jetzt sind die Schlüssel weg, alle verschlampt ... Ich habe das ganze Haus auf den Kopf gestellt – nichts.«

»Na ja«, sagte er, »wenn Sie die Marke wüßten ...«

Sie wußte sie. Sie hatte sie sogar aufgeschrieben, die Marke und auch die Nummer, 143, die darunter gestanden hatte und die vielleicht eine Typenbezeichnung war. Sie brauchte den Notizzettel nicht, sie hatte beides im Kopf.

»Mars«, sagte Isa. »Dabei steht die Nummer 143.«

»Mars?« Er zog die rechte Augenbraue hoch. »Kenn' ich nicht. Ein deutsches Fabrikat kann es also nicht sein. Aber Moment mal ...«

Er ging zu dem Monitor, der in der rechten Ecke der Theke stand, und bearbeitete die Tasten. Sie beobachtete ihn. Der konzentrierte Ausdruck in seinem Gesicht wich einem erfreuten Lächeln, und da war er schon zurück.

»Wir haben Glück, ›Mars‹ gibt's tatsächlich. Ein polnisches Schloß, sehr preiswert, deshalb haben wir sie auch importiert. Die Dinger haben wir auf Lager.«

Ihr Herz schlug schneller. »Wirklich?«

»Ja.«

»Und was soll ich jetzt machen?«

Er überlegte. »Ja, wenn Sie das Schloß bringen könnten – das sind zwar osteuropäische Fabrikate, aber doch ziemlich stabil ...«

»Hätten Sie keine Schlüssel dazu?« Er zögerte.

»Bitte«, drängte sie.

»Nun, das ist so, es gibt für jedes Schloß natürlich verschiedene Varianten, bei den deutschen Systemen können es Hunderte sein – die Polen machen sich's da einfacher.

Wie ich hier im Computer sehe, haben die von Mars gerade neun verschiedene Schlüssel.«

»Aber ich kann doch jetzt nicht neun Schlüssel kaufen.« »Das brauchen Sie auch nicht.« Er überlegte wieder und runzelte die Stirn. »Na schön, gnädige Frau, vielleicht ist es nicht ganz korrekt, aber weil Sie's sind ... Falls Sie wollen, kann ich Ihnen die neun Schlüssel heraussuchen und könnte von jedem eine Kopie machen lassen. Wäre Ihnen damit gedient?«

»Und wie«, lächelte sie. »Sie sind wirklich sehr freundlich.«

»Na ja, wenn jemand nicht an seinen Wein kommen kann ... Vielleicht haben Sie in der Gegend was zu tun und kommen in einer Viertelstunde wieder. Dann ist das Ding geritzt.«

»Wirklich sehr, sehr freundlich.« Ihre Stimme zitterte, und der Angestellte lächelte gerührt ...

Es war vor drei Tagen gewesen und das drittemal, daß sie ihn seit dem Überfall im Garten des blauen Bungalows besuchte, als sie ihm endlich die Schlüssel zeigte.

Er hatte sich erstaunlich rasch erholt. Doch was bedeutete das schon? Er hatte sich erholt und gleichzeitig gegen die Welt abgepanzert: kein Wort, keine Bitte, nichts, das ihn erreichte.

Er war nicht viel mehr als ein in sich versunkener Klotz, ein Wesen mit erloschenem Gesicht und toten Augen … Aufgeben? Beinahe hätte sie es getan, aufgegeben oder vielleicht verschoben – doch es war ausgerechnet Bennartz, der sie dazu brachte, es nochmals zu versuchen.

»Den kriegst du nie hin, Isa. Das sag' ich dir als alter Freund … Und als Anstaltsleiter sage ich dir: Ich werde alles versuchen, mir Ladowsky vom Hals zu schaffen. Und das so schnell wie möglich. Der soll woanders den Laden durcheinanderwirbeln, ich hab' nicht den Nerv dazu, und ich kann's mir auch nicht leisten.«

Woanders? Das bedeutete Hadamar oder Langfeld – es gab genügend Maßregelanstalten. Und alle waren sie scharf bewacht. Und was sollte sie mit einem Ladowsky anfangen, der sich von dieser Welt verabschiedet hatte?

Aber dann, bei ihrem Besuch am Freitag, kam doch die Überraschung. Der Auslöser waren die Schlüssel. Sie hatte sie ihm gezeigt. Sie lagen in ihrer Hand.

Er sah sie an, und wie von einem Zauberstab berührt, kehrte das Leben zurück in sein Gesicht.

Nun sahen sie sich beide an, lange, sehr lange.

»Und?« Die Frage war ein Flüstern.

»Hast du schon einmal darüber nachgedacht?«

»Ich? – Ja, was glaubst du denn, Isa? Nachdem das passiert ist, denk' ich doch überhaupt nichts anderes … Ich muß raus hier. Ich hab' doch gar keine andere Wahl … Ich muß raus oder muß es nochmals versuchen.«

»Was?«

»Na, was schon?« Er deutete auf das Pflaster an seinem Handgelenk: »Das nächstemal schaff' ich's.« Er sprach leise und stoßweise. »Das garantier' ich dir, ich schaff's. Das nächstemal bring' ich mich übern Jordan …«

»Red keinen Quatsch.«

»Was sind das für Schlüssel?«

»Die zum Sportplatz. Nur dann, wie geht's weiter …? Ich dachte, die Wäscherei hat doch ein Flachdach.

Er nickte und schwieg. Plötzlich brach es aus ihm heraus, so heftig, so schnell, daß sie die Hand heben mußte, um ihn zu dämpfen.

»Da komme ich ohne weiteres hoch. Das hab' ich mir alles schon angeschaut. Ist ja nur ein Stockwerk. Und da ist so 'ne Außenleiter, da krieg' ich den Fuß drauf, das ist nicht das Problem ... Nur, die Überwachungskamera? Die hat das Dach sicher in der Optik ... Aber da läßt sich trotzdem was machen ...«

»Was?«

Er sprang auf, ging zum Bett und zog unter dem Kopfkissen eine Rolle Aluminiumfolie heraus. »Die hab' ich mir vom Sani besorgt. Wenn ich oben bin, zieh' ich sie über die ganze rechte Seite. Es muß nur schnell gehen. Dann gibt's ‚n bißchen Geflimmer oder irgend etwas Graues auf dem Monitor, und die denken, das ist 'ne Störung.«

Sie schwieg. Was sollte sie sonst tun? – Eine Störung? Hoffentlich dachten sie das ...

»O ja«, sagte sie, »das ist einc gute Idee.«

Er verzog das Gesicht zu einer bitteren Grimasse: »Eine gute Idee ...? Ja und? Was hilft da 'ne gute Idee? Damit bin ich vielleicht draußen ... und dann?«

Sie sah ihn an und die jähe Röte, die sein blasses Gesicht überflutete. Die Augen mit den dunklen Wimpern öffneten sich noch weiter. Er griff nach ihrer Hand. Sie ließ sie ihm.

»Du?« flüsterte er ungläubig. »Du willst das tun?«

»An der Ausfahrt stehen vier Pappeln«, sagte sie, »dort, wo die kleine Straße von der Bundesstraße zur Mauer abbiegt. Da warte ich. Es muß Nacht sein – und es muß bald geschehen. Sie wollen dich verlegen.«

Er brachte keinen Ton heraus. Er schluckte nur. Dann sagte er: »Wohin ...«

»Ich bring' dich nach Österreich, dann sehen wir weiter ...«

»Nach Österreich? Isa, warum – warum tust du das?«

»Weil es keine andere Lösung gibt. Hier drin kann ich dir nicht helfen. Hier haben wir keine Chance …«

»Wir?«

Sie nickte. »Ja, wir.«

Es war 22 Uhr 30, als Isa ihre Wohnung verließ … Jetzt waren die Stunden wichtig geworden, jede einzelne.

Wenn es ablaufen sollte, wie sie es sich vorgenommen hatte, würde sie wohl gegen Mittag wieder zurück in Frankfurt sein, und das hieß rechtzeitig zum Beginn des Nachmittagbetriebs in der Praxis.

Den Patienten am Vormittag hatte sie allen absagen lassen.

Um 23 Uhr fuhr sie bereits Richtung Karlsruhe. Das Wetter war diesig, zum Himmel brauchte sie nicht hochzublicken: Der Mond befand sich am Ende seiner Abnehmephase, er war zu einer kleinen Sichel geschrumpft, die kaum Licht spendete.

Sie zwang sich, nicht weiter an das zu denken, was vor ihr lag, und konzentrierte sich nur auf das Fahren. Hinten, auf der Rückbank des Golfs, lag der Koffer. Eine Perücke befand sich darin, in etwa Ladowskys Größe, ziemlich viele Locken, die Farbe dunkelblond. Bei derartig blauen Augen wäre schwarz wohl aufgefallen … Die Perücke konnte er sich über die abgesengten Haare auf seinem Kopf stülpen. Dazu hatte sie zwei Jeans besorgt, eine vergammelte Lederjacke, die irgend jemand mal in der Praxis hatte hängen lassen, karierte Hemden, Badehose, Handtuch – all die Dinge, die man im September an einem See in Österreich brauchen konnte.

Nur – ob sie zu diesem See überhaupt kämen, das stand noch nicht fest …

Zwanzig Minuten später bereits tauchte das große Hinweisschild ›Ausfahrt Mettenau – 3 km‹ im Scheinwerferlicht auf.

Sie durchquerte zwei verschlafene Dörfer und schaltete vom Fünften auf den Vierten, als es den Hang zum Wald hochging.

Und dann parkte sie doch.

Sie stieg aus, holte die Zigaretten aus dem Handschuhfach und zündete sich eine an. Der verdammte Prozeß hatte sie wieder zur Raucherin gemacht. Aber wenn es nur das wäre … Sie sog den Rauch tief ein. Der Wald lag völlig still. So dunkel war es hier, daß die Grenze zwischen den Baumkronen und dem Himmel verschwand.

Die grünen Leuchtziffern ihrer Armbanduhr zeigten zwanzig Minuten vor Mitternacht.

22 Uhr 30, so hatte er gesagt, käme die Wache durch. Und an den Werktagen auch nochmals um drei. An den Werktagen – heute war Sonntag.

Sie betrachtete den rotglühenden Punkt, den ihre Zigarette ins Dunkel tupfte.

Warum stand sie hier?

Warum brachte sie es nicht hinter sich?

Es waren weder Zweifel, noch war es Angst, weswegen sie alles nochmals durchdachte, dieses Stadium lag längst hinter ihr. Was jetzt vor ihr auftauchte, war das Bild ihres Vaters. Sie hatte ihn ja nie gekannt, nur seine Fotografie, er war gestorben in jener Kindheitsphase, in der Menschen nichts anderes bedeuten als vage Umrisse, Nähe und Geräusche. Er hatte sie allein gelassen, sie in die Hände einer dominanten Mutter gegeben, der nichts wichtig war außer ihr selbst.

Auch das hatte sie mit Ludwig gemeinsam.

Mama hatte wenig von Isabellas Vater gesprochen, sie waren wohl zu verschieden gewesen, als daß sie etwas weitergeben wollte. Doch einen Satz hatte sie einige Male zitiert, und der fiel ihr nun ein: »Ehe du etwas mit halbem Herzen beginnst, laß die Finger davon …«

Na also …

Sie setzte sich wieder in den Wagen, ließ den Motor an und fuhr weiter. Ein Lkw kam ihr entgegen. Das Scheinwerferlicht zwang sie, die Lider zu schließen, und für eine Sekunde explodierte nun doch die Panik in ihrem Kopf: Wenn der Fahrer sich erinnern würde? Ein schwarzer Golf mit Frankfurter Kennzeichen ...? Darin eine Frau ...?

Was soll das, befahl sie sich, nimm dich zusammen! Was ist schon an einem Golf mit einer Frau als Fahrerin besonders auffällig? Und außerdem: Wer wird je Verdacht schöpfen können, daß du etwas damit zu tun hast?

Der Wald trat zurück, es wurde heller. Die Straße lag gerade vor ihr, das Licht der Scheinwerfer zerschnitt die Dunkelheit, als gebe es keine Grenzen ...

Sie sah die vier Pappeln rechts am Weg aufragen, fuhr mit klopfendem Herzen auf die Ausweichstelle, die sie Ludwig bezeichnet hatte, stellte den Motor ab und schaltete die Scheinwerfer aus. Dann ließ sie die Scheibe völlig herunter. Die Nachtluft strömte herein. Drüben rechts zeichnete sich die Lichterreihe der Anstalt ab, auf der anderen Seite, weit entfernt, sah man wenige verlorene Helligkeitspunkte: das Dorf.

Sie legte den Kopf zurück, wartete, hoffte darauf, daß er hinter einer Pappel aus der Nacht auftauchen, die Tür öffnen und sich neben sie setzen würde ...

Doch da war niemand. Kein Laut. Nur das Pochen ihres Herzens und ein feines Rauschen in den Ohren. – Und das Gebell eines Hundes in weiter Ferne ...

An der Ausfahrt stehen vier Pappeln, hatte sie zu ihm gesagt.

Da standen sie, und ihre Augen hatten sich inzwischen so an die Dunkelheit gewöhnt, daß sie ihre schwarzen, schmalen Umrisse vor dem Himmel erkennen konnte; da standen sie, und in ihren Blättern war ein flirrendes, flüsterndes Geräusch, als der Wind, der vom Hang kam, hindurchstrich.

Und sonst war nichts ...

Oder doch?

Sie stieg aus, legte beide Arme auf das Dach des Wagens und starrte dort hinüber, wo die kleine Straße sein mußte. War da etwas ...? Nein, sie hatte sich getäuscht. Der Hund bellte wieder. Doch – da war etwas, schon sehr nah: Ein

Knacken, dort unten am Feld, dann Schritte – ja, Schritte … und plötzlich stand er vor ihr. Die letzten Meter über die Böschung hatte er vollkommen lautlos zurückgelegt; so plötzlich tauchte er aus der Nacht auf, daß sie zusammenschrak.

»Isa?«

Dieses Mal war sie es, die die Arme öffnete. Er hatte es geschafft! Und in ihr war nichts als eine blinde, betäubende Dankbarkeit.

»Los, rein in den Wagen. Nun mach schon.«

Er saß bereits, als sie die Scheinwerfer einschaltete und den Motor startete. Sie wendete den Golf auf der Straße, schaffte es sogar, ohne noch einmal zurückzusetzen, und gab Gas.

Ludwig Ladowsky aber bog den Körper zurück, warf die Arme hoch und drückte die Hände gegen das Dach, als wolle er es wegdrücken. »Nach Österreich!« schrie er. »Nach Österreich!«

Der Ort Lechtmoos im Salzkammergut wurde auf den Landkarten meist mit einem besonderen Stern für seine landschaftliche Schönheit ausgezeichnet. Er bestand aus einer Handvoll Bauernhöfe. Der Wald und die Täler, die ihn umgaben, lagen im Kaiserwald.

Auf den Weiden um Lechtmoos waren nur noch wenige Kühe zu sehen. Die Menschen lebten in ihrer Mehrzahl schon lange nicht mehr von der Landwirtschaft, sondern vom Tourismus, der sich Jahr um Jahr in das Drei-Seen-Gebiet zwischen Salzburg und Höllengebirge ergoß. Hier am Attersee allerdings wirkte die Landschaft nicht so imposant wie in anderen Ecken des Salzkammerguts, doch man konnte sie beruhigend, ja lieblich nennen mit ihren weichen, waldbestandenen Kuppen, den grünen Mulden der Täler und den blauen Augen der Seen, die zwischen den Stämmen der Fichten und Lärchen leuchteten.

Einen großen Hof mit mehr als zwanzig Kühen allerdings gab es noch in Lechtmoos: den Kofler-Hof. Auch sein Besitzer, der Kofler-Franz, hatte sich längst der Zeit angepaßt. Seine Sägerei lieferte zwar das Bau- und Möbelholz für die Schreinereien von Nußdorf bis St. Wolfgang, doch der Kofler selbst parkte seinen großen Mercedes-Geländewagen nur noch an den Wochenenden auf dem Hof, denn die Zimmer waren ja meist an Touristen vermietet, an die Sorte von Leuten, die eben noch Stallgeruch und Forstwege liebten – Hofferien halt ... Die gönnte ihnen der Kofler. Er selbst zog seine große Wohnung unten im Gasthof ›Zum Kaiserwald‹ in Nußdorf vor. Dorthin kamen die schicken Touristinnen, und abends konnte man auch noch ein bißchen über Politik reden oder Geschäfte machen.

Zum Kofler-Hof gehörte noch ein zweites, weit kleineres Anwesen, das ›Schafbach-Haus‹. Die Eltern vom Franz hatten es, nachdem sie den Hof übergaben, bis zu ihrem Tod vor zwölf Jahren bewohnt. Damals ließ er es – weil sich das so gehörte – ein Jahr leerstehen, doch dann setzte sich wieder sein gesunder Geschäftssinn durch, und er vermietete es gleichfalls an Touristen. Unter seinen ersten Kunden waren zwei Psychologen aus Frankfurt: Peter Aman und Dr. Isabella Reinhard.

Um dieses Haus ging es, als Isabella am Freitag mittag zuerst auf dem Kofler-Hof, dann im Hotel ›Kaiserwald‹ in Nußdorf anrief. Sie hatte Glück: Im Hotel bekam sie Franz Kofler an den Apparat.

»Frau Dr. Reinhard? Aber klar erinnere ich mich an Sie! Ja, so was ... Ja, Grüß Sie Gott! Ja, wollen S' denn wiederkommen? Am Sonntag schon? – Und wieder mit so einer Gruppe von ...«

Im letzten Augenblick zerbiß sich der Kofler das Wort ›Spinneter‹, das ihm bereits auf der Zunge gelegen hatte. Schließlich: ›Spinnete‹ waren das ja auch nicht, hatte ihm die Reinhard erklärt, nein, spinnet waren die nicht, die mußten wegen ›Problemen‹ behandelt werden, ›therapiert‹, wie sie sagte. Probleme, wer hat die nicht …? Und gut bezahlt hatten s' auch. Denen saßen die Schillinge locker in der Tasche. Alles G'stopfte, machten Wanderungen, waren freundlich, bloß saufen, da war nix drin, weder Wein noch Bier, noch Schnaps – Mineralwasser, das ja …

Das müsse so sein, sagte die Reinhard. Ein fesches Weib, so was Exotisches hatte die. Eine Frau Doktor. Auch der Name exotisch, ja, Isabella – Frau Dr. Isabella Reinhard …

»Kommen S' nur«, trompetete der Kofler. »Für Sie hab' ich doch immer was frei, Isabella … Auf dem Hof ist es ein bisserl eng, aber oben im Schafbach-Haus gibt's die zwei Zimmer. Sie kennen's ja … Sie haben ja damals schon droben g'wohnt. Aha, Sie bringen jemand und kommen dann später nach? Macht doch nix … Ich kann Ihnen natürlich nicht den ganzen Mietpreis schenken, aber ermäßigen – ermäßigen tu' ich schon ….«

Es war besser gelaufen, als Isabella zu erwarten gewagt hatte. Es gab nur noch ein Problem …

»Ja, wenn der Herr erst um zwei in der Nacht ankommt, ist bei uns natürlich niemand mehr auf. Aber ist ja wurscht. Den Schlüssel laß ich, wo wir ihn früher auch immer glassen ham. Erinnern Sie sich noch: Im Holzschuppen, da ist doch rechts der alte Brotofen, da wird er reingelegt.«

Das war also erledigt.

Isabella fiel eine Zentnerlast von der Brust.

»Vielen Dank, Herr Kofler, Sie sind wirklich ein Schatz!«

»Werd' ich bleiben, Frau Isabella. Aber daß Sie nicht gleich mitkommen, ist wirklich ein Jammer. – Vierzehn Tage später? Ja, da freu' ich mich aber … Und darf man wissen, wie lange …«

Das könne sie noch nicht genau abschätzen, hatte Isabella gesagt. Und dann dachte sie an Peter Aman. Mit ihm und seiner Gruppe war sie zum erstenmal in Lechtmoos gewesen. Soweit sie wußte, war seine Verbindung mit Kofler längst abgerissen. Er sprach nie über ihn. Und dennoch, vielleicht war es klüger, später den Aufenthaltsort zu wechseln.

Man würde sehen …

Im Augenblick jedoch schien das Schafbach-Haus als Versteck geradezu ideal.

»Ja dann, Isabella«, kam es vom fernen Attersee, »küß die Hand. Und hoffentlich bis bald … Und um Ihren Schützling machen Sie sich keine Sorgen, der kann kommen, so spät er will, wir stellen ihm trotzdem was zum Essen hin …«

§

Spät in der Nacht würde es werden.

Isabella hatte aus dem armen alten Golf herausgeholt, was drinsteckte, längst hatten sie München passiert und näherten sich der Chiemseegegend. Wieder sah sie auf die Uhr: zwei Uhr früh.

»Laß mich doch endlich fahren, Isabella.«

Die erste halbe Stunde hatte Ludwig Ladowsky kaum ein Wort herausgebracht, hatte nur so dagesessen, ungläubig, wie versunken, hatte manchmal den Kopf gedreht, sie angestarrt und dann wieder nach vorne geblickt.

»Österreich … in die Berge«, hatte er wieder gemurmelt. »In die Berge … o Isa …«

Später würde sie oft an die Fahrt denken. Und an diese ersten Stunden, die ihr so unglaublich, so unwirklich erschienen. Alle ihre Sinne waren gespannt, und stets war es dieselbe Litanei, die ihr Bewußtsein repetierte: Paß bloß auf – Polizeifahrzeuge sind nicht ohne weiteres zu erkennen! Es gibt auch Zivilstreifen, selbst auf der Autobahn …

Das Bordradio dudelte leise vor sich hin. Sie wartete auf die Sprecherstimmen, hatte ›Bayern III‹ keine Sekunde abgeschaltet, und jedesmal, wenn Nachrichten kamen, auf volle Lautstärke gedreht.

Die Vereinten Nationen hatten beschlossen, eine neue Kommission nach dem Irak zu senden … Die Arbeitslosigkeit wuchs weiter an, und in China hatte ein Erdbeben vierzig Todesopfer gefordert …

Das ja. – Aber kein Wort über den Ausbruch eines der berüchtigsten Kriminellen der letzten Zeit. Ludwig hatte also recht gehabt: Das Glück begleitete sie. Auch der Nachtkontrollgang in der Anstalt schien ausgefallen zu sein.

Nach Süden, dachte sie, nach Süden …

Die Autobahn München-Salzburg war um diese Zeit nur wenig befahren. Und wenn ein Wagen vorüberzog, wenn Scheinwerfer aufblendeten oder eine Gruppe von Fahrzeugen entgegenkam, war ihr jedesmal, als habe dies alles, die nachtdunklen, leeren Dörfer und Städte, die Scheinwerfer, die roten Rücklichter, ja die Welt dort draußen nichts mit ihr zu tun. Und war es nicht so? Sie hatte sich ausgeklinkt, sie bewegte sich am Rande der Welt, wie ein Stern am Rande einer Galaxie – in dieser Nacht hatte alles, was für andere galt, für sie seine Gültigkeit verloren …

»Laß mich endlich fahren!«

Er hatte ja recht. Sie spürte die Müdigkeit in ihrem ganzen Körper. Eigentlich müßte sie Pause machen, das wäre richtig. Schlafen, irgendwo im Wald, eine halbe Stunde wenigstens. Zu wenig Schlaf in den vergangenen Nächten, zuviel Streß, zuviel Nervenbelastung, und nun noch diese Wahnsinnsfahrt …

Doch sie schüttelte den Kopf.

»Mensch, Isa, war ja schließlich mein Job …«

Nein, es war zu gefährlich. Die Perücke, die sie ihm gekauft hatte, lag auf ihren Befehl hin einsatzbereit auf seinen Knien. Er hatte sie schon einmal aufgesetzt, probeweise, im Dunkeln. »Die Brandstelle juckt nicht mehr …«.

Nur die Kopfhaut schien noch etwas zu schmerzen. »Ich setz' das Scheißding jetzt auf und fahr!«

»Du hast keinen Führerschein und keinen Paß. – Mach mich nicht verrückt. Du weißt doch …«

Ihre Fantasie hatte die Szene hundertmal durchgespielt. »Der Herr ist ein Patient von mir. Er muß dringend in ein Krankenhaus …«

Sie mußten schon sehr viel Glück haben – doch warum auch nicht? In ihr verstärkte sich das Gefühl, eine unsichtbare Hand schütze sie, irgendeine Instanz, die sie durch alle Gefahren hindurch sicher geleiten würde …

Isabella dachte es in dem Augenblick, als Ludwig sich plötzlich nach vorne beugte und rief: »Dort!«

Auch sie hatte es gesehen: zunächst das auf und ab flammende Blaulichtsignal, dann die grünweiße Lackierung des Streifenwagens.

»Und jetzt?« Seine Hand packte so heftig ihren Arm, daß es weh tat: »Und jetzt?«

Sie schüttelte ihn ab. »Herrgott noch mal, bleib doch vernünftig!«

»Vernünftig, vernünftig! – Die schnappen mich, siehst du das nicht?«

»Ruhe! Halt deine Klappe.«

»So 'n Scheiß«, schluchzte er, »so ein verdammter Scheiß«, und schlug sich die Hände vors Gesicht.

»Nimm die Hände runter! Sitz gerade. Ist doch gar nichts.«

»Die Perücke?«

»Brauchst du nicht.«

Sie hatte erkannt: Ein zweiter Wagen stand schräg auf dem Sicherheitsstreifen. Schon konnte sie die grünen Mützen der Beamten erkennen und einen Zivilisten, der heftig gestikulierend auf sie einsprach.

Nichts als ein Unfall anscheinend …

Sie zwang sich, weiter ihr Tempo beizubehalten, nur nicht auffallen jetzt … Und da waren sie schon an ihnen vorbei, ohne daß auch nur einer der Männer den Kopf nach ihnen gedreht hätte.

Ludwig Ladowsky stieß einen leisen, unterdrückten Indianerschrei aus. »Na, wie haben wir das geschafft …? Klasse, einfach klasse, Isa!«

»Wir?« Sie schüttelte den Kopf. Die Begegnung auf der Autobahn hatte alle Müdigkeit verscheucht. »Wir, sagst du?«

»Überleg doch, was die mit mir …«

So überreizt war sie, daß sie fast nach ihm geschlagen hätte. »Du denkst nur an dich. Was hattest du schon zu erwarten? Das, was zuvor schon war: Knast … Aber ich – hast du daran schon mal gedacht?«

Sie wandte den Kopf und starrte ihn an. Er hatte die Augen geschlossen. »Entschuldige, Isa«, sagte er leise.

»Entschuldige? Darum geht es nicht … Es geht um das andere – und du weißt das.«

»Daß ich kein Gefühl für meine Mitmenschen habe? Ist es das?«

Sie nickte.

»Isa …« Ganz plötzlich war er bei ihr, drängte sich gegen sie, lehnte seinen Kopf an ihre Schulter. »Oh, Isa, vielleicht bin ich tatsächlich verrückt …? Muß ich wohl sein … Und Mitmensch? Du bist ja kein Mitmensch, du bist alles, was ich habe. Und noch mehr, du bist das Wertvollste, was mir je begegnet ist.«

Sie schob ihn auf seinen Sitz zurück. »Mach die Innenbeleuchtung an.«

»Aber warum denn?«

»Warum? Damit ich sehen kann, wie du mit Perücke aussiehst. Setz sie auf.«

Er schaltete das Licht ein, sie drehte den Kopf und hatte Mühe, schnell wieder geradeaus auf die Fahrbahn zu sehen.

Auch er schob sich jetzt vor den Spiegel.

»Doll«, sagte er, »einfach klasse, oder?«

Sie schwieg. Er hatte ja recht. Der Kontrast der dunklen Haare zum Blau seiner Augen – unglaublich, die Locken, die das schmale, abgemagerte Gesicht einrahmten und es männlicher, ausdrucksvoller erscheinen ließen.

»Die nehm' ich nie mehr ab. Erst wenn mir das eigene Kraut nachgewachsen ist. Und was meinst du, wenn ich erst richtig braun bin … Am See, da wird man immer braun.«

»Wenn's nicht regnet«, sagte sie. »Außerdem habe ich jetzt andere Sorgen.«

»Die Grenze?«

Sie schwieg.

»Angst vor der Grenze? Aber wieso denn, Isa? Warum?« Er schlug ihr aufs Knie: »Mensch, Isa, das ist Osterreich, und Österreich gehört zur Europäischen Union. Haben wir ein Schwein, vor einem Jahr hätte das nicht so geklappt, aber jetzt? – Hab doch keine Angst, die lassen uns einfach durch.«

Hab doch keine Angst ... Jetzt plötzlich? – Und er lachte auch noch.

»Sie machen Stichproben, Ludwig.«

»Stichproben? Nicht bei uns ... Du wirst sehen, Isa, ich hab' recht: Jetzt wird alles anders! Und weißt du, warum? Soll ich es dir sagen? Weil wir das Glück gepachtet haben, ja, wir haben es gepachtet. Ich spür' das.«

Längst hatte sich am Horizont der Himmel aufgehellt. Nun flogen ihnen die ersten Lichterreihen entgegen – Gebäude wuchsen rechts und links der Autobahn hoch: Salzburg – und der Grenzübergang.

Tiefstrahler erleuchteten die Betonfurten der Durchgänge. Sie konnte nur zwei Beamte erkennen, sie standen links am Zollhauskomplex. Die bayerische Grenze war bereits passiert. Die beiden Beamten unterhielten sich und rauchten. Sie trugen graue Umhänge und dicke Kordeln um die Mützenschirme.

Der größere von ihnen blickte herüber.

Und winkte sie durch.

»Na, siehst du!«

Sie war unfähig, auch nur ein einziges Wort hervorzubringen. Ihre Knie zitterten, als sie in den nächsten Gang schaltete.

Langsam beschleunigte sie auf die erlaubten 60 km/h, noch immer etwas zittrig, aber doch mit dem Glücksgefühl, nun schon auf der österreichischen Autobahn zu sein, die an Salzburg vorbei direkt zum Mondsee führt.

»Salzburg«, sagte Ludwig in dieser Sekunde, »muß wohl fantastisch sein. Wenn du zurückkommst, fahren wir dann mal hin?«

Sie gab keine Antwort. Wie so oft in der letzten Zeit hatte er zur selben Sekunde ihre Gedanken getroffen. Vielleicht vermochte er nicht alle Gefühle nachzuvollziehen, zumindest was sie anging, schien er aber eine geradezu magische Intuition zu besitzen.

»Hörst du mich?«

»Ja.«

»Bist du müde?«

»Es geht … Und fang nicht schon wieder an. Es ist nicht mehr weit.«

Nein, es war nicht mehr weit. Sie nahm die Ausfahrt Mondsee, fuhr die Umgebung um den Ort mit der durch die Trapp-Filme berühmten Hochzeitskirche, und bog dahinter nach links ab. Da lag vor ihnen schon der Mondsee, und kurz danach erreichten sie Unterach. Sie waren am Ziel, am Attersee.

Der Himmel schien nun heller, durchsichtiger zu werden. Vielleicht kündigte sich damit bereits der Morgen an. Die Häuser am See zogen vorbei, die Straße führte direkt am Ufer, an einer schwarzen, unbewegten Wasserscheibe entlang. Sie beugte sich nach vorne: Bald mußte die Abzweigung kommen …

Ja, da stand es schon: Lechtmoos.

Und darunter ein schwarzes S, das Serpentinenzeichen. Sie schaltete in den zweiten Gang, weil sie noch wußte: Gleich zu Beginn erwartete sie eine starke Steigung. Und da war sie bereits.

Ludwig hatte den Fensterheber auf seiner Seite betätigt, und die Scheibe sank nach unten. Er öffnete den Sicherheitsgurt und schob den Oberkörper soweit nach außen, wie er konnte. »Tannen!« schrie er. »Und was für Dinger! Wunderbar …«

Ja, Tannen. Der Wind trug ihren würzigen Geruch herein und bewirkte, daß Isas Lebensgeister wieder mobil wurden.

Sie sah die Stämme, dann auf der rechten Seite die Holzstapel und ein Stück Wiese – jetzt würde gleich die Hütte des Straßenwarts auftauchen ... Da war sie schon, eine neue Kurve und wieder eine, dann trat der Wald zurück und gab den Blick frei auf die sanfte, große Kuppe, auf der der Kofler-Hof lag. Der Hügel ließ sich ganz deutlich erkennen, eine graue, geschwungene Linie ... Mein Gott, wie oft hatte sie dort oben gesessen und hinunter zum See gesehen ... Der Hof mit seinen Stallungen blieb ein Schatten, doch weiß holte jetzt das Licht der Scheinwerfer die breite Mauer aus dem Dunkel, die den Hof zum Tal abgrenzte.

An der Einfahrt brannten zwei Lichter. Und weiter rechts, auf dem zweiten, nur durch eine Mulde getrennten Hügel, noch ein weiteres.

Ludwig Ladowsky hob die Hand: »Ist das dort das Schafbach-Haus?«

»Nein. Das liegt hinter dem Kofler-Hof. Das Licht dort drüben gehört zum Messener-Hof. Der Jakob Messener ist Holzarbeiter oder Holzwart oder so was Ähnliches, und außerdem Mesner drunten in der Kirche von Nußdorf. Er lebt allein mit seiner kleinen Tochter. Ein ganz prima Mann. Mit dem wirst du dich gut verstehen ...«

Er nickte.

Sie fuhr nun ganz langsam. Die beiden Flügel des Tores zum Kofler-Hof standen weit offen.

»Kannst du nicht mal anhalten, Isa?«

Sie hielt.

Er blickte hinaus in diese schweigende Welt, auf die dunklen Baumschatten und die drei kleinen, goldblitzenden Lichter; sie schienen das einzig Lebendige in dieser Nacht.

»Und was soll ich hier?« Seine Stimme war leise und verängstigt. »Ganz allein...? Ich kenn' die Leute doch gar nicht.«

»Du wirst sie kennenlernen.«

»Gibt es Tiere?«

»Und ob! Der Messener hat Kühe und Schafe, und der Kofler noch viel mehr. Und Hunde gibt's und alles mögliche …« Sie sprach leise und sanft wie zu einem Kind. »Glaub mir, langweilen wirst du dich keine Sekunde.«

»Meinst du, ich kann zu den Tieren? Du weißt doch …«

»Ja, ich weiß, daß du Tiere magst. Und ich werde heute noch von Frankfurt aus den Kofler anrufen, vielleicht auch den Messener. Irgendeine Arbeit findet sich auf den Höfen bestimmt. Die sind froh, wenn sie eine Hilfe haben. Und kosten, kosten tust du ja nicht viel.«

»Ich? Ich koste nichts. Wenn ich nur zu den Tieren kann …«

Sie wollte weiterfahren, doch da riß er ihr plötzlich die Hand vom Steuer und bedeckte sie mit lauter kleinen Küssen. Diesmal entzog sie sie ihm nicht, sie spürte, wie sehr er sie brauchte.

»O Isa – Isa, Isa, Isa … Weißt du, was du bist? Das Beste, was ich je im Leben bekommen habe! Das Beste und das Größte … Du bist wie ein Wunder … Und soll ich dir sagen, was meine Mutter immer sagte? Die Wunder Gottes bekommt man nicht durch Beten – Gott schenkt sie … Du bist so etwas, ja, du bist das Wunder, das Gott mir geschenkt hat …«

Sie hatten den Kofler-Hof umfahren und endlich das Schafbach-Haus erreicht, das weiter oben am Hang, schon beinah an der Waldgrenze lag. Die Scheinwerfer beleuchteten die alte Holzbank und den alten Holztisch neben der Tür. So oft hatte sie an diesem Tisch mit ihren Patienten ihre Nöte und die Nöte dieser Welt durchdiskutiert – eingebettet in die Ruhe dieses fast unwirklichen Ortes.

Sie schaltete die Scheinwerfer aus.

»Nimm die Taschenlampe, Ludwig. Die ist im Handschuhfach.«

»Okay.«

Auch sie stieg aus und dehnte ihren schmerzenden Rücken. Über all den schwarzen Gipfeln schob sich nun ein zartgrün lasierender Streifen in die Dunkelheit des Himmels. Die Sterne dort oben verblaßten … Bald würde es so hell sein, daß man den See herauf blitzen sah … Doch sie mußte weg. Und das schnell.

»Ich hab' ihn!« hörte sie Ludwig rufen. Zuvor hatte sie ihm das Schlüsselversteck erklärt, und da kam er bereits angerannt und hielt den Schlüssel stolz wie eine Trophäe in die Luft: »Schau mal, und was für ein Ding!«

»Der gehört jetzt dir. – Los, laden wir aus.«

»Das hat noch Zeit.«

»Nichts hat Zeit, Ludwig. Ich muß weg! – Gleich.«

Vielleicht war es das ungläubige Erschrecken in seinem Gesicht, vielleicht ihre Nervosität – vor allem aber wohl die Tatsache, daß sie den Golf mit dem Heck zu nah an dem steil abfallenden Hang geparkt hatte –, jedenfalls, als nun die Heckklappe aufsprang und sie beide nach dem Koffer griffen, trat sie einen Schritt zu weit zurück, rutschte und verlor das Gleichgewicht. Er versuchte sie zu halten – doch da war es schon geschehen, der Fall, dann das Aufschlagen, ein Schmerz an der Schulter …

Noch immer hielt er sie umfaßt, als könne er etwas verhindern, was nicht mehr zu verhindern war, und so kullerten sie aneinandergeklammert durch das Wiesengras, bis er aufschrie, weil ein Haselnußstrauch den Sturz abrupt gestoppt hatte …

»Isa?«

Sie hörte sein Keuchen. Er lag auf ihr, nie waren die Augen, nie das Gesicht so nahe gewesen – nicht nur das Gesicht, der Mund, dieser Mund, der flüsterte: »Isa, ich liebe dich so …«, der Körper, den sie nun spürte und gegen den sie sich nicht zu wehren wußte, diese Stimme, die immer wieder nur eines wiederholte: »Isa, ich liebe dich, liebe dich, liebe dich …«

Und der Mund, der sie küßte.

Sie ließ es zu …

Auf der Rückfahrt rührte Isabella das Autoradio nicht an. Sie wußte, was die Frühnachrichten verbreiten würden, und fühlte sich diesem zusätzlichen Streß nicht mehr gewachsen.

Irgendwo hinter Rosenheim fuhr sie den Golf auf einen Rastplatz, klappte den Sitz zurück und versuchte zu schlafen. Zwei Stunden und dreihundert Kilometer später, an einer Tankstelle, schloß sie sich in die Toilette ein, kramte die Kosmetik aus dem Beutel und versuchte, ihr Gesicht einigermaßen zu arrangieren. Es gelang ihr zumindest so weit, daß sie nicht zu erschrecken brauchte.

Sie zwang sich, alles zu vergessen, was mit den letzten zwölf Stunden zusammenhing. Von nun an gab es nur Zukunft, gab es nichts als Planung.

Zurück in Frankfurt, in der Praxis, rannte ihr sofort Uli entgegen: »Haben Sie schon gehört ...«

Isabella nickte.

»Die Polizei hat bereits angerufen.«

»Kann ich mir denken«, sagte sie mühsam. »Das wird noch ein Theater geben ... Und was ist hier los?«

»Die Frau Schöler, sie wartet.«

»Biete ihr einen Kaffee an, Uli.«

Sie ging in ihr Zimmer. Ihre Beine zitterten jetzt, die Fingerspitzen waren kalt. Sie fühlte sich zu Tode erschöpft, ihr überreiztes, vom fehlenden Schlaf gequältes Gehirn begann zu rebellieren. Matt warf sie sich in einen Sessel, schloß die Augen und versuchte sich zu entspannen. Dazu diese Diana Schöler mit ihrer Klaustrophobie? – Ausgeschlossen!

Sie rief Nicole an, eine junge Psychologin, die sich auf Desensibilisierungstraining spezialisiert hatte und die sich der Menschen annahm, die wie Diana Schöler ihren Beruf nicht mehr ausüben konnten, weil sie in Aufzügen, Straßenbahnen oder irgendwelchen Menschenansammlungen Panikanfälle bekamen ...

Doch auch Nicole Hedrich kam sofort mit einem »Ja-hast-du's-auch-schon-gehört?« Und: »Ist das nicht unglaublich? Was machst du jetzt?«

»Das weiß ich noch nicht«, erwiderte Isabella und versuchte ihr so ruhig und sachlich wie möglich den Fall der jungen Hotelkauffrau in ihrem Wartezimmer auseinanderzusetzen.

»Gut, schick sie zu mir.«

Das wenigstens war erledigt …

Sie gab sich einen Ruck und wählte die Nummer von Mettenau. Es dauerte, bis sie mit Markus Bennartz verbunden wurde.

»Ja, hier ist Isa. Ich hab' das gerade erfahren und wollte nur wissen …« Sie gab sich alle Mühe, ihre Stimme so sachlich wie möglich klingen zu lassen. »Habt ihr ihn?«

»Nein, wir haben ihn nicht, verdammt noch mal«, antwortete Bennartz. »Ich wollte dich sowieso anrufen. Hat er bei deinen Gesprächen irgendwelche Anhaltspunkte gegeben, wo er sein könnte?«

»Kein Wort.«

»Hat die Polizei schon angerufen?«

»Ja, aber ich war nicht da.«

»Aber er muß doch irgendwas gesagt haben? Versuch dich zu erinnern … Irgendeinen Namen, einen Ort … Vielleicht hat er irgendeinen Kumpel draußen, den er erwähnte?«

»Nein, leider, Markus … Du weißt doch, wieviel Schwierigkeiten ich mit ihm hatte«, log sie tapfer weiter. »Und nach der ganzen Schweinerei bei euch da draußen hat er sich sowieso völlig ausgeklinkt. Da war nichts mehr aus ihm herauszuholen … Ich hätte ihn schon hingekriegt …«

»Auch noch!«

»Was auch noch?«

»Na, daß du uns die Verantwortung in die Schuhe schieben willst.«

»Das tu' ich nicht.«

»Hör zu, ich hab' das Büro voller Leute. Und Gott soll verhüten, daß sie mir diesen Typ nochmals aufs Auge drücken … Aber jedenfalls, falls dir doch noch etwas einfallen sollte, ruf mich an – nein, besser noch die Polizei …«

Es klickte. Er hatte aufgelegt.

Uli stand mit der Liste der Anrufe des Vormittags in der Tür.

Isabella hatte Mühe, zuzuhören, der Rücken, ihr ganzer Körper schmerzte, und vor Müdigkeit brannten ihr die Augen. Was Uli sagte, bekam sie kaum mit. – Aber dann fuhr sie doch auf: »Saynfeldt, sagst du?«

»Ja. Der auch. Und er machte es schrecklich dringend.« Sie nickte: »Sag ihm in Zukunft, ich sei für ihn nicht zu sprechen.«

»Im Ernst?«

»Ja, was sonst?« Sie stand auf. Ihre Beine trugen sie kaum mehr, doch sie versuchte zu lächeln.

»Ich hab' noch etwas Dringendes zu erledigen, Uli. Ich fahr' jetzt in meine Wohnung. Den anderen Patienten haben wir abgesagt, nicht wahr?«

Die Sekretärin nickte.

»Na schön – bis dann ...« Sie packte das Ladowsky-Material, das sie dem Schreibtisch entnommen hatte, in ihren Aktenkoffer, fuhr nach Hause, stand ein paar Sekunden am Fenster und sah hinunter auf die Straße. Der nette Kommissar Berling fiel ihr dabei ein, und die Streifenwagen, die noch vor wenigen Wochen dort unten vorübergezogen waren ... Sicher war es Berling gewesen, der im Büro angerufen hatte. – Sie zog die Vorhänge zu, legte den Aktenkoffer auf den Schreibtisch und öffnete ihn.

Unter den Papieren fand sie einen Streifen mit vier Paßfotos. Aus irgendwelchen unerfindlichen Gründen waren sie ihr von der Kanzlei Reuter mit den übrigen Ladowsky-Unterlagen übergeben worden: ein Ludwig mit starrem Blick, umschatteten Backenknochen – er sah wirklich wie ein Mörder aus, und das war er ja auch ...

Sie betrachtete die Fotos und legte sie zurück. Es gab noch ein Bild ... Wo nur? Sie stöberte zwischen Klemmheftern und Prozeßdokumenten. – Hier ... Eine der Aufnahmen, die der *Kurier* kurz nach der Verhaftung gebracht hatte: Er stand an irgendeine Mauer gelehnt und lächelte halb fragend in die Kamera. Da waren die Augen mit den langen Wimpern, die Stirn, der Mund, da war Ludwig, wie sie ihn kannte.

Sie strich das Papier glatt. Dann ging sie hinüber ins Schlafzimmer und legte das Bild auf den Nachttisch. Trotz des groben Zeitungsrasters, seine Augen schienen ihr zuzulächeln. Sie legte sich hin und löschte das Licht.

Und nun ...?

Am nächsten Vormittag, beim Erwachen, konzentrierte sich Isabella auf all die Dinge, die zu tun waren: Sie mußte ihre Zeit am Attersee vorbereiten, das bedeutete, daß sie die wichtigsten Therapien entweder zu Ende brachte, was bei der kurzen Zeit kaum möglich war, oder daß Peter Aman wieder einmal für sie einsprang. Nun, das würde sich regeln lassen ...

Was sonst?

Sie stand auf, schaltete den Fernseher ein, ging in die Küche, brühte sich einen Kaffee auf und trank ihn so heiß, daß sie sich den Mund verbrannte.

Dann stellte sie den Kaffee hart auf den Tisch zurück. Im Wohnzimmer war die Stimme des Nachrichtensprechers zu hören. Sie rannte hinüber.

Journalisten. In ihrer Mitte ein dicker Mann mit Hornbrille und verkniffenem Gesicht, den alle mit ›Polizeidirektor‹ anredeten.

Nein, sagte er, die bisherige Fahndungsaktion habe noch kein Resultat gebracht. Der Raum Mettenau sei großräumig abgesperrt worden ... Die Untersuchung, wie es Ladowsky gelungen sein könnte, die Sicherheitssperren der Anstalt zu überwinden, befände sich noch im Gange ... »Wir werden einen Fahndungserfolg haben, kein Zweifel.« Schon deshalb, weil es sich bei dem Täter um einen typischen Einzelgänger handle und sein Aussehen schließlich der ganzen Bevölkerung bekannt sei. Die Fahndung werde im übrigen zur Zeit auf das gesamte Bundesgebiet ausgedehnt ...

Na, tut das mal … Sie schaltete ab und atmete tief durch. Also weiter: Der Aufenthalt im Schafbach-Haus konnte nur eine Zwischenstation bedeuten. Zu gefährlich war Österreich, zu nahe lag es an der Bundesrepublik, zu viele Menschen hatten vermutlich die Prozeßberichte und nun wohl auch diese Nachrichten verfolgt. Gut, dachte sie, vierzehn Tage Attersee, dort fallen wir nicht auf. In der Zeit werde ich bereits mit ihm arbeiten. Auch therapeutisch läßt sich in zwei Wochen eine Menge erreichen. – Doch dann …?

Sie lief in ihr Arbeitszimmer und stöberte in der Schublade, in der sie die private Post auf bewahrte, die ihr wichtig war – ein heilloses Durcheinander, aber dann fand sie doch das Kuvert, das sie suchte. Der Brief war ein halbes Jahr alt. Absender: Vito Breda, Vellino … Vellino war ein kleines Dorf zwischen Cremona und Mailand. Der Ort lag auf einem kleinen Hügel, und dort, wo sich der Hügel zum Fluß senkte, gab es ein altes Franziskanerkloster: Santa Maria dei Fiori. In diesem Kloster hatte Vito seine Klinik untergebracht. Er betreute vor allem Drogenfälle, und das bedeutete fast ausschließlich junge Menschen.

»Du mußt zu mir kommen, Isabella! Ich habe da jede Menge Borderline-Fälle darunter, die Dich interessieren könnten … Und überhaupt: Warum machst Du nicht mal für ein Jahr den Laden dicht und spielst bei mir die Co-Therapeutin? Es würde Dir gefallen. Und es gibt einen herrlichen Wein bei uns …«

Vito Breda stammte aus der berühmten Bologneser Schule und gehörte zu jenen gutaussehenden, älteren, erfahrenen Psychotherapeuten, deren Lächeln schon genügte, um Widerstände zu überwinden. Er hatte sich trotz der staatlichen Subventionen, die die Klinik in Santa Maria bekam, jede Einmischung der Behörden in seine Arbeit verbeten, etwas, das wohl nur in Italien möglich war …

Sie mußte Ludwig in dieses Kloster schaffen. Das war das Ziel …

Schnell zog sie sich an und fuhr in die Praxis. Sie wollte mit Peter sprechen, doch er war beschäftigt. Nach der Vormittagsarbeit trank sie einen Kaffee beim Italiener und fuhr dann nach Sachsenhausen. Die Aufgabe, die jetzt zu erledigen war, bereitete ihr die größte Sorge. Je schneller es ihr gelang, sie hinter sich zu bringen, desto besser …

Charly Hohenberg wohnte im Hinterhof eines alten Hauses in der Bruchstraße. Man hatte es mit viel Aufwand in einem zarten Resedagrünton restauriert – passierte man aber den Eingang, war alles so wie früher: ein verrosteter Fahrradständer, Mülltonnen, Wäscheleinen und ein verhungertes Apfelbäumchen. Charly wohnte über seiner Werkstatt, einem zweistöckigen, unverputzten Backsteinbau, der an die Hinterwand des Nachbarhauses angebaut worden war.

Sie drückte die Klingel. – Nichts. Dann klopfte sie. Keine Antwort … Sie erinnerte sich an das Klingelzeichen, das Einlaß verschaffte: zweimal kurz, einmal lang. – Also nochmals … Durch die verstaubte Scheibe der Tür konnte sie einen Schatten erkennen. Ein Schlüssel drehte sich – und da stand Charly, dick und mächtig wie damals, die Halbbrille ganz vorne auf der Nase, die grauen, dünnen Haarfransen wirr um den Kopf, wache, schwarze Vogelaugen, Strickweste, Jeans und Pantoffeln … Da war auch der Geruch, an den sie sich erinnerte: der Geruch nach Druckerschwärze und eingetrockneter Farbe.

»Na, sieh mal, wer da kommt! Welcher Glanz in meiner Hütte! Da bitte ich doch einzutreten, gnädige Frau …«

Er machte eine gravitätische Handbewegung.

Sie setzte sich an den kleinen Korbtisch am Eingang. Ein Schachbrett lag darauf. Charly spielte seine Partien meist gegen sich selbst.

Sie sah sich um, und alles schien ihr mit einemmal auf eine geradezu magische Weise wieder vertraut. Wie oft hatte sie hier gesessen … Und als sie nun ihn betrachtete, waren alle Zweifel verflogen. Sie wußte plötzlich: Er wird dir helfen … Und warum auch nicht?

Vor vier Jahren war es Isabella gelungen, Charly von den tiefen Depressionen zu befreien, in die er nach dem Tod seiner Frau gefallen war. Er hatte sie über alles geliebt, doch es war nicht allein dieser Verlust, fast gleichzeitig hatte Charly auch seine Arbeit verloren, und so diente ihm das bißchen Energie, das ihm noch verblieben war, allein dazu, immer neue Rotweinflaschen in seine Bude zu schleppen und dort im Suff und undurchbrechbarem Schweigen zu versacken.

Ja, sie hatte ihn gemocht und viel versucht, bis es ihr schließlich gelang, ihn doch wieder aus seiner Lethargie zu reißen und auf die Beine zu bringen. Denn er war ein Meister seines Fachs. Man brauchte nur die Wände zu betrachten: Chagall, Klee, Fuchs, Ackermann, Baumeister… Charly war gerade sechzig geworden, als ihn die Firma auf die Straße setzte; die neuen Digitalisierungstechniken hatten ihn wegrationalisiert. Aber an den Wänden hingen sie noch immer, die Lithos, die er für die ganz Großen angefertigt hatte, und viele trugen ihre handschriftliche Widmung.

Nun, Charly hatte weitergemacht. Sein Können war immer noch gefragt, nicht mehr von Künstlern, jetzt von der Unterwelt. Charly besorgte Pässe und Papiere für den Frauenimport russischer und tschechischer Zuhälterringe, und wenn es um den Export geklauter Autos nach dem Osten ging, konnte er auch da helfen …

»Du?« fragte er und starrte sie ungläubig an, nachdem sie ihm erklärt hatte, um was es ging. »Du schiebst solche Dinger an? Ist ja wohl nicht zu fassen …«

»Dem Mann ist zu helfen, Charly, glaub mir. Aber wenn er hier einsitzt und nicht therapiert wird, bleibt er brandgefährlich. Er muß woanders hin. Ins Ausland …«

Charly seufzte, schloß die Augen, zuckte mit den Schultern und lächelte sie an: »Du kannst mir kommen, mit was du willst, du kriegst alles von mir, und das weißt du – was, Isabellchen?«

»Ich hoffe es.«

Er schwieg, schüttelte den Kopf und fragte schließlich: »Und wann?«

»Na ja, möglichst bald natürlich. Sagen wir mal, das Limit ist vierzehn Tage.«

Er strich sich über seine Fransen: »Weißt du wirklich, was du da tust? – Na ja, jeder hat das Recht, auf seine Weise verrückt zu werden. Das muß so sein … Also, laß uns überlegen: der Führerschein – kein Problem, überhaupt keines, Peanuts … Und ein Paß? Mit einem dieser neuen Europaß-Dinger wird's etwas teurer und dauert länger …

Warum nehmen wir nicht einen alten Paß und donnern ihm 'ne schöne Verlängerung rein? Das geht momentan noch. Wäre dir damit geholfen?«

Sie nickte. Und dann fiel sie Charly Hohenberg um den Hals.

Als sie den Hinterhof verließ und über die Straße zu ihrem Wagen ging, lief ihr ein Rudel Schuljungen entgegen. Sie trieben einen Ball vor sich her. Isa machte ihnen Platz. Sie fühlte sich irgendwie leicht, so als habe ihr Körper an Gewicht verloren, ja, leicht und frei … Lieber Himmel, sie hatte einen Ladowsky nach Österreich gebracht und jetzt sogar falsche Papiere besorgt – sie hatte Dinge getan, die ihr früher nicht einmal in ihren Alpträumen eingefallen wären. Und nun? – Nun war sie richtig guter Laune.

Jeden Abend nach der Arbeit ging Isabella sofort nach Hause, schaltete den Fernseher an und stellte das Telefon neben sich, doch eigentlich hatte sie erwartet, daß er Dienstag oder Mittwoch anrufen würde; dann, Donnerstag, war es soweit. Sie nahm ab – und da hörte sie: »Isa?«

»Warum hast du dich nicht früher gemeldet?«

»Hier gibt's ja kein Telefon, und im Kofler-Hof waren immer Leute in der Nähe.«

Es war gut, daß er so vorsichtig war, sehr gut sogar …

»Hat jemand die Meldungen im Fernsehen gesehen?«

»Das kam nur einmal …«

»Und?« sagte sie. »Wie fühlst du dich?«

»Super. Einfach fantastisch … Es ist so herrlich hier, ich kann es dir gar nicht sagen.«

»Ich habe mit Kofler telefoniert.«

»Ja, er sagte es mir. Ich kümmere mich um die Kälber und was die sonst noch alles haben … Er hat mich auch schon in die Sägerei mitgenommen. Und den Jeep kann ich auch fahren – nur auf dem Hof natürlich, aber das Gelände ist ja riesig … Ich hab' ja keinen Führerschein …«

»Den hast du bald.«

»Was?«

»Ich bring' dir einen mit.«

»Im Ernst?«

»Ja.«

»Mensch, Isa! – Wenn du da bist, gehen wir schwimmen. Und dann der Wald … Wir fahren nach Salzburg und … und …«

Die Worte waren wie Regengeprassel, ein Sturm von Freude und Erwartung.

»Komm bald, Isa! Ich warte so sehr auf dich. Wie lange dauert das denn noch?«

»Nicht mehr lange.«

Dann fiel ihr noch etwas ein: »Warst du auch schon bei den Messeners drüben?«

»Ja. Der Jakob ist prima. Er sagt, er nimmt mich morgen mit ins Holz. Ich könne ihm helfen …«

»Und die Kleine?«

Eine Pause entstand. Und dann: »Wie bitte?«

»Seine Tochter.«

»Ah, die Anni?«

Irgend etwas befremdete sie an der stockenden, zögernden Reaktion, doch das erst später, als sie auflegte.

Wann kommst du …? Sie mußte fahren – sehr bald!

Eines war gut an diesen Wahnsinnszeiten: Die Sensationen schlugen einander tot. Nach zwei Tagen bereits brachte kein Fernsehsender und keine Radiostation mehr eine Nachricht über Ludwig Ladowskys Flucht. Auch die Polizei verhielt sich nun still. Isabella hatte zwei Anrufe erhalten – nein, nicht Berling, den gab es nicht mehr, der sei nach Frankfurt abkommandiert worden –, sie sprach mit einem jungen Mann namens Lüscher. Und was konnte sie ihm schon sagen? Keine Ahnung hatte sie, nicht die geringste … Nein, auch ihre Begegnungen mit Ladowsky während der wenigen Therapiestunden hätten keinen Fingerzeig erbracht – leider.

Nun ging's nur noch um eines: ihren Urlaub vorzubereiten.

Peter Aman lächelte sie voll besorgter Freundschaft an: »Du, ich finde auch, bei dir wird's wirklich höchste Zeit. – Und wo geht's denn hin?« Er verzog ironisch den Mund: »Kuba oder Peru?«

»Weder noch, Peter – Galizien.«

»Was?«

»Das Galizien im Westen, Galizien in Spanien«, erklärte sie, »nicht das andere. Vigo, Santiago de Compostella und so weiter … Ich werde ein wenig Ahnenforschung betreiben, die Vorfahren meiner Mutter sind von dort ausgewandert.« Auch das war nicht einmal eine Lüge. »Galizien hat herrliche Wälder und Berge und eine fantastische Atlantikküste. Genau die Gegend, die ich brauche.«

Er nickte, und sie fühlte ein wenig das schlechte Gewissen … Doch die Wahrheit …? Nicht einmal einem Peter Aman konnte sie die sagen.

»Wenn du willst, bring ich dich zum Flughafen.«

»Nein, nein«, wehrte sie ab. »Außerdem, nachdem ich dir noch all meine Leute aufs Auge gedrückt habe, hast du sowieso kaum mehr Zeit.«

In der Maschine blickte sie hinunter auf ein sonnenbeschienenes Bayern und dachte an die Nachtfahrt mit Ludwig. Eine Ewigkeit schien Ludwigs Flucht zurückzuliegen. »Vielleicht kann ich dich am Flughafen abholen«, hörte sie wieder seine aufgeregte Stimme. »Ich kann's noch gar nicht fassen, daß du kommst.«

Sie auch nicht. Alles erschien so unwirklich. Den alten, betagten Golf hatte sie zu Hause gelassen, immer weniger zeigte sich der Wagen bereit, die Strapazen, die sie ihm zugemutet hatte, wegzustecken, und was sie in den nächsten drei Wochen brauchte, war vor allem ein zuverlässiges Fahrzeug. Sie würde sich also einen Wagen mieten, auch fiel ein österreichisches Fahrzeug weniger auf als eines mit deutschem Kennzeichen.

Es war kurz nach elf, als die Maschine der Lauda-Air über die Piste in Salzburg rollte.

Doch nun, als Isabella, den Koffer in der Hand, durch die Sperre gehen wollte, war es, als sei sie auf einem anderen Kontinent, nein, in einem neuen Leben gelandet: All die Menschen in der Halle, die sich die Hände schüttelten, sich um den Hals fielen, der Trubel des morgendlichen Routinebetriebs, und dort draußen hinter den Fenstern die alte Stadt und die Berge – es wirkte wie die Staffage zu einem surrealen Ferienfilm.

Suchend sah sie sich um.

»Vielleicht kann ich kommen und dich abholen«, hatte er gesagt.

Ladowsky entdeckte sie nirgends – aber dort drüben, der große Mann in der Trachtenjacke, der gerade näherkam … Tatsächlich: Der Kofler-Franz!

»Da san S' ja! Ja was für eine Freud … Ja, küß die Hand, Isabella … Ist das toll, daß ich Sie wiederseh' … Und verändert haben Sie sich überhaupt nicht. Schöner sind Sie geworden, schöner und fescher …«

Er hatte graue Augen, buschige, schwarze Brauen und vermochte in Sekundenschnelle den anbetenden Charme des routinierten Frauenverführers in das braunrote, verbrannte Apfelgesicht zu zaubern.

»Der Hansi ist draußen. Der wollt' ja unbedingt mitkommen. Aber ich hab' den Wagen unters Parkverbot gestellt. Jetzt sitzt er dort und paßt auf.«

Der Hansi? – Für einen Zeitbruchteil war ein winziges Fragezeichen in ihr aufgeblitzt: Der Hansi? Hans Berger natürlich ... Daß Ludwig sich am Attersee so nennen wurde, hatten sie während der Flucht festgelegt: Hans Berger, Volkswirtschaftsstudent, Sohn ihrer Schwester und vor allem mit schrecklichen Prüfungsängsten geschlagen, die sie ihm auf dem Schafbach-Hof wegtrainieren würde.

»Und übrigens, Isabella, damit ich Ihnen das auch gleich sag': Daß Sie mir den Hansi gschickt haben, da kann ich Ihnen nur dankbar sein. Der ist ein As, der Hansi! Alle mögen ihn ... Und nicht nur, weil er ein so fesches Mannsbild ist, nein, weil er hilft, wo's nur geht. Und mit den Tieren kann er's auch, und in der Sägerei war er schon, selbst beim Messener hilft er aus ... Von morgens bis abends ist er unterwegs und fragt, ob er nicht irgend etwas tun könnte. Müßte freie Station kriegen ... soviel g'schuftet hat er, daß man gar keine Miete verlangen kann ...«

Der Hansi, das ›fesche Mannsbild‹ – das Wundertier ...

Sie verließen das Flughafengebäude, und dort drüben kletterte er gerade aus einem silberfunkelnden, brandneuen Allrad-Geländewagen heraus, der wohl dem Kofler gehörte. Er machte ein paar Schritte, und es sah aus, als wolle er losrennen – Gott sei Dank nahm er sich zusammen und kam auf sie zugelaufen, größer, als sie ihn in Erinnerung hatte, braungebrannt, strahlend, blaue Augen unter dunklen, wenn auch gekauften Locken ...

»Isa! – Da bist du ja!«

Ja, da war sie und brachte seit langem zum erstenmal keinen Ton heraus.

Der Kofler betrachtete sie lächelnd.

»Na, dann woll'n wir mal. Nimm den Koffer, Hansi.« Den hatte er schon längst und wuchtete ihn in den Wagen.

»Ich brauch' auch ein Auto, Franz. Gibt's denn hier am Flughafen nicht irgendeine Leihwagenfirma?«

»Aber klar. Gleich dort drüben ...«

In wenigen Minuten war auch das erledigt, und der Koffer wanderte aus dem schweren Jeep in den Gepäckraum einer weißen Peugeot-Limousine. Sie schien brandneu und sah zuverlässig aus.

Und außerdem: Die österreichischen Nummernschilder hatten etwas ungemein Beruhigendes ...

Wie ein wunderschönes, achtlos hingeworfenes Schmuckband lag der Attersee zwischen seinen grünen Hügeln.

Sie waren am Ufer des Mondsees entlanggefahren, in Unterach in einem winzigen Laden hatte sie bei einer freundlichen Frau im Dirndl einen Bikini gekauft, denn all ihre Badeausrüstung, all die herrlichen Bikinis, die für Kuba bestimmt gewesen waren, blieben in der Hektik der Abfahrt in der Wohnung.

Es war zwei Uhr ...

»Hast du Hunger?«

Er schüttelte den Kopf und tat, was er die ganze Zeit getan hatte: er strahlte ... In seinem Gesicht war soviel Zuneigung und Freude, daß sie es kaum mehr ertragen konnte.

»Aber du mußt doch was essen?«

»Warum?«

Ja, warum eigentlich. Auch sie spürte keinen Hunger.

»Weißt du, was wir jetzt zuerst machen?«

»Baden gehen?«

Isa nickte. »Warst du schon am Attersee?«

»Nein. Du hast doch gesagt, ich soll nicht weg vom Hof.«

»War ja auch besser so. Das holen wir nach ...«

Doch einen Badeplatz zu finden war gar nicht so einfach. Sie hatte die Uferstraße ganz vergessen: Oft nur wenige Meter vom Wasser entfernt, umschloß sie den See. Immerhin waren die Sommerferien vorüber, die berühmte Salzkammergut-Seenrundfahrt begann ihre Attraktivität zu verlieren, und wenn auch manchmal ein Bus vorüberdonnerte, was machte es schon? Sie ließen den Peugeot gemächlich dahinrollen, und dann, kurz nach Unterach, fand sie auch den kleinen, mit ein paar kümmerlichen Weiden bewachsenen Felsvorsprung, an den sie sich erinnerte und der wie eine lange Nase in den See ragte.

Sie hielt an und griff nach der Tasche mit dem Handtuch.

Er war schon draußen, rannte über die Straße, warf die Arme hoch, hatte bereits die Jeans vom Leib gestreift und stand braungebrannt, sehnig, lichtschimmernd vor der Bläue des Sees. Und als ob das noch nicht ausreichte, stieß er nun einen juchzenden Schrei aus, riß die Perückenlocken vom Kopf und warf sie in die Höhe, so daß sie einen steilen Bogen beschrieben und in der Krone einer der drei Weiden landeten.

»Ach, Isa! – Isa, Isa, Isa!«

»Du spinnst ja vollkommen.«

»Und ob!«

Es sah aus, als wolle er sie in den Arm nehmen, doch dann drehte er sich blitzschnell um und warf sich ins Wasser.

Sie schwamm nach, und beide umkreisten sich, ließen sich auf dem Rücken treiben, schlugen blitzende Wasserbögen aus dem See, die sich in tausend flirrende Perlen auffalteten, lachten, schluckten Wasser, husteten – Ferien, dachte sie, es kann nicht wahr sein, ausgerechnet mit ihm, ausgerechnet mit Ludwig Ladowsky … Ferien.

Als sie nebeneinander auf dem Handtuch lagen, flüsterte er: »Du bist so schön, Isa …«

Sie machte die Augen nicht auf, sie schüttelte nur den Kopf. »Das heißt nicht: ›Du bist so schön, Isa … ‹ Das heißt: ›Du siehst noch ganz passabel aus, Tante Isa …‹«

»Das wäre gelogen.« Er berührte mit den Fingerspitzen ihre Stirn und seufzte. »Und überhaupt – Tante? Hansi reicht ja schon. Aber ›Tante Isa‹, das hält man doch im Kopf nicht aus …«

§

Noch am Flughafen hatte sie überlegt, ob sie Kofler um eines der Zimmer im Haupthof bitten sollte. Gut, Ludwig war sehr jung, aber hatte nicht Kofler selbst gesagt, ein ganz fesches Mannsbild … Nun, als Isa endlich den Peugeot vor dem Haus parkte, genau an der Stelle, wo sie das letztemal den Hang hinuntergerutscht waren, schienen ihr alle Bedenken lächerlich. Er war der Sohn ihrer Schwester. Und ein Therapiefall. Basta!

Es war noch hell. Die tief stehende Sonne setzte die Berge in Brand, und die beiden hohen Lärchen vor dem Hof warfen ihre Schatten schräg und lang über die Wiese.

Er stieß die Tür auf: Der Geruch – wie sie ihn kannte! Und die steile Treppe. Und dort oben auf dem Absatz hatte sie Peter Amans erste und einzige Liebeserklärung entgegengenommen und war daraufhin in ein so unbändiges Lachen ausgebrochen, daß er nichts anderes tun konnte, als mitzulachen.

Ja, und da waren die beiden Türen: Die linke führte in das Zimmer, das damals Peter bewohnt hatte, die rechte in ihres.

Sie stieß sie auf. Es war ein Postkartenbild, das sie erwartete, nein, das Bild, das sie vier Jahre in sich getragen hatte, ohne daß es lebendig geworden wäre, und das sie nun wieder überwältigte.

Der Hof, die Wiesen, die Wälder – der See!

Sie trat auf den breiten Holzbalkon, der das Haus umrundete, und seufzte …

Sie hatten hinten in Nußdorf zu Abend gegessen, dazu einen halben Liter Roten getrunken. Nun, nach all dem Schwimmen und den anderen Anstrengungen des Tages fühlte sie sich müde und zerschlagen. Ludwig kam aus seinem

Zimmer, und als hätte er es erraten, sagte er: »Du bist sicher schrecklich müde, nicht wahr?«

Sie nickte.

»Ich hätte so gerne noch einen Spaziergang gemacht, aber vielleicht ist es wirklich besser, du legst dich hin.«

»O ja«, sagte sie. Und: »Es war wunderbar.«

»Und du freust dich, hier zu sein?«

»Und ob!«

Er hob die Hand, doch er streckte sie nicht nach ihr aus, nur sein Zeigefinger berührte in einer winzigen, kindlichen Geste voll zärtlicher Zuneigung ihre Stirn.

Sie zog die Tür hinter sich zu, schloß aber nicht ab.

Warum auch? Sie konnte nicht anders, als an Richard Saynfeldt zu denken und an die Art, wie er sich derartige Situationen zunutze machte …

Kaum im Bett, schlief sie sofort ein. Irgendwann in der Nacht wachte sie auf. Der Mond warf eine breite, leuchtende Bahn über die weißgekalkten Wände und die schwarzen Balken an der Decke, die Balkontür war offen, und sie hörte den Wind dort draußen in den Bäumen …

Schlaftrunken stand sie auf. Die Nacht, die Sterne, die Berge dort drüben und das Leuchten des Sees im Tal – sie wollte es sehen.

Sie trat hinaus auf den Balkon und holte tief Atem.

»Ludwig?«

Da stand er, die Hände auf die Balkonbrüstung gelegt, und blickte hinunter zum See. Er stand, ohne sich zu bewegen, nichts als ein Schatten vor all dem Leuchten.

»Was ist denn?«

»Ich kann nicht schlafen.« Er drehte sich um. Seine Zähne schimmerten weiß: »Kannst du denn?«

»Und ob!«

»Isa, bitte …«

»Nichts, bitte.« Sie schüttelte den Kopf und berührte, wie er zuvor ihre Stirn, jetzt seine mit dem Zeigefinger. »Komm, geh schlafen. Morgen werden wir arbeiten.«

»Schon? Bitte – nicht gleich. Außerdem: Ich muß dem Messener helfen … Ich fahr' doch den Traktor …«

»Schön, dann übermorgen.«

Er hatte ja recht, es war nicht eilig. Sie konnten später beginnen. Was bedeutete schon morgen, übermorgen?

»Geh schlafen, Ludwig.«

Er nickte folgsam, ließ die Schultern hängen und verschwand. Sie sah, wie sich die Tür hinter ihm schloß, und in ihr war nichts als ein großes Gefühl von dankbarer Zuversicht: Wir werden das schon schaffen …

Ein wunderschöner Trockenstrauß auf einer alten Bauerntruhe, schwarze Deckenbalken, weißverschlämmte Wände und ein Leinenvorhang, der sich sanft im Wind hin und her bewegte? – Wie sollte Isa wissen, wo sie sich befand?

Doch das änderte sich schlagartig, als sie Schritte die Treppe hochpoltern hörte und ihr, noch ehe sich die Tür öffnete, der Duft von Kaffee in die Nase stieg.

Jetzt war die Tür offen – und da stand er, grinste sie über einen Berg von Aufschnitt, Käse und Marmelade an und deutete mit der Nase stolz auf die bauchige, blauemaillierte Kaffeekanne.

»Einen schönen Morgen! – Und damit dir das gleich klar ist: Das ist schon der zweite Kaffee.«

»Warum?«

Sie warf verwirrt einen Blick auf ihre Uhr: 11 Uhr 20… Herrgott, das waren gute dreizehn Stunden Schlaf.

»Weil ich schon mal hier war – um halb zehn.«

Er zog einen Stuhl heran, stellte das Tablett darauf und setzte sich auf die Bettkante. Der Perückenrand hatte sich ein wenig verschoben und mit ihm die ganze Haarlinie, was ihm ein noch fröhlicheres Aussehen gab als zuvor.

»Fang schon an! Ich gieß' mal die Tassen voll – ich hab' mir auch eine mitgebracht …«

Sie fing an, ja … Sie spürte einen Heißhunger wie selten in ihrem Leben. Und Ludwig Ladowsky sah ihr dabei zu, lächelte geradezu väterlich-gütig und legte die Hand auf ihre bloße Schulter. Sie ließ sie dort liegen. Irgendwie gehörte sie dort hin, zumindest an diesem Morgen …

»Und jetzt?« fragte sie, nachdem sie den letzten Rest Waldhimbeermarmelade mit dem letzten Schluck Kaffee hinuntergespült hatte.

»Und jetzt zeig' ich dir alles, Isa.«

»Was zeigst du mir?«

»Die Welt!« Er machte eine großspurige Bewegung zum Fenster hin. »Die Welt vom Kofler- und Messener-Hof, die Welt vom Schafbach-Haus, ach was, die ganze Welt …«

Sie nickte so feierlich, wie er gesprochen hatte.

»Okay … Jawohl, das tust du!«

»Und bei der Schwandwarte fangen wir an.«

»Was ist denn das?«

»Eine Superweide. Die ganzen Kühe sind dort oben. Und vor allem mein bester Freund.«

»Schon wieder ein Freund?«

»Ja. Und der Schönste …«

Und schön, das war er, Ludwig hatte recht: Sie waren am Waldrand stehengeblieben, und Isa blickte gebannt, in einer Art Trance der Andacht, die Bergschräge hoch, diesen grünen, von Wiesenblumen besprenkelten Hang, der an einem Gebirgswald endete. Und dort, bei den vier Gruppen schwarzweiß gefleckter, in der Sonne schimmernder Kühe erhob sich nun ein mächtiges Gebell. Da kam er schon angeprescht, seinen Lauf immer wieder übermütig kreiselnd unterbrechend, mächtig, unwiderstehlich, ein lohfarbennußbraun geschecktes Fell, ein gewaltiger Schädel, bernsteinfarbene Augen und eine vor Begeisterung weit heraushängende Zunge – Lupi, der Wächter der Kühe, der Sennenhund des Kofler-Hofs, Ludwigs Freund …

Wie sollte sie soviel Begeisterung gewachsen sein?

Dreißig Minuten waren sie heraufgelaufen, den steilen Weg zwischen Felsen und Farnen, durch die Stille des Waldes und die Goldspuren der Sonne.

Und nun Lupi! Wie sollte sie ihm widerstehen? Schon beim ersten Ansturm fegte er sie um, und da lag sie nun hilflos und schreiend auf dem Rücken, während eine Waschlappenzunge ihr Gesicht naß machte …

»Jetzt aber Schluß!« Ludwig zog ihn zurück, mußte ihn wegschieben – sein Gesicht nah über dem ihren, die lächelnden, violettblauen Augen; er gab ihr einen Kuß auf die Stirn, und hoch oben im Ultramarin des Himmels zog ein Habicht still seine Kreise …

Daß es dies alles gab! So viel Schönheit, so viel Freude – und daß sie vergessen konnte, wie lange sie darauf gewartet hatte …

El baile de los dìas doradas … Der Tanz der goldenen Tage – es war die erste Verszeile eines Gedichts, das sie als junges Mädchen im Collegio in Lima gelernt hatte.

Und es war ein Tanz der goldenen Tage: Ihre Ausflüge, die Wanderwege, die Hügel, Berge, Bäche – dort, wo Menschen waren, ließen sie sich wenig sehen, einmal fuhren sie hinüber ins Dorf Attersee, tranken Kaffee und aßen Kuchen auf der Seeterrasse, und zweimal waren sie in Nußdorf, um irgendwelche Dinge und vor allem Zeitungen zu besorgen …

Sie hatten sich vorgenommen, sie erst dann anzurühren, wenn sie sicher in der Fluchtburg, dem Schafbach-Haus saßen. Die deutschen Zeitungen waren meist ein oder zwei Tage alt, doch was bedeutete das schon, die Zeit hatte für sie ihre Bedeutung verloren, sie löste sich auf in der Ruhe und Abgeschiedenheit, die sie umgab.

Eine Woche war inzwischen vergangen. Vielleicht hatten sie Pech gehabt und konnten die entsprechenden Exemplare nicht erwischen, aber sie fanden nicht eine einzige Meldung, die sich mit Ludwigs Flucht oder der ›Großfahndung‹ beschäftigt hätte.

»Mensch, Gott sei Dank …«, seufzte er. »Vielleicht streichen die mich einfach, weißt du, einfach so.«

»Streichen? Wo streichen?«

»Na, was weiß ich, aus dem großen Buch.«

»Mach dir da keine Illusionen. Es gibt nichts, das deinen Namen löschen könnte. Wir müssen vorsichtig bleiben.«

Er nickte nur und verschwand.

Ja, er war viel weg während dieser Zeit, und sie dachte sich nichts dabei. Er war bei den Kühen oder in der Sägerei, Kofler schickte ihn mit dem Traktor los, um Holz zu karren, er hatte immer zu tun, und ihr war es recht: Sie war dabei, die Grundzüge der Therapie festzulegen, und je mehr sie darüber nachdachte, desto klarer wurden die Punkte, auf die es ankam: Ludwig war als Kind hilflos einem fremden, vom Wahn besetzten Willen ausgeliefert gewesen, und was dabei so tragisch ins Gewicht fiel, daß es sein späteres Schicksal entscheiden sollte – es gab keine Gegenposition, keinen Widerstand, an dem er sich hätte orientieren können. Die Erinnerung an den Vater war so blaß wie bei ihr … Aber sie hatte sich ihre Vorbilder gesucht. Er fand keines. Für ihn stand nur eines fest: Meine Mutter ist der einzige Schutz, den mir das Leben bietet. Was sie sagt, ist wahr – und damit Gesetz …

Aber all dies in der hellen, heiteren Welt des Attersees herauf zubeschwören – es war ihr fast unmöglich.

An einem dieser Nachmittage kam er und sagte: »Komm, jetzt zeig' ich dir die Sägerei.«

Sie war noch nie dort gewesen, obwohl sie ihm sehr wichtig schien.

Sie gingen etwa eine Viertelstunde den von ungezählten Traktorspuren gezeichneten Weg, bis sie zu dem großen, in den Hang gegrabenen Plateau kamen, auf dem die Stämme lagerten. Im Hintergrund erhob sich der Holzbau der Sägerei. Die Maschinen kreischten, und als sie näher kamen, konnte sie bewundern, wie die sechs Sägeblätter die Lärchenstämme in Bretter zerteilten. Ludwig schien völlig in seinem Element.

»Toni!« schrie er dem Mann zu, der die Säge bediente. »Komm her! Das ist meine Tante …«

»Ja so was, Hanserl«, sagte der Toni und strich sich über den grauen Bart, ehe er ihr eine schwielige Pranke reichte.

Er schien unschlüssig, doch dann sagte er: »Der Hanserl hilft mir oft hier.«

»Ja, hab' ich schon gehört.«

Sie wollte noch etwas sagen, doch Ludwig hatte sich umgedreht. Auch sie folgte der Richtung seines Blicks. Ein grüngestrichener großer Traktor war aufgetaucht und zog auf dem Anhänger eine Ladung Holz hinter sich her.

»Das ist der Messener«, sagte Toni.

Sie nickte. Sie hatte Jakob Messener früher einmal kennengelernt, ihn aber seither nicht mehr gesehen. Und da war er nun, und sie erinnerte sich an den großen, aufrechten Mann von einst, als er nun mager und vornübergebeugt, die Militärmütze tief ins Gesicht gezogen, auf sie zukam.

»Grüß euch! – Grüß Gott, Frau Doktor.«

Sie sagte, was man in derartigen Augenblicken zu sagen pflegt, und fragte nach seiner Tochter.

»Die Anni? Ja haben Sie die noch nicht g'sehn?« Er drehte sich um und winkte: »Anni!«

Sie hatte noch immer das Kind im Gedächtnis und war erstaunt, als sie nun dort vom Traktor stieg, auf die Erde sprang und ihnen entgegen kam – dunkelblondes, schwingendes Haar, schlanke Taille, langbeinig und groß in den Jeans und dem engen, roten, billigen Pullover, den sie trug; der schmale Hals, das runde Gesicht – ein Bild von einem Mädchen!

»Ich muß dem Jakob helfen« – wie oft hatte Ludwig das in den letzten Tagen gesagt. War es nur der Vater …? Gab es irgendeinen Zusammenhang …? Sei nicht albern, schob sie den Verdacht von sich, und außerdem, er reagiert ja nicht einmal, als Anni ihm nun ein halb verklemmtes, halb scheues Lächeln zuwirft.

»Mein Gott«, sagte sie, es war nicht nur herzlich, sondern die Wahrheit: »Die Anni! – Du bist ja eine richtige Frau geworden …«

Sie wanderten sehr langsam zurück. Die schweren weißen Wolken, die sie von der Sägerei aus schon über dem See beobachtet hatte, standen nun dunkel gefärbt und schwarz und drohend vor einem grauen Himmel.

Langsam schlenderten sie dahin, und Ludwig blickte über die Schulter zurück – nein, es war niemand im Wald und niemand auf dem Weg, und so legte er seinen Arm um sie, und sie spürte den Druck seiner Hand, die sie näherziehen wollte und doch nicht den Mut dazu hatte.

Es geschah bereits an der Kurve, dort, wo der Wald sich zu den Wiesen öffnete.

Er blieb stehen, wie erstarrt, die Hand fiel herab, und er drängte sie so heftig zur Seite zwischen die Stämme, daß sie stolperte.

»Sag mal, was ist denn in dich …«

»Hast du nicht gesehen?«

»Was soll ich gesehen haben?«

»Polizei. Ein Polizeiauto …«

Sie wollte zurücklaufen, um selbst nachschauen zu können, doch er riß sie an der Hand noch tiefer in den Wald. Gebückt lief er zwischen Farnen und Stämmen, zog ein paar Zweige zur Seite – und da sah es auch sie.

Die weiße Lackierung, der rote Streifen an der Seite, die schwarze Schrift – POLIZEI – so deutlich, daß man sie selbst von hier oben lesen konnte.

Der Streifenwagen stand unten vor dem Kofler-Hof, doch mit der Schnauze in Richtung der Fahrstraße, die hinauf zu ihnen, zum Schafbach-Haus führte

»Die holen uns, Isa …« Er brachte keine Sätze zustande, es war nichts als ein Würgen. »Die wollen mich …«

»Sei doch ruhig.«

»Nein, wirklich, Isa! Du weißt es auch … Die wollen mich, die wollen uns …«

»Ludwig!«

Sie kamen wieder, die Tränen, die über sein Gesicht rannten, da war wieder das Schluchzen, so hilflos, kein Aufbegehren, nichts als Hilflosigkeit und namenlose Angst.

»Mein Gott, die wollen doch nur was vom Franz … Bestimmt haben sie auf dem Hof zu tun, Ludwig. Das heißt doch noch lange nicht …«

»Doch …! Doch, doch!«

»Ach was.«

»Ich weiß es, Isa, ich weiß es …«

Was sollte sie tun? Sein zerrissenes, gequältes Gesicht, die Augen, aus denen tiefste Verzweiflung sprach, diese durch nichts zu kontrollierende Panik – ja, was …? Ihn trösten? Und da war es wieder, dieses Gefühl, der einzige Mensch auf dieser Welt zu sein, der Hilfe geben konnte.

Sanft drückte sie ihn ins Laub zurück, sprach leise auf ihn ein wie auf ein Kind und beobachtete, wie seine Angst abebbte.

»Isa … sie holen auch dich …« Es war nur noch ein Flüstern.

»Nein, Ludwig – nein.« Sie drückte ihre Stirn gegen seine Stirn, ihre Hände streichelten die Schultern, die Arme – die Welt war so grau geworden, viel dunkler als zuvor.

»Isa?« flüsterte er.

Es geschah, ohne daß sie auch nur einen Gedanken fassen konnte. Er umklammerte sie, nicht heftig, es war auch kein Umfangen aus Angst und Furcht, es waren zwei Körper, die sich suchten, weil sie sich Trost geben wollten …

Sie spürte seine Hände auf ihrem Rücken, die Finger auf ihrer nackten Haut, nicht nur die Furcht, auch die Welt, die Gegenwart, die Zeit schien der Wind fortzutragen, der über ihnen an den Ästen riß.

»Isa, nicht wahr, wir – wir, wir …«

»Ja – wir!«

Tropfen fielen durch die Zweige, trafen ihre nackten Schultern, die nackten Brüste, die Beine – längst hatten sie alle Kleider abgeworfen. Sie sah ihn an, soviel Zärtlichkeit war in seinem Gesicht, so viel Hingabe, soviel Suchen, alle Schranken, Mauern schienen zu zerbrechen, und nun, nun wußte sie, was er gemeint hatte, wenn er sagte, ich kann nicht davon reden, es war wie eine Explosion …

Doch nicht einmal dieser Gedanke brachte sie in die Wirklichkeit zurück. Nie in ihrem Leben hatte sie soviel aufmerksame, hingegebene Zärtlichkeit erlebt wie in diesen Minuten unter einem Himmel, der seinen Regen über ihnen ausgoß.

»Oh, Isa!« flüsterte er später an ihrer Brust. »Ich kann dir nicht sagen …«

»Du sollst es auch nicht.« Sie legte ihm die Hand auf den Mund. Sie zogen sich an und gingen zum Waldrand. Das Auto dort unten war verschwunden …

Der Regen hatte nur kurz gedauert, doch die Wolken blieben, und in der Nacht brach das Gewitter los …

Engumschlungen lagen sie im Bett. Sie hatten sich nicht mehr geliebt, sie lagen nur da, und sie suchte ihm das zu geben, was er sich so lang ersehnt hatte: Nähe

Als er einschlief, trotz des Donners über den Bergen, strich sie mit der Hand über sein Gesicht, zog die Linien der Stirn, der Nase, des Mundes nach.

Irgendwann ließ ein grelles Krachen das ganze Haus erzittern und riß sie hoch.

Blitze flammten. Das Bett neben ihr war leer.

Sie dachte sich nichts, es war ohnehin so eng gewesen; er hatte sicher Schlaf und Erholung gesucht, und das war auch besser so. – Morgen, hatte sie sich vorgenommen, morgen würden sie beginnen …

Doch auch am Morgen konnte sie ihn nirgends im Haus entdecken. Draußen regnete es noch immer, ein dunkel versiegelter Himmel und endlose graue Wasserstreifen, hinter denen die Welt verschwand.

Gegen Mittag nahm sie den Schirm und rannte zum Kofler-Hof hinunter.

»Der Hansi? Nein, nicht gesehen …«, hörte sie. Sie ging zurück, patschnaß, diese schräg heranpeitschenden Tropfen konnte kein Schirm abwehren.

Und da stand er nun in der Tür und sah ihr entgegen, die Haare verklebt in der Stirn, die Haut über den Backenknochen gespannt, so verändert, daß es sie traf wie ein Schock – nicht nur verändert, nein, es war, als sei er in eine neue, in eine andere Existenz geschlüpft.

»Mensch, ich such' dich überall! Wo warst du bloß?«

»Ist doch nicht wichtig.«

Er strich sich die Haare aus dem Gesicht. Die Nässe hatte ihm den Stoff seines Trainingsanzugs an den Körper geklebt.

»Nicht wichtig? – Geh ins Haus, Ludwig, Herrgott noch mal, und zieh dich um. Du erkältest dich.«

Keine Reaktion kam. Nur dieser Blick.

Sie wollte nach seiner Hand greifen, doch er drehte sich um, schob sie zur Seite und begann zu rennen, den Hang hoch, dem Wald entgegen. Sie sah ihm nach, bis sich seine Gestalt im Grau auf löste.

Mein Gott …! Es war zum erstenmal, daß sie es dachte: Es wird, es kann doch nicht eine Krise sein …? Die Krise, von der sie so viel geredet hatten … Nicht jetzt, doch nicht nach all dem, was geschehen war!

Inzwischen war es sieben Uhr abends. Sie versuchte sich zu beruhigen, es gelang ihr nicht. Irgendwann aß sie eine Kleinigkeit, nahm eine Valiumtablette, legte sich hin, lauschte dem Regen und ließ alles, was sie bedrängte, hinter einem Nebel angenehmer Gleichgültigkeit versinken …

Das Erwachen am nächsten Tag war wie ein heller Glockenschlag: Sonne lag im Zimmer, Sonne überall, auf den Geranien des Balkons, den Wiesen, Weiden, dem Tal, den Bergen und dem See.

Sie stieß die Balkontüre auf: Der Wind wehte herein; unten auf dem Kofler-Hof waren sie dabei, die beiden Pferdekutschen für die Touristen anzuspannen. Eine kleine Wolke schwebte über Bergen und Wasser – die Welt schien wie ein einziges Fest …

Der Platz vor dem Haus aber, Bank und Tisch waren leer.

Sie trat durch die nächste Balkontür, die zu Ludwigs Zimmer führte, und sah sich um. Decke und Laken waren zerwühlt, in der Ecke lag der blaue Trainingsanzug, den sie ihm in Attersee gekauft hatte: nichts als ein nasses, zerdrücktes Häufchen dunkler Stoff … Doch seine Bergstiefel fehlten! Und auch die Jeanssachen, die er immer trug. Sie blieb stehen und lauschte in diese plötzlich bedrohliche Stille, die das Haus erfüllte. Keine Schritte auf der Treppe, kein Kaffeeduft wie sooft – das Zimmer schien zu einem gespenstischen Gehäuse ihrer Beklemmung erstarrt. Die Furcht gab ihr noch keine Gedanken, alles in ihr war nichts als eine Ahnung.

Die Krise? War er in eine seiner Krisen geraten?

Herrgott, nein! Nicht nach allem, was gestern geschehen war! Das doch nicht …

Sie ging wieder auf den Balkon. Jetzt wirkte die Landschaft so künstlich und fremd wie ein Bühnenbild. Sie zog sich hastig an, lief hinunter in die Küche, trank ein Glas Wasser und griff zu einer Zigarette.

Mach dich bloß nicht verrückt …

Und dann fiel ihr ein, daß er gestern bei der Besprechung des heutigen Therapieplans gesagt hatte, er habe am Vormittag beim Messener zu tun! Der Jakob brauche ihn beim Holzabladen …

Sie atmete tief durch und fühlte, wie das Herz sich beruhigte.

Und trotzdem: Die Unruhe blieb.

Schließlich verließ sie das Haus, zog die Tür hinter sich zu und machte sich auf den Weg.

Jakob Messeners Hof lag fast auf derselben Höhe wie das Schafbach-Haus. Ein Wiesenpfad, der eine Mulde durchquerte, verband die beiden Anwesen. Isabella ließ sich Zeit, sie ging langsam, hielt das Gesicht der Sonne entgegen, und die Schatten verflüchtigten sich. Der Regen der Nacht hatte auf Gräsern und Blumen seine Tropfen zurückgelassen, nun funkelten sie wie ungezählte Diamanten. Die Blätter der Sträucher am Weg wirkten, als seien sie gerade mit frischem Lack überzogen worden, und oben am Himmel zog wieder der Habicht seine Kreise …

Auf der rechten Seite, etwas unterhalb des Weges, erhob sich auf einem Fundament aus Bruchsteinen ein altes, verwittertes Holzgebäude, das einst als Schafstall gedient hatte. Der Messener-Bauer, hatte ihr Ludwig erklärt, lasse sein Winterreisig dort trocknen.

Die Treppe und der kleine Weg, der zum Schafstall führte, waren mit hohem Gras überwachsen.

Isabella wußte nicht, was sie veranlaßte, stehenzubleiben. Es waren nicht mehr als zehn Meter, und sie konnte die Steine sehen, mit denen man die Dachschindeln beschwert hatte. Warum betrachtete sie diese Hütte, als habe sie sie noch nie gesehen? Doch war in ihr kein Verdacht, keine Vermutung, aber auch kein Grund, zu verharren …

Gerade wollte sie weitergehen, als sie das Geräusch vernahm – das ihr einen eiskalten Schauer über den Rücken jagte.

Das war doch …? Nur ein Tier in Todesnot konnte diese schrecklich hohe Klage ausstoßen … nur ein Tier! – Eine Katze vielleicht? Lieber Gott, was war das …?

Sie begann zulaufen, den Weg hinunter, übersah den Stein, den das Gras verbarg, schlug hin, versuchte sich trotz der Schmerzen in ihrem Knie wieder hochzustemmen, schaffte es auch und hinkte weiter.

Und da war es wieder, dieses Mal ganz nah, und Isabella wußte: Das ist kein Tier … o nein!

In ihrem Knie brannte es wie Feuer, ihr Körper war so schwer geworden, daß sie kaum den Arm heben konnte, aber sie zog an dem Griff, der an der Tür befestigt war – riß nochmals und hatte sie offen ... Licht brach in den Raum, klares, helles Sonnenlicht verscheuchte die Dunkelheit und zeigte ihr erbarmungslos eine Bühne des Horrors.

Ludwig!

Dachte sie es, schrie sie es ...? – Nein, sie brachte keinen Ton hervor, als alles einstürzte, was ihr bisheriges Leben ausgemacht hatte.

Sie sah diesen schrecklichen Rücken vor sich, wie ein Bogen war er gespannt, sah die zurückgeschobenen Röcke des Mädchens und die in wildem, verzweifeltem Kampf auf und ab zuckenden weißen Schenkel, sah Annas zur Seite gedrehtes, dunkel anlaufendes Gesicht und ihren Hals, um den sich seine Fäuste geschlossen hatten.

»Ludwig!«

Nun schrie sie ... Sie mußte doch etwas tun, doch ihr Körper versagte jeden Dienst, sie war nicht mehr sie selber, es gab keine Gedanken, es gab keine Nervenimpulse und keine Muskeln, die ihnen folgten, es gab nur noch den grauenhaften, röchelnden Ton, der aus Annas Kehle drang. – Verzweifelt blickte sie um sich: Nichts als Steinmauern und dünnes Reisigholz – kein Scheit, mit dem sie zuschlagen konnte, nichts ... Doch – in der Ecke erkannte sie eine hochragende Stange!

Isabella wußte nicht, was es war, blind griff sie danach und spürte, wie in derselben Sekunde, als ihre Hände das schwere, runde Holz der Heugabel umklammerten, ihre Kraft zurückkam – eine unbändige, nie gekannte Energie. Schon hielt sie die Gabel hoch über ihrem Kopf, mit beiden Händen hatte sie sie umfaßt, sah die fünf im Licht auffunkelnden Zinken, stieß sie blitzschnell nach unten, riß sie zurück und stieß sie nochmals tief in den gekrümmten Rücken – den Rücken des Mörders!

Nur einmal bäumte er sich auf, dann durchlief ihn ein nicht enden wollendes Zucken – doch das Schreckliche war: röchelnd, den Tod im Leib, ließen seine Hände nicht los, würgten, würgten ...

»Ludwig!« schluchzte Isabella …

Sie lag am Boden, flüsterte sinnlose Worte und sah das Blut auf sich zufließen – all dieses Blut, grellrot und glitzernd … Und hörte den Schrei. Er war kaum zu ertragen, aber es war Anna, die schrie. Sie hatte sich befreit. Sie schrie und rannte zur Tür.

Isabella blieb liegen und, blickte auf die dunkler werdende Lache. Warum nur, dachte sie, warum … Die Wahrheit, dachte sie, du hast sie gesucht – jetzt, jetzt weißt du es: Die Wahrheit findest du in diesem Blut …

Irgendwann berührte sie eine Hand, irgendeine Stimme sagte: »Frau Doktor …« Sie sah in das hagere, erstarrte Gesicht Jakob Messeners …

Er griff nach ihrer Schulter. Sie schlug nach ihm, und er wich erschrocken zurück: »Frau Doktor!«

»Frau Doktor«, hörte sie sich schreien. Hörte die eigenen Worte wie die einer Fremden: »Ihre Prognose, Frau Doktor …? Die Wahrheit …! Die Wahrheit … die Wahrheit …! Sagt sie mir doch! – Bitte, sagt sie mir …«